曾国藩诗文研究

Research on Zeng Guofan's Poetries and Proses

黄 伟 著

图书在版编目(CIP)数据

曾国藩诗文研究/黄伟著. —北京:北京大学出版社,2016.3
(国家社科基金后期资助项目)
ISBN 978-7-301-26476-8

Ⅰ. ①曾… Ⅱ. ①黄… Ⅲ. ①古典诗歌—诗歌研究—中国—清后期 ②古典散文—文学研究—中国—清后期 Ⅳ. ①I206.2

中国版本图书馆 CIP 数据核字(2015)第 259685 号

书　　名	曾国藩诗文研究 ZENG GUOFAN SHIWEN YANJIU
著作责任者	黄　伟　著
责任编辑	徐　迈
标准书号	ISBN 978-7-301-26476-8
出版发行	北京大学出版社
地　　址	北京市海淀区成府路 205 号　100871
网　　址	http://www.pup.cn
电子信箱	pkuwsz@126.com
新浪微博	@北京大学出版社
电　　话	邮购部 62752015　发行部 62750672　编辑部 62756467
印 刷 者	北京宏伟双华印刷有限公司
经 销 者	新华书店
	730 毫米×1020 毫米　16 开本　13.75 印张　234 千字
	2016 年 3 月第 1 版　2016 年 3 月第 1 次印刷
定　　价	38.00 元

国家社科基金后期资助项目
出版说明

后期资助项目是国家社科基金设立的一类重要项目,旨在鼓励广大社科研究者潜心治学,支持基础研究多出优秀成果。它是经过严格评审,从接近完成的科研成果中遴选立项的。为扩大后期资助项目的影响,更好地推动学术发展,促进成果转化,全国哲学社会科学规划办公室按照“统一设计、统一标识、统一版式、形成系列”的总体要求,组织出版国家社科基金后期资助项目成果。

全国哲学社会科学规划办公室

《曾国藩诗文研究》序

胡　明

曾国藩进入学界的视野、成为学人的攻研对象几乎是紧挨着他的逝世。他六十二岁死在位极人臣的任上，他的赫赫事功与道德光环特别是他的中国式封建政治伦理精髓的非凡实践震铄了几代知识精英的心灵，令他们发出“独服曾文正”的心声。他的学问伦理、他的知行传奇几乎天下仰慕；他的政治道术、他的官场经纬，研擘考察者熙熙攘攘、连绵不绝。他的文学诗文也自然地成了学界探讨的对象，一百五十年来著述一堆。今天，人们对曾氏的政治伦理及其官场范型的价值判断固然还有剧烈争论，对他的道德养成、心性义理规范下的诗文理论、诗文实践同样充斥着各种争议。——我们的曾国藩诗文研究究竟应该看重什么？究竟应从哪个角度出发又聚焦在哪一个层面？我想这大抵涉及两个问题：一、清诗文、晚清诗文的一般意义；二、曾国藩在哲学文化史的历史定位。所以我这里只就这两个问题谈点看法，力图开凿出、引导出历史人物声名影响科学评价的追索通道。

明清易代，表面而言是夷夏之变，但军事政治上纷纷乱局平定之后，清承明制，政治制度、文化路线几无所改。清廷还礼葬崇祯，声称自己是为驱逐李自成“闯贼”恢复社会秩序而入主中原的，力图消减易代的抵抗情绪。除了留辫一项之外，清朝的文化政策充满了对汉文化的亲和力，将异族文明的冲击波大大减弱。清廷全面吸收汉文化的政治伦理，除了蓄志挑动满汉矛盾的，朝廷刻意礼待汉族知识分子，保证他们有稳定的个人正途及努力用世的仕进路线。在朱明王朝留下的成熟制度下，清帝国努力的方向便是促进封建文化全面成熟，接纳由文明冲击与融合带来的文化异质，他们明智地放弃了自己的文化主导权，并以一种谦虚而热忱的学习姿态来接受汉文化。汉文化在成熟的封建制度呵护下迅速恢复，呈现出一派蔚为大观的繁荣景象，这构成了清诗文最为深广的文学生态。

有清一代的诗文在康、乾时达到了顶峰，大有比肩追埒汉唐之势，这或可以看作是一种回光返照，表面上因兼收并蓄而流露满天，而内在发展潜力已消耗殆尽。过了康、乾时期，不仅中国古诗文到了尾声，而且中国古诗文的理论也走出了集大成的底线。曾国藩出现的晚清,文化上综合、总结、集大成的历史任务已经完成,曾国藩只能在旧文化的底线外转圈,他苦心孤诣摸索心得,却因道路狭窄、前景昏暗而惶恐紧张。他的诗文严格地说并不算太成功,但政治上的声名功业却让他的诗文理论与创作登上一个时代的高峰,或者说被推上了学术关注的前台。

从整体的客观文化视角来看,晚清在文化意义上并不属于它生存的那个时代,通行的文学史一般都将晚清文学划归近代文学,传统诗文在清中叶之后的发展或演变已属于另一个时代。随着传统文学生态的日趋萎缩,延续了千年的古典诗文连带它的学术画上了终结的句号,句号之后则是现代意义的文学研究和现代文学自身的崛起。胡适之的《五十年来中国之文学》便是一本描绘这个演变趋势与行进路线的琳琅满目的精彩图册。

晚清诗文与那个时代的文化政治趋势相同,即趋新,士大夫知识官僚竞讲新学,趋时务、功利之骛压过了义理之辨。诗文之道过了集百世之大成、调千古之鼎鼐的历史门坎,完成了自身建构总结的历史任务,死水微澜,淌向"近代",呈现一派平庸枯乏的气象。尽管"诗界革命""古文中兴"还不时涌出潮头、溅出浪花,却只是苟延残喘而已。一个时代无大家——无大家的理论擘画,更无大师的引导折衷,小家领袖包括鼓吹掀动新风者只是在传统的大限内扮演陈陈相因的角色。诗在"宋诗"里打转,从祁寯藻到程恩泽到同光体的宋诗;文在"桐城"里打转,桐城姚鼐被奉为广大教主,领导了一个时代的词章、义理、考据的解释与评判。

曾国藩的出场并没有带来新的亮色与光环,他也正是那个时代标准型的诗界新锐与朝廷词臣,所谓"士大夫皆以琴瑟起讲堂之上",也主要是靠了这一点。他在太平成象的道光朝九年之内官场职级与诗文声名直线上窜,官做到了二品。补插几句,曾国藩二十三岁中秀才,起步算晚的,但二十四岁中举人则又是早的。二十八岁中进士进入仕途,一路风正帆悬,逐浪而进,与几个同僚搭档,镇日酝酿奏章,吟诵诗文,所谓"二三邦国英,风流相依倚"。到了三十七岁,又超升为内阁学士兼礼部侍郎,官至二品,他那时在家书中得意自矜:"湖南三十七岁至二品者,本朝尚无一人。"这近十年里,他还频频点为各种名堂的考试官,除了礼部,还兼署兵部、刑部、工部左或右的侍郎官衔。倘没有后来的太平军兴,清王朝摇摇欲坠的政治军事危局,曾国藩大抵也是以文臣高官起结终了,当然会留下更多的诗文作品。

我们这里也顺便看一下他的政治对手洪秀全科举的不幸。洪氏生于1813年,少曾国藩两岁。道光七年、十六年、十七年三应广州府试,不取,打击巨大,特别是十七年那次,他已二十五岁,三试未中(秀才),"愤激暴病,迷狂一月有余”,之后便选择了一条与清王朝政治对抗的路。倘他的考试科举顺利如曾国藩,恐怕后来的拜上帝会与太平天国运动便不会发生,他领导的长毛“发匪”也不会碰上冤家对头的“曾剃头”。

作为朝廷重要的词臣,曾国藩当然十分看重自己的诗文,并把诗文的理论探索与创作成绩提高看作终身职志,也时时想有所开拓与突破。他担心的也正是在诗文方面没有大的成绩,不能垂功后世,他的遗嘱也总是以自己诗文上的无功碌碌,不能“独辟康庄”,没有来得及建功立业而遗憾终身,“寸心所得”还未来得及流播天下已变成了“广陵之散”。

曾国藩诗文的研究者大都认为:曾诗突破了“江西”藩篱,甚至还超脱了宋诗气味;文则突破了“桐城”的门墙,自姚鼐入而不从姚鼐出,所谓自出手眼,大大提高了“桐城”在天下学界的地位。所以一般的文学史都肯定他改造、扩建桐城派的历史功绩,并由“桐城中兴”的通道将他推上一个时代诗文建设的领袖地位。

实际上曾国藩对诗与古文在认识态度上是有差别的,重文甚于重诗,创作成绩也是文胜于诗。曾国藩对于诗十分自信,抱负甚大。他的古诗学苏黄,“每以奇崛雄肆为高”,近体则多学陆游,理论上也十分心仪陆游,注意到兼尚冲淡之趣、洒落之机。有时学得太像不免粘上放翁式的“滑溜机械”,但决不是主流。我们随便举一首他青年时代的诗为例:“去年此际赋长征,豪气思屠大海鲸。湖上三更邀月饮,天边万岭挟舟行。竟将云梦吞如芥,未信君山铲不平。偏是东皇来去易,又吹草绿满蓬瀛。”(《岁暮杂感》之四)他的诗句往往流荡出一般英雄气,如“击楫谁挥祖逖鞭”“大厦正须梁栋拄”(《失题》之三);“黄鹄一举何其高,纷纷燕雀非吾曹”(《送谢果堂前辈归江南》),追求的是沉郁峻拔的气象,但其中总多少显出豁露的底色。

曾国藩对于诗虽自信十足,但总觉得可与切磋酬唱者天下几无,孤掌难鸣。他在家书中曾说,“余于诗亦有工夫,恨当世无韩昌黎及苏黄一辈人可与发吾妄言者”——可见他在诗的王国里站立起的姿态。大概正是这一层原因,曾国藩把更多的心思与注意力放在了古文上。他对古文也确下过一番苦功夫,涵泳讽诵,浸润沉潜,积年之功,气势、识度、情韵、文采、趣味均有可观之处,大抵也形成了“朴茂闳肆”“峥嵘磅礴”“俊伟奇逸”的风貌。曾国藩尤其看重古文的气势,由“气”成“势”,壮阔凛烈,下笔讲求“奇倔”,措词刻意“瑰玮”,追求一种“雄奇万变”阳刚风发的动态效果或者说视听气象。他认为古文通于人的立身问学,质性体气应该在上成仁取义,顶天立地;在下自我超拔,截断众流。——他陶炼出一套新的古文理论,或者说在古文理论中注入一腔活的哲学魂魄:文章义理通向道德心性的滋养,诗文创作是内在意志、信仰的外化,须与心目中的完美人格精神相合一。他将理学文艺观与经世致用的时代需求结合起来,艺文的“知”与政治的“行”结合起来,与“诚”——“不诚无物”、“礼”——“克己复礼”结合起来;用力打破宋明理学中那些苍白、懦弱、僵硬的虚文教条,以及内圣稀薄、外王不足的流弊;激励知识个体、学术栋才积极入世,建功立业;开拓出了一条立身问学、经济时用、报效天下的健康循环的理论通道。

曾国藩的政治大业完成后,学界特别是他的门生、部属、故旧对曾诗曾文尽情赞颂,捧得很高。天下学子也乐于追随,涌成潮流。无疑,一个历史人物功业伟大、声名煊赫,会助长有关他的美学评价的蹿升,也会加速他的文艺主张、审美理想的传播,有时结合主流哲学、意识形态的鼓噪发生更大的社会宣传效应。他们的“心之所向”,一经“腾为口说,播为声气”,足以“转移风气,陶铸一世之人”。诗文改革、美学主张如此,哲学认识论、功利得失论、成败是非论的流布成气候亦如此。曾国藩凛烈大气,官声显赫,横绝一个时代,他的功业实践、知行轨迹在世运播迁中奔腾流荡,推动着一个时代的主流伦理,又拨动一个时代知识精英的心弦,他的“气”与“势”照耀得一个时代光华烁目、人心跳腾,他的咳唾吟唱也会掀起大潮阔浪,影响刺激一个时代积极入世的文化心理和官僚知识分子的行为哲学,甚至他的正史本传上“功成不居,粥粥无畏”(《清史稿·曾国藩传》)一句话都大大增加了头上的道德光环,使他正面站在一个时代政治伦理的高岸——他的劝谕与选择、他的赞成与反对、他的认识与判断必然要影响一代人的价值观念,刷新一代人的普遍心性。相比之下他的诗文的亲炙力反而并非那么巨大。

文章之道既通于心性义理,又通于政治事功,影响世道,牢笼人心。曾国藩倡导的诗文理论,炮制的诗文作品既已蹿升至时代楷模的高度,我们便可以于中窥探一个时代英雄勋业的轨迹和哲学人生观建构的由来。研究他的诗文与研究他的理学文艺观、礼学政治观是相通的。这些“学”理的勾连,这些“识”、这些“论”也是我们后人刻意建设的,刻意寻索的,刻意宣扬以求自我完善的。李鸿章——他或许是中国历史上最了解曾国藩、最得曾国藩神机之传的门生,他说过一句话,后人不太注意。他说曾国藩“论古今成败之迹,则又归之于命”(《求阙斋文钞序》)——曾国藩对“命”的认识远远没有被学界开掘,我们只是大概知道他是深信“天之未丧斯文”的,他好几次果敢地自杀都被人救起,正是“天之未丧斯文”的明证。他的最后成功或许正可以“归之于命”。我们真应该信服正史本传上的那一句话了:“呜呼!中兴以来,一人而已。”

最后提一笔曾国藩的两部作品:《讨粤匪檄》和《圣哲画像记》三十二则。

第一部作品,宣传不多,流世不广,但却是曾国藩精心炮制的,与历史上骂曹操、骂武则天的两檄并列而三,姿态横阔,置词高妙而气势凌厉,令后世再有才力、再牛气的文章写手和宣传鼓动家汗颜;第二部作品则可见出曾国藩的哲学见解、诗文主张、问学途径及背后的礼义骨植、政治意识形态。所谓"其平生志学大端,具见于此"——这里有曾国藩的真精神、真信仰、真心机,是成功立名的真正曾学"师资"。

黄伟同志曾在《文学评论》上发表过《关于清诗》的长文,为唐宋元明清五朝诗的系列研究及宏观总结画上了漂亮的句号。这里黄伟同志又拿来他的《曾国藩诗文研究》请我作序。我不能对他的著述作过多的赞赏,只绕着晚清诗文和曾国藩的话题说了一些意见,有些意见正是黄伟在书中发明或论证的。我相信随着这本书的出版,学界对这两个关节的认识与理解会深进一步,或可引发出对曾国藩研究的更大兴趣。曾国藩曾有诗句:"名章俊句无多秘,传与门人总服膺。"(《奉题丹魁堂诗集》)过去我写文章总幻想能影响同一代的学人,但愿这篇小序除了黄伟还有别的人"服膺"。

目　录

引　言 …………………………………………………………………… (1)
　一　曾国藩诗文研究概述………………………………………………… (2)
　二　清代诗文视野下的曾国藩…………………………………………… (11)

第一章　曾国藩诗文理念的时代文化背景 …………………………… (25)
　第一节　社会范式变迁与曾氏诗文哲学旨趣 ……………………… (25)
　第二节　学术范型转换与曾氏诗文艺术取向 ……………………… (31)

第二章　曾国藩诗文理念的承祧与追求 ………………………………… (55)
　第一节　祧唐祢宋诗学格局的线性叙述 …………………………… (55)
　第二节　桐城派诗文理念的承继与超越 …………………………… (64)
　第三节　体系化的理论构建………………………………………… (77)
　第四节　诗文选本凸现的审美理想 ………………………………… (88)

第三章　“琢辞辨倔强”的诗歌追求与“时流颇忻向”的诗坛影响…… (101)
　第一节　曾国藩诗歌内容解读………………………………………… (102)
　第二节　曾国藩诗歌审美风格评析 ………………………………… (121)
　第三节　曾国藩诗歌创作思维与形式技巧 ………………………… (124)
　第四节　曾国藩诗歌的影响考察与比较研究 ……………………… (132)

第四章　“述作窥韩愈”的为文自信与“拓兹疆宇广”的古文中兴…… (142)
　第一节　曾国藩古文创作论略………………………………………… (143)
　第二节　曾国藩古文体气风骨评析 ………………………………… (154)
　第三节　曾国藩古文撰述结构与形式规制 ………………………… (164)
　第四节　曾国藩古文的影响考察与比较研究 ……………………… (171)

第五章　曾国藩对道咸同文坛的意义 ……………………………（176）
　第一节　“立德、立功、立言”的文化影响与人心浸润 …………（176）
　第二节　曾国藩于道咸同文坛的精神匡正 ………………………（179）
　第三节　曾门弟子的文坛影响…………………………………（182）
　第四节　曾国藩诗文的特定文化意义及其在道咸同文坛的历史地位 ……………………………………………………（199）

参考文献 …………………………………………………………（204）

引　言

清代诗文作为中国古典文学传承史上的集大成者，无论就诗文形态体式的审美演变还是兴观群怨的社会功用，都具有不可忽略的价值。“文变染乎世情，兴废系乎时序”①，清代特定的政治与文化背景导致清诗、清文呈现出迥异于前代的风貌。清代的文化政策、学术思想以及中西文化的交融都对清诗、清文的艺术取向及演进轨迹产生了重要影响。在诗文的审美旨趣上，清人也一反明人偏于独尊、互相攻讦的狭隘做法，于诗既推崇宋人之筋骨思理，又不菲薄唐人之风神情韵，形成了祧唐祢宋的创作主流；于文既讲秦汉之矩矱，又不为唐宋八家所牢笼，奠定了文道契合、骈散同存的古文发展合理态势。大体而言，清代诗文的发展趋势是从兼收并蓄到自出手眼，力图在熔铸各朝特色的基础上创作出一种自具面目的“清诗、清文”。但是清代诗文的研究，远没有同时期戏曲、小说那么受人瞩目，蔚然成派②。而且，无论从广度还是深度来说都远逊于唐宋诗文。不可否认，研究者们厚古薄今的思维模式潜意识地阻碍了清代诗文深掘工程的顺利进展。

曾国藩正是这样一个在被忽略的文学发展链条上又被忽略的诗人、古文家。曾国藩五岁起受学于庭，诵读颖悟。道光十一年后，即陆续负笈于涟滨、岳麓书院。其少时即器宇卓荦，不随流俗。凭借坚韧不拔的意志与“未信君山刬不平”的进取豪情，曾氏于道光十八年中式第三十八名进士。曾国藩“既入词垣，遂毅然有效法前贤，澄清天下之志”③，遂更其名为“国藩”。后凭借其“忠诚体国”与“勘定大乱”的勋绩渐跻卿贰之位，成为晚清政治史上烜赫一时的重要人物。在晚清文学史上，曾国藩也是一位令封建文人寻声企景、项领相望的文坛祭酒。他的文章大都是为政治服务的经世之文，因而“其在文学史上的地位与评价，极易受到政治气候的影响”④，但他以豁达的

① 周振甫：《文心雕龙今译》，中华书局，1986年版，第408页。

② 陈文新、鲁小俊在《清代文章的研究现状及前景展望》的论文中指出：“在清代文学研究中，就广度和深度而言，依次是小说、戏曲、诗词、文章。”并就文章研究之所以受到冷落的主要原因进行了深入合理的分析。参见《湖北社会科学》，2006年第5期。

③ 黎庶昌：《曾国藩年谱》，沈云龙主编《近代中国史料丛刊》，台北，文海出版社，1924年版，第10页。

④ 朱东安：《曾国藩文选·前言》，百花文艺出版社，2006年版，第21页。

胸襟与过人的器识所构建的囊括“气势”“识度”“情韵”“趣味”“机神”等范畴的审美体系，无疑体现出传统文学总结者的开阔视野与艺术修养。在诗学发展史上，他屡屡被称引为晚清宗宋诗派的一面大纛，导引了同治、光绪年间的宋诗运动。在古文传承史上，曾国藩对桐城古文心向神往，同时对其流衍既久的窳弱积弊甚为痛心。作为政治家的曾国藩并没有仅仅局限于在狭隘的理论作坊内寻求医治桐城派弊端的解药，而是结合晚清危如累卵的国势，将眼光投放到更广阔的视域，强调了以“经济”入文的重要性，才使得桐城派古文“起死回生”、得以中兴。

一　曾国藩诗文研究概述

曾国藩（1811—1872），谱名传豫，学名子城，字居武，后改字伯涵，道光十一年（1831）改号涤生，湖南省湘乡县（今双峰县）人。道光十三年入县学为秀才，道光十四年岳麓书院肄业后，中乡试举人。道光十八年应会试，赐同进士出身，入选翰林院庶吉士，散馆授职检讨。道光二十三年以翰林院侍讲升用，道光二十四年转翰林院侍读，道光二十五年升翰林院侍讲学士，补日讲起居注官，道光二十七年升内阁学士兼礼部侍郎，官居二品。咸丰二年（1852）丁母忧回籍，受命办理团练，组建湘军以对抗太平天国。其间屡败屡战，于同治三年（1864）攻克太平天国都城天京，受封为一等勇毅侯，后历任两江总督、直隶总督，位极人臣。同治九年，奉旨督办天津教案，处置结果导致朝野诟詈之声大作，曾氏也“外惭清议，内疚神明”①。后于同治十一年（1872）卒于两江总督任上，清廷谥号“文正”。

作为中国近代社会范型转换时期的关键人物，无论在政治史上，还是在文学史上，曾国藩都是一个备受关注、颇具争议的重要人物。“中兴名臣”的美誉和屠杀人民起义的“刽子手”“汉奸”“卖国贼”等恶名杂糅在一起，构建成一个颇具争议的矛盾集合体，在学界也呈现出众说纷纭的热闹景象。同时，作为文学家的曾国藩，于羽檄交驰之余，不废吟诵，也留下了丰厚的诗文作品，囊括诗歌、散文、日记、奏议、书信等各种文类。并编纂了《经史百家杂钞》《十八家诗钞》《古文四象》等选本以推扬自己的文学主张，这也使其成为中国古典诗文发展演进史上不可回避的重镇。一百四十余年来，在政治学、哲学历史范畴中，后人对政治家曾国藩的关注与解读经历了或褒或贬、毁誉参半的发展过程；对文学家曾国藩的研究与评价也经历了推崇、否定到客观

① 曾国藩：《复潘祖荫》，《曾国藩全集·书信十》，岳麓书社，1994年版，第7266页。

评判的演进历程。自 1872 年至今,对曾国藩诗文的研究与评价时断时续、时褒时贬,以时间为跨度大致分为以下三个阶段:

第一阶段:晚清时期。

这一阶段是曾国藩诗文研究的肇始期,曾国藩逝世以后,其门人弟子及幕僚友朋或握笔吮毫以托哀思,或蒐集遗文哀辑成册以告慰逝者。前者如黎庶昌的《曾太傅毅勇侯别传》、李鸿章的《曾文正公神道碑》、张德坚的《太傅文正公湘乡侯相挽诗七律二十首》以及刘蓉的《曾太傅挽歌百首》等;这些文献资料或许会包含一些溢美的成分在内,但也不失为全面认识和评价曾国藩诗文创作与影响的重要依据。如黎庶昌在《曾太傅毅勇侯别传》里特别提到曾氏"文章奏议尤美,别有集"①;李鸿章在《曾文正公神道碑》中也简要概括了曾国藩治学为文之道:"为学研究义理,精通训诂;为文效法韩、欧,而辅益之以汉赋之气体。其学问宗旨以礼为归。"②张德坚《太傅文正公湘乡侯相挽诗七律第十八首》云:"胸包万有贯天人,理学兼为社稷臣。……书摹欧柳饶风韵,文似韩苏见性真。"③刘蓉的《曾太傅挽歌百首》记载:"万变文章可坐知,王杨卢骆自纷驰。桐城义法非无据,要在天机入妙时。"④并在诗下加注云:"公于古文法韩、欧,亦甚取近世方氏义法及姚氏阴阳刚柔之说,而颇病宗桐城者之拘拘于绳尺也。"

后者如同治十一年(1872)黎庶昌编,张瑛刊于苏州的四卷本《曾文正公文钞》;同治十二年(1873),方宗诚编校《求阙斋文钞》,长沙陶甓勤斋刊刻杨书霖、张华理编选的四卷本《曾文正公诗稿》,同年,长沙谦善书局印行许铭彝校刊的《求阙斋联语》和《曾文正公联语》;同治十三年(1874),王定安、曹耀湘编纂刊印四卷编年本《曾文正公文集》,长沙传忠书局刊印了《曾文正公诗集》,同年,薛福成的《曾文正公奏议》刻印发行;清光绪二年秋(1876),传忠书局又刊刻了三卷分类本《曾文正公文集》《曾文正公诗集》,稍后印行了由李瀚章主持编纂的《曾文正公全集》,王定安的《求阙斋弟子记》《求阙斋读书录》与曾门四大弟子之一的黎庶昌编撰的《曾文正公年谱》也正式刊印。

在晚清特定的时段里,儒家"立德、立功、立言"三不朽的功业萃于一身的光环使曾国藩达到了传统进取模式的极限,成为科举时代下封建士子们的

---

① 黎庶昌:《曾太傅毅勇侯别传》,《拙尊园丛稿》卷三,《近代中国史料丛刊》第八辑,台北,文海出版社,1966 年版,第 229 页。另见王澧华校点《曾国藩诗文集·附录三》,上海古籍出版社,2005 年版,第 501 页。

② 李鸿章:《曾文正公神道碑》,《合肥李氏三世遗集》,《近代中国史料丛刊》第七辑,第 762—763 页。另见王澧华校点《曾国藩诗文集·附录三》,第 506 页。

③ 张德坚:《太傅文正公湘乡侯相挽诗七律第十八首》,见王澧华校点《曾国藩诗文集·附录三》,第 516 页。

④ 刘蓉:《曾太傅挽歌百首》,见王澧华校点《曾国藩诗文集·附录三》,第 520 页。

楷模。太平天国运动极大地冲击了儒家文化一贯维系的价值体系，而曾国藩挽狂澜于既倒式的成功也为他披上儒家文化卫道者的神圣外衣。在内忧外患、百弊丛生的时局下，稍微有点志气的读书人也会鄙视那些只知“白发死章句”而“问以经济策”却“茫如坠烟雾”①的腐儒。而曾国藩把“经济”纳入文学体系的魄力与实践，也让那些亟欲报国而不知所从的士子看到一线希望。曾国藩显赫的政治地位、广博的文学兴趣都无形中促使其被天下读书人视为精神偶像，加上他虚怀纳士、广交文人学者和后期“汲汲以荐举人才为己任”的热忱，足以造就他“老儒宿学，群归依之”②的文坛领袖地位。再加上“曾门四大弟子则包办了晚清古文事业”③，因此，我们可以这样认为，在曾氏成功的巨大光环影响之下，其诗文大都被士人心悦诚服地接受乃至无以复加地推崇。如王韬就认为“盖公之相业似韩、范，公之勋名似李、郭，公之文学足以并孔、邢、欧、曾而无愧色。不独一代之完人，亦一时之全才矣”④。

曾国藩去世后，其门人弟子及诗友幕僚尽皆对其诗文进行叹赏和揄扬。这一方面对曾氏诗文的流衍起到极大的导引作用，为曾国藩诗文研究提供了最早的、尽可能详细的文献资料；另一方面，带有溢美色彩的文学史定位也为后世研究者或褒或贬、针锋相对的观点冲突埋下了伏笔，为曾国藩的诗文研究留下了一个“乱花渐欲迷人眼”的开局。

这一阶段的曾国藩诗文研究虽然多点开花，但没有由点及面形成体系。形式以片言只语的零碎论述为主，散见于挽诗、序、跋、书信以及个人文集中。研究的焦点多侧重于曾国藩的文坛地位及文学史意义的梳理上，虽然对曾国藩的诗文理论及创作风格也有所探讨，但涉笔不多。主要观点多聚集在曾国藩与宋诗运动、同光体的关系梳理上，湘乡派与桐城派的渊源考辨上。如吴敏树就认为曾国藩不甘久居人下的倔强个性注定不会拘囿于桐城派的一家之言，而会赤地立新、自立坛站，吴敏树尝言“果欲以姚氏为宗，桐城为派，则侍郎之心，殊未必然”⑤，曾氏心有戚戚，承认吴氏此语“斯实搔着痒处”。其在《复吴敏树》中就明确提出“往在京师，雅不欲溷入梅郎中之后尘”⑥的自负之言。王先谦也认为“曾文正公亟许姬传，以为粗解文章由姚先生启之，

① 李白：《嘲鲁儒》，《李太白全集》，中华书局，1999 年版，第 1157 页。

② 赵尔巽：《清史稿·曾国藩传》，中华书局，1977 年版，第 11917 页。另见王澧华校点《曾国藩诗文集·附录三》，第 481—482 页。

③ 钱仲联：《“明清八大家文选丛书”总序》，《苏州大学学报》，2001 年第 3 期。

④ 王韬：《重刻〈曾文正公文集〉序》，《弢园文新编》，香港三联书店，1998 年版，第 137 页。

⑤ 《清史稿·曾国藩传》也认为：“曾国藩天性好文，治之终身不厌，有家法而不囿于一师。”可与吴敏树之论相参证。《清史稿》，第 11917 页。

⑥ 曾国藩：《复吴敏树》，咸丰九年（1859 年）十二月初二，《曾国藩全集·书信二》，第 1153 页。

然寻其声绪,略不相袭,道不可不一,而法不必尽同,斯言谅哉"①。而曾门四大弟子的黎庶昌、吴汝纶、薛福成都认为曾国藩的诗文理念是对桐城派的承继与发展,指出曾国藩是在姚鼐诸人的基础上拓桐城堂庑而大之,并对桐城末流的虚车之弊进行了修正与补救。黎庶昌认为,"本朝文章,其体实正,自望溪方氏,至姚先生而辞始雅洁,至曾文正公始变化以臻于大。桐城之言,乃天下之至言也"②。薛福成认为,"桐城派流衍益广,不能无窳弱之病,曾文正公出而振之"③。

第二阶段:辛亥革命至新中国成立前夕。

五四新文化运动的号角吹响之后,在陈独秀"三大主义"的号召下,"桐城谬种""选学妖孽"的讨伐声就不绝于耳。在桐城派屡屡受到排斥与冲击的情况下,对曾国藩诗文创作及文坛定位的研究却取得了新的进展。无论传统文人抑或新文化运动的主要干将都对曾国藩的诗文成就予以高度褒扬,如旧派文人虔诚地宣称,"国藩文章诚有绝诣,不仅为有清一代之大文学家,亦千古有数之大文学家也"④;章太炎也亟许其"善叙行事,能为碑版传状,韵语深厚,上攀班固、韩愈之轮"⑤;梁启超虽对桐城古文不无訾议,但也强调曾国藩即使没有任何勋绩,单凭文章亦可入选《文苑传》⑥;李慈铭也曾赞曾氏全集为"近代之杰作"⑦;刘师培也认为"惟姬传之丰韵,子居之峻拔,涤生之博大雄奇,则又近今之绝作也"⑧;新文学运动的领袖也赞誉其为"桐城派中兴的明主"⑨和"桐城派古文的中兴第一大将","曾国藩的魄力与经验,确然可算是桐城派古文的中兴大将","曾国藩在当日隐隐的自命为桐城派的中兴功臣,人家也如此推崇他。"⑩

这一时期关注的焦点与前一时期基本一致,依然纠结在曾氏与桐城派渊

---

① 王先谦:《续古文辞类纂序》,另见王先谦《葵园四种》,岳麓书社,1986 年版,第 721 页。徐珂《清稗类钞 · 文学类》亦有类似记载,中华书局,1984 年版,第 3884—3886 页。

② 黎庶昌:《续古文辞类纂序》,《拙尊园丛稿》卷二,《近代中国史料丛刊》第八辑,第 82 页。又见于黄霖、蒋凡主编《新编中国历代文论选 · 晚清卷》,上海教育出版社,2008 年版,第 55 页。

③ 薛福成:《寄龛文存序》,《庸庵文外编》卷二,《续修四库全书》,上海古籍出版社,2002 年版,第 212 页。另见黄霖、蒋凡主编《新编中国历代文论选 · 晚清卷》,上海教育出版社,2008 年版,第 61 页。

④ 徐凌霄、徐一士:《曾胡谈荟》,《国闻周报》,第 6 卷第 33 期。

⑤ 章太炎:《章太炎全集 · 太炎文录初编 · 说林下》,上海人民出版社,2014 年版,第 120 页。

⑥ 徐凌霄、徐一士:《凌霄一士随笔》,《国闻周报》,第 11 卷第 17 期。

⑦ 《国闻周报》,第 11 卷第 32 期。

⑧ 刘师培:《论近世文学之变迁》,《国粹学报》,1907 年 3 卷 1 期。又见《刘师培学术文化随笔》,中国青年出版社,1999 年版,第 87 页。

⑨ 周作人:《中国新文学的源流》,华东师范大学出版社,1995 年版,第 48 页。

⑩ 胡适:《胡适文存二集》卷二,《民国丛书》,上海书店,1989 年版,第 91、92、101 页。

源梳理以及孰轻孰重的文史定位上。在对曾国藩与桐城派的源流考辨问题上,大致可分为两大阵营。其中一派认为曾国藩是桐城派中兴的功臣,如新文学运动的领袖胡适就不止一次提到曾国藩是桐城古文中兴的第一大将,刘师培也指出,在曾国藩诗文的导引下,桐城文章得以"骤倡于湘赣鄂西"[1],梁启超在《清代学术概论》里也指出:"曾国藩善为文而极尊桐城,尝为《圣哲画像记》,至跻姚鼐与周公孔子并列;国藩功业既焜耀一世,桐城亦缘以增重,至今犹有挟之以媚权贵欺流俗者。"[2]姜书阁也指出,曾国藩自身的勋绩人望与诗文成就,使其成为天下士子项领相望、竞相学习的楷模,"一时为文者,几无不出曾氏之门:或从而问学,或辟入幕府,济济多士,于焉称圣"[3],这也造就了如火如荼学桐城的热闹场面。

另一派则缵吴敏树遗绪,认为曾国藩不为桐城家法所拘囿,自桐城入而不自桐城出,实为晚清文坛自立坛坫、独辟堂室的别开生面者。曾国藩自称初解文章"由姚先生启之也"[4],但"平日持论,并不拘于桐城矩镬"[5],并且曾氏对阳刚雄浑文风的偏嗜,以及《经史百家杂钞》等选本与《古文辞类纂》的审美偏差,都足以说明曾氏所谓的以桐城派为师法对象,只不过是"借为文章波澜"而已[6];周作人在《中国新文学的源流》中也认为:"假如说姚鼐是桐城派定鼎的皇帝,那么曾国藩可说是桐城派中兴的明主。……他又加添了政治经济两类进去,而且对孔孟的观点,对文章的观点,也都较为进步。……虽则曾国藩不及金圣叹大胆,而因为他较为开通,对文学较多了解,桐城派的思想到他便已改了模样。"[7]朱自清也特别指出曾氏诗文与桐城派的区别之处:"桐城文的病在弱在窄,他却能以深博的学问、弘通的识见、雄直的气势使它起死回生。……他的眼光也比姚鼐远大的多。他的幕僚和弟子极众,真是登高一呼,群山四应。这样延长了桐城派的寿命几十年。"[8]钱基博也认为:"曾国藩以雄直之气,宏通之识,发为文章,又居高位,自称私淑桐城,而欲少矫其懦缓之失……异军突起而自为一派,可名为湘乡派。一时流风所被,桐城而后,罕有抗颜行者。"[9]

---

① 刘师培:《论近世文学之变迁》,《国粹学报》,1907 年 3 卷 1 期。
② 梁启超:《清代学术概论》,中国人民大学出版社,2004 年版,第 191 页。
③ 姜书阁:《桐城文派评述》,商务印书馆,1930 年版,第 72 页。又见杨怀志、潘忠荣《清代文坛盟主桐城派》,安徽人民出版社,2002 年版,第 95 页。
④ 曾国藩:《圣哲画像记》,《曾国藩全集·诗文》,第 250 页。
⑤ 钱穆:《中国近三百年学术史》,商务印书馆,1997 年版,第 655 页。
⑥ 李详:《论桐城派》,《国粹学报》,1909 年 4 卷 12 期。
⑦ 周作人:《中国新文学的源流》,第 48 页。
⑧ 朱自清:《经典常谈》,三联书店,1980 年版,第 137 页。
⑨ 钱基博:《中国文学史》附录《清代文学纲要》,中华书局,1993 年版,第 942 页。

在对曾国藩的古文成就予以认可的基础上,也有研究者提出了较为中肯的意见。如刘声木就认为曾氏门生故吏有曲意拔高曾国藩文坛地位及影响的嫌疑,刘声木认为:“湘乡曾文正公国藩工古文学,在国朝人中,自不能不算一家。无奈后人尊之者太过,尤以湘人及其门生故吏为尤甚,言过其实,迹近标榜,亦非曾文正公本意。实则曾文正公古文,气势有余,酝酿不足,未能成为大家。亦以夺于兵事吏事,不能专心一志,致力于文,亦势所必至,理有固然,亦不必曲为之讳也。”①

总而言之,这一时期的研究对曾国藩的学术追求、诗文取向、诗文审美风格评析、诗文创作思维与形式技巧都有所论及,但重点还是落在了曾国藩对桐城派诗文理念的承继与超越的辨析上。在一些全面评价曾国藩的著作中,也出现了一些专门论述其文学造诣的章节,如蒋星德的《曾国藩之生平及事业》、何贻焜的《曾国藩评传》就有专论其文学思想的章节。

第三阶段:新中国成立至今。

新中国成立后的曾国藩诗文研究又可以分为两个时期,第一个时期为新中国成立至十一届三中全会,该阶段由于政治因素、意识形态的影响,曾国藩诗文研究的著作屈指可数。其中,侧重于曾国藩诗文研究的并不多见,主要是对其政治生涯的评判,在大陆和台湾也形成冰火两重天的迥异局面。

随着十一届三中全会的召开,意识形态内的拨乱反正开始有序进行。曾国藩的诗文研究也开始步入正轨,逐渐迈入了学术的春天。曾国藩的研究视角也由单一的政治立场判断拓展到对诗文的梳理和对审美立场的关注。不过这个时候最热门的研究命题仍然是对曾国藩政治定性的争鸣,针对曾国藩研究中存在的毁誉偏颇、褒贬失当的学术潮流,很多学者进行了深层次的学理反思。如冬青认为对曾国藩全盘否定或者全盘肯定都是有失偏颇的,应该用辩证的眼光来对待曾国藩的千秋功过②。

在文学研究领域,在曾国藩与桐城派承继与创新的问题上,学术界仍然延续了上两个时段内的分歧与争执。但学者们进行了更为详细的梳理,不仅局限在文学道统上,从创作风格、学术背景、审美追求等诸多方面也都进行比对异同。如舒芜在《曾国藩与桐城派》中提出曾国藩“以湘乡派篡了桐城派之统”,任访秋、郭延礼都主张曾国藩的贡献主要在于对桐城派末流的补弊救偏③。1986 年,《中华文史论丛》还专门刊登了曾国藩研究的专题论文,如

---

① 刘声木:《苌楚斋续笔》卷六,《近代中国史料丛刊》第二十二辑,第 478—479 页。

② 冬青:《曾国藩的一生》,《山东师大学报》(哲学社会科学版),1983 年第 1 期。

③ 任访秋:《桐城文论的渊源及其发展》,《商丘师专学报》,1985 年第 1 期。郭延礼:《曾国藩与桐城中兴》,《社会科学辑刊》,1988 年第 6 期。

彭靖《曾国藩评价中的几个问题》、王镇远《论曾国藩的文学地位》。其中王镇远的《论曾国藩的文学地位》可谓观点鲜明,论证翔实,既梳理了曾国藩诗文理念的渊源,又对其诗文成就和影响做了精深独到的综合评价,对以后的研究者予以启迪。

政治学范畴的合理定位有助于曾国藩文学研究的进一步发展。随着思想解放的进展,曾国藩文学研究也有了更为宽松、有力的外部环境,逐渐出现了一批或专题研究或全面论述曾国藩的著作。如卞哲的《曾国藩》、朱东安的《曾国藩传》《曾国藩幕府研究》、李鼎芳的《曾国藩及其幕僚人物》、章继光的《曾国藩思想简论》、成晓军的《曾国藩与中国近代文化》、王澧华的《曾国藩诗文系年》等研究专著。20 世纪 80 年代至 90 年代岳麓书社出版了由湘潭大学历史文献研究所和古籍研究所整理的《曾国藩全集》。2005 年,上海古籍出版社出版了由王澧华点校的《曾国藩诗文集》。这些无疑为曾国藩诗文研究提供了便捷的文献资料,也是曾国藩诗文研究者翘首以待的大好事。

1995 年 11 月 18 日,全国第一次曾国藩学术研讨会在湖南双峰县举行,与会专家学者共一百余人。大会主题虽然主要探讨曾国藩与中国近代文化等问题,但有关曾国藩诗文研究的论文也达到了十余篇,分门别类地对曾氏的诗论、文论及美学追求进行了详细论述。"但对曾氏古文理论与桐城派的关系和在桐城派中的地位,论者多有分歧;本次学术研讨会存在重文论轻诗论,重文学理论轻文学实践的问题,对《经史百家杂钞》《十八家诗钞》的评估以及对湘乡派和宋诗运动的探讨涉及甚少。"①

到目前为止,学术性的曾国藩传记和评传达到了十余种,有关曾国藩的通俗性读物也成为市场热卖的畅销书,其数量更是不可胜数。一些文学史专题和有关桐城派流派梳理的论著,对曾国藩诗文的创作实绩与审美理论批评都有所剖析,也先后提出了一些独具只眼的论断。如任访秋的《中国近代文学史》、郭延礼的《中国近代文学发展史》、黄霖的《近代文学批评史》,都对曾国藩诗文理念的流衍与影响进行了梳理探讨。在有关桐城派的相关论著中,曾国藩自是一位绕不开的重要人物,如王镇远的《桐城派》、吴孟复的《桐城文派述论》、魏际昌的《桐城古文学派小史》、周中明的《桐城派研究》等著作,都对曾国藩古文的体气风骨、撰述结构与形式规制进行甄别、评析。钱锺书的《谈艺录》、钱仲联的《梦苕庵论集》《梦苕庵诗话》《清诗精华录》、刘世南的《清诗流派史》以及萧华荣的《中国诗学思想史》等专著论及曾氏之语多为肯綮之言。

---

① 龙建春:《"全国第一次曾国藩学术研讨会"文学研究述要》,《辽宁师范大学学报》(社科版),1996 年第 2 期。

近年来学界对“文(诗)人”曾国藩的整体认识有所推进,有关专著也出了一批,《唐浩明评点曾国藩家书》(岳麓书社2002年版)、《唐浩明评点曾国藩奏折》(岳麓书社2004年版)以及《曾国藩联语辑注》(岳麓书社2004年版)即可见一斑。而相关论文的数量也足以令自负“于古诗人中如渊明、香山、东坡、放翁诸人,亦不多让”的曾文正公含笑九泉。如张静《道学与文学融合抑或分立——曾国藩诗文理论遭遇的困境》《瑰玮俊迈 诙诡恣肆——曾国藩对桐城派阳刚文风之张扬》、章继光《曾国藩与桐城派简论》、刘健芬《评桐城派中兴主将曾国藩的文论观》、张静和雷新明《试论曾国藩对桐城派之变革与超越》、刘再华《汉宋兼容与曾国藩的古文理论》、欧立军《胶着与裂变——从“经济”观看桐城派散文的近代化》、刘来春《曾国藩对桐城派文论的发展》、赖力行《曾国藩与桐城古文理论的中兴》等。其中大部分论文的关注点是曾氏的散文创作及理论,主要还是胶着于曾国藩与桐城派文学渊源的梳理与流变。专门论诗的仅彭靖《曾国藩的诗论和诗》、文自成《曾国藩诗初探》、龙建春《曾国藩诗论发微》、王镇远《论曾国藩的文学地位》、李晓峰《略论曾国藩的诗歌审美批评观》、王澧华《渗透整合 互补互济:试论曾国藩诗学观、古文观的形成、发展与变化》、翔云《曾国藩的诗歌创作》等少数几篇。近年来,博、硕学位论文中涉及曾氏的诗文理念的,也呈现出越来越多的发展态势。

上述论文,对曾国藩诗文研究的内涵与外延都有所扩大,不仅关注到了文学演进的内在规律性,而且将眼光投射到诗文赖以生存的外部文化生态的考索。综观有关曾国藩诗文研究的学术论文,不难发现对其古文观以及与桐城派关系的论述占绝大多数,其次为诗论,再其次为诗文合论。文论如董正宇、张静论述了曾国藩作为桐城派中兴大将,古文创作题材广泛,艺术风格师承韩愈笔法,一改桐城派“窳弱之病”以及“懦缓之失”,汲取骈文腴丽华美的声色,奇偶互用,借鉴两汉大赋之笔势,变方苞、姚鼐之醇厚雅洁,而追求雄奇恢宏、光明峻伟之境①。林岩则通过对曾氏与桐城派关系的清理,发现曾氏虽然受到姚鼐很大的影响,但曾氏本人并不视自己为桐城派中的一员。曾氏生当学术变迁之际,故能以包容之势吸取各家之长,“义理、考据、辞章”诚为其学术之大端,但曾氏的古文主张在于折中骈散,“以精确之训诂,作古茂之文章”。曾氏的文章风格论在发挥姚鼐阴阳刚柔之说的同时又凸现自己的趣味,即喜好具“阳刚之美”的文章。曾氏的创作论反映了曾氏本人的古文

---

① 董正宇、张静:《“椽笔淋漓”“倚天拔地”——曾国藩古文创作概览》,《船山学刊》,2007年第3期。

取径,可与曾氏的古文主张互相印证①。

刘来春则从四个方面阐述了曾国藩对桐城派文论的发展:在桐城派"义理、考据、辞章"的基础上增添了"经济"的说法,既以"经济"充实"义理",赋予"义理"以崭新的内容和时代精神,又赋予"经济"以近代意义;在桐城派"阴柔"与"阳刚"风格说的基础上,主张从阳刚与阴柔之美的内在结构来把握和区分阳刚之美与阴柔之美,并以此来品评作家作品和指导文体创作,而文学家和政治家的双重身份又使他更加推崇"光明俊伟"的"阳刚"之美;在桐城派"神气"说的基础上,提出"行气为文章第一义"②,并提出了"气"与"声""情"的"循环互发"的关系,以及"气"与着字、造句、布局谋篇的主、次关系;关于古文创作,既主张骈散合一,又提倡吸取汉赋的训诂和声调之长以补桐城派古文语言之短,从而在求变中为古文发展寻找新的出路③。

关于曾国藩的诗歌及诗学理论,学者们从曾氏的诗歌审美取向、诗歌创作实绩乃至诗歌选本的编选原则都进行了条分缕析的辨析与研究,其中涉及最多的就是曾国藩与"宋诗运动""同光体"的关系论证。如彭靖认为曾国藩诗歌取法对象并非专主黄庭坚一家,否定陈衍关于"湘乡诗文字,皆私淑江西,洞庭以南言声韵之学者,稍改故步"的论断④。郭前孔认为在近代唐宋诗论争中,曾国藩秉承姚鼐的诗学观点,深受当时宗宋思潮的影响,崇尚宋诗。他主张奇崛和不俗论,也注重才情,标举"机神"说,初步合学人之诗与诗人之诗于一。作诗取径杜、韩、苏、黄,尤其推崇黄庭坚,晚年诗径有所拓展,其宗尚对同光体有很大影响,其诗学观的褊狭也是显而易见的⑤。翔云认为曾国藩倡导近代宋体诗运动,推尊江西诗派黄庭坚诗风,成为道光、咸丰朝新风尚,引领同治、光绪朝诗⑥。李晓峰则直接指出曾国藩身处近代,诗歌理论体系却仍是古代的,各种矛盾交织于一身,这就必然决定其诗歌理论和他本人一样,都是回光返照式的悲剧⑦。

对曾国藩诗文理论统一解读的学位论文有张静的《曾国藩文学研究》、代亮的《曾国藩诗文思想研究》、刘兆军的《曾国藩文学思想探析》、胡影怡的《曾国藩文学思想研究》、汪磊的《曾国藩文学思想研究》。除张静外,其他几篇论文均侧重于文学思想论述与解读。

---

① 林岩:《曾国藩的古文观》,《廊坊师范学院学报》,2001 年第 1 期。
② 曾国藩:《谕纪译》,同治元年八月初四,《曾国藩全集·家书》,第 853 页。
③ 刘来春:《曾国藩对桐城派文论的发展》,湖南师范大学,2003 年硕士论文。
④ 彭靖:《曾国藩的诗论和诗》,《求索》,1985 年 5 月。
⑤ 郭前孔:《论曾国藩的诗学宗趣》,《东南大学学报》,2007 年第 6 期。
⑥ 翔云:《曾国藩诗歌与同光体关系论析》,《社会科学评论》,2008 年第 2 期。
⑦ 李晓峰:《略论曾国藩的诗歌审美批评观》,《赣南师范学院学报》,1995 年第 1 期。

综观曾国藩诗文研究的三个阶段,在梳理曾国藩与桐城派的关系问题上依然纠缠不清,但研究视角的日趋多元化也是显而易见的,如林位强的《曾国藩〈经史百家杂钞〉研究》、张小华的《论曾国藩对联》和王澧华的《曾国藩奏疏研究》等论文。所取得的学术成果也洋洋大观,但通过对现阶段研究成果的检索,有些领域或可以进行更进一步地挖掘。第一,本着"知人论世"的原则,首先应加强对曾国藩时代文学生态的解读。如社会范式的变迁与曾国藩诗文旨趣的关系,学术范型的转换与曾氏诗文取向的关系。第二,本着大文学史观的原则,将文艺学与文献学相结合,把曾国藩诗文创作(包括联语、奏疏)的鉴赏与文学理念的解读结合在一起,探索曾氏的文学理念与创作实绩是否紧密合拍。第三,本着"不虚美,不隐恶"的客观精神,对曾国藩与"桐城派""宋诗派""同光体"关系进行精审辨析。第四,加强曾国藩诗文选本研究,对《十八家诗钞》《经史百家杂钞》《古文四象》进行研究,以完整把握曾国藩诗文审美价值和评判标准。第五,加强对曾国藩同时代诗文作品的研究,与胡林翼、左宗棠、梅曾亮、吴敏树、郭嵩焘,乃至洪秀全的诗文做横向对比,以彻底梳理曾氏诗文走向。

二　清代诗文视野下的曾国藩

(一) 曾国藩之前的清代诗文概况

有清一代诗文作为中国古典文学史中不可或缺的重要一环,当然也是中国古典诗文集大成的总结,无论从诗文的认知功能性,还是艺术的审美多样性来说,都具有无法替代的价值。对清代诗文的研究有助于认识中国古典诗文发展的完整性及集大成的特点,但是长期以来,由于"一代有一代之文学"的成见,清代诗文作为一部凝聚的历史文本就一直游移在清代文学研究的边缘,导致了清诗文研究的滞后性。"诗文随世运,无日不趋新",清代特定的政治与文化背景导致其诗文呈现出迥异于前代的风貌。郑板桥"吾文若传,便是清诗、清文"①的豪言以及"诗界革命"派提出的写古人"未有之物,未辟之境"的主张,更显示出清人"江山代有才人出,各领风骚数百年"的自信。清代诗文创作与理论构建呈现出双峰并出的姿态,诗话、论诗绝句的数量和质量均超过前代,大量诗文选本的编纂也放射出清人阐发自己的文学理论、流播的自己文学主张的热情。

清代诗歌创作群体蔚为壮观,作品卷帙浩繁。故沈德潜认为:"国朝圣

① 郑板桥:《板桥自序》,《郑板桥全集》,齐鲁书社,1985 年版,第 241 页。

圣相承,皆文思天子。以故九州内外,均沾德教。余事做诗人者,不啻越之镈、燕之函、秦之庐,夫人能为之也。"[①]仅徐世昌所辑录的《晚晴簃诗汇》就收录作者六千一百多家,诗作两万七千多首,入选诗人已远远超出《全唐诗》所收录的两千多家。根据《全清诗》编纂委员会的初步推算,有清一代有作品传世的诗人超过十万人[②]。暂且不论清诗人的创作成就如何,但他们对诗歌表现出一种空前高涨的热情,或借编定诗选阐释其论诗主张,或依靠论诗绝句(诗)的创作来阐明诗学观点。根据郭绍虞《万首论诗绝句》编选的内容来看,清代论诗绝句的数量几占百分之九十。而诗话这一理论载体在清代更是品种繁富,蔚为大观。据蒋寅的保守估计,清诗话的总数超过一千五百种是没有问题的[③]。

清文,无论是古文还是骈文,都取得了不容忽视的成就,展现出传统文章学进入总结期的辉煌。清代古文创作,"亦足于汉、唐、宋、明以外别树一宗,呜呼盛已"[④]。自钱谦益振衰起敝,魏禧、侯方域开风气之先,直至曾国藩立言有体,济以德功,集其大成,清代文坛可谓"笔区云谲,文苑波诡"。就骈文而言,其作家队伍"不但远远超过之前的元明两代,而且也超过唐宋时期。就创作实践来说,在作品数量和质量方面也超过以前任何时代"[⑤]。就现存的文学批评专著来说,"清代的数量也约等于历代相加的总和"[⑥]。

中国诗歌发展到唐朝,各种体式渐趋完备,创作风格也日臻成熟。不论"以为一切好诗,到唐已被做完",还是"有唐诗做榜样是宋人的大幸,也是宋人的大不幸"[⑦],都证明了唐诗在诗歌史上无与伦比的地位。在唐诗兴盛的高峰之后,宋人开创出与唐诗面貌迥异的宋诗,形成了诗歌史上双峰并峙的局面。元遗山的《论诗绝句》就认为"只知诗到苏黄尽"。钱锺书也说:"自宋以来历元明清,才人辈出,而所作不能出唐宋之范围,皆可分唐宋之畛域。"[⑧]也就是说自唐宋以来,古典诗歌的各种体式已基本定型(如杜甫即被誉为"尽得古今之体式,而兼人人之所独专"),不论元诗、明诗,还是清诗都出不了唐宋诗的范围。但特定的时代背景,不同的学术环境又使得元明清的诗歌取向大相径庭,相对于元明而言,清人对前代诗歌遗产的借鉴更多了一种海纳百川的眼光和胸襟。

---

① 沈德潜:《清诗别裁集·序》,中华书局,1975 年版,第 1 页。
② 朱则杰:《论〈全清诗〉的体例与规模》,《古籍研究》,1994 年第 1 期。
③ 蒋寅:《清诗话考·自序》,中华书局,2005 年版,第 2 页。
④ 赵尔巽:《清史稿·文苑传序》,第 13314 页。
⑤ 傅璇琮、蒋寅:《中国古代文学通论·清代卷》,辽宁人民出版社,2004 年版,第 62 页。
⑥ 同上书,第 179 页。
⑦ 钱锺书:《宋诗选注序》,人民文学出版社,1989 年版,第 10 页。
⑧ 钱锺书:《谈艺录》(补订本),中华书局,1999 年版,第 3 页。

对前代的诗文遗产,清人主张转益多师,兼收并取。作为对明七子独尊盛唐的拨乱反正,祧唐祢宋俨然成了清代诗坛的发展主流。清人在对数千年文学积淀去芜存菁的抉择后,大胆地进行了顺应时局的变革,体现出古典诗文总结者远见卓识的器识与魄力。如曾国藩、吴汝纶、严复、林纾等人对古文进行了顺应时局的变革,在实践中强化了以"经济"入文的经世理念。

1. 文化政策与诗文旨趣

"历代文学发达,与君主的提倡都是有很深的关系。如汉赋、唐诗都是受了政治的特别提携,才得格外发展。"①康熙、乾隆为了获取汉族的认同感以巩固统治,都积极地汲取相对先进的汉文化养料。他们自幼就接受儒家经典文化的熏陶,对汉族文人视为身份象征的吟诗作文也津津乐道,于政事之暇,笔耕不辍,留下相当丰富的篇什。

"君子之德风,小人之德草,草上之风必偃"(《论语·颜渊》),康熙、乾隆深知"上有所好,下必甚之"的道理,在身体力行创作诗歌的同时,都强调了诗歌创作的道德教化及经世之用。乾隆认为"寻常题咏,亦必因文见道",自称"不屑为风云月露之词"。他还明确指出诗歌的目的就是教忠教孝,"离忠孝而言诗,吾不知其为诗也"②。这种"因文见道"的观点就是传统儒家诗教"经夫妇,成孝敬,厚人伦,美教化"的体现,由此我们不难想到沈德潜"温柔敦厚"的格调说以及桐城派阐道翼教的"义法说"能够盛极一时的原因。

清军"薙发令"的再度颁行引起江南士民的强烈反抗,"嘉定三屠"的惨无人道更激发了"非我族类,其心必异"的民族思想。顾炎武、王夫之、吕留良等都积极地宣扬民族思想,认为"夷夏之辨"超过"君臣之伦"。这些思想激起了汉族士民特别是明遗民的抗清斗志,清政府也对之采取了一系列的高压政策。如顺治十四年(1657)的"科场案"、十六年的"通海案"、十八年的"奏销案",其主要目标就是打击汉族士人,尤其是其中的知识分子精英。

清王朝又采取了借文字狱罗织罪名以消弭异端思想的做法,康、雍、乾三朝最为频繁酷烈。纵观文字狱的案例,其间固然不乏有人利用诗歌来表达对清廷的不满,进行"恶毒攻击"的。但大部分文字狱属于深文周纳,滥杀无

---

① 胡云翼:《宋诗研究》,巴蜀书社,1993 年版,第 18 页。

② 沈德潜:《钦定国朝诗别裁集》前附《御制沈德潜国朝诗别裁集序》,清乾隆二十八年刊本。又,《清史列传》卷十九《沈德潜传》,《清代传记丛刊·综录类》,明文书局印行,第 293 页。

辜,为的是杀一儆百,宰鸡吓猴,树立清王朝的政治文化权威①。在文网森严的文化政策下,士人们噤若寒蝉,动辄得咎。“神韵”讲空灵蕴藉,“肌理”重金石考据,几乎不着政治痛痒。“格调说”更是符合乾隆借诗歌教化百姓的主张。诗人们要么“温柔敦厚”,要么“独抒性灵”,要么“探讨肌理”。民族反抗、反对专制等有关国家民族的现实见解不能公开表达,因而也促使诗人们转向咏史诗创作。躲进古史堆的诗人们既可与学术文化沟通,又可借古史以抒愤,浇胸中之块垒,逐渐形成了清代咏史诗的繁荣局面。

武力镇压与文字狱戕害虽然在士大夫心中投下了浓重的阴影,却无法从根本上改变儒家文化对异质文化的排斥与抵抗。清朝的统治者意识到要想长治久安更重要的是在思想文化领域取得汉族士人的文化认同。故康熙亲政以后,恩威并施取代了先前一味镇压的政策。为了表示“稽古右文,崇儒兴学”的诚意,清王朝招罗大批士人,大规模搜集、注释、出版古代典籍,其中当然以儒家典籍居多。

正是在这样的国家文化政策的导引下,知识分子群体尤其是诗人们开始换过文化情趣、转变文化心态。学术一途由鼎革之际的经世致用逐渐转入饾饤琐屑的故纸堆,而千岩竞秀的遗民诗坛也逐渐转向“醇雅”“温柔敦厚”的诗学追求。康、雍、乾三朝文坛从“国初六家”“桐城派”“神韵说”“格调说”“肌理说”到“乾隆三大家”,从流派纷呈上看确实有“江山代有才人出”的宏大气象,但相较遗民诗人却少了一份关注现实、心怀天下的热忱。

2. 学术格局与诗文走向

清代的学术也呈现出重总结、善融通、集大成的特点,不仅有汉学、宋学对立与融合,也有汉学内部今、古文的分歧与统一。王国维指出,清代“三百年间学术三变:国初一变也;乾、嘉一变也;道、咸以降一变也。……国初之学大,乾、嘉之学精,道、咸以降之学新”②。学术格局的演变直接导致了诗文追求的变更。如明清鼎革之际的士人针对明末“束书不观、游谈无根”的虚浮学风,提出了经世致用的实学思想。顾炎武首倡“文须有益于天下”,“有益于将来”③,对“置四海困穷于不顾,而终日讲危微精一之说”的清谈之风痛加

---

① 对于文字狱的成因,鲁迅先生曾指出:“大家向来的意见,总以为文字之祸,是起于笑骂了清朝。然而,其实是不尽然的。……有的是卤莽;有的是发疯;有的是乡曲迂儒,真的不识讳忌;有的则是草野愚民,实在关心皇家”。(《鲁迅全集·且介亭杂文·隔膜》,人民文学出版社,1958年版,第34页。)

② 王国维:《沈乙庵先生七十寿序》,《王国维遗书·观堂集林》,上海古籍书店,1983年版,第26页。

③ 顾炎武:《日知录集释》卷十九,《四部备要》本,第1页。

针砭,提出以"修己治人之实学"来代替"明心见性之空言"。明清之际的诗人大都崇尚学问,注重学以致用,实现了经学与诗学的结合。这也基本奠定了清诗强调经世、重学问的基调。儒家传统诗教的"美""刺""言志""兴、观、群、怨""事父""事君"诸功能得到了充分的恢复与展示。

自康熙亲政到乾、嘉之际,清王朝政权渐趋稳固,经济也有所恢复和发展。清初"经世致用"的治学方式由于清廷的高压文化政策和遗民心态的转平和已经转入考据一途,出现了"家家许郑,人人贾马,东汉学烂然如日中天"①的局面。在政治、经济和文化政策的引导下,诗人们更多地转向诗歌本体探究,这正是历来积极提倡淡忘政治和消极无奈、不问时事的文士们的学术传统。古文家则在义理与考据的冲突中走向融会贯通,以义理、考据入文也成了清代古文的流行态势。"神韵说""格调说""性灵说""肌理说""义法说"接踵而起,诗文坛各树旗帜,一时交相辉映蔚为壮观。沈德潜的"格调"说强调儒家诗教的教化功能,也被视为乾隆朝的盛世元音。很能代表这一时期学术走向的应该是翁方纲的"肌理说","资书以为诗"的诗学趋向正是乾嘉汉学在诗学领域的投影。而姚鼐"义理、考据、辞章"的体论建构也正是通过对当时汉学、宋学剔抉磨洗做出的理性选择。此外不应忽略的还有讲求"性灵诗"的干将——郑板桥②,他和袁枚是清代为数不多的自称别出手眼的狂士,是清诗从祧唐祢宋到自出手眼的积极尝试者。郑板桥宣称:"吾文若传,便是清诗清文;若不传,将并不能为清诗清文也,何必侈言前古哉!"③

3. 曾氏之前的清诗文演进轨迹

"非我族类,其心必异"的民族主义思想在中国的传统文化中历来占据着重要的位置,程朱理学强调的"饿死事小,失节事大"的主张,在一定程度上强化了汉族知识分子"临大节而不可夺"的民族气节。在明清易代之际,汉族士人基于"华夷之辨"的思想和挽救民族文化存亡的动机,形成了声势浩大的遗民诗潮。仅卓尔堪《遗民诗》就收录了 525 家,钱仲联《清诗纪事·明遗民卷》收 402 家。明遗民对明朝的覆亡以及传统文化的危机进行了认真的思考,宋明理学的繁盛局面与宋明接连被异族灭亡的事实促使大部分士人正视现实,力图给中国传统文化的发展以正确定位。

在经世致用的学术思潮影响下,遗民诗人的故国之思及对清军暴行的控

① 梁启超:《清代学术概论》,中国人民大学出版社,2004 年版,第 196 页。

② 胡明先生《笔墨之外有主张》一文对郑板桥文学思想进行详审地考索,也对郑氏关注民生疾苦的现实主义特色予以恰当公允的评判。见《古典文学纵论》,辽海出版社,2003 年版,第 417—425 页。

③ 郑板桥:《板桥自序》,《郑板桥全集》,齐鲁书社,1985 年版,第 241 页。

诉不可避免地成为遗民诗的主旋律。即使是降清贰臣钱谦益也通过“海角崖山一线斜,从今也不属中华”,“望断关河非汉帜,吹残日月是胡笳”①,写出了沉痛的故国之思;“扬州城外遗民哭,遗民一半无手足”②,则控诉了清军屠城的暴行。明清之际的诗人在对前代诗学遗产理性反思的基础上,熔铸唐宋,以实际创作成就营造了浓厚的诗文化氛围。对于整部清代诗史而言,清初遗民诗不仅为清诗取得“超越元明,上追唐宋”(钱仲联《清诗精华录·前言》)的辉煌成就奠定了坚实的基础,也为清诗的发展起到了导夫先路的重要功效。

黄宗羲、顾炎武、王夫之作为明清之际著名的三大思想家,都曾亲自参加了抗清斗争。他们注重学问的主张对清代诗坛产生了深远的影响,有清一代诗人普遍重视学问,并且也为清人亲近注重学问的宋诗埋下了伏笔,而黄宗羲更是主动地要学宋。钱锺书认为:“当时三遗老篇什,亭林诗乃唐体之佳者,船山诗乃唐体之下劣者,梨洲诗则宋体之下劣者。然顾、王不过沿袭明人风格,独梨洲欲另辟途径,殊为豪杰之士也。”③

慷慨悲歌的遗民诗人成为清初文坛的主角,并拉开了清代诗文发展的大幕。明清易代之际的文坛大家当首推钱谦益、吴伟业。牧斋、梅村二人虽“两姓事君王”,在政治立场上进退无据,于大节有亏,但不能因人废言,否定他们的诗文成就,他们的诗文也是一种特殊面貌的遗民情结的体现。钱牧斋针对明代诗坛纷纭庞杂的争论,提出了截断众流的理论。如把前后七子和竟陵派目之为“学古而赝”“师心而妄”者,他肯定公安派但也对公安派的“机锋侧出,矫枉过正”提出批评。钱谦益论诗主张转益多师、别裁伪体。他本人的诗歌就熔铸唐宋诸大家,兼取元遗山,可谓“才气横放,无所不有”。他的大型七律组诗《金陵秋兴》饱含诗人抗清复明的强烈感情,其价值可视为“明清之诗史,较杜陵犹胜一筹”④。

吴伟业对出仕清朝的自悔之辞在诗中比比皆是,如:“浮生所欠止一死,尘世无由识九还。我本淮王旧鸡犬,不随仙去落人间。”⑤《临终诗四首》其一

① 钱谦益:《后秋兴十三》其二,《投笔集笺注》,《续修四库全书》,宣统二年邓氏风雨楼铅印本影印,第560页。

② 吴嘉纪:《过兵行》,《吴嘉纪诗笺校》,上海古籍出版社,1980年版,第453页。吴嘉纪在《挽饶母》诗中也有类似记载:“忆昔芜城破,白刃散如雨。杀人十昼夜,尸积不可数。”

③ 钱锺书:《谈艺录》(补订本),第144页。

④ 陈寅恪在《柳如是别传·复明运动》中指出:“《投笔集》诸诗,摹拟少陵,入其堂奥,自不待言。且此集牧斋诸诗中颇多军国之关键,为其所身预者,与少陵之诗仅为得诸远道传闻及追忆平居者有异。故就此点而论,《投笔》一集实为明清之诗史,较杜陵尤胜一筹,乃三百年来绝大著作也。”三联书店,2001年版,第1193页。

⑤ 吴伟业:《过淮阴有感二首》其二,《吴梅村全集》,上海古籍出版社,1990年版,第398页。

也描述了他“忍死偷生廿载余,如今罪孽怎消除”①的自责之情。吴梅村的七言歌行,如《圆圆曲》《永和宫词》《听女道士卞玉京弹琴歌》,征词属事,篇无虚咏,被誉为一代诗史。

钱谦益在《列朝诗集小传》中提出了许多精悍辟透、截断众流的诗学主张,如强调诗歌创作的“不诚无物”及诗史观念。钱谦益身事两朝均居高位,又曾主盟文坛几十年,加之好奖掖后进,其诗学思想流布极广,是结明而开清的关键人物。吴伟业的“梅村体”是中国古代叙事诗发展链条上光辉夺目的一环,也是清人在诗体创新方面的杰出代表②。“梅村体”影响了有清一代诗人,从陈维崧、吴兆骞到王国维都受到了“梅村体”的启沃与濡染③。

清代诗(文)人是在遗民诗人铿鼓铿锵的余韵中登场的。在遗民诗人(包括变节诗人)的影响与扶植下,真正意义的清诗人逐步走上诗坛。自康熙亲政到嘉庆末期的文坛为“神韵说”“格调说”“性灵说”“肌理说”及桐城派“义法说”所笼罩。这一时期清王朝政权渐趋稳固,经济也有所恢复和发展。在特定的政治文化政策影响下,更多的诗(文)人注重诗歌本体研究,创作风格也由明清之际抒写家国之痛的慷慨之音渐为恬淡醇雅的平和之调,这也标志着清代文坛逐步走出遗民时代。

继钱谦益而起主盟诗坛的是主张“神韵说”的王士禛,他论诗并不强分唐宋的优劣,宋元诗自有其特定的价值。如他的《论诗绝句》第十七首就提出“耳食纷纷说开宝,几人眼见宋元诗”。另外他对宗唐、宗宋的门户之争十分反感,他认为:“近人言诗,好立门户,某者为唐,某者为宋,李、杜、苏、黄,强分畛域。如触蛮氏之斗于蜗角,而不自知其陋也。”④故钱锺书认为:“有清一代,主持坛坫如归愚、随园辈,以及近来巨子,诗学诗识尚无能望其项背者。”⑤诗坛上和王士禛并负盛名的是朱彝尊。朱氏早期推尊唐音,力诋宋调,如其《题王又旦过岭诗集》所云:“迩来诗格乖正始,学宋体制嗤唐风。江西宗派各流别,吾先无取黄涪翁。”出仕之后,转学宋诗,如屈大均《送朱上

---

① 吴伟业:《临终诗四首》其一,《吴梅村全集》,第531页。

② 叶君远认为在叙事诗的发展历史中没有任何一位诗人写过像他那样多的以重大时事为题材的叙事诗,白居易、杜甫都比不上他。在诗体革新方面吴梅村也是推陈出新、自成面目的清诗第一家,他在七言歌行上开辟出一块属于自己的领地,即“梅村体”。遍检清代诗人,有资格将名号加在某种诗体之上而称之为“某某体”的,屈指可数。见叶君远著《清代诗坛第一家——吴梅村研究·前言》,中华书局,2002年版。

③ 钱仲联指出“梅村体”影响了有清一代诗人,如陈维崧、吴兆骞好梅村体,后期陈文述的《怡道堂》有大量七言古诗,皆为梅村体。清末更多,比较著名的如樊增祥的《彩云曲》《后彩云曲》、王闿运的《圆明园词》、王国维的《颐和园词》。见《钱仲联讲论清诗之二》,魏中林整理,苏州大学出版社,2004年版,第20—21页。

④ 王士禛:《黄湄诗选序》,见袁世硕等点校《王士禛全集》,齐鲁书社,2007年版,第1546页。

⑤ 钱锺书:《谈艺录》(补订本),第106页。

舍》所云："逃唐归宋计亦得，韩苏肯让挥先鞭。"而中年以后"恃其博奥，尽弃格律，欲自成一家"①。其诗风的改变体现了清朝前期诗歌的演进轨迹：在思想内容方面，由前期慷慨激昂的抗清救亡转变为肤廓的吟咏，甚至歌功颂德；艺术形式上，由早期受"云间""西泠"影响的宗唐到后期的渐趋入宋，他以自己的创作成就和诗学理论极大地促进了浙派宗宋诗风的形成。

乾隆强调诗歌的教化功用，在当时的诗坛上，最能体现这种观点要求的是沈德潜的"格调说"。沈氏论诗力主温柔敦厚，袁枚则针对"格调说"的偏重教化着重强调文学的独立性。他主张"有必不可解之情，而后有必不可朽之诗"，认为诗歌"不必尽归于道德"。他反对傀儡衣冠的假盛唐诗，主张"人人有我在焉，不可貌古人而袭之"②，但他并非排斥学古，"不学古人，法无一可；竟似古人，何处著我，字字古有，言言古无，吐故汲新，其庶几乎？"③袁枚的"性灵说"开创了个性解放的思潮，与袁风格相近的有赵翼、洪亮吉、张问陶等人，稍后受他影响的还有下启龚自珍的黄景仁、舒位、王昙诸人。面对"日之将西，悲风骤至"的封建衰世，在诗坛上能够大胆指陈时弊、呼唤变革风雷的代表当为"亦狂亦侠""亦剑亦箫"的龚自珍。他的诗奇肆瑰丽，不拘唐宋成法而自创面目，开了"诗界革命"的先声④。与龚自珍同倡变革而齐名的魏源，其诗歌着眼时局，心怀天下。作为实务家，为追求酣畅淋漓的气势与实际效用，魏源的诗歌体现出以赋笔为诗、以议论为诗的特点，也奠定了雄浑遒劲、奇崛奔放的诗风。

中国古典文章学在古文与骈文角逐争雄的冲突激荡中又相互交叉吸收对方有益的养分，在融汇变通的基础上极大地促进了古典文章学自身的发展。至唐宋时期，韩愈、欧阳修诸人倡导的"古文运动"几乎完成了对骈文的摧陷廓清，从而使古文一脉渐入康庄之衢。然有明七子"文必秦汉"的规摹主张又误入名物堆垛、字句模拟的歧途，最后在师法秦汉还是唐宋的喋喋不休中走下了文学的历史舞台。鉴于七子派"学古而赝"的模拟窠臼与性灵派"师心而妄"的俚俗弊端，清初学者"厌故趋新"，复讲唐宋以来的古文矩矱。同时又不为"八大家"所牢笼，奠定了古文发展的合理态势。诚如《四库全书总目提要·尧峰文钞》所概括："古文一脉，自明代肤滥于七子，纤佻于三袁，

---

① 赵翼：《瓯北诗话》卷十，人民文学出版社，1963年版，第146页。

② 袁枚：《答沈大宗伯论诗书》，《袁枚全集》（二），江苏古籍出版社，1997年版，第283页。

③ 袁枚：《续诗品·著我》，人民文学出版社，2005年版，第176页。

④ 刘世南指出从龚自珍开始，"古典诗歌逐渐起了质变，尽管这种质变是隐形的，是潜在的，不像后来诗界革命时期表现得那么清晰，然而它毕竟在变。可以说，没有龚自珍，就没有后来的诗界革命"（《清诗流派史》，人民文学出版社，2004年版，第417页）。

至启、祯而极弊。国初风气还淳，一时学者始复讲唐宋以来之矩矱。”①

异族入侵、外夷肆虐都使清代散文的文学生态迥异于其他各朝，也造就了清代诗文的独特面目。“从时间跨度上看，也经历了前近代与近代的衔接，各种文章学思想伴随着世风、学风的熏染，在实践体验中发生呼应、切磋或抗衡、对立……清代散文家在背负传统而谋求别开生面的种种追求中，也形成了自身起步与发展的定势。”②纵览清代文坛，名家辈出，佳作迭现，展现出中国古典散文进入总结期的灿烂辉煌与多姿多彩。如《清史稿·文苑传序》所论：“明末文衰甚矣！清运既兴，文气亦随之而一振。谦益归命，以诗文雄于时，足负起衰之责；而魏、侯、申、吴，山林遗逸，隐与推移，亦开风气之先。康、乾盛治，文教大昌。圣主贤臣，莫不以提倡文化为己任。师儒崛起，尤盛一时。自王、朱以及方、恽，各擅其胜。……道、咸多故，文体日变。龚、魏之徒，乘时立说。同治中兴，文风又起。曾国藩立言有体，济以德功，实集其大成。光、宣以后，支离庞杂，不足言文久矣。兹为文苑传，但取诗文有各能自成家者，汇为一编，以著有清一代文学之盛。”③

在上述粗笔勾勒的清代文学图谱中，有清一代二百多年的古文发展流程也大抵如此。在由明入清的钱谦益以及清初古文大家侯方域、魏禧、汪琬、方苞等人倡导揄扬下，古文始振。自方苞起而桐城文兴，继而衍变出“阳湖派”，至姚鼐而文理日精、堂庑益大。桐城派古文至此成为一代文学正宗，也成为我国文学发展史上“持续时间最长，作家人数最多，影响最大的散文流派”④。

（二）曾国藩与道咸同诗（文）风转捩的宏观观照

在晚清政治史上，曾国藩是一个举足轻重的人物。曾国藩学有本源、器成远大，且凭借着屡败屡战的韧性成功地镇压了太平天国运动，使得痨病将死的清王朝得以苟延残喘。曾国藩对清王朝回光返照的经营，也使得他声誉日隆，封建士人甚至誉之为“学有本源，器成远大，忠诚体国，节劲凌霜，德埒诸葛、功迈萧曹”⑤，实为中兴名相，一代名将。曾氏在政务萦心之余，对诗歌、古文情有独钟，且凭借其执着的体悟涵泳，在文学领域也取得“文章无愧

---

① 永瑢等：《四库全书总目提要》卷一七三，中华书局，2003年版，第1522页。

② 傅璇琮、蒋寅：《中国古代文学通论·清代卷》，第42页。

③ 赵尔巽：《清史稿·文苑传序》，第13314—13315页。

④ 周中明：《桐城派研究·绪论》，辽宁大学出版社，1999年版，第1页。卞孝萱也指出：“在清代文学史上，桐城派是一个时间最长、地域最广、人数最多、势力最大、影响最深的散文创作流派。”《清代文坛盟主桐城派·序》，杨怀志、潘忠荣主编，第1页。

⑤ 朱东安：《曾国藩传》，四川人民出版社，1985年版，第1页。

于韩欧”[①]的称誉。总之,曾国藩的人格体气和文化精神造就了他在“立德、立功、立言”等方面几近完美的结合,也对中国近现代知识分子产生了深远的影响[②]。曾国藩之成就,不仅在于戡平大难,足以震烁一时,其文学成就亦宽宏博实,文学视野闳丰通达,有清二百余年罕见其匹。自诩要“犹当下同郭与李,手提两京还天子”的曾国藩在戎马倥偬、案牍劳形之余于诗文创作也颇具建树,他不仅是晚清宗宋诗派的一面大纛,而且还被誉为“桐城派中兴的功臣”。在其勋名功绩的掩映下,学术界对曾国藩诗文创作与理论解读的研究却始终显得相对冷清,这对孜孜矻矻于诗文之道且自负“于古诗人中如渊明、香山、东坡、放翁诸人,亦不多让”[③]的曾文正公未尝不是一种误读与轻慢。

深受湖湘文化浸染的曾国藩毕生恪守“男儿以懦弱无刚为耻”的祖训,加上“好汉打脱牙和血吞”的立志之诀使得其胸襟器识固然迥异于一般文人。因此,他极为推崇充满阳刚之美的瑰伟诗文。曾氏一生对诗文之道颇为用心,如1862年春湘军祁门大营被围之时,曾氏手书遗嘱即称:“此次若遂不测,毫无牵恋……唯古文与诗,二者用力颇深,探索颇苦,而未能介然用之,独辟康庄。古文尤确有依据,若遽先朝露,则寸心所得,遂成广陵之散。”[④]对手摩心追的桐城派古文,曾氏不仅有所承继,同时在既破又立的基础上提出了独具只眼的见解与心得。曾国藩在汲汲于“修身、齐家、治国、平天下”的人生目标的同时一刻也未尝忘情于诗文创作,也留下了极具分量的成果。曾氏屡次在书信、序引、识跋中阐明自己的诗文主张,且不乏借诗文选本流播自己文学理论的热情。这些都奠定了他作为晚清宗宋诗派执牛耳者与古文集大成者的地位,同时也应验了他“惟古文、各体诗自学有进境,将来此事当有所成就”[⑤]这一颇为自负的宣言。对曾国藩诗文的梳理不仅有利于把握晚清诗文的整体动向,还可以捕捉到曾氏仕途浮沉的心态历程。从某种意义上来

---

① 朱东安:《曾国藩文选·内容提要》,百花文艺出版社,2006年版,第1页。

② 梁启超对曾国藩极为推崇,他说:“曾文正者,岂惟近代,盖有史以来不一二睹之大人也已;岂惟我国,抑全世界不一二睹之大人也已。”(《曾文正公嘉言钞·序》,商务印书馆,1925年版,第2页)黄遵宪也认为曾文正在“国朝二百余年,应推为第一流。即求之古人,若诸葛武侯,若陆敬舆,若司马温公,若王阳明,置之伯仲间,亦无愧色,可谓名儒矣,可谓名臣矣!”(《黄遵宪致梁启超书》,《中国哲学》,1982年第8辑)甚至毛泽东、蒋介石都对曾国藩推赏备至。国学泰斗陈寅恪在30年代也自称:“平生为不古不今之学,思想囿于咸丰同治之世,议论近乎曾湘乡张南皮之间。”(《金明馆丛稿二编·冯友兰〈中国哲学史〉下册审查报告》,三联书社,2001年版,第285页。)

③ 赵烈文:《能静居日记》,同治六年六月十五,《中国史学丛书》,台北,台湾学生书局,1964年版,第1886页。

④ 曾国藩:《谕纪泽、纪鸿》,咸丰十一年三月十三日,《曾国藩全集·家书》,第662页。

⑤ 曾国藩:《致温弟、沅弟》,道光二十四年三月初十日,《曾国藩全集·家书》,第80页。

说,这也是从文学史的视角全面认识曾国藩的一个有效途径。强调“经济”及推崇气骨的思想不可避免地渗透到他的诗(文)理论中,并对后来的诗(文)坛都产生了深远影响。陈衍在《近代诗钞序》里说:“有清二百余载,以高位主持诗教者,在康熙曰王文简,在乾隆曰沈文悫,在道光、咸丰则祁文端、曾文正也。”①

杜、韩、苏、黄、义山等诗坛大家是曾国藩所企慕的楷模,如曾氏尝自称:“于五七古学杜韩,五七律学杜,此二家无一字不细看。此外则古诗学苏黄,律诗学义山,此三家亦无一字不看。五家之外,则用功浅矣。”②在桐城诗派及当时程恩泽诸人的影响下,曾国藩特别推崇具有奥衍生涩审美效果的诗歌。如其极为推重黄庭坚,曾在诗中为黄庭坚揄扬:“涪翁差可人,风骚通肸响。造意追无人,琢辞辨倔强。伸文揉作缩,直气摧为枉。”③由此可以看出,他是一个祧唐祢宋的典型人物。在对诗歌体悟涵泳的审美观察下,他进而构建了“气势”“识度”“情韵”“趣味”“机神”等较为完备的诗学审美体系,体现出传统诗学总结者的开阔视野与艺术修养,也揭示了其前后期诗歌审美风尚的变化轨迹。

乾嘉之际的诗人仍然沉浸在康乾盛世的心满志得中,在诗坛上也浓妆艳抹地上演着与休明治世桴鼓相应的华丽剧幕:“神韵说”“格调说”“性灵说”各争擅场,争奇斗艳。王士禛的“神韵说”强调一种空灵、冲淡的纯粹艺术审美感受,他的作品也以远离政治的山水田园诗而著称。这种审美主张是清代盛世与严苛文化政策下的特定产物,当然在诗歌美学史上也有其重要价值。但随着清代国运的每况愈下,神韵末流更是推波助澜地发展了这种仅满足于在艺术王国内徜徉自得而脱离现实的审美追求,也屡屡给人以诟责该派的口实——缺少真性情。如郑板桥就指出诗歌应当“敷陈帝王之事业,歌咏百姓之勤苦,剖析圣贤之精义,描摹英杰之风猷”,岂能是“言外有言、味外取味者所能秉笔而快书乎”④?

沈德潜的“格调说”在艺术形式上极力倡导唐诗的风神情韵、格古调逸,这也是对“近来浙派人人深,樊榭家家欲铸金”⑤诗学走向补弊纠偏的积极尝试。在诗歌表现主体上,一改神韵派不问世事的闲适冲淡,而是大力揄扬诗歌理性情、善伦物的社会功效。这是乾隆教忠、教孝文化意图的积极贯彻,也

① 陈衍:《石遗室诗话》,人民文学出版社,2004年版,第822页。
② 曾国藩:《致诸弟》,道光二十五年三月初五,《曾国藩全集·家书》,第108页。
③ 曾国藩:《题彭旭诗集后即送其南归》,《曾国藩全集·诗文》,第25页。
④ 郑板桥:《潍县署中与舍弟第五书》,《郑板桥全集》,上海古籍出版社,1979年版,第21页。
⑤ 洪亮吉:《道中无事,偶作论诗截句二十首》之十二,《洪亮吉集》,中华书局,2001年版,第1245页。

为"格调说"赢得了诗坛正宗、盛世元音的称誉。格调派的诗歌内蕴就是关乎风教,既要有怨刺但又不能忽视"怨诽而不乱"的温柔敦厚之旨。中正平和而乏奇警之处,起承转合有规矩法度,袭盛唐面目而少真气也成为对格调派的精准定谳。针对"格调说"偏重教化以及剽窃字句、敷衍故套的模仿习气,袁枚特意拈出文学的独立性以及新变性以为反驳:他主张"有必不可解之情,而后有必不可朽之诗"①,认为诗歌不必尽归于道德教化;袁枚指出"唐人学汉魏,变汉魏;宋学唐,变唐。……使不变,不足以为唐,亦不足以为宋也"②。袁枚强调凸现真性情的主张形成了个性解放的思潮,也开创了晚清诗学史上的"异端"诗派,具有重要的文化史、思想史意义。但性灵派末流一味地追新逐奇,过于浅薄地抒写"性灵",这又形成了佻滑之弊。

神韵派、格调派、性灵派在诗坛上的角逐争雄是有清一代祧唐祢宋诗学主流的冲波回折,也蕴涵着诗坛格局盛极必衰的变数。随着社会环境与政治氛围的变迁,诗歌的审美情趣也必然相应地要发生转换。神韵派、格调派、性灵派流衍既久,不无积弊,不可避免地要成为诗坛的明日黄花,为后续诗派所替代。如金天翮即指出:"渔洋神韵,仓山性灵,张(问陶)、洪(亮吉)竞气于辇谷,舒(位)、王(昙)骋艳于江左。风流所届,遂成轻脱。夫口餍粱肉,则苦笋生味;耳厌筝笛,斯芦吹亦韵。"③"盖诗至嘉道间,渔洋、归愚、仓山三大支,皆至极弊。文弊而返于质。"④钱仲联认为该论述"大致上符合实况",并进而指出:"乾嘉诗风,浓腻浮滑,到了极弊。"⑤针对乾嘉诗坛的弊端,"曾文正以回天之手,未试诸功业,而先以诗教振一朝之堕绪,毅然宗昌黎、山谷,天下向风"⑥。诚如王镇远先生所言:"曾国藩推崇黄庭坚的诗在当时颇有开启之功,后人也都注意到这点。"⑦

如陈衍在《石遗室诗话》开篇就讲:"道咸以来,何子贞、祁春圃、魏默深、曾滌生……莫子偲诸老,始喜言宋诗。……湘乡诗文字,皆私淑江西,洞庭以南言声韵之学者,稍改故步。"⑧后又说:"自明人事摹仿,而不求变化,以鸿沟划唐宋,东坡且无人过问,涪翁无论矣。坡诗盛行于南宋、金、元,至有清几于

---

① 袁枚:《答蕺园论诗序》,《袁枚全集》(二),第527页。
② 袁枚:《答沈大宗伯论诗书》,《袁枚全集》(二),第284页。
③ 金天翮:《答樊山老人论诗书》,转引自钱仲联《清诗纪事》,江苏古籍出版社,1989年版,第10092页。
④ 金天翮:《答苏戡先生书》,《天放楼文言》,《近代中国史料丛刊》,第354页。
⑤ 钱仲联:《梦苕庵论集·论同光体》,中华书局,1993年版,第418—419页。
⑥ 金天翮:《答苏戡先生书》,《天放楼文言》,《近代中国史料丛刊》,第354页。
⑦ 王镇远:《论曾国藩的文学地位》,《中华文史论丛》,1986年第3辑,第73页。
⑧ 陈衍:《石遗室诗话》,第4页。

户诵。江西诗派外，千百年寂寂无颂声，湘乡出而诗学皆宗涪翁。”[①]施山也指出：“黄山谷诗历宋、元、明，褒讥不一，至国朝，王新城、姚惜抱又极为推重，然二公实未尝学黄，人亦未肯即信。今曾涤生相国学韩而嗜黄，风尚一变，大江南北，黄诗价重，部值千金。”[②]钱基博在《现代中国文学史》中也认为曾国藩于诗歌推崇韩愈、黄庭坚诗风，改变了乾嘉以来的文坛风气，对于近代诗学风尚转变有开创之功[③]。钱仲联《梦苕庵诗话》说：“自姚姬传喜为山谷诗，而曾求阙祖其说，遂开清末西江一派。”[④]

曾国藩勋业、文章皆开数十年风气，其余事为诗，雄峻排奡，遏袁枚、赵翼、蒋士铨之颓波，“力矫性灵空滑之病，务为雄峻排奡，独宗西江”的诗学观终结了“性灵”末流“大雅殄绝”的积衰习气，为同光体的宋诗运动导引风向，从而奠定“开数十年风气”“陶铸一世之功”[⑤]的宋诗派宗主地位。坚忍倔强、自拔流俗的个性品格注定曾国藩对奇崛兀傲文风的推崇。针对桐城派文风“才气薄弱”的弊端，曾氏“平生好雄奇瑰伟之文”，对诗文的追求也偏重于气势刚劲。就姚鼐“阳刚”“阴柔”的风格主张，曾国藩认为：“大抵阳刚者气势浩翰，阴柔者韵味深美；浩翰者喷薄而出之，深美者吞吐而出之。”[⑥]面对道咸之际内外交困的时局，曾国藩明确提出融“经济”于“辞章”的见解，强调经世致用，这也给传统文化（文学）注入了鲜活血液，奠定了他桐城派古文中兴功臣的地位。

自方苞倡导六经、诸子、史传及六朝辞赋不得入文的家法以来，桐城后继者大都惜墨如金，以求合乎“清真雅洁”的为文轨辙。但这又造成桐城派古文取径窄狭而格局有失宏大，形成懦缓窳弱的文风。针对桐城派气清体洁而“雄奇瑰玮之境尚少”的弊端，曾国藩“以汉赋之气运之”，故其“所为文章，宏中肆外，无有桐城家言寒涩、枯窘之病”，也形成了“卓然为一代大家，由桐城而恢广之，以自为开宗之一祖”[⑦]的文坛宗主地位。加上其“门弟子著籍甚

---

① 陈衍：《陈衍诗论合集 · 近代诗钞述评》，福建人民出版社，1999 年版，第 882 页。参见《石遗室诗话》。

② 施山：《姜露庵杂记》卷六，转引自钱仲联编《清诗纪事》，第 10090 页。

③ 钱基博：《现代中国文学史》，中国人民大学出版社，2004 年版，第 212 页。

④ 钱仲联：《梦苕庵诗话》，齐鲁书社，1986 年版，第 85 页。

⑤ 徐世昌：《晚清簃诗汇》卷一百四十二，中华书局，1990 年 10 月版，第 6179 页。

⑥ 曾国藩：《日记》，咸丰十年三月十七日，《曾国藩全集 · 日记》，第 475 页。

⑦ 吴汝纶：《与姚仲实》，《吴汝纶全集》第三册，黄山书社，2002 年版，第 51—52 页。

众”的影响①,故而“一时流风所被,桐城而后,罕有抗颜行者”②。

在晚清时事孔棘的情况下,曾氏以“经济”入文的主张对穷途末路的古文不啻一剂激活躯体的强心针。同时他还提出了“气势”“识度”“情韵”“趣味”等较为完备的诗文审美范畴,体现出晚清诗文集大成者的开阔视野与艺术素养。曾氏还在日记、书信、序引、识跋中不厌其烦地对诗文创作的谋篇布势、甄选字句进行条分缕析,且凭借其创作实绩以及诗文读本的编选来流播自己的诗文理念。这些都奠定了曾氏在晚清诗文传承史上不可忽略的重要地位。把曾国藩的古文成就评价为“冠绝古今”,是其门弟子的溢美之词,但说他是桐城古文得以中兴的功臣无疑是措词得当的评判。

对于曾国藩在文学史上的重要意义,学者关注的眼光较多地纠缠在桐城派中兴以及晚清宋诗派运动所起的作用上。而对曾氏把“经济”纳入文学理论体系以强调致用的举措和曾氏在现代文学转型中的潜在意义缺乏独到的审视。为了更好地贯彻自己的政治理念与战略思想,曾国藩刻意用浅显通俗的白话文为湘军士卒撰写了《陆军得胜歌》《水师得胜歌》《爱民歌》《解散歌》等作品,以激发士气、振奋军心。这些作品也完全突破了曾氏一贯强调的“义理、考据、辞章、经济”相结合的原则,成为仅仅注重“经济”、强调致用的为文典范。

在晚清政治史上,曾国藩身为一介书生,凭借着坚忍不拔的意志成功地取得了金榜题名、封侯拜相的勋绩,成为天下读书人项领相望、唯马首是瞻的领袖人物。借助其号召力与凝聚性,曾氏对桐城古文的改革、对宋诗运动的揄扬都成为天下士子如蓬从风、如川赴壑的取法渊薮,其文学理念的流播也必然会起到事半功倍的效果。诚如陈子展先生所言:“谁不知道曾国藩是满清中兴的大将?但他同时又为桐城派古文中兴的钜子,他的魄力还能使他为黄庭坚的功臣,复兴了江西宗派。这也不算奇怪,大人先生的心之所向,一经腾为口说,播为声气,足以转移风气,陶铸一世之人。”③

---

① 钱基博在《近百年湖南学风》中还指出曾国藩“门弟子著籍者,武昌张裕钊、桐城吴汝纶最为绝出,先后主直隶保定之莲池书院。新城王树枏、武进贺涛,得其法脉,声光迸出以称宗于河北,传授徒友。于是河北之治古文者,皆衍湘乡之一脉焉”(岳麓书社,1985 年版,第 34—35 页)。王澧华在《曾国藩诗文集·前言》中也认为“曾门四子张裕钊、吴汝纶、黎庶昌与薛福成的成就,更加增添了曾国藩在桐城派中的领袖意味”(第 17 页)。

② 钱基博:《现代中国文学史》,2004 年版,第 19 页。

③ 陈子展:《中国近代文学之变迁》,上海古籍出版社,2000 年版,第 22 页。

第一章　曾国藩诗文理念的时代文化背景

曾国藩在戎马倥偬、案牍劳形之余于诗文创作也颇具建树，堪称能够引领近代文坛风气的一代宗主。

曾国藩是晚清诗学史上一个不可忽略的重要人物，极大地影响了同治、光绪年间的宋诗运动。曾氏还凭借其创作实绩以及诗歌读本的编选来流播自己的诗学理念。坚忍倔强、自拔流俗的个性品格注定了曾国藩对奇崛兀傲诗风的推崇，也使得其诗学理念与创作实绩未能一一印证、完全吻合。

在古文领域，曾国藩被誉为桐城派中兴的功臣。在对文学遗产的系统总结与梳理的基础上，他进而依据窳弱时局的需要，提出“文章与世变相因”的文学理念，强调了文学的社会功用。深受儒家文化浸染的政治家曾国藩，不仅能顺应时代发展，极力鼓吹文章“经世济民”功用。同时，作为古典文学集大成者，曾国藩也丝毫没有忽略文艺作品的审美特性。他构建了一个囊括诗文气度与韵味、质性圆满、体用完备的审美体系，展现出传统古文总结者的豁达胸襟与开阔视野。功利性与实践性是曾国藩文学理念的显著特征，特别是其强调文学社会功用的主张，对新文学的发展也有重要的借鉴意义。

第一节　社会范式变迁与曾氏诗文哲学旨趣

一　世运潜移与“气势”追求

自满洲铁骑入主中原，历经顺治、康熙、雍正、乾隆几代君主的励精图治，形成了中国封建史上的最后一个辉煌治世——康乾盛世。康、乾时期的文治、武功、经济均取得粲然无比的成效，中华帝国的内在张力在固有的封建体系下都已达到极致①。当天朝上国的统治者及其精英们在中国社会这艘古老的航船上志得意满、固步自封时，内忧外患也已经在潜滋暗长了。与此同

① 审慎的史学家即使对康乾盛世表象下掩盖的矛盾有所揭露，但对其取得的辉煌成就还是予以认可的。如萧一山认为：“在有清260余年中，故属绝无仅有之时代，即在我国历史上，亦可以媲美汉唐，光延史册。”《清代通史》卷中，中华书局，1984年版，第258页。

时,西方社会则爆发了资产阶级革命以及工业革命,迅速地抢占了先进文明的制高点①,逐步改变了中国在世界格局中的中心位置。而乾隆六十年(1795)的湘黔苗民以及川陕白莲教揭竿而起,既沉重昭示了封建帝国内部的河决鱼烂、积弊丛生,也为所谓的承平盛世画上了一个大大的问号②。嘉庆十八年(1813)暴发的天理教起义更是直逼紫禁城,让最高统治者胆战心惊、疲于应对。自乾隆以降,大清国运日渐式微。诚如魏源在《圣武记序》里所讲:"荆楚之南,有积感之民焉。生于乾隆征楚苗之前一岁,中更嘉庆征教匪、征海寇之岁,迄十八载,畿辅靖贼之岁,始贡京师,又迄道光征回疆之岁,始筮仕京师。"③不仅域内积感之民不堪驱使频频揭竿而起,西方列强也恃其坚船利炮屡屡叩关索利。

域内民众的不断起义强有力地冲击着维系封建社会的道德信仰、伦理价值等儒家学说,而固有的"以夏变夷"的民族自大心态在西洋文化参照体系的优势面前也轰然倒塌,这激起了传统士人对中国数千年来的文化积淀进行又一轮深刻的反思。太平天国运动极大地冲击了维系封建社会的儒家精神支柱,在全体社会精英思索如何解决内忧外患的时代课题下掀起一股经世致用的热潮,进而促成了"义理、考据、辞章、经济"这一古文理论体系的建构。康、乾时期恬淡典雅的盛世元音早被"日之将夕,悲风骤至"的衰败局面所打断,浓重的历史意识和救亡图存的责任感在士人中不断弥漫扩散,道光以降也成了清代学术与文学一大转捩点。

曾国藩一生正是"以儒教义理为根本,以经世报国为目的"④的,"立德、立功、立言"也正是他终生奋斗的目标。为挽救大厦将倾的清王朝,曾国藩在其政治伦理与文化基石上精心构筑了自己的诗(文)学体系,强调以"经济"与傲兀雄奇的"气势"来革除诗(文)坛纤佻、浮华的习气。

曾国藩以懦弱无刚为耻的家训,加之"好汉打脱牙和血吞"的坚忍个性,以书生犯大难而出将入相的军旅生涯,注定了其胸襟气魄远胜于一般读书人,以及他对"气势"的推崇。仅仅从个性品格方面的考索来论定曾国藩对

---

① 当时士人在闭关锁国的政策下不可能认识到西方社会变革的积极意义,直至林则徐、魏源诸人才意识到"师夷长技以制夷"等形而下的技术层面需求。而属于形而上的政治体制之优越性到康梁维新派才真正认识:"诸欧治定功成,其新政新法新学新器,绝出前古,横被全球。"(康有为《进呈突厥削弱记序》,《康有为政论集》上册,中华书局,1981年版,第299页。)

② 黄景仁(1749—1783)作为一位下层诗人,他的诗歌就较多的暴露了盛世外衣下隐藏的黑暗社会现实,写出了自己的悲惨命运。如"全家都在西风里,九月衣裳未剪裁"(《都门秋思》其三),"我曹生世良幸耳,太平之日为饿民"(《朝来》)。

③ 魏源:《圣武记序》,《魏源集》,第166页。

④ 黄霖:《近代文学批评史》,上海古籍出版社,1993年版,第173页。

“气势”的钟爱还只是处于表面层次的浅显原因,而对曾氏文化心态的深层扫描可以得出更为翔实有力的论断。

首先,在曾国藩诗文集中,渴望“建永世之业,留金石之功”的慷慨之论俯拾即是。曾氏的这类诗往往挟带一股豪迈之气扑面而来。如“生世不能学夔皋,裁量帝载归甄陶”①,“树德追孔周,拯时俪葛亮”②,以及“述作窥韩愈,功名邺侯拟”③,其凌轹前贤的豪迈之情足可窥见一斑。

其次,曾国藩对儒家“声音之道,与政相通”的诗学理念却是奉为圭臬、不容触动的。即使是备受他推崇的韩愈、欧阳修,对于他们提出的与《诗大序》所谓“治世之音安以乐”相背离的观点,曾国藩都大胆否定。对韩愈“欢愉之词难工,穷苦之音易好”及欧阳修“诗必穷而后工”的见解,后世论者以“宫音和温,难于耸听;商音凄厉,易以感人”而“大率祖述其说”。对“数十年来,人人相与持是说而不变”守成状况,曾国藩却“独以为未必然”。他以“王者之迹息而诗亡”为起点,胪列了两汉全盛之日号为能诗的苏、李、班、张以至李唐盛世而词人百辈的事实,并进而说明国家鼎隆之日“文人之气盈而声亦上腾”,而“其声可以薄无际而感鬼神”;反之则“其气歉而声亦从而下杀”,并可能“瓮牖穷老而不得一篇之工”。所以曾氏认为:“谓盛世之诗不敌衰季,卿相不敌穷巷之士,是二者,殆皆未为笃论已。”④

曾氏在《云浆山人诗序》中还力赞穆彰阿的诗作:

> 简肃清夷,不名一能。篇帙不繁,而行役之作,扈从之章,生平政绩,略备于斯,抑有诗史之遗意。其于六朝、唐、宋诸家,若合众金以融一冶,而铸为重器。观者但知器之良,而忘其所采谁氏之金也。于时皇清承平已二百祀,重熙累洽,遐迩禔安。跂行喙息之伦,莫不茹仁践义,时会可谓极隆,而吾师入总百揆,出领三辅,门生故吏,吐哺延接,天宪出内,曹司百事,手批口答,日以百计。而乃从容挥斥,时从事于吟咏,若行所无事者。才分之优绌,什百千万,如此其远也。⑤

---

① 曾国藩:《题唐镜海先生二图・十月戎行图》,《曾国藩全集・诗文》,第45—46页。

② 曾国藩:《送陈岱云出守吉安》,《曾国藩全集・诗文》,第16页。

③ 曾国藩:《杂诗九首》其一,《曾国藩全集・诗文》,第4页。

④ 曾国藩:《云浆山人诗序》,《曾国藩全集・诗文》,第226—227页。在《槐阴书屋图记》中,曾国藩对“诗必穷而后工”的观点有了更加理性化的认识,显示出更为合理的诗歌创作思维:“国藩尝览古昔多闻之君子,其从事文学,多不在朝班,而在仕宦远州之时。虽苏轼、黄庭坚之于诗,论者谓其汴京之作少逊,不敌其在外者之殊绝。盖屏居外郡,罕与接对,则其志专,而其神能孤往横绝于无人之域。若处京师浩穰之中,视听旁午,甚嚣而已矣,尚何精诣之有哉?”

⑤ 曾国藩:《云浆山人诗序》,《曾国藩全集・诗文》,第227页。

曾氏一是强调穆彰阿的诗作“不名一能”而有诗史遗意,且融合六朝、唐、宋诸家之所常;二是强调穆彰阿身处“承平已二百祀,重熙累洽,遐迩禔安”的极隆盛世;三是强调穆彰阿“入总百揆,出领三辅”的高位,并极力强调“宗韩欧之说者,亦所谓察其一,未睹其二者哉!”①

由此可知,曾氏借对云浆山人诗作的极力揄扬来批驳韩、欧命题的不符现实,实际上也逗漏出他潜在的一种盛世情结与强调“外王”的文化心态。曾国藩在书信、日记里屡屡强调气势的重要,如“论诗亦取傲兀不群者”②,“大抵作字及作诗、古文,胸中须有一段奇气盘结于中”③。他训诫纪泽、纪鸿作诗为文时说:

> 总贵气象峥嵘,东坡所谓蓬蓬勃勃如釜上气。古文如贾谊《治安策》、贾山《至言》,太史公《报任安书》,韩退之《原道》,柳子厚《封建论》,苏东坡《上神宗书》,时文如黄陶庵、吕晚村、袁简斋、曹寅谷,墨卷如《墨选观止》《乡墨精锐》中所选两排三迭之文,皆有最盛之气势。尔当兼在气势上用功,无徒在揣摩上用功。④

曾国藩的诗歌极其注重阳刚之美,强调气势。曾氏自称其《感春诗》“慷慨悲歌,自谓不让陈卧子,而语太激烈,不敢示人”⑤。如“莫言儒生终龌龊,万一雉卵变蛟龙”,可谓对自己的前途充满自信;“丈夫求志动渭莘,虫鱼篆刻安足陈?贾马杜韩无一用,岂况吾辈轻薄人”,透露出不甘“徒以翰墨为勋绩”而希图建立经世功业的豪气;而“如今君王亦薄恩,缺折委弃何当言”,亦可谓大胆之极。他自称除七律外“他体皆有心得,惜京都无人可与畅语者”⑥,对自己诗作的自负之情溢于言表。曾国藩坚忍、倔强的个性品格在其诗中多有体现,如两次举进士不第的挫折并没有消减他的豪情壮志,其诗云:“去年此际赋长征,豪气思屠大海鲸。湖上三更邀月饮,天边万岭挟舟行。竟将云梦吞如芥,未信君山刬不平。偏是东皇来去易,又吹草绿满蓬瀛。”⑦透露出曾国藩在仕途上狂者进取的积极心态。

作为政治家的曾国藩毕生恪守“男儿以懦弱无刚为耻”的祖训,极为

---

① 曾国藩:《云浆山人诗序》,《曾国藩全集·诗文》,第227—228页。
② 曾国藩:《致诸弟》,道光二十三年正月十七日,《曾国藩全集·家书一》,第54页。
③ 曾国藩:《曾国藩全集·日记》,咸丰十一年九月十二,第661页。
④ 曾国藩:《谕纪泽、纪鸿》,同治四年七月初三日,《曾国藩全集·家书》,第1204—1205页。
⑤ 曾国藩:《致温弟》,道光二十三年六月初六日,《曾国藩全集·家书》,第66页。
⑥ 同上。
⑦ 曾国藩:《岁暮杂感十首》之四,《曾国藩全集·诗文》,第77页。

推崇充满阳刚之美的审美风尚，这也正是他踔厉骏发进取心态的体现。直到同治四年，曾国藩在训导纪泽、纪鸿时仍主张："《四象表》中惟气势之属太阳者，最难能可贵。古来文人虽偏于彼三者，而无不在气势上痛下功夫。"①

由此可知，一生孜孜矻矻于诗文之道、始终推崇"气势"的曾文正，其"恨当世无韩愈、王安石一流人与我相质证"②的自负宣言不仅是文学审美范畴的表态，更是其企盼在"树德""拯时"方面超迈前贤事功心态的真实流露。

二　国家困局与"经济"主张

儒家自开派之初即强调入世，注重学以致用，这也是以后儒家发展史上的主线。如孔子明确提出："颂诗三百，授之以政，不达；使于四方，不能专对；虽多，亦奚以为"③，并积极地把自己的学说付诸实践。孔子虽不为诸侯所用，但这并没有消磨掉他用世的热情。他声言："苟有用我者，期月而已可也，三年有成。"④"如有用我者，吾其为东周乎？"⑤孟子也曾豪言："如欲平治天下，当今之世，舍我其谁也？"⑥孔子在不为世用之时虽有仕与隐的矛盾情绪，但丝毫不影响"修身、齐家、治国、平天下"成为数千年来指导儒家士人积极用世的最高准则。而儒家教科书《诗》《书》《礼》《易》《乐》《春秋》也成了后世儒家信徒考索通经致用的学习典范⑦。

在有清二百余年的历史中，康乾盛世是最值得当时士人眷恋的黄金时期。但乾隆六十年的苗民及白莲教起义的爆发，已经打破了辉煌盛世的神话。自此以降，清王朝如同一艘拖曳着庞大、破旧躯体的木船，在风雨飘摇的海面上踽踽而行。船体漏水而暴雨骤至，且前面暗礁丛生，这正是当时清王朝所面临的局势。但当时的社会精英们仍然沉浸在自我构建的世界体系中优势地位而优游自得，他们没有料到接踵而至的内忧外患会给清帝国带来怎样的创伤。19 世纪上半叶，英国等资本主义国家，为了改变他们同中国长期贸易中的逆差，企图以大量走私鸦片来摧毁中国的经济体系。鸦片的走私使

---

① 曾国藩：《谕纪泽、纪鸿》，同治四年七月初三日，《曾国藩全集·家书》，第 1205 页。
② 曾国藩：《致诸弟》，道光二十四年三月初十日，《曾国藩全集·家书一》，第 80 页。
③ 朱熹：《四书章句集注》，《论语·子路》篇，中华书局，1983 年版，第 143 页。
④ 同上书，第 144 页。
⑤ 朱熹：《四书章句集注》，《论语·阳货》篇，第 177 页。
⑥ 朱熹：《四书章句集注》，《孟子·公孙丑下》，第 250 页。
⑦ 清人章学诚就独具慧眼的指出："六经皆先王之政典也"，"六经皆先王得位行道、经纬宇宙之迹，而非托于空言"（《文史通义·易教上》，上海书店，1988 年版，第 1、3 页）。

清政府财政濒临崩溃的边缘①,加速了国内矛盾的进一步激化。在内忧外患纷沓而至的严峻现实面前,开明士大夫中的有识之士,如林则徐、龚自珍、魏源、张际亮、汤鹏、姚莹等,开始思索如何才能使清王朝振衰起弊。明清鼎革之际士人强调为学须有用于世的思潮再度张扬。然囿于时代、阶级以及知识的局限,很多人的主张依然是"药方只贩古时丹",在儒家固有的价值体系内寻求济世良方。当然也不乏林则徐、魏源这样能够看到西方科技文化进步性一面的开明之士。

嘉、道之际,无论是汉学,还是宋学,都存在着"饾饤为汉,空腐为宋"②的弊端,对解决匡时经世这样宏大的时代课题均感到束手无策。曾国藩作为儒家文化的信徒,在融合汉宋的治学基石上全力构建了一个强调"经济"的理论体系。曾国藩为了使自己的立论更具说服力,把"义理""考据""辞章""经济"与"孔门四科"一一对应起来。因此,我们也可以这么说,晚清士人普遍强调"经济"的学风可以说是传统儒家注重匡时救弊入世思想的回复与高涨。

在力倡救亡图存的今文经学风靡海内的时局下,恪守湖湘文化经世传统的曾氏适时地把"义理""经济"融为一体,体现出集大成的胸襟与眼光。面对晚清多变的时局,深受致用传统熏陶及时代感召的曾国藩主张"文章与世变相因"③,强调文学的经世功用与社会现实意义,这也是学术思想在诗文理论中的清晰体现。

自胡宏、张栻以来,湖湘学派一直秉承着体用兼备的治学传统。在此学风浸染下,湖湘士人大都注重留心"经济"之学。而引导曾国藩步入理学门户的唐镜海对其经济主张的提出也居功甚伟,如唐氏尝告诫曾国藩曰:"为学只有三门:曰义理,曰考核,曰文章。考核之学,多求粗而遗精,管窥而蠡测。文章之学,非精于义理者不能至。经济之学,即在义理内。"镜海先生的宏论使他"听之,昭然若发蒙也"④。曾国藩也郑重提出读书的目的就是在于"谙世务",如能熟悉世务"则闻见博而应事不穷"⑤。在内忧外患的轮番侵

---

① 黄爵滋曾明言鸦片输入带来的危害:"自道光三年至十一年,岁漏银一千七、八百万两;自十一年至十四年,岁漏银二千余万两;自十四年至今,渐漏至三千万两之多","臣查粤海关之银,所入者不过百万,而鸦片烟之银,漏出外洋者不下二三千万"(《严塞漏卮以培国本疏》《敬陈六事疏》,《黄少司寇(爵滋)奏疏》,沈云龙主编《近代中国史料丛刊续编》第十九辑,第64、42页)。林则徐也指出若任鸦片放任自流,则"数十年后,中原几无可以御敌之兵,且无可以充饷之银"(《钱票无甚关碍宜重禁吃烟以杜绝源片》,《林则徐集·奏稿》,中华书局,1965年版,第601页)。

② 魏源:《武进李申耆先生传》,见于《魏源集》,第361页。

③ 曾国藩:《欧阳生文集序》,《曾国藩全集·诗文》,第247页。

④ 曾国藩:《曾国藩全集·日记》,道光二十一年七月十四日,第92页。

⑤ 曾国藩:《复郭阶》,同治五年八月二十七日,《曾国藩全集·书信》,第5910页。

袭下，晚清士人普遍怀有一种如履薄冰的危机感，“挽狂澜于既倒”的济世心态也逐渐汇聚成浩浩荡荡的时代思潮。曾氏不仅把“经济”主张纳入学术体系，且在仕途进取过程中得以印证，“内圣”与“外王”完美结合则完全超越了纸上谈兵式的书生论政，故而形成了更大的影响①。

第二节　学术范型转换与曾氏诗文艺术取向

一　经世学风的回复与张扬

清代学术格局的演进与文学风尚的嬗变更迭有着密切的关联。清初顾炎武、黄宗羲、王夫之、颜元等几位思想家大都反对明代“群居终日，言不及义”，“饱食终日，无所事事”的虚浮学风。虽然他们的治学风尚不尽相同，但对宋明理学坐而论道、空谈心性的为学轨辙却是一致摈弃的。

如顾炎武就指出：“刘、石乱华，本于清谈之流祸，人人知之，孰知今日之清谈，有甚于前代者。昔之清谈谈老庄，今之清谈谈孔孟，未得其精而已遗其粗，未究其本而先辞其末。不习六艺之文，不考百王之典，不综当代之务②。举夫子论学论政之大端一切不问，而曰‘一贯’，曰‘无言’，以明心见性之空言，代修己治人之实学”的学风，致使“股肱惰而万事荒，爪牙亡而四国乱”，最终导致了“神州荡覆，宗社丘虚”③的悲惨结局。

黄宗羲也谴责了明朝文人“束书不观，游谈无根”的陋习，如“今之言心学者，则无事乎读书明理；言理学者，其所读之书不过经生之章句，其所穷之理不过字义之从违”，“天崩地解，落然无与吾事，犹且说同道异，自附于所谓道学者”④。而且主张从复兴传统儒学“内圣”“外王”和谐统一的层面上去扫除空谈学风，强调践履实学：“儒者之学，经天纬地。而后世乃以语录为究竟，仅附问答一二条于伊、洛门下，便侧儒者之列，假其名以欺世。治财赋者则目为聚敛，开阃扞边者则目为粗材，读书作文者则目为玩物丧志，留心政事者则目为俗吏。徒以‘生民立极，天地立心，万世开太平’之阔论，钤束天下。

---

① 在《鸣原堂论文》中选录的《方苞请矫除积习兴起人材札子》评语中在推崇方望溪古文辞、经术与八股文的造诣后，曾国藩笔锋一转就指出：“其经世之学，持论太高，当时同志诸老，自朱文端、杨文定数人外，多见谓迂阔而不近人情。”这种委婉的批评也是对当时书生论证的最好评判。（《曾国藩全集·诗文》，第560页。）

② 顾氏明确指出：“君子之为学，以明道也，以救世也。徒以诗文而已，所谓雕虫篆刻，亦何益哉？……某至五十以后，笃志经史，……别著《日知录》，上篇经术，中篇治道，下篇博闻。有王者起，将以见诸行事，以济斯世于治古之隆，而未敢与今人道也。”（《与人书》二十五，《亭林文集》卷四，《四部备要》本，第21页。）

③ 顾炎武：《日知录集释》卷七，“夫子之言性与天道”条，《四部备要》本，第6页。

④ 黄宗羲：《留别海昌同学序》，《南雷文定》，《四部备要》据粤雅堂本校刊，第12页。

一旦有大夫之忧,当报国之日,则蒙然张口,如坐云雾。世道以是潦倒泥腐,遂使尚论者以为立功建业别是法门,而非儒者之所与也。”①

> 似唐虞三代之盛,亦数百年而出一大圣,……而出必为天地建平成之业,……断无圣人而空生之者。况秦汉后千余年,气数乖薄,求如仲弓子路之辈,不可多得,何独以偏缺微弱、兄于契丹、臣于金元之宋,前之居汴也,生三四尧孔、六七禹颜;后之南渡也,又生三四尧孔、六七禹颜?而乃前有数十圣贤,上不见一扶危济难之功,下不见一可相可将之材,两手以二帝畀金,以汴京与豫矣;后有数十圣贤,上不见一扶危济难之功,下不见一可相可将之材,两手以少帝付海,以玉玺与元矣。多圣多贤之世,而乃如此乎?噫!②

颜元说:“吾读《甲申殉难录》,至‘愧无半策匡时艰,惟余一死报君恩’,未尝不凄然泣下也!”③而他对宋、明理学家的讥笑讽刺更是入木三分,痛快淋漓。

明清之际,社稷陆沉、宗社丘墟的社会变革深深震撼并刺伤了儒家士人的文化尊严。在宋明理学受到巨大冲击的文化迫力下,士人们开始深入地思索如何修复伤痕累累的儒家学说,并使之适应三千年未有之变局。虽然他们的学术宗尚与为学嗜好人各有异,但在强调致用的学术宗旨上却体现出万众一心的整齐划一。强调以“修己治人之实学”来代替“明心见性之空言”成为清初一段时间以来的学术主流,这种治学方式也不可避免地渗入到文学作品的骨子里,或显或隐地左右着清代文坛强调经世、注重学问的终极走向。

然自康熙亲政到乾、嘉之际,满洲皇族强化了对儒家文化的禁锢利用。一是利用“文字狱”加大了对异己思想的迫害;二是极大地淡化或者说是抹

---

① 黄宗羲:《赠编修弁玉吴君墓志铭》,《南雷文定》后集,中华书局,1985年版,《丛书集成初编》本,第31页。

② 颜元:《颜元集·存学编·性理评》,中华书局,1987年版,第67—68页。

③ 同上书,第62页。对颜元的观点,曹聚仁在《中国学术思想史随笔》有所引用阐发(三联书店1986年版,第238页),钱穆也指出:“习斋反对程朱,只有一意,曰:‘无用’,习斋于此尤痛切言之。”(《中国近三百年学术史》,第178—179页。)

去儒家士人“天下兴亡，匹夫有责”的责任意识①。于是乎，“经世致用”的治学方式却被“家称贾、马，人说许、郑，则东汉学占学界第一位置”②的学术格局所取代。至嘉、道以降，国运渐趋式微，伴随乾嘉考据步入支离破碎的末流，倡导“经济”、强调致用的学术再次应时而起。在此期间，常州庄存与、刘逢禄等人的今文经学研究也取得了较大的进展，他们注重“通经致用”的达用之学，摒弃了汉学、宋学无补时事的弊端，在今文经学的旗帜下倡议变法，以革除晚清弊政。在强调变革的道路上走得更远的是刘逢禄的弟子龚自珍和魏源。“龚、魏之时，清政既渐陵夷衰微矣，举国方沉酣太平，而彼辈若不胜其忧危，恒相与指天画地，规天下大计。”③

道光之际，面对民变频仍、夷患屡告的困局，封建士人们大都能从汉学故纸堆与宋学的肤廓论道中警醒过来，把目光聚焦到如何挽救老大帝国危机的时代课题上。在内忧外患的时局下，传统诗学与古文“经夫妇，成孝敬，厚人伦，美教化”，“文以载道”等润色鸿业的传统功能在政治变局的影响下也黯然失色，更不论浅斟低唱的名士风情了。在晚清阶级矛盾和民族矛盾异常尖锐的形势下，注重训诂、考据的汉学因其繁琐且无补于世而失去了学术界的主导地位，主张通经致用的思潮却逐渐笼罩了晚清学术界。曾国藩一生正是“以儒教义理为根本，以经世报国为目的”，在他身上儒家“内圣”“外王”的完美理念也是体现得淋漓尽致，奠定了他在强调“经济”、注重致用的精英阶层中佼佼者的地位。通过对曾氏文化心态以及事功流程的开掘爬梳，我们可以发现在曾氏逐步实现修齐治平人生信仰的过程中，林则徐、魏源等第一批睁眼看世界的开明士人以及湖湘文化的经世传统都发挥了导夫先路的重要功用④。

自南宋胡宏、张栻创建湖湘学派以来，注重义理、强调经世的治学传统一

---

① 诚如曹聚仁先生所论：“从清初学人的治学精神看来，如颜元那样主张从实事实物中去实习，去实行，反对以诵读著述为学，如顾亭林、黄宗羲、王船山那样着眼经世之务，关心社会民生及山川关塞形势，显出了‘天下兴亡，匹夫有责’的精神，依这一治学的方法和精神，中国的学术思想，该比欧西早一个世纪现代化了。（那些学人，都比牛顿、达尔文早了一个世纪。）可是满族主政，统治阶级的观点并不相同。乾隆御制《书程颐论经筵札子后》有云：‘夫用宰相者，非人君其谁乎？使为人君者，但深居高处自修其德，惟以天下之治乱付之宰相，己不过问，幸而所用若韩、范，犹不免有上殿之相争，设不幸而所用若王、吕，天下岂有不乱者，此不可也。且使为宰相者，居然以天下之治乱为己任，而目无其君，此尤大不可也。’宋代儒士，以天下为己任，得君行道，不为相则为师，乃是最伟大的抱负。乾隆帝却说：‘以天下治乱为己任，尤大不可。’无怪乾嘉学人都趋于训诂考订的途中，以古书为精神上的逃避之地了。”（《中国学术思想史随笔》，第265页。）

② 梁启超：《清代学术概论》，中国人民大学出版社，2004年版，第120页。

③ 同上书，第198页。

④ 钱穆在考索曾国藩为学渊源时就指出：“盖得之桐城姚氏，而又有闻于其乡前辈之风而起者”。（《中国近三百年学术史》，第632页。）

直是遗脉未绝。即使在汉学风靡一时的乾隆时期,“湖湘学子大都专己守残,与湖外风气若不相涉”①,仍然“依先正传述,以义理、经济为精宏,见有言字体音义者,恒戒以逐末遗本。传教生徒,辄屏去汉唐儒书,务以程朱为宗”②。湖湘学人普遍强调经济之学,并以经世致用而著称于世。他们除研习经史之外,还致力于兵、农、水利等经世实学,因而朱熹对他们这种功利性学统颇有微词:“湘中学者之病……只说践履,而不务穷理,亦非小病。”③

明清鼎革之际的顾、黄、王三先生均强调注重世用,反对空谈的文风。曾国藩对湖南乡贤王夫之甚为崇拜,并致力于《王船山遗书》的收集编撰。曾国藩在究心研读王夫之《读通鉴论》和《宋论》中,发掘出有关治国行政、制夷平乱、练兵用将、树人立法、兴学育人、钱粮盐铁等有关军国大计的经世大略,并从中寻求济世救时的良方。曾国藩对王夫之在孔孟道统传承史的作用也评之甚高:

> 昔仲尼好语求仁,而雅言执礼,孟氏亦仁礼并称。盖圣王所以平物我之情,而息天下之争,内之莫大于仁,外之莫急于礼。……汉儒掇拾遗经,小戴氏乃作记,以存礼于什一。又千余年,宋儒远承坠绪,横渠张氏乃作《正蒙》,以讨论为仁之方。船山先生注《正蒙》数万言,注《礼记》数十万言,幽以究民物之同原,显以纲维万事,弭世乱于未形。其于古昔明体达用、盈科后进之旨,往往近之。……荒山敝榻,终岁孳孳,以求所谓育物之仁、经邦之礼。穷探极论,千变而不离其宗;旷百世不见知,而无所于悔。④

这段序文对王夫之“明体达用、盈科后进”的治学宗旨以及“求所谓育物之仁、经邦之礼”的用世之情大为叹服。对于王夫之在曾国藩“以礼经世”的思想脉络中留下的印迹,李肖聃曾明确指出:“自明以来,衡湘学者严于自守,王船山兼采汉、宋,而以《正蒙》为宗,及清而李文、罗典苦行清修,稍振紫阳之绪。迄于咸同,则罗泽南、刘蓉皆笃守程、朱,而曾、左亦颇张其绪论。”⑤

湖湘学派推崇践履、强调致用的学风对形成于道咸之际湖南士人匡时经世热情的高涨起到了潜移默化的作用,也对晚清的历史产生了深远影响。

---

① 杨树达:《存吾文集》识语,见于《湖南文献汇编》第2辑,湖南省文献委员会编印,1949年版,第111页。

② 罗汝怀:《绿漪草堂文集》卷首《罗府君行状》,《续修四库全书》,第523页。

③ 朱熹:《答詹体仁》,《朱文公文集》卷三十八,商务印书馆缩印明刊本,第629页。

④ 曾国藩:《王船山遗书序》,《曾国藩全集·诗文》,第277—278页。

⑤ 王兴国编:《杨昌济文集·杨怀中先生遗事》,湖南教育出版社,1983年版,第379页。

首先,在晚清历史上,“以济人利物为志”的陶澍是湖南经世学风的力行者与推动者。陶澍(1778—1839),湖南安化人,出身于寒素士人之家。在其年轻时即“负经世志,尤邃史志舆地之学,所至山川,必登览形势,访察利病”①,一生留心时务,强调学以致用。

陶澍曾官至两江总督,在其仕途中敢于革除弊政、整治吏治、体察民隐。在海运、漕运、水利等方面都卓有政绩,如其“创行海运,以甦苏、松、常、镇、太仓之漕困”;于水利则“大疏吴淞、浏河、白茆、孟渎,以酾三吴之积潦”;于盐政则“汰浮费二百余万,以剂淮南;去坝费、岸费各数十万,改行票盐,以苏淮北”②。陶澍所取得的政绩对于颟顸无能、碌碌无为的地方官吏来说,“能取得任何一项政绩皆足以名于后世”③。而且他和当时的经世派有着纵横交错的联系,这也有力地扩大了他的明体达用思想的影响。如他是林则徐的上司,对林则徐在经营盐务、漕运、水利、禁烟等事项上的见解甚为赞同,并极力举荐林则徐勇担重责④。魏源也曾在他幕府中筹划海运、票盐等重要举措⑤,以宾客与之相交十四年。而“胡林翼早年是他家的塾师,后成为女婿;左宗棠曾为他理家八年,后结为亲家;贺长龄曾是他的部属,贺熙龄与陶澍为儿女亲家”⑥。

由此可知,陶澍实际上也成了当时湖南经世派的领袖与核心人物,其思想与政绩都极大地刺激了晚清湖南经世派的用世热情。如菲利普·A.库恩指出:“贺长龄和另一位湖南人陶澍都是最著名的省级官员,他们在危机四伏的十九世纪二十年代和三十年代曾试图在行政管理上推行一些实际改革。这几位官员犹如十九世纪初期官僚政治黑屏幕上的几个光明小点,格外引人注目。不过后来成为十九世纪一系列叛乱的复仇之神的,乃是下一代湖南学者兼活动家,即道光时期高官显宦的门生弟子和亲族。象左宗棠、胡林翼和曾国藩等人不仅由戚谊友情密切联系着,而且在学术上都承受陶澍和贺长龄的影响。”⑦在晚清湖南经世学派的壮大过程中,陶澍起到了创榛辟莽,前驱先路的重要作用。晚清人即认为:“道光末人才,当以陶文毅(澍)为第一。

---

① 魏源:《陶文毅公行状》,《魏源集》上册,第901页。

② 魏源:《陶文毅公墓志铭》,《魏源集》上册,第347页。

③ 魏源:《陶文毅公神道碑铭》,《魏源集》上册,第330页。

④ 道光十九年,陶澍向道光帝上书举荐林则徐,称“林则徐才长心细,识力十倍于臣”。见《陶文毅公全集》卷三十《恭谢恩准开缺折子》,《续修四库全书》,第302页。

⑤ 据魏耆《邵阳魏府君事略》记载,魏源与陶澍“以文章经济相莫逆,凡海运水利诸大政,咸与筹议。”于此可见,二人经世观点的一致以及陶澍对魏源经世才能的重视。《魏源集》下册,第948页。

⑥ 田澍:《曾国藩与湖湘文化》,湖南大学出版社,2004年版,第27页。

⑦ 费正清主编:《剑桥中国晚清史》,中国社会科学出版社,1985年版,第306页。

其源约分三派:讲求史事,考订掌故,得之者在上则有贺耦耕(长龄),在下则有魏默深(源)诸子,而曾文正(国藩)总其成;综核名实,坚卓不回,得之者林文忠(则徐)、蒋砺堂(攸铦)相国,而琦善窃其绪以自矜;以天下为己任,包罗万象,则胡(林翼)、曾(国藩)、左(宗棠)直凑单微。而陶实黄河之昆仑,大江之岷也。"①于此也可看出,陶澍以天下为己任的经世理念对曾国藩的巨大影响②。当然,这种传承是间接的。

魏源(1794—1857),字默深,湖南邵阳人。曾负笈于岳麓书院,一生倾力于经世之学,"尤悉心河道水利,海防边防,上下古今而明究其得失"③。当魏源之世,清朝国势日渐走向衰败和没落。而汉学家埋首于故纸堆,日日汲汲于文字训诂、名物考据;宋学家究心程朱,天天空谈心性。魏源对当时汉、宋两家的学术风气都进行了批判,如"工骚墨之士,以农桑为俗务,而不知俗学之病人更甚于俗吏。托玄虚之理,以政事为粗才,而不知腐儒之无用亦同于异端。彼钱谷簿书不可言学问矣,浮藻饾饤可为圣学乎?释老不可治天下国家矣,心性迂谈可治天下乎?"④

魏源对宋学家的坐而论道尤为痛诋:"王道至纤至悉,井牧、徭役、兵赋,皆性命之精微流行其间。使其口心性,躬礼义,动言万物一体,而民瘼之不求,吏治之不习,国计边防之不问,一旦与人家国,上不足制国用,外不足靖疆圉,下不足苏民困。举平日胞与民物之空谈,至此无一事可效诸民物,天下亦安用此无用之王道哉?"⑤他又指斥汉学家只知"争治训诂音声,瓜剖釽析",而对"朝章国故为何物""漕、盐、河、兵得失何在"均无所知。对有志于讲求抱负宏远之人,反而群笑为迂阔,其结果是造成了"锢天下聪明智慧使尽出无用之一途"的后果⑥。因此,魏源在今文经学的大纛下打出了经世致用的旗号,大力提倡公羊学"通经致用"的精神。他强调"经术为治术",如"以《周易》决疑,以《洪范》占变,以《春秋》断事,以《礼》《乐》服制兴教化,以《周官》致太平,以《禹贡》行河,以《三百五篇》当谏书,以出使专对"⑦。

在陶澍官两江总督时,魏源曾参与筹议海运、水利、盐法等大事。如钱基博在《近百年湖南学风》中指出:"安化陶澍方官江苏巡抚,寻擢两江总督,兼

---

① 张佩纶:《涧于日记》,已卯第31页。转引自陶用舒《陶澍是近代湖南人才群体的核心》一文,见《益阳师专学报》,1994年1月,第15卷第1期。

② 萧一山也认为:"不有陶澍之提倡,则湖南之人才不能蔚起,是国藩之成就,亦赖陶澍之喤引尔。"《清代通史》下卷,中华书局,1984年版,第735页。

③ 钱基博:《近百年湖南学风》,岳麓书社,1985年版,第11—12页。

④ 魏源:《默觚下·治篇一》,《魏源集》上册,第36—37页。

⑤ 同上书,第36页。

⑥ 魏源:《武进李申耆先生传》,《魏源集》上册,第359页。

⑦ 魏源:《默觚上·学篇九》,《魏源集》上册,第24页。

管盐政，于源为乡先达，用其议以创海运，改盐法，国裕而民亦利，有遗爱焉，焯为名臣，则源之以也。"[①]基于"道存乎实用"的宗旨，魏源编辑了《皇朝经世文编》。该书一经颁行，三湘学人，诵习成风，士皆有慷慨用世之志。继其后以经世文为名者，几二十种，经世文编之体一时称盛。在经世文编录过程中，无论硕公庞儒、还是俊士畸民，只要举言有"裨益世用者，毋论长编、短幅，裒而录之，不泥古而切于时务，分门别类，都为一编"[②]。但凡讲究经济者无不奉此书为矩矱，数十年风行海内，几乎家有其书。

对于魏源在晚清学术史上的作用，齐思和给与了很高的评价。他认为魏源在有清三百年间学术风气转捩期的重要作用可以和清初的顾炎武、乾嘉之世的戴震相媲美。顾炎武黜虚崇质，提倡实学，戴震开启了考据一途，而"至道、咸以来，变乱迭起，国渐贫弱。学者又好言经世，以图富强，厌弃考证，以为无用，此学风之三变也"，代表人物则为魏默深先生。齐先生认为魏源与顾、戴三人，"皆集前修之大成，开一时之风气，继往开来，守先而待后，系乎百余年学术之升沉者也"。并进而指出魏源对晚清经世实学的开导之功："晚清学术界之风气，倡经世以谋富强，讲掌故以明国是，崇今文以谈变法，究舆地以筹边防，皆魏氏倡导之，或光大之。"[③]魏源既是今文经学派的代表，同时与湖湘经世学人诸多交往，而且自幼深受湖湘经世学风的浸染，所以他也名正言顺地成为晚清经世学风转捩的代表人物。同时也可看出在晚清，治学途径不一的公羊学派与理学派，在经世致用的基调上体现出一定的渗透互补、交叉融合的学术趋势。

曾国藩对《皇朝经世文编》的"致用"功效尤为激赏[④]。他在日记中多次提到翻阅《圣武记》《皇朝经世文编》等著作，并明言："经济之学，吾之从事者二书焉，曰《会典》、曰《皇朝经世文编》。"[⑤]特别需要强调的是，曾国藩在继承魏源经世传统的基础上，还有所发展。魏源提出"师夷长技以制夷"以及"欲制外夷者，必先悉夷情始；欲悉夷情者，必先立译馆翻译夷书始"等见解，曾国藩也提出"师夷智以造炮制船，尤可期永远之利"的主张。曾氏设立安庆军械所、造船厂，成立译书局，并主张派遣留学儿童出国学习西方长处，这

---

① 钱基博：《近百年湖南学风》，第9页。

② 臯澄：《皇朝经世文编》重校本叙，（清同治十二年），收入贺长龄编《皇朝经世文编》，第1页。转引自黄兴涛主编《新史学》第3卷，《文化史研究的再出发》，中华书局，2009年版，第181页。

③ 齐思和：《魏源与晚清学风》，《燕京学报》，1950年，第36卷。

④ 李肖聃认为："曾、左经济之学，皆取材于是书。"（《近百年湖南学风·湘学略》，岳麓书社，1985年版，第161页。）

⑤ 王启原编辑：《求阙斋日记类钞》，《近代中国史料丛刊续编》，台北，文海出版社，1974年版，第17964页。

基本都是魏源主张的再现。

贺长龄(1784—1848)，字耦耕，湖南善化人。与陶澍、曾国藩皆为亲家，与当时湖南经世派诸人多有交往，在当时湖南经世学派中的声望仅次于陶澍。贺长龄早年也就读于岳麓书院，官至云贵总督。他在为政期间注重文教，并在兴利除弊和关心民瘼上颇有政绩。他请魏源编撰《皇朝经世文编》，该书导引了强调经世之学的学术风气，并对后来经世派影响深远。如曾国藩曾"读贺长龄所纂《皇朝经世文编》，丹黄殆遍"。贺长龄对曾国藩也青眼有加，当以江宁布政使居忧长沙之时，曾延请曾氏相谈，"发所藏书，借与披览，梯楼以取，而数以降，不以为劳"①。贺长龄对曾氏的提携爱护，使得曾氏对贺长龄的为政方略与《皇朝经世文编》大为推崇，再加上二人为亲家关系，贺长龄对曾国藩的影响是可以想见的。黄濬就把贺长龄与陶澍、林则徐相提并论："湘军虽起自曾、左，而砥砺贤才，则始自贺耦耕、陶文毅、林文忠等，相与提倡。"②萧一山也指出："曾国藩、左宗棠、胡林翼固皆标榜经世，受陶澍、贺长龄之薰陶者也。"③

道咸以降，变乱迭起，国渐窳弱，学者复倡言经世，以图富强。清初诸先生黜虚崇实，强调致用的实学再次蔚然而起。但他们治学途辙却不尽相同，大致可分为今文经学派与理学派。今文经学派以魏源、龚自珍为代表，他们以研究春秋公羊学为阶梯，提倡通经致用。理学派以贺长龄、曾国藩为代表，他们虽遵循程、朱旧辙，但不事空谈，强调躬行实践，期于致用。由此可知，贺、曾均在笃守程朱义理的基础上，鼓吹以经济之学来应对时代困局。如贺长龄就强调要从理学中发掘出经世致用的积极因素，认为"必如是方为真人才，真人品、真学问、真经济"④。

面对海警沓至、民乱纷扰的社会变局，同时还要应付汉学扩充的文化迫力，程朱理学家不断地对自己的学术体系做出调整，"经济"主张的提出即是理学家们做出的努力尝试。

唐鉴是曾国藩走上义理之学的引路人，在镜海先生的点拨下曾氏走上以"宋儒义理为根本，以经世报国为目的"的治学道路。如曾氏日记所载：

> 至唐镜海先生处，问检身之要、读书之法。先生言当以《朱子全书》为宗。时余新买此书，问及，因道此书最宜熟读，即以为课程，身体力行，

① 钱基博、李肖聃：《近百年湖南学风 · 湘学略》，第171页。
② 黄濬：《花随人圣庵摭忆》，上海古籍书店，1983年影印本，第200页。
③ 萧一山：《清代通史》下卷，中华书局，1984年版，第735页。
④ 贺长龄：《与黄惺斋年兄书》，《耐庵文存》卷六，《续修四库全书》，第439页。

> 不宜视为浏览之书。又言治经宜专一经，一经果能通，则诸经可旁及。若遽求兼精，则万不能通一经。先生自言生平最喜读《易》。又言为学只有三门：曰义理，曰考核，曰文章。考核之学，多求粗而遗精，管窥而蠡测。文章之学，非精于义理者不能至。经济之学，即在义理内。又问：经济宜何如审端致力？答曰：经济不外看史，古人已然之迹，法戒昭然，历代典章，不外乎此。……又言诗、文、词、曲，皆可不必用功，诚能用力于义理之学，彼小技亦非所难。

在这里唐鉴对义理、经济均有所阐发，所以曾氏“听之，昭然若发蒙也”①。而唐氏把世道浇漓的痼疾简单归结为异端学说泛滥所至②，对如何挽救日薄西山的大清王朝所提出的对策也只限于“格物、致知、诚意、正心”等肤廓空疏的程朱之道。

作为纯然儒者，唐鉴应对社会危机的构思只不过是皮相之论。而陶澍、林则徐、贺长龄等封疆大吏在实际经纶世务的过程中进行了更为合理的儒学调整，在强调义理“内圣”之学的同时加大了对“外王”事功方面的实践力度。如果说唐鉴是在学理层面指引了曾国藩，那么林则徐、陶澍、贺长龄诸人力行践履的致用之学在更大程度上左右着曾国藩的“经济”思维。

林则徐，福建侯官人。在其一生仕途坎坷的线性叙述中，我们可以看到林则徐在兴修水利、发展农业、救灾办赈、整顿吏治等方面多有兴革，颇有政声。特别是在两江总督任上，汲汲于处理钱漕、灾赈、水利、盐政、货币等实际问题，深得民心。

而林则徐为后世景仰的主要原因之一就是他在禁烟运动中表现出来的爱国热情、拳拳之心。自道光十七年(1837)林则徐任湖广总督，即厉行禁烟。次年林则徐上《筹议严禁鸦片章程折》，提出禁烟的具体章程；八月，又上《钱票无甚关碍宜重禁吃烟以杜弊源片》，指出鸦片泛滥危害国家存亡。林则徐为实现戒烟的目的，力主了解、研究夷情并取其所长的举措，实际上为以后曾国藩的“师夷智”的主张打下了铺垫。

在晚清经世实学的大潮中，除了一枝独秀的湖南士人外，尚有身居高位、把经世之学力行践履的封疆大吏，亦有沉居下僚、对国家困局提出解决构思的文士。他们点滴累积的经世思想不可避免地对曾国藩产生影响，而有关文学功用的见解也不可避免地影响到了曾氏文艺观中“经济”概念的提出。其

---

① 曾国藩：《曾国藩全集・日记》，道光二十一年七月十四日，第92页。

② 唐鉴认为：“学术非则人心异，人心异则世道漓，世道漓则举纲常、伦纪、政教、禁令无不荡然于诐辞邪说之中。”《国朝学案小识・序》，《四部备要》本，第2页。

中最为突出者如包世臣、刘大櫆、姚莹等人。

包世臣精熟经史,工词章且有经济大略,酷喜谈兵。曾入陶澍幕府,也为林则徐所推许①。他倾心于经世之学,对于漕运、水利、盐务、农政、民俗、刑法、军事等,均卓有见地。包世臣说:“士者,事也。士无专事,凡民事皆士事也。”②他把研究和解决“民事”认作知识分子的任务,这一见解显然和专钻故纸堆的乾嘉学风是迥不相同的。鸦片战争时期,包世臣主张清政府应该积极备战以反对英国的鸦片侵略,坚决抵制对英国妥协投降的政策。

除了对经世实务的具体见解外,包世臣在文学上的见解也贯穿着经世主旨,与墨守成规的古文家大异其趣。他认为韩愈、柳宗元载道之文是“离事与礼而虚言道”的滥觞。虽历经欧阳修、苏东坡诸人“用力于推究世事”的努力,但是“门面言道之语”仍然涤除未尽,以至于近世治古文者,“一若非言道则无以自尊其文”的弊病。他强调“言事之文”必须“先洞悉所事之条理原委,抉明正义,然后述现事之所以失,而条画其补救之方”,而“记事之文”必须要“先表明缘起,而深究得失之故,然后述其本末,则是非明白,不惑将来”③。“条画其补救之方”“深究得失之故”的观点明白无误地表达出包世臣对文学作品致用功效的重视,也展示了先秦儒家的致用文艺观在国家困局之时极度地回复与高涨。

刘大櫆一生科场蹭蹬,屡举不售。沉抑下僚的生活经历使他没有机会参与实际经世事务的操作,但作为一个文人,他在自己的文学观念框架内也提出了“经济”的重要性。如:“盖人不穷理读书,则出词鄙倍空疏。人无经济,则言虽累牍,不适于用。故义理、书卷、经济者,行文之实,若行文自另是一事。譬如大匠操斤,无土木材料,纵有成风尽垩手段,何处设施?然有土木材料,而不善设施者甚多,终不可为大匠。故文人者,大匠也。神气音节者,匠人之能事也,义理、书卷、经济者,匠人之材料也。”④在这段论述里,他不仅探讨了 “神、气、音、节”等文艺审美范畴,还特别强调了经济的适用功效。

姚莹为学讲求体用兼备,不尚空谈。他与讲究经世之学的龚自珍、魏源、张际亮、汤鹏诸人交谊深厚,时时留心关注国计民生、时政利病。姚莹秉承桐城派“学行继程朱之后”的为学宗旨,在注重性理之学的基础上也兼怀济世之心,陆以湉认为他“负经济之学,尤长于论兵”⑤。姚莹还为两江总督陶澍、

① 道光十八年(1838),林则徐任钦差大臣赴粤禁烟,次年正月路过江西南昌时,曾向他问过禁烟之计,道光二十一年(1841)由广东调浙江,四月抵南昌时,又和他商讨御英之策。

② 包世臣:《赵平湖政书五篇叙》,《艺舟双楫》卷十,上海古今书室出版,1932年版,第73页。

③ 包世臣:《与杨季子论文书》,《艺舟双楫》卷一,第13—14页。

④ 刘大櫆:《论文偶记》,见《历代文话》第四册,复旦大学出版社,2007年版,第4107页。

⑤ 陆以湉:《冷庐杂识》卷三,中华书局,1984年版,第127页。

江苏巡抚林则徐所器重,作为经世派名臣的陶、林二人对姚莹评价甚高。如陶澍赞之曰“精勤卓练,有守有为”,林则徐认为姚莹“学问优长,所至于山川形势,民情利弊,无不悉心讲求,故能洞悉物情,遇事确有把握。前任闽省,闻其历著政声,自到江南,历试河工漕务,词讼听断,皆能办理裕如”①。

姚莹在鸦片战争期间,积极备战以保卫国土的爱国热忱为时人所敬仰。姚莹“自嘉庆年间,寻求异域之书,究其情事”,目的是为了“正告天下,欲吾中国童叟,皆习见习闻,知彼虚实,然后徐筹制夷之策,是诚喋血饮恨而为此书,冀雪中国之耻,重边海之防,免胥沦于鬼域”②。这些作品都体现出民族危机中中国知识分子经时济世的文化使命被唤醒,这促使他们放下自大的文化心态,师事夷之长技,以保家卫道、抵御外辱。

在文学上,姚莹为姚门四弟子之一。论文秉承桐城家法,主张“才、学、识三者先立其本,然后讲求于格、律、声、色、神、理、气、味八者以为其用”,使文章“关世道而不害人心”③。姚莹为学注重“体用兼备,不为空谈”,其为文“自抒所得,不苟求形貌之似”④。对“感于哀乐,缘事而发”的汉乐府民歌,姚莹极为赞许,以为乐府诸作“皆人情天籁,无假修饰,最有兴观群怨之旨”⑤。对汉乐府“兴、观、群、怨”说的重视也可看出姚莹对传统儒家致用文学观念的高度认可,故方宗诚认为姚莹“虽亲炙惜抱,而亦能自出机杼,洞达世务,长于经济”⑥。

在晚清面临内忧外患的困局面前,汉学、宋学之间即使仍然龃龉不合,但汉、宋二家均清醒地认识到自己的一家之言并不足以裨补时阙、扭转乾坤。当强调致用的今文经学派异军突起时,汉、宋学派也都有意识地调整自己的学术结构以适应时代课题的需求。埋首故纸堆的汉学家开始关注世道人心,步趋程朱的理学家也开始注重外王事功,这也在一定程度上加速了汉、宋学风的互相借鉴、互相吸纳,如汉阳刘传莹学术思想的转变即为明证。刘是汉学家,往昔究心于汉儒之学,“而疾其单辞碎义,轻笮宋贤”。尝语曾氏曰:“学以反求诸心而已,泛博胡为?至有事于身与家与国,则当一一详核焉而

---

① 姚莹:《十幸斋记》,《中复堂全集·东溟文后集》卷九,《近代中国史料丛刊》,第849—850页。
② 姚莹:《复光律原书》,《中复堂全集·东溟文后集》卷九,《近代中国史料丛刊》,第771页。
③ 姚莹:《复陆次山论文书》,《中复堂全集·东溟文后集》卷九,《近代中国史料丛刊》,第795—796页。
④ 方东树:《东溟文集序》,《近代中国史料丛刊》,第7页。
⑤ 姚莹:《谣变序》,《续修四库全书》,第1页。
⑥ 方宗诚:《桐城文录序》,《柏堂集》次编卷一,清光绪八年刻本,第21页。姚鼐在论及作者的主观修养时也强调要有“忠义之气、高亮之节,道德之养,经济天下之才。”《荷塘诗集序》,《惜抱轩诗文集》,上海古籍出版社,1992年版,第50页。

求其是。考诸室而市可行,验诸独而众可从。"[①]汉学家刘传莹不满汉学考据的琐屑而强调适用的主张使曾氏意识到为学的首要之务是"反求诸心",即儒家强调的自我道德修养的"修身"或者"内圣"层面。而"内圣"层面的道德修养必须要落实于伦常日用的"外王"之道,须有益于"身""家""国"诸事。

嘉道之际,在汉学、宋学与今文经学派的共同努力下,晚清的学术发生了重大转变,经世致用成为这一时期浩浩荡荡的学术主流。有志之士均以适用于世为最高学术准则,如汤鹏"慨然有肩荷一世之志",周济与李兆洛、张君琦、包世臣"以经世学相切劘,兼习兵家言,习击刺骑射"[②]。这些知识精英看到了晚清的窳弱政局,皆慷慨激励以高倡致用之学,"其志业才气,欲凌轹一时矣"[③]。他们力矫时弊、留心实务的经世学风也影响了晚清的学术走向。

作为程朱信徒的曾国藩不仅在"外王"方面取得了"中兴功臣"的美誉,而且在"内圣"方面的修为也屡屡为后人称道。如萧一山指出:"由俗学而文学、由文学而理学,由理学而小学,国藩都下过苦功,都有精深造诣,终成通博之大儒。其人格修养、道德学问,绝非一般汉学家、理学家、文学家所能比拟。国藩兼具'圣''王'双层资格,既为精神之领袖,又为事业之领袖。时人称为'贤相',真可以当之而无愧。"[④]在前人调和汉宋的治学思路影响下,曾国藩针对宋学"外王"不足的弊端,倡导"经济"以补弊救偏的积极尝试有力地扭转了士人心中宋学的地位。如梁启超在《中国近三百年学术史》中肯定了他的成就:"乾嘉以来,汉学家门户之见极深。'宋学'二字,几为大雅所不道,而汉学家支离破碎,实渐已惹起人心厌倦。罗罗山泽南,曾涤生国藩在道咸之交,独以宋学相砥砺,其后卒以书生犯大难成功名。他们共事的人,多属平时讲学的门生或朋友。自此以后,学人轻蔑宋学的观点一变。"[⑤]

曾国藩除了追寻镜海先生指出的"经济即在义理之中""经济不外看史"的治学法门外,对曾氏经世思想有所影响的前贤也多次被其提及。如曾氏辛亥七月的一则日记所载:"经济之学,吾之从事者二书焉:曰《会典》,曰《皇朝经世文编》。"《皇朝经世文编》为晚清奉为经世实学之矩矱,也是曾氏取法途径之一。另外,对陈宏谋及其《五种遗规》曾氏也极为关注,如咸丰五年三月二十日致诸弟的信云:"修身齐家之道,无过陈文恭公《五种遗规》一书,诸弟与儿侄辈皆宜常常阅看。"曾国藩对陈宏谋极为叹服:"国藩于本朝大儒,学问则宗顾亭林、王怀祖两先生,经济则宗陈文恭公,若奏请从祀,须自三公始,

---

① 曾国藩:《孙芝房侍讲刍论序》,《曾国藩全集·诗文》,第256页。
② 魏源:《荆溪周君保绪传》,见于《魏源集》,第362页。
③ 姚莹:《汤海秋传》,《中复堂全集·东溟文后集》卷十一,《近代中国史料丛刊》,第900页。
④ 萧一山:《曾国藩传》,海南出版社,2001年,第8页。
⑤ 梁启超:《中国近三百年学术史》,东方出版社,1996年版,第27—28页。

李厚庵与望溪,不得不置之后图。"①

道光末季,学风颓废,湘乡曾文正公始起而正之。"以躬行为天下先,以讲求有用之学为僚友劝,士从而与之游,稍稍得而闻往昔圣贤修己治人平天下之大旨,而其幕府辟召皆一时英隽,朝夕论思,久之窥见本末,推阐智虑,各自发摅,风气至为一变,故其成就者,经纶大业,翊赞中兴。"②如上所论,曾国藩将理学与实学完美结合的举措造就了其勘定大乱、光佐中兴的赫赫之功,并成为天下士子顶礼膜拜的精神偶像与道德导师。曾国藩善于提携人才的"知人之明",也成为凝聚先进知识分子的推动力。因而,曾氏幕府成了汇聚当时知识精英的渊薮,以至于"朝廷乏人,取之公旁"③。如冯桂芬在《校邠庐抗议》这一经世杰作写成以后,即请曾国藩为之作序:"敢乞赐之弁言,托青云而显,附骥尾而彰,荣幸多矣。"④曾国藩对该书也是推崇备至:"细诵再四,便如聆叶水心、马贵与一辈人议论,足以通难解之结,释古今之纷。……尊论必为世所取法,盖无疑义。"⑤而容闳对天国政权失去信心后,便转投于曾氏。他认为:"曾文正者,于余有知己之感,而其识量能力,足以谋中国进化者也。"⑥而近代中国的第一批科学家如李善兰、徐寿、华蘅芳等人都曾是他幕中人物。曾国藩在经世的大纛下,开办了中国近代第一批现代化的军械所、造船厂,实现了洋务与文化视野的沟通,逐渐促进了中国社会的现代转型。

二　治学胸襟与诗文取向

19 世纪上半叶,中国面临着世运潜移的大变局,学术思想也面临着重要的转捩点。"一方面,承平六十年的乾隆盛世无可挽回的向嘉道以降的衰乱之世滑落,造成一种巨大的文化迫力,促使一部分以治国平天下为己任的敏感士子率先觉醒,他们纷纷从古籍考证和玄学思辨中抬起头来,把眼光投向活生生、充满矛盾的社会现实,转向中国人十分陌生的、色彩斑斓的外部世界。"⑦维系封建社会信仰支柱的儒家学说在坚船利炮与大刀长矛不断冲击下,逐渐显露出疲态,左支右绌。"进入新语境的古代中国知识、思想与信仰世界,不得不重组自己的知识系统。而在这种力图谋求适应新世界的知识重构中,拥有相当深厚历史与传统资源的中国士人,通常采取的是重新诠释古

---

① 曾国藩:《致沅弟》,咸丰十一年六月二十九日,《曾国藩全集 · 家书》,第 749 页。
② 黎庶昌:《庸庵文编序》,《拙尊园丛稿》卷四,《清末民初史料丛书》,台北,成文出版社,1968 年版,第 259 页。
③ 李鸿章:《曾文正公神道碑》,《李文忠公遗集》,《近代中国史料丛刊》第七辑,第 20 页。
④ 冯桂芬:《与曾揆帅》,《显志堂稿》卷五,《续修四库全书》,第 575 页。
⑤ 曾国藩:《致冯桂芬》,同治三年九月初五,《曾国藩全集 · 书信》,第 4735—4736 页。
⑥ 容闳:《西学东渐记》,湖南人民出版社,1981 年版,第 85 页。
⑦ 冯天瑜、黄长义:《晚清经世实学》,上海社会科学院出版社,2002 年版,第 64 页。

典以回应新变的途径。"①如今文经学派即通过对《公羊传》"微言大义"的阐释来强调变革的重要性。

伴随着国运渐趋陵夷衰微,开明士人率先从醉酣承平中警醒,如龚自珍、魏源等人相与指天画地,规划天下大计,慨然有肩荷一世之志。经世学派的崛起无疑表明了当时知识精英强烈的民族自救意识,其学说也逐渐成为当时学术领域的主流。龃龉不断的汉、宋学派也都在以致用为主要统绪来调整自己的知识体系,以适应新局面、新知识、新思想对传统文化带来的心灵震撼。汉、宋学派之间的互相攻讦也给一般学人留下党同伐异、形若水火的敌对状态,但实际上二者的关系并非如此简单。乾嘉汉学鼎盛之日,考据家也能摒弃门户之见,对宋学多持平之论。如翁方纲即认为考据是针对空谈义理之学而言的,并且考据之学以遵循义理为准绳。基于此,他在评判钱载与戴震关于考订的论争时就给予了比较公允的评价:"萚石(钱载)谓东原(戴震)破碎大道,萚石盖不知考订之学,此不能折服东原也,诂训名物,岂可目为破碎?学者正宜细究考订诂训,然后能讲义理也。宋儒恃其义理明白遂轻忽《尔雅》《说文》,不几渐流于空谈耶。……今日钱、戴二君之争辩虽词皆过激,究必以东原说为正也,然二君皆为时所称,我辈出当一言持其平,使学者无歧惑焉。东原固精且勤矣,然其曰圣人之道,必由典制名物得之,此亦偶就一二事言之。"②翁氏主张考据以义理为旨归,义理以考据为途径。阮元认为汉宋之学未可判若水火,因为"两汉名教,得儒经之功;宋明讲学,得师道之益,皆于周孔之道,得其分合,未可偏讥而互消也"。且主张学者治学应该:"崇宋学之性道,而以汉儒经义实之",并力诫当时的学者应"不立门户,不相党伐,束身践行,暗然自修"③。曾国藩之主张会通汉、宋学术,正是阮元这种学术思想的进一步发展。宋学家虽然语多偏激,但在实际上也能认识到以考据之实补义理之空。如姚鼐曾挟带门户之私攻击汉学家:"且其人生平不能为程、朱之行,而其意乃欲与程、朱争名,安得不为天所恶,故毛大可、李刚主、程绵、戴东原,率皆身灭嗣绝,此殆未可以为偶然也。"④但姚氏也指出:"学问之事有三端焉:曰义理也,考证也,文章也。"⑤刘开更加旗帜鲜明地指出:"宋之于汉也,其学固有大小缓急之殊也,其交相为用一也,合之则两得,离之则两

① 葛兆光:《中国思想史》第二卷,复旦大学出版社,2004年版,第477页。

② 翁方纲:《理说驳戴震作》附录《与程鱼门平钱戴二君议论旧草》,《复初斋文集》卷七,《近代中国史料丛刊》,第324页。

③ 阮元:《拟国史儒林传序》,《研经室一集》卷二,《丛书集成初编》本,中华书局,1985年版,第32页。

④ 姚鼐:《再复简斋书》,《惜抱轩诗文集》,第102页。

⑤ 姚鼐:《述庵文钞序》,《惜抱轩诗文集》,第61页。

失。”[①]这里即可看出宋学派在不遗余力地攻击汉学之时，也能够适时地调整知识体系以回应汉学高涨带来的文化挤压[②]，并适时地应对千古未有的社会变局。

后世学者对汉学、宋学的优劣短长有着更加清醒的认识，如陈澧就认为：“合数百年来学术之弊而思之，若讲宋学而不讲汉学，则有如前明之空陋矣。若讲汉学而不讲宋学，则有如乾嘉以来之肤浅矣。况汉宋各有独到处，欲偏废之，而势有不能者。故余说郑学则发明汉学之善，说朱学是发明宋学之善，道并行而不相悖也。”[③]晚清不少学人都针对世人对汉宋学派的偏颇看法提出异议，指出若认为汉学家专言训诂，这是不足信的浅陋之说；若以为宋儒不讲训诂，这也是厚诬古人，尤不足信。如徐世昌在《清儒学案》里对道咸间的学术取向曾有过专门评价：“道咸以来，儒者多知义理、考据二者不可偏废，于是兼宗汉学者不乏其人。”[④]究其实，在世运淹蹇的晚清，有见识的汉宋诸儒，均能吸取对方所长，注重强调致用以适应社会范式的转变。这也正是中国传统学术在大结裹时期重总结、善融通学术特征的合理体现。

道咸以降，程朱理学在唐鉴等人的弘扬下渐次复苏。而曾国藩、罗泽南等理学信徒平定太平天国的辉煌战绩，逐渐改变了宋学在士人心中凿空虚浮的形象。这一时期的清代学术体现出集大成、善融通的特点。汉学家摆脱了搜奇嗜琐的学术宗尚，于探赜索隐中阐发义理。理学家也祛除门户之争的纷纭聚讼，崇实黜虚。因此，这一时期，力图调和汉、宋，讲求经世致用成为汉学、宋学的共同目标。

而曾国藩的学术谱系最能体现这一时期学术思想善融通、集大成的特点，黎庶昌的《年谱》与李鸿章的《神道碑》对曾氏的学术体系进行了准确概括。如《曾文正公年谱》精确翔实地描摹了曾国藩兼采汉宋、兼用儒法道的治学途径：“平生以宋儒义理为主，而于训诂词章二途，亦研精覃思，不遗余力。处功名之际，则师老、庄之谦抑；持身型家，则尚禹、墨之俭勤。”[⑤]而李鸿章所撰的《曾文正公神道碑》也对曾国藩“以礼为归”的学术体系作了具体的

---

① 刘开：《学论中》，《刘孟涂文集》卷二，道光六年刊本影印，第 4 页。

② 姚鼐对汉学的挑剔批评并非无因，而他对宋学的维护也确有规范世道人心的用意所在，所以他这种以攻代守的防御性回应亦有实事求是的性质，并不完全是偏狭的门户宗派之见。为后人视为回敬戴震的《述庵文钞序》，其实恰恰可以证实姚鼐论学的开放性。参见钱竞《乾嘉时期文艺学的格局——考据学的挑战和桐城派的回应》一文，《文学评论》，1999 年第 3 期。

③ 钱穆：《中国近三百年学术史》，第 684 页。钱穆就指出陈澧治学主张“汉宋兼采，勿尚门户之争，主读书求大义，勿取琐碎之考订”，且陈氏所作《东塾读书记》正为这一主张的“至佳之榜样”。（第 666 页）

④ 徐世昌：《清儒学案》，中国书店，1990 年版，第 264 页。

⑤ 黎庶昌：《曾文正公年谱》，《近代中国史料丛刊》，第 278 页。

说明：

> 公为学研究义理，精通训诂；为文效法韩、欧，而辅益之以汉赋之气体。其学问宗旨以礼为归。常曰："古无所谓经世之学也，学礼而已。"于古今圣哲，自文、周、孔、孟，下逮国朝顾炎武、秦蕙田、姚鼐、王念孙诸儒，取三十有二人，图其像而师事之。自文章、政事外，大抵皆礼家言。常谓："圣人者，自天地万物推极之，至一室米盐，无不条而理之。"①

从黎庶昌与李鸿章的勾勒中，可以看出曾国藩在理论与实践上真正突破了门户之见，对各家学说都能兼收并蓄②。如其对儒家之道可谓一以贯之，对法家的严刑峻法于行军之时多所贯彻，仕途失意时则以道家学说养心处世，修身持家则坚守墨家的勤俭自律。通过他对《圣哲画像记》中三十二位圣哲的选择与排列，即可看出曾氏兼收并蓄的学术态度。他还费尽心机地为龃龉不和、相互攻讦的汉宋学派找到了弥补裂缝的对接点——"归于礼"。

通过对曾氏思想体系与文艺理念的爬梳与考索，可见其集大成、善融通的学术体系与其说是晚清思想界的折射，倒不如说是先秦儒家思想在晚清的回复与高涨来得确切③。这一点，在曾氏的宏大志向与其描摹的学术统绪中即可窥出端倪。

曾氏年轻时即有效法先贤、慨然有澄清天下的志向，如黎庶昌所言："公少时器宇卓荦，不随流俗，既入词垣，遂毅然有效法前贤，澄清天下之志。"④曾国藩在致诸弟的信中也强调：

> 君子之立志也，有民胞物与之量，有内圣外王之业，而后不忝于父母之生，不愧为天地之完人。故其为忧也，以不如舜不如周公为忧也，以德不修学不讲为忧也。是故顽民梗化则忧之，蛮夷猾夏则忧之，小人在

---

① 李鸿章：《曾文正公神道碑》，见王澧华校点《曾国藩诗文集·附录三》，第506页。

② 对于曾氏综赅百家、兼收并蓄的治学态度，独尊程朱的夏震武对此举也不无非议："湘乡训诂、经济、词章皆可不朽，独于理学则徒以其名而附之，非真有见于唐镜海、倭艮峰、吴竹如、罗罗山之所讲论者。其终身所得者，以老庄为体，禹墨为用耳"，"儒者学孔孟程朱之道，当笃守孔孟程朱，不必以混合儒墨并包兼容为大也"，"湘乡讥程朱为隘，吾正病其未脱乡愿之见耳"。(《复张季轩》己丑，《灵峰先生集》卷四，开封新民总社石印本，第13—14页。)当然，这也正是曾氏不名一家治学理念的体现。

③ 梁启超认为清朝"二百年之学术，实取前此两千年之学术，倒影而缫演之，如剥春笋，愈剥而愈近里，如啖甘蔗，愈啖而愈有味，不可谓非一奇异质现象也"(《清代学术概论·论中国学术思想变迁之大势》，中国人民大学出版社，2004年版，第122页)。曾国藩的学术体系乃至文学观念都和先秦儒家极其吻合。

④ 黎庶昌：《曾国藩年谱》，第10页。

位贤才否闭则忧之,匹夫匹妇不被己泽则忧之,所谓悲天命而悯人穷。此君子之所忧也。若夫一身之屈伸,一家之饥饱,世俗之荣辱得失,贵贱毁誉,君子固不暇忧及此也。……盖人不读书则已,亦即自名曰读书人,则必从事于《大学》。《大学》之纲领有三:明德、新民、止至善,皆我分内事也。若读书不能体贴到身上去,谓此三项与我身了不相涉,则读书何用?虽使能文能诗,博雅自诩,亦只算得识字之牧猪奴耳!岂得谓之明理有用之人也乎?朝廷以制艺取士,亦谓其能代圣贤立言,必能明圣贤之理,行圣贤之行,可以居官莅民、整躬率物也。若以明德,新民为分外事,则虽能文能诗,而于修己治人之道实茫然不讲,朝廷用此等人作官,与用牧猪奴作官何以异哉?①

在这封信里曾氏强调了立志就是要"有民胞物与之量,有内圣外王之业",否则只能算作"算得识字之牧猪奴耳"。他还郑重声明:"仆之所志,其大者盖欲行仁义于天下,使凡物各得其分,其小者则欲寡过于身,行道于妻子,立不悖之言以垂教于宗族乡党","尧、舜、禹、汤、文、武、周公之学,……国藩不肖,亦谬欲从事于此"②。曾国藩视尧、舜、禹、汤、文、武乃至周公、孔子为自己取法学习的榜样,且终身致力于实现这一宏伟的人生目标。他指出:"周公之林艺,孔子之多能,吾不如彼,非吾疚也。若其践形尽性,彼之所禀,吾亦禀焉。一息尚存,不敢不勉。"③儒家先贤的治学理念也是曾国藩一生积极贯彻的信条,并且把"内圣""外王"的终极理想合理发摅为内"仁"外"理"的学术层面。他指出:"昔仲尼好语求仁,而雅言执礼;孟子亦仁、礼并称。盖圣王平物我之情而息天下之争;内之莫大于仁,外之莫大于礼。"④

先秦时期,在儒家的思想体系中,"内圣外王"浑然一体,断然不可分割。儒家在加强自身修养的同时即强调入世,注重学以致用。如孔子明确提出"颂诗三百,授之以政,不达;使于四方,不能专对;虽多,亦奚以为"⑤,并积极地把自己的学说付诸实践。孟子也曾豪言:"如欲平治天下,当今之世,舍我其谁也?"⑥而曾国藩"古无所谓经世之学也,学礼而已"的见解,即滥觞于荀子所言"礼""以养人之欲,给人之求,使欲必不穷乎物,物必不屈于欲,两者

① 曾国藩:《致诸弟》,道光二十二年十月二十六日,《曾国藩全集·家书》,第39页。
② 曾国藩:《答刘蓉》,道光二十五年,《曾国藩全集·书信》,第21—22页。
③ 曾国藩:《答冯卓怀》,道光三十年,《曾国藩全集·书信》,第67页。
④ 曾国藩:《王船山遗书序》,《曾国藩全集·诗文》,第277—278页。
⑤ 《论语·子路》,《四书章句集注》,第143页。
⑥ 《孟子·公孙丑下》,《四书章句集注》,第250页。

相持而长。"①所谓"内圣外王""体用兼备",也正是儒家学说的菁华。自秦汉以降,儒家学说由孔子时期的一尊而分为八家。因固守师弟相传的门户之见而抱残守缺,与儒家"内圣外王"的精义渐行渐远,自此经世致用的真谛遂渐湮没而不彰。

对于儒学分化的态势,程颐早就指出:"古之学者一,今之学者三。异端不与焉。一曰文章之学,二曰训诂之学,三曰儒者之学。欲趋道,舍儒者之学不可。"②在对儒学分化的描述中,可以看出程氏对儒者之学的重视③。在二程以后的理学信徒大都遵守这一治学途径,如姚鼐认为:"天下学问之事,有义理、文章、考证三者之分,异趋而同为不可废。一涂之中,歧分而为众家,遂至于百十家,同一家矣。"④唐鉴也指出为学只有三门:"曰义理,曰考核,曰文章。考核之事,多求粗而遗精,管窥而蠡测;文章之事,非精于义理者不能。至经济之学,即在义理内。"⑤通过比较二程、姚鼐与唐鉴对治学途辙的描述,可以看出他们都把义理排在首要位置。不同的是,程颐、姚鼐均指出为学三门为同源异出,二程、唐鉴作为理学家均有排斥另外两门学问的倾向,这也可以看出作为纯粹理学家重道轻文的表现。

值得关注的是作为古文家姚鼐的观点与阐述方式,他并没有对三门学问强分轩轾。诚如钱竞所论:"姚鼐继承下来的古文'帝国',在考据风雨袭来之际,已呈现某种颓势。然而姚鼐也具有他的敏感性,他所做出的,是两个方向上的回应。一种是以攻代守的防御性回应,挑剔、批评甚至攻击考据学;另一种是积极的建设性的回应,将文章之学改善为具有某种开放性,多少认同了道问学、考据学的主流趋势。再一方面,就是在形上学的层面上尽力提升文章之学,使之更具有普遍哲理的意味。"⑥"义理"排在首位是桐城派"学行继程朱之后"这一宣言的实践,"考据"的纳入则是对当时汉学高涨的折中回应,"辞章"则是作为因文见道、文以载道的工具。在姚鼐的学术图谱里,三者相互为用,体现出宏通的识见与集大成的气魄。

---

① 《荀子·礼论》,《荀子译注》,上海古籍出版社,1996年版,第393页。

② 程颐、程颢:《二程遗书》卷十八,上海古籍出版社,2000年版,第235页。

③ 程颐虽然把文章、训诂纳入治学途径之一,但相较于"儒者之学",此二端仍为治学末端。如程颐曾强调:"不求诸己而求诸外,以博闻强记、巧文丽辞为工,荣华其言,鲜有至于道者。"(《二程全集·杂著·颜子所好何学论》,中华书局,1981年版,第578页。)这也显示出程氏重道轻文的理学倾向。

④ 姚鼐:《复秦小岘书》,《惜抱轩诗文集》,第104—105页。姚鼐在《述庵文钞序》也指出学问之事有三端"曰义理也,考证也,文章也。是三者苟善用之,则足以相济;苟不善之,则或至于相害"。

⑤ 曾国藩:《曾国藩全集·日记》,道光二十一年七月十四日,第92页。

⑥ 钱竞:《乾嘉时期文艺学的格局——考据学的挑战和桐城派的回应》,《文学评论》,1999年第3期。

曾国藩私淑姚鼐,师事唐鉴,他们的治学理念不可避免地渗透到曾国藩的学术思维中。在唐鉴为曾国藩指出的治学门径中有“义理、考核、文章”,其中“考核之事,多求粗而遗精,管窥而蠡测;文章之事,非精于义理者不能。至经济之学,即在义理内”①。对唐鉴的这些见解,特别是融会“经济”于“义理”之中的见解,足以令曾国藩若受电然、昭然发蒙。对姚鼐熔“义理、考核、文章”为一炉的宏通持论,曾国藩也是极为推崇,如其自称“国藩之初解文章,由姚先生启之也”②,亦非虚语。曾氏在效法前贤的基础上,也颇能发凡起例,构建了一个更具包容性、开放性的学术体系,把“义理”“考据”“辞章”“经济”与“孔门四科”一一对应起来。

为达到“厚人伦,美教化,移风俗”的目的,曾氏毫无异议地把“义理”排在了首位。“人之才智,上哲少而中下多;有生又不过数十寒暑,势不能求此四术遍观而尽取之。是以君子贵慎其所择,而先其所急。择其切于吾身心不可造次离者,则莫急于义理之学。”③在太平天国异端文化与西洋文明的侵袭下,维系道统的儒学,已经千疮百孔,摇摇欲坠。儒者对天主教之横行“漠然不以关虑”的“廉耻道丧”行径,令曾氏大为失望④。而举目斯世,曾国藩连连浩叹:“今日不可救药之端,惟在人心陷溺,绝无廉耻。”⑤

为了使儒学适应新语境的变化,先秦儒家“内圣”“外王”的合理内核必须不容偏颇地结合起来,才能实现巩固现行社会秩序的宏大课题。于是曾国藩强调:“程朱诸子遗书具在,曷尝舍末而言本,遗新民而专事明德? ……义理与经济初无两术之可分。”⑥由此可知,曾氏的宗旨在于强调“内圣”“外王”两端并举,不可偏废。正如他在给诸弟的信中所言:“君子之立志也,有民胞物与之量,有内圣外王之业,而后不忝于父母之生,不愧为天地之完人。”⑦

与程颐、唐鉴、姚鼐相比,曾国藩思想体系的构建更具包容性,并且自称“树德追周孔”的曾氏也主动向孔子“大一统”的治学风尚靠拢,展示了雄大的气魄与胸襟。曾氏学术体系的构思虽说受到以上诸人学术理念的熏陶浸染,但晚清社会转型所带来的学术思潮的转变也是一个重要因素。如“经济”概念的提出,不仅有唐鉴的直接点拨、晚清经世学派及湖湘文化的熏陶,

---

① 曾国藩:《曾国藩全集·日记》,道光二十一年七月十四日,第92页。
② 曾国藩:《圣哲画像记》,《曾国藩全集·诗文》,第250页。
③ 曾国藩:《劝学篇示直隶士子》,《曾国藩全集·诗文》,第442页。
④ 曾国藩:《与郭崑焘》,咸丰四年正月二十一日,《曾国藩全集·书信》,第473页。
⑤ 曾国藩:《复彭申甫》,咸丰三年正月,《曾国藩全集·书信》,第105页。
⑥ 曾国藩:《劝学篇示直隶士子》,《曾国藩全集·诗文》,第443页。
⑦ 曾国藩:《致诸弟》,道光二十二年十月二十六日,《曾国藩全集·家书一》,第39页。

更重要的是曾国藩骨子里以天下为己任的使命感。

曾国藩的一生虽然是“以宋儒义理为根本”，但他对儒家内部的汉学、宋学各流派，也颇能博采众长，转益多师。他曾在给夏弢甫的信中明确表示“国藩一宗宋儒，不废汉学”，并且分析了自“乾嘉以来，士大夫为训诂之学者，薄宋儒为空疏；为性理之学者，又薄汉儒为支离”的纷纭聚讼，认为“由博乃能返约，格物乃能正心，必从事于礼经，考核于三千三百之详，博稽乎一名一物之细，然后本末兼赅，源流毕贯，虽极军旅战争食货凌杂，皆礼家所应讨论之事。故言谓江氏《礼书纲目》，秦氏《五礼通考》，可以通汉宋二家之结，而息顿渐诸说之争”①。曾国藩主张汉学、宋学等一切学问的归宿是“礼学”②，诚如李鸿章在《神道碑》里所描述“其学问宗旨，以礼为归”，以礼学“通汉宋二家之结，而息顿渐诸说之争”③。

对朱熹、陆象山之间的门户之见，曾国藩也力主调和：“孔孟之学，至宋大明。然诸儒互有异同，不能屏绝门户之见。朱子五十九岁与陆子论无极不合，遂成冰炭，诋陆子为顿悟，陆子亦诋朱子为支离。其实无极矛盾，在字句毫厘之间，可以勿辨。两先生全书具在，朱子主道问学，何尝不洞达本原？陆子主尊德性，何尝不实征践履？……当湖学派极正，而象山、姚江亦江河不废之流。”④

曾国藩的《圣哲画像记》则可看作他集大成思想体系构建成功的宣言，他把治学途径不同的三十二位圣哲分别与孔门四科对应起来：

> 姚姬传氏言学问之途有三：曰义理，曰词章，曰考据。戴东原氏亦以为言。如文、周、孔、孟之圣，左、庄、马、班之才，诚不可以一方体论矣。至若葛、陆、范、马，在圣门则以德行而兼政事也；周、程、张、朱，在圣门则德行之科也，皆义理也。韩、柳、欧、曾，李、杜、苏、黄，在圣门则言语之科也，所谓词章者也。许、郑、杜、马，顾、秦、姚、王，在圣门则文学之科也，顾秦于杜、马为近，姚、王于许、郑为近，皆考据也。此三十二子者，师其一人，读其一书，终身用之，有不能尽。

---

① 曾国藩：《复夏弢甫》，咸丰十年八月二十一，《曾国藩全集·书信》，第1576页。

② 如曾国藩在《圣哲画像记》里就主张：“先王之道，所谓修己治人，经纬万汇者，何归乎？亦曰‘礼’而已矣。”曾氏也曾讲过：“古之君子之所以尽其心养其性者，不可得而见，其修身、齐家、治国、平天下，则一秉于礼。自内焉者言之，舍礼无所谓道德；自外焉者言之，舍礼无所谓政事。”也是一样的意思。

③ 曾国藩：《复夏弢甫》，咸丰十年八月二十一日，《曾国藩全集·书信》，第1576页。

④ 曾国藩：《复夏弢甫》，同治元年十二月，《曾国藩全集·书信》，第3466—3467页。

文中曾氏对汉学、宋学均有所批判：

> 乾隆中，闳儒辈起，训诂博辨，度越昔贤。别立徽志，号曰“汉学”。摈有宋五子之术，以谓不得独尊。而笃信五子者，亦屏弃汉学，以为破碎害道，龂龂焉而未有已。吾观五子立言，其大者多合于洙泗，何可议也？其训释诸经，小有不当，固当取近世经说以辅翼之，又可屏弃群言以自隘乎？斯二者亦俱讥焉。①

在这里，如果说曾氏对宋学尚有所回护的话，那么在他的书信中则透露出他对理学的不满。如曾国藩在给郭嵩焘的信中就大胆指陈其弊端：“性理之说愈推愈密，苛责君子愈无容身之地，纵容小人愈得宽然无忌，如虎飞而鲸漏，谈性理者熟视而莫敢谁何，独于一二朴讷之君子攻击惨毒而已。”②“晚近讲理学者，论人则苛责君子，包庇小人，论事则私造典故，臆断是非。”③而在晚清笔记的记载中，曾国藩对满口性理的道学家则更为不屑。对他幕府中罗致的道学先生，曾氏虽“第给以厚糈”，却从不“假以事权”，并告诫幕僚对这些人须敬而远之：“此辈皆虚声纯盗之流，言行必不能坦白如一，吾亦知之。然彼所以能猎得厚资者，正赖此虚名耳，今必揭破之，使失其衣食之资，则彼之仇汝，岂寻常睚眦之怨可比，杀身赤族之祸，伏于是矣。盍戢诸！”④

从《圣哲画像记》中可以看出，曾氏对学术强分门派的做法是深恶痛绝的。如《年谱》记载曾公在与刘传莹切磋问学的过程中，对庸俗学人追逐学派的“朝耕而暮获”心态进行了批驳：“近世为学者，不以身心切近为务，恒视一世之风尚以为程而趋之，不数年风尚稍变，又弃其业以趋于新。如汉学、宋学、词章、经济以及一技一艺之流，皆各有门户，更迭为盛衰，论其源皆圣道所存，苟一念希天下之誉，校没世之名，则适以自丧其守，而为害于世。”⑤他强烈反对汉宋学派固守门户的陋习，他认为各种学说均以“孔门四科”为准绳，以经世致用为目的。而在曾氏的著述中，不止一次把义理、词章、经济、考据之学归结为孔子开设的“德行、言语、政事、文学”四科，这也揭櫫曾氏欲光复先秦儒学的宏大志向。如《求阙斋日记类钞》记载：

> 有义理之学，有词章之学，有经济之学，有考据之学。义理之学即

---

① 曾国藩：《圣哲画像记》，《曾国藩全集·诗文》，第249—251页。
② 曾国藩：《复郭嵩焘》，同治五年十二月初五，《曾国藩全集·书信》，第6073页。
③ 曾国藩：《复郭嵩焘》，同治六年四月初九，《曾国藩全集·书信》，第6298页。
④ 徐珂：《清稗类钞·曾文正幕府人才》（第三册），中华书局，1984年版，第1390页。
⑤ 黎庶昌：《曾文正公年谱》，道光二十六年，《近代中国史料丛刊》，第16页。

> 《宋史》所谓道学也,在孔门为德行之科;词章之学,在孔门为言语之科;经济之学,在孔门为政事之科;考据之学,即今世所谓汉学也,在孔门为文学之科。此四者缺一不可。予于四者,略涉津涯,天质鲁钝,万不能造其奥窔矣。惟取其尤要者,而日日从事,庶以渐磨之久,而渐有所开。义理之学,吾之从事者二书焉:曰《四子书》,曰《近思录》。词章之学,吾之从事者二书焉:曰《曾氏读古文钞》与《曾氏读诗钞》,二书皆尚未纂集成帙,然胸中已有成竹矣。经济之学,吾之从事者二书焉:曰《会典》,曰《皇朝经世文编》。考据之学,吾之从事者四书焉:曰《易经》,曰《诗经》,曰《史记》,曰《汉书》。此十种者,要须烂熟于心中,凡读他书,皆附于此十书,如室有基而丹桂附之,如木有根而枝叶附之,如鸡伏卵,不稍歇而使冷,如蛾成垤,不见异而思迁,其斯为有本之学乎?(辛亥七月)①

通过曾国藩这一段话,确实可知"他对于一般学者分学问为三途是不很赞成的,他要把经济之学特别提出来列为孔门的政事之科,真可以发孔学之义蕴了。至于礼学好像是四种学问的综合体,故云'缺一不可'"②。

而经世致用原本就是先秦儒学的真谛所在,宋明理学昌而"经济"功效却日渐衰微,但独具慧眼对事功意蕴的发掘也是代不乏人,如明末遗民怀陆沉之痛,大都主张返本求源,在复兴传统儒学"内圣""外王"和谐统一的层面上强调经世致用。皮锡瑞针对汉学、宋学强立门户、阿同骇异的学风就独具只眼地指出:"国初诸儒治经,取汉、唐注疏及宋、元、明人说,择善而从。由后人论之,为汉、宋兼采一派,而诸公当日,不过实事求是,非必欲自成一家也"③,"国初,汉学方萌芽,皆以宋学为根柢,不分门户,各取所长,是为汉、宋兼采之学"④。黄宗羲主张荡除空谈学风,恢复儒家学说致用的功效:"一旦有大夫之忧,当报国之日,则蒙然张口,如坐云雾。世道以是潦倒泥腐,遂使尚论者以为立功建业别是法门,而非儒者之所与也。"⑤

在曾国藩的心目中,儒学就是体大思精、经纬万汇的综合学问,是修己治人的不二法门。曾国藩的学术思想可以说涵盖儒家"内圣""外王"与"立德、立功、立言"的宗旨,可以说是博究精深、兼综众妙⑥。对清朝士人来说,在

---

① 王启原编辑:《求阙斋日记类钞》,《近代中国史料丛刊续编》,第17964页。
② 萧一山:《曾国藩传》,第50页。
③ 皮锡瑞:《经学历史·经学复盛时代》,中华书局,2004年版,第222页。
④ 同上书,第249页。
⑤ 黄宗羲:《赠编修弁玉吴君墓志铭》,《南雷文定》后集,《丛书集成初编》本,中华书局,1985年版,第31页。
⑥ 徐世昌《清儒学案》曾评价曾氏:"乘时得位,勘定大乱,光佐中兴,其勋业所就,视明之王文成,超越倍蓰,真儒实效,盖问学所钟也。"(第264页)

"内圣"上并没有什么可供开拓的余地。曾国藩始终严格恪守着修身、齐家的道德律令,但他并不沉溺于抽象空洞的性理之谈,而是从人伦纲纪着手强调为学的实用性。

晚清国势的蜩螗,促使曾国藩特别强化了思想体系中"外王"一翼的功效。不管为学还是治国都必须"不说大话,不说虚名,不行驾空之事,不谈过高之理"①。"言治术,则莫如综核名实";"言学术,则莫若取笃实践履之士"。基于"崇实黜虚"的价值观念,曾国藩为京官之初,"即侃侃言天下事。如议大礼、议军政、议所以奖植人才,皆关经世之务甚巨"②。

曾国藩自幼就受到儒家文化的熏陶,其一生正是"以儒教义理为根本,以经世报国为目的"的,"立德、立功、立言"正是他终生奋斗的目标。作为儒教信徒的曾国藩,对汉学、宋学纷纭汗漫的论争有着清醒认识,而湖湘文化的传统更促使他倾心于"宋儒义理之学"。但大清帝国的现实危机使他意识到了空谈义理的弊端,他把不懂经世而自诩博雅之人目之为"识字之牧猪奴"③。另外曾国藩在姚鼐所定"义理""考据""辞章"的桐城家法之外,另加"经济"之学,并对之进行了重新阐释,以强调文章匡时救弊的功效。

道咸同之际汉学、宋学以及汉学内部今、古文的冲突与融合也在诗文领域留下了投影。如姚鼐首倡"义理""考据""辞章"的为文之道,就在文学领域树起了调和汉学、宋学于"辞章"的大旗。姚鼐云:"鼐尝谓天下学问之事,有义理、文章、考证三者之分,异趋而同为不可废。一涂之中,歧分而为众家,遂至于百十家,同一家矣。"④这体现出姚鼐治学的宏通眼光与胸襟⑤。稍后倾毕生心力于"宋儒义理之学"的曾国藩,在学术上也致力于谋求汉学与宋学之会通。曾国藩在踵武前贤的基础上对汉学、宋学进行了极具胆识的改革,表现出了豁达的胸襟与开阔的学术视野,也印证了他所坚持"人生无论读书做事,皆仗胸襟"⑥的理念。继姚鼐提出"义理""考据""辞章"的文法后,曾国藩明确提出"欲以戴、钱、段、王之训诂,发为扬、马、班、张之文章"⑦的见解,以及"以精确之训诂,作古茂之文章"的夫子自道。

---

① 王启原编辑:《求阙斋日记类钞·问学》,庚申九月,《近代中国史料丛刊续编》,第17985页。

② 薛福成:《曾文正公奏疏序》,《庸庵文编》卷三,《续修四库全书》,第76页。

③ 曾国藩:《致诸弟》,道光二十二年十月二十六日,《曾国藩全集·家书一》,第39页。

④ 姚鼐:《复秦小岘书》,《惜抱轩诗文集》,第104—105页。

⑤ 汉宋学兼综会通成为晚清学术的一个重要特征,"不论汉学或宋学,所面临的问题是'应变',是'救时',不可能也不允许继续争长短、立门户。它们之间不管有什么分歧,都是儒学内部的问题。因此,人们能够趋于较客观冷静地看待汉宋学的关系"(龚书铎主编:《中国近代文化概论》,中华书局,1997年版,第125页)。

⑥ 赵烈文:《能静居日记》,同治六年六月十五,《中国史学丛书》,第1886页。

⑦ 曾国藩:《曾国藩全集·日记》,同治二年二月二十八,第864页。

曾国藩的诗文理论就建筑在他的政治伦理与文化立场之上。曾国藩始终恪守儒家传统文化所规定的君臣大义以及"攻乎异端"等信条,所以当以西方神学异质文化为代表的洪秀全对清政权及儒家文化发起猛烈进攻的时候,曾国藩一面进行武装抵抗,一面加强了对传统文化的捍卫与改造。时局日艰的困境激发了曾氏挽狂澜于既倒的豪情,"屡战屡败、屡败屡战"的戎马生涯使得他饱受困心衡虑的磨炼。加上坚忍倔强的个性,这一切都奠定曾氏对"经济"之文的重视,也促使他打心底就对气骨轩昂、声情激越的文风多一分亲近。这些思想不可避免地渗透到他的文学理念中,并对后来的文坛都产生了深远影响。曾国藩笃守程朱"义理"之说的坚定立场以及融会贯通的学术取向一方面浸染于清代学术重总结、善融通、集大成的学风,另一方面得力于从王船山到魏源强调"经世济民"的实学传统以及桐城姚氏力排众议而熔铸汉宋的宏通识见。

在《圣哲画像记》中,曾氏把"韩、柳、欧、曾,李、杜、苏、黄"等文坛大家列入"圣门则言语之科也,所谓词章者也"的见解足以彰显其对文学的重视,同时也透露出曾氏诗文的艺术取向①。而"一宗宋儒,不废汉学"的治学主张使曾国藩能够在汉学、宋学壁垒森严的对峙中兼收并蓄,形成了自己渊博的学术体系;"义理""考据"并重、骈散并行不悖、以经史入文的主张也印证了曾氏"读书做事,皆仗胸襟"的人生格言,体现出曾氏弘通的识见。

学术体系的开放性使曾国藩较一般儒生具有更为通脱的胸襟,能够比较全面地审视文学演变轨迹,得出翔实的论断。宏通的识见与精湛的文学素养,使得曾国藩对待文学有着深造自得的见解与感悟。基于疲弱不堪晚清政局,作为政治家,曾国藩强调了诗文救济人病、裨补时阙的社会功效;作为有见地的文坛泰斗,曾氏在鼓吹致用的同时丝毫没有忽略文学的审美特性,体现出传统诗文总结者的开阔视域与艺术素养。

---

① 曾国藩对诗文艺术风尚的取法门径较为广泛,这也是其兼收并蓄治学理念的体现。如其在追随唐鉴、倭仁践修朱子之学的同时就指出:"既从数君子后,与闻末论,而浅鄙之资,兼嗜华藻,笃好司马迁、班固、杜甫、韩愈、王安石之文章,日夜以诵之不厌也。"(《答刘蓉》,道光二十五年,《曾国藩全集·书信》,第21—22页。)

第二章　曾国藩诗文理念的承祧与追求

第一节　祧唐祢宋诗学格局的线性叙述

清代作为中国最后一个封建王朝,前代丰富的诗歌遗产为他们提供了借鉴对象,诗人们自觉地扮演了集大成的角色。清代的诗人对明代诗坛众说纷纭的争论有着较为清醒的认识,他们都小心翼翼,唯恐重蹈明人覆辙。在对待唐宋诗歌遗产的态度上,也一反明人偏于独尊的狭隘做法,主张转益多师、熔铸唐宋。清诗人既推崇宋人之筋骨思理,又不菲薄唐人之风神情韵,形成了祧唐祢宋的创作主流。大体而言,清诗的发展趋势是从兼采唐宋到自出手眼,力图在熔铸唐宋的基础上创作出一种非唐非宋、自具面目的清诗。

钱仲联一生致力于清诗价值的发掘,对于清诗在诗歌发展流程上意义,钱先生巨眼卓识地给予清诗以"超轶元明,上薄唐宋"的评判(钱仲联《清诗精华录·前言》)。并在诗歌体式有无创新的挑战性问题上,他肯定了清代"梅村体"与大型组诗的创新价值。然而,张仲谋却认为,"这样来论证清诗的成就地位,也许正落入了贬低清诗者的彀中","梅村体"与大型组诗所谓的创新都是踵事增华,而不是发凡起例。并认为清人在"诗体形式上无论如何极力创辟,也只能是'小结裹'——比如就某一体式的细部加以变化,而不能产生'大判断',比如,另成新体",进而总结"从诗体进化的角度来论证清诗的地位,便难免自陷于窘迫之境"①。其实,清代诗歌在无体不兼的前提下还有所创新,如"梅村体"、龚自珍之《己亥杂诗》及黄遵宪等"诗界革命派"的创作。诚如柳亚子所言:"宋词元曲称作手,明清何遽非明堂。自珍变体金和继,平心未拟菲黄康。"②而且,我们也知道清诗并非仅仅由格律、声调的艺术层面或者宗唐、宗宋的观念理路堆砌而成,而是融合了清代的时代精神、学术思想,以及士人心态等文化内核的有机统一体。时代的变局使得士人们关注的是历史意识和时代责任感,在诗歌创作中也较多地体现了关心时事、以诗存史的创作动机。在对清诗的检阅与考索中把握清诗背后的文学生态的演进,这也是诗史互证思路的延伸与拓展。在这种意义上一部清诗史就是一

---

① 张仲谋:《二十世纪清诗研究的历史回顾》,《泰安师专学报》,1999 年第 5 期。

② 柳亚子:《长歌一首赠步陶茝楼伉俪》。钱仲联在《清代诗词二十家评述》也指出柳亚子的观点应为持平之论,《苏州大学学报》(哲学社会科学版),2004 年第 1 期。

部清史,就是一部清代士人心态的演化史,也可以看作是一部清代思想文化发展史。

清代的诗人对前代的诗歌遗产有着清醒的认识,清诗人在诗学观念上大多主张转益多师、熔铸唐宋。大体而言,清诗的发展趋势便是从祧唐祢宋到自出手眼,但祧唐祢宋无疑是其主流。而清代诗人祧唐祢宋的原因大致有四点:首先这是对明代前、后七子独尊盛唐诗的反拨,如《清史列传·文苑传二》查慎行的传记中就指出:"明人喜称唐诗,至国朝初年,嫌其窠臼渐深,往往厌而学宋。"①其次,唐朝国势强盛,诗人们的民族自信心也空前膨胀。体现在诗歌中也多有"万国衣冠""九州闾阖"的大国气象,属于正风正雅。宋代建国之初就面临境外政权的武力威胁,尽管委屈求和终不免国破家亡。宋朝积贫积弱的国势,以及程朱理学的盛行,使得诗歌多了些筋骨思理,少了大国气象。"王道衰,礼义废,政教失,国异政,家殊俗,而变风变雅作矣",宋代诗歌属于变风变雅。而清朝的境遇绝类于宋,先是明清易代,战乱频仍,后期海外列强的入侵也使得兵燹不绝,体现在诗歌中多为"变风变雅",在表达的气势上根本无法企及盛唐的恢闳。再次,对宋诗的亲近也是民族认同感的体现。清(后金)灭明,与金灭北宋极其相似。相似的历史命运使明遗民对宋朝有一种"天涯同命人"的认同感。最后,清代诗人出于对明代"束书不观、游谈无根"虚浮学风的反拨,普遍注重学问。这也比较契合宋诗注重"筋骨思理"的特点。这一点,正如萧华荣所论:"清人不满明人的束书不观,由陆王心学的'尊德性'返向程朱理学的'道问学',重视知识与学问。他们与宋代一样,诗人也大都兼为学人。"②

在这里,有必要对"祧唐祢宋"这一概念加以廓清。此处所谓的"唐诗"不是传统的以历史跨度界定的唐朝的诗歌,而是专指在体态性分上以丰神情韵为标志的盛唐诗歌;所谓的"宋诗",实际上"也是指以唐代诗人杜甫、韩愈和宋代诗人苏轼为代表的'宋型诗'"③。关于"诗分唐宋"的诗学命题,前贤有诸多论述。如钱锺书的《谈艺录》开篇第一节就是"诗分唐宋",明确提出:"唐诗宋诗,亦非仅朝代之别,乃体态性分之殊。……非唐诗必出唐人,宋诗必出宋人也。故唐之少陵、昌黎、香山、东野实唐人之开宋调者,宋之柯山、白石、九僧、四灵则宋人之有唐音者。……夫人禀性,各有偏至。发为声诗,高明者近唐,沈潜者近宋,有不期而然者。故自宋以来,历元、明、清,才人辈出,而所作不能出唐宋之范围,皆可分唐宋之畛域。唐以前之汉、魏、六朝,虽浑

① 《清史列传·文苑传二》,中华书局,1987年版,第5811页。

② 萧华荣:《中国诗学思想史》,华东师范大学出版社,1996年版,第302页。

③ 同上书,第298页。

而未划,蕴而不发,亦未尝不可以此例之。”[1]胡明师在《关于唐诗》里对钱先生的这段论述有着精准的评判:“唐诗不必出于唐人,即唐人写的未必就是唐诗;宋诗不必出于宋人,即宋人写的也未必就是宋诗。——唐诗宋诗应该以审美质性来划分……所谓‘唐诗多以丰神情韵擅长,宋诗多以筋骨思理见胜’。——这个诗学审美意见影响极大,流播极广,将唐诗的时代概念打破了,或者说是打通了,然而它也只是诗学理论上的一种极有价值的审美见解(德国的席勒与清代的吴雷发均有类似的见解),‘美学’上固然有突破的意义,而在‘历史’上的雷池仍无法跨越。”[2]在中国诗学史上,宗唐宗宋的历史纷争,“南宋已然,不自明起;袁子才《与施兰垞书》、《随园诗话》卷十六引徐朗斋语等调停之说,当时亦早有”[3]。胡明师的《关于唐诗》《关于宋诗》两篇文章亦可以看作是梳理唐宋之争这一诗学命题的集大成之作。

清人“祧唐祢宋”的诗学命题可以通俗化地理解为敬远唐诗而亲近宋诗,这也在一定程度上体现了清代诗学兼取唐宋的综合倾向:既亲近宋诗亦不菲薄唐诗。但是“清初特定的政治文化和思想史背景左右着人们的审美旨趣和批评情绪,诗坛人物多少有些情绪化的表现,理性思想气氛淡薄”[4],这也造成了宗唐宗宋的胶着状态[5]。“宗宋的黄宗羲、吕留良、吴之振、叶燮拼命拉抬宋诗的地位,宗唐的顾炎武、朱彝尊、王士禛、毛西河等‘大家’则力主唐音,……王夫之干脆说宋一代无诗,他评选古诗、唐诗、明诗,独不取宋诗。”[6]钱锺书在品评清初三大思想家的诗作时曾指出:“梨洲自作诗,枯瘠芜秽,在晚村之下,不足挂齿,而手法纯出宋诗。当时三遗老篇什,亭林诗乃唐体之佳者,船山诗乃唐体之下劣者,梨洲诗则宋体之下劣者。然顾、王不过沿袭明人风格,独梨洲欲另辟途径,殊为豪杰之士也。”[7]钱先生在评判黄宗羲诗学宗尚时还引用了黄氏对于唐宋诗风的著名论断:“余尝与友人言诗,诗不当以时代而论,宋元各有优长,岂宜沟而出诸于外,若异域然。即唐之时,亦非无蹈常袭故,充其肤廓,而神理蔑如者,故当辨其真与伪耳。徒以声调之似,而优之,而劣之,扬子云所言,伏其几,袭其裳,而称仲尼者也。此固先民之论,非余臆说。听者不察,因余之言,遂言宋优于唐,夫宋诗之佳,亦谓其能

① 钱锺书:《谈艺录》(补订本),第3页。
② 胡明:《古典文学纵论》,辽海出版社,2003年版,第1—2页。
③ 钱锺书:《谈艺录》(补订本),第4—5页。
④ 胡明:《关于唐诗》,《古典文学纵论》,第6页。
⑤ 清初诗坛的宗唐、宗宋之争,诚如纳兰性德所论:“世道江河,动成积习,……十年前之诗人,皆唐之诗人也,必嗤点夫宋;近年来之诗人,皆宋之诗人也,必嗤点夫唐。万户同声,千车一辙。”(《通志堂集》卷十四《原诗》,上海古籍出版社,1979年版,第557—558页。)
⑥ 胡明:《关于唐诗》,《古典文学纵论》,第5—6页。
⑦ 钱锺书:《谈艺录》(补订本),第144页。

唐耳，非谓舍唐之外，能自为诗也，于是缙绅先生，间谓余主张宋诗，噫，亦冤矣！且唐诗之论，亦不能归一。宋之长铺广引，盘搯生语，亦若天设，号为豫章宗派者，皆缘于少陵，其时不以为唐也。”①这段论述虽然“中心有激，人言可畏，厥词遂枝”②，但丝毫不能隐瞒黄宗羲的诗学旨趣，那就是对杜甫、韩愈所开创“宋型诗”的喜好。

黄梨洲“实好宋诗”，还“可与吴梦举《宋诗钞序》相参证”③。吴之振的《宋诗钞·凡例》记载了该书的编撰过程：“癸卯之夏，余叔侄与晚村读书水生草堂，此选刻之始也。时甬东高旦中过晚村，姚江黄太冲亦因旦中来会，联床分檠，搜讨勘订，诸公之功居多焉。数年以来，太冲聚徒越中，旦中修文天上，晚村虽相晨夕，而林壑之志深，著书之兴浅。余两人补裰校雠，勉完残稿，思前后意意致之不同，书成展卷，不禁慨然。”④黄宗羲、吕留良、吴之振、吴自牧诸人反感于晚明肤廓皮相、傀儡衣冠的宗唐诗风，因而以《宋诗钞》的编选来为“变化于唐，而出其所自得，皮毛尽落，精神独存”，“取材广而命意新”的宋型诗张目，欲使“天下黜宋者得见宋之为宋”。该书的广为流播鲜明地表达出诗人们对有明一代诗风拨乱归正的渴盼心态，也在清初诗坛树起了宗宋的大旗⑤。并且黄宗羲、吕留良、吴之振诸人的诗学理念基本奠定了清代中期浙派诗人宗宋的诗学走向，也成为“祧唐祢宋”这一诗学主线的滥觞之源。

曾为《黄叶村庄诗集》作序的叶燮，与吴孟举为同乡好友，也是一位极力为宋诗正名而拔戟自成一队的猛将。他的《已畦诗集》，可谓“尖刻瘦仄，显然宋格”⑥。在《原诗》中，叶燮不仅指责前后七子傀儡装束、肤廓皮相的“盛唐”面目；对力主“不效颦于汉魏，不学步于盛唐，任性而发”⑦的公安派，也指出其“信口、信腕”的信念导致诗歌走上俚俗的狭径；对步入“深幽孤峭”“幽

---

① 黄宗羲：《张心友诗序》，《南雷文定》前集卷一，《四部备要》本，中华书局据粤雅堂本校刊，第9—10页。

② 钱锺书：《谈艺录》（补订本），第144页。

③ 同上。

④ 吴之振：《宋诗钞·凡例》，中华书局，1984年版，第1页。

⑤ 在清初诗坛，吴之振对《宋诗钞》的选刻为揄扬宋诗起了很大作用。如《四库全书总目提要》即认为：“之振于遗集散佚之余，创意搜罗，使学者得见两宋诗人之崖略，不可谓之无功。”（卷一百九十）而吴氏的《黄叶村庄诗集》全部是“寝食宋人，五言古体《黄河夫》篇直追少陵矣”（杨际昌：《国朝诗话》卷二，《清诗话续编》，上海古籍出版社，1983年版，第1705页）。

⑥ 钱锺书：《谈艺录》四二，第145页。其门生沈德潜虽高倡“格调说”，但也准确地把叶氏论诗的品评准的概括为：“一曰生，一曰新，一曰深。凡一切庸熟陈旧浮浅语，须扫而空之。今观其集中诸作，意必钩玄，语必独造，宁不谐俗，不肯随俗，戛戛于诸名家中，能拔戟自成一队者。”（《清诗别裁集》，第170页）钱锺书先生精审而辛辣的论断了师徒二人在宗唐、宗宋诗学见解上的差异：“不啻冰炭。师为狂狷，弟则乡愿。”（钱锺书：《谈艺录》（补订本），第145页。）

⑦ 袁宏道：《序小修诗》，《袁宏道集笺校》，上海古籍出版社，1979年版，第188页。

情单绪”歧途的竟陵派也明确指出其才薄力弱的弊端。当然,在该书中叶氏所传达的最重要的理念就是为宋诗张目:“宋诗不亚唐人,譬之石中有宝,不穿凿则宝不出”;“昌黎乃宋诗之祖,与杜苏并树千古”。他还极力推崇宋诗对唐诗的突破与创新价值,如他指出:“韩愈为唐诗之一大变。其力大,其思雄,崛起特为鼻祖,宋之苏、梅、欧、苏、王、黄,皆愈为之发端,可谓极盛。”①叶燮的这段论述,指出宋之苏黄的诗学理念实际上导源于杜甫、韩愈诸人的唐诗,这也树立了清代宗宋诗派的立论标杆。

当然,在阐述清初“祧唐祢宋”诗学流程时,还有几位坐标式的人物是不可忽略的。《宋诗钞》的编辑、流播逐渐改变诗人们对宋诗的看法,宋诗热也处于不断酝酿发酵的过程中,而钱谦益在此诗关转捩之际的影响也日渐增强。

“在中国文学史上,钱牧斋是明代最后一个巨子,也是清代第一个巨子,所谓‘领袖两朝’主盟文坛数十年,声望几近宋之苏黄。”②针对明代诗坛纷纭庞杂的争论,钱谦益提出了大振力出而截断众流的诗学理论。他把前后七子和竟陵派视之为“学古而赝”“师心而妄”者;肯定公安派“性灵”立论居功甚伟,但也对公安派的“机锋侧出,矫枉过正”提出批评。钱谦益对七子、公安、竟陵的病态诗学有着形象贴切的描画:“譬之有病与此,邪气结柎,不得不用大承汤下之,然输泻太利,元气受伤,则别症生焉。北地、济南,结柎之邪气也;公安,泻下之劫药也;竟陵,传染之别症也。”③钱谦益论诗主张转益多师、别裁伪体,其诗作就熔铸唐宋诸大家,兼取元遗山,可谓“才气横放,无所不有”。钱谦益还“发表过不少关于诗歌的意见,有摧毁性的批判檄文,又有建设性的科学论断”④,如其指出世运潜移对诗歌的深刻影响:“夫诗文之道,萌折于灵心,蛰启于世运,而茁长于学问。三者相值,如灯之有炷、有油、有火,而焰发焉。”⑤加上其身事两朝均居高位,又好奖掖后进,因此其诗学思想流布极广。钱牧斋才大学博,奠定了“繁以缛,雄而厚”的诗风。而这一切也促使其成为清代“祧唐祢宋”诗学格局的关键人物,清人在评判弃唐取宋的诗学趋向时就指出其重要影响:“时局大变,阴袭虞山之旨,反唐为宋。”⑥

在清人“祧唐祢宋”时代风会的挟裹下,大部分诗人都不可避免地融入

---

① 叶燮:《原诗·内篇上》,人民文学出版社,1979年版,第8页。
② 胡明:《钱谦益诗论平议》,《古典文学纵论》,第344页。
③ 钱谦益:《列朝诗集小传·袁稽勋宏道小传》,上海古籍出版社,1983年版,第568页。
④ 胡明:《钱谦益入清后诗歌试论》,《古典文学纵论》,第337页。
⑤ 钱谦益:《题杜苍略自评诗文》,《有学集》卷下,上海古籍出版社,2003年版,第1594页。
⑥ 罗时进提出大致在康熙十八年(1679),宋诗热已在全国兴起,并引用毛奇龄《沈方舟诗序》作证。(《唐诗演进论》,江苏古籍出版社,2001年版,第364页。)

崇尚宋诗的诗学洪流之中,其中朱彝尊表现得最为典型。其作于康熙二十五年(1686)的《题王又旦过岭诗集》明显流露出对"祧唐祢宋"诗学转向的不满:"迩来诗格乖正始,学宋体制嗤唐风。江西宗派各流别,吾先无取黄涪翁。"这个时期的朱彝尊意气风发,大力张扬唐诗的风采神韵,故其"少时永嘉诸诗"也被宗奉"神韵说"的"一代正宗"王士禛所"尤爱"①。但在诗学主流的牵引下,朱氏的诗歌创作逐渐偏离了既定的诗学轨迹,同时代的诗人就敏锐的体察到了朱彝尊诗学宗尚的转变。如屈大均《送朱上舍》所言:"参差似兄腾笑集,埙篪同开风气先。逃唐归宋计亦得,韩苏肯让挥先鞭。"②此外,宋荦与稍后的钱载都对朱氏的诗学转变进行了全面而精审的剖析。如宋氏指出:"先生平日论诗,颇不满涪翁;今诸什大段学杜,而高老生硬之致,正得涪翁三昧,信大家无所不有。"③钱载也指出朱彝尊的诗学宗尚是"早年尚沿西泠、云间之调,暮年则涉入《江湖小集》"④。

而关于朱彝尊诗歌宗唐、宗宋的问题,学者多持不同的见解。如洪亮吉认为朱氏"晚宗北宋幼初唐,不及词名独擅场。辛苦谢家双燕子,一生何事傍门墙"⑤,钱锺书则认为"论竹垞诗者多不中肯"。钱先生认为"朱竹垞论诗,则沿七子之教,墨守唐音,宗旨与朝代不分","其于宋诗,始终排弃,至老宗旨不变",而朱氏晚年诗作多"趣诡语硬,明是昌黎、玉川之遗",故认为"北江少见多怪,遂以为学北宋"⑥。而钱锺书在《谈艺录》"诗分唐宋"一节也论述到唐诗和宋诗的区别,并非仅为朝代之别,主要在于体态性分之殊,主要体现在审美取向的不同。依此而论,洪亮吉的立论亦非虚言,朱彝尊晚年诗歌取法韩昌黎等"唐人之开宋调者",无疑代表了清代"祧唐祢宋"诗学取向的主流。

平生所作不下万首的查慎行也是清初宗宋诗派一位浓墨重彩的人物,故也有人论定:"要在清初宗宋派中挑出一位代表,只有查慎行最合适。"⑦查慎

---

① 王士禛:《带经堂诗话》卷十一,人民文学出版社,1963 年版,第 282 页。

② 屈大均:《翁山诗外》卷四。朱则杰在《清诗史》里提出朱彝尊仕清以后的诗歌带有逃唐归宋的倾向,开创宗宋诗风之先河。(江苏古籍出版社,2000 年版,第 175 页。)

③ 宋荦:《跋朱竹垞和论画绝句》,转引自朱则杰《清诗史》,第 175 页。

④ 梁章钜:《退庵随笔·学诗二》引,《近代中国史料丛刊》第四十四辑,第 1122 页。

⑤ 洪亮吉:《道中无事,偶作论诗截句二十首》,《洪北江诗文集·更生斋诗》卷二。洪亮吉同时还品评朱彝尊的《曝书亭集》为"始学初唐,晚宗北宋,卒不能熔铸自成一家"。(《北江诗话》卷一,人民文学出版社,1983 年版,第 21 页。)

⑥ 钱锺书:《谈艺录》(补订本),第 109—110 页。

⑦ 刘世南先生的论断主要以清中期赵翼的品评为依据:在《瓯北诗话》中,赵翼于唐取李白、杜甫、韩愈、白居易,于宋取苏轼、陆游,于金取元好问,于明取高启,而于清初则取吴伟业与查慎行。刘先生认为这并不是偶然的,赵翼正是以吴梅村为清初宗唐派的代表,而以查慎行为清初宗宋派的代表。(刘世南:《清诗流派史》,第 226 页。)

行论诗主张“诗成亦用白描法，免得人讥獭祭鱼”①，表现出对“以学问为诗”的不满。所以袁枚曾力赞其诗作：“他山书史腹便便，每到吟诗尽弃捐。一味白描神活现，画中谁似李龙眠。”②朱庭珍也认为：“查初白诗宗苏、陆，以白描为主，气求条畅，词贵清新，工于比喻，善于形容，意婉而能曲达，笔超而能空行，入深出浅，时见巧妙，卓然成一家言。”③而赵翼也指出，“梅村后，欲举一家列唐宋诸公之后者，实难其人。惟查初白才气开展，工力纯熟，鄙意欲以继诸贤之后”，并进而叹服其功力之深，可谓“香山、放翁后一人而已”④。而徐世昌则明确指出查慎行在清初诗风嬗变历程中的里程碑意义：“国初诸老渐厌明七子末流窠臼，至初白乃……祧唐祖宋，大畅厥词，为诗派一大转关。”⑤

王士禛的“神韵说”与沈德潜的“格调说”可谓明代七子派诗学理念在清代诗坛逶迤演进的结穴，也暂时成为康乾之际的诗学主流。但是，在沈德潜倡言唐诗的格调派独霸诗坛的时候，浙派的厉鹗“却借径于宋人，由陈与义以上溯王、孟，刻琢研炼，幽新隽妙，对那种脑满肠肥的伪唐诗，有洗涤腥膻的作用”⑥。以厉鹗为代表的浙派诗人不是取法苏轼、黄庭坚、陆游等被宗宋派敬若神明的大家，而偏嗜于永嘉四灵、姜夔、陈与义诸人。同时还钟情于宋代的冷僻典故，如袁枚所言：

> 吾乡诗有浙派，好用替代字，盖始于宋人，而成于厉樊榭。宋人如：“水泥行郭索，云木叫钩辀。”不过一蟹一鹧鸪耳。“岁暮苍官能自保，日高青女尚横陈。含风鸭绿鳞鳞起，弄日鹅黄袅袅垂。”不过松、霜、水、柳四物而已；座词谜语，了无余味。樊榭在扬州马秋玉家，所见说部书多，好用僻典及零碎故事，有类《庶物异名疏》《清异录》二种。董竹枝云“偷将冷字骗商人”，责之是也。⑦

总之，厉鹗重学问、用僻典的艺术追求极大地影响了当时的诗学走向：“近来浙派入人深，樊榭家家欲铸金”⑧，“厉鹗的诗歌专学宋代小家，喜用宋代僻典，从小处把宗宋发展到了极端”⑨。

---

① 查慎行：《东木与楚望叠鱼字凡七章，连翩传示。再拈二首，以答来意》之二，《敬业堂诗续集》卷三，上海古籍出版社，1986 年版，第 1628 页。

② 袁枚：《仿元遗山论诗》三十八首之五，《袁枚全集》，第 594 页。

③ 朱庭珍：《筱园诗话》卷二，《清诗话续编》，第 2358 页。

④ 赵翼：《瓯北诗话》卷十，第 146—147 页。

⑤ 徐世昌：《晚晴簃诗汇》卷五十六，第 2232 页。

⑥ 钱仲联：《三百年来浙江的古典诗歌》，《梦苕庵论集》，第 252 页。

⑦ 袁枚：《随园诗话》卷九，八十三条，人民文学出版社，1982 年版，第 320 页。

⑧ 洪亮吉：《道中无事，偶作论诗截句二十首》之十二，《洪亮吉集》，第 1245 页。

⑨ 朱则杰：《清诗史》，第 228 页。

广义的浙派诗人群体除厉鹗一派之外，还有以钱载为代表的秀水派。朱彝尊晚年好为山谷的诗学途辙也被其私淑者迭相赓续祖述，这也基本奠定了浙派诗大致的艺术走向。如钱锺书指出朱氏前期力诋山谷的言论并没有误导浙派诗人，相反，“浙江后起诗人，如万柘坡、金桧门、王穀原、沈丰玉、沈匏庐辈，皆称山谷”①。钱仲联也指出：“盖自竹垞晚年好为山谷，金桧门继之，遂变秀水之派，钱萚石出而堂庑益大。”②由此可知，一脉相承诗学理念的层层累积为秀水诗派的大张旗鼓提供了丰厚的理论支持。钱载的诗主要取法韩愈、黄庭坚，追求瘦硬生新、拗折险怪的审美范式。如陈衍即指出：“萚石斋诗，造语盘崛，专于章句上争奇，而罕用僻字僻典，盖学韩而力求变化者。”③钱载的诗歌追求基本奠定了秀水派以生硬为宗的艺术法则，不仅影响了秀水派的作家，而且“经过后来的程恩泽，由一直熏染到近代的整个‘同光体’；其影响之深远，也就更是可想而知了”④。

乾嘉时期“家家许郑，人人贾马，东汉学烂然如日中天”⑤的盛况也在诗学领域留下了很深的印记，而倡导“肌理说”的翁方纲即为其代表。翁方纲认为：“士生今日，经籍之光，盈溢于世宙，为学必以考据为准，为诗必以肌理为准”，“义理之理，即文理之理，即肌理之理也”⑥。这种借考据以资诗的风格又代表着当时以学为诗的倾向，如洪亮吉认为翁方纲的专门之学为金石，而作诗却时时欲入考证，洪亮吉误为挽诗云：“最喜客谈金石例，略嫌公少性情诗。”⑦袁枚更是对这种以考据为诗的作法大加挞伐：“天涯有客太詅痴，误把钞书当作诗。钞到钟嵘《诗品》日，该他知道性灵时。”⑧

翁方纲论诗，以“杜、韩、苏、黄为宗”⑨，同时兼及“元遗山、虞道园”⑩。翁氏认为“宋诗妙境在实处”⑪，因而主张恢复先秦儒家泛文学的观念，如其有诗云：“史家文苑接儒林，上下分明鉴古今。一代词章配经术，不然何处觅

---

① 钱锺书：《谈艺录》（补订本），第 175 页。在本书第四二章，钱氏也指出这派诗人后期逐渐摆脱山谷的影响。如“穀原中年且厌薄西江”，“萚石子慈伯作诗，已不遵庭训”（第 148 页）。

② 钱仲联：《浙派诗论》，《学术世界》，1935 年第 1 期。

③ 陈衍：《石遗室诗话》卷四，第 56 页。

④ 朱则杰：《清诗史》，第 236 页。

⑤ 梁启超：《清代学术概论》，第 196 页。

⑥ 翁方纲：《志言集序》，《复初斋文集》卷四，上海古籍出版社，1995 年版，第 211—212 页。

⑦ 洪亮吉：《北江诗话》卷一，第 15 页。

⑧ 袁枚：《仿元遗山论诗》三十八首之五，《袁枚全集》，第 596 页。

⑨ 易宗夔：《新世说》，上海古籍书店，1982 年版，第 25 页。但是对于翁方纲的取法宋诗，钱锺书先生却有不同的见解。他认为翁覃溪“虽亦有取于宋诗。然翁止于苏、杜一源，《石州诗话》卷四至斥《宋诗钞》为率天下而祸仁义”（《谈艺录》四一）。

⑩ 徐世昌：《晚晴簃诗汇》，中华书局，1990 年版，卷八二，第 3409 页。

⑪ 翁方纲：《石洲诗话》卷四，《清诗话续编》，第 1428 页。

元音?"①就忽视了诗歌的审美特性而片面强调了诗歌的社会意义与其他附加价值。翁方纲主观上试图改变诗坛上神韵派空虚、格调派浮廓以及性灵派末流的纤佻弊端,但不幸的是,他的矫枉过正措施却使诗歌走上了以考据为诗、以义理为诗的另一条歧途。但是翁氏以学为诗的主张在普遍注重学问的清代,影响十分深远,直接波及晚清的宋诗运动②。

道咸时期程恩泽、祁寯藻、何绍基、郑珍、曾国藩等人的宋诗运动也把清代"祧唐祢宋"的诗学主流推扬到了一个新的高度,并直接导引了后来"同光体"的大昌一时。如前所述,程恩泽为翁方纲的再传弟子,也是一位著名的汉学家,这也注定程氏受到翁方纲以考据为诗、以学为诗等审美倾向的熏染。该派诗人普遍以杜、韩、苏、黄为师法对象,他们注重学人之言与诗人之言结合的诗风,发展到后来,"则又影响到稍后以陈衍、陈三立、沈曾植等人为代表的'同光体'诗人,从而形成了一场规模更大的宋诗运动"③。对清代"祧唐祢宋"诗学格局的线性叙述,陈衍曾用粗笔勾勒了这一嬗变流程的大致面貌,并特别强调了嘉道以后程恩泽、祁寯藻、何绍基、郑珍、曾国藩诸人在清代宋诗运动谱系中的重要意义。如陈氏认为:"有清一代,诗宗杜、韩者,嘉道以前推一钱萚石侍郎,嘉道以来则程春海侍郎、祁春圃相国,而何子贞编修、郑子尹大令皆出程侍郎之门,益以莫子偲大令、曾涤生相国。诸公率以开元、天宝、元和、元祐诸大家为职志,不规模于王文简之标举'神韵'、沈文悫之主持'温柔敦厚',盖合学人、诗人之诗二而一之也。"④

在曾国藩诗学求索的道路上,蒋士铨的影响也不可小觑。蒋士铨为江西铅山人,为诗宗奉江西诗派的黄庭坚,并上溯杜、韩。曾国藩为诗在瓣香山谷的基础上,也"引心余为同调,以与姚惜抱并称"⑤,"铅山不作桐城死,海内骚坛委寒灰。龙蛰虎潜断吟啸,坐令蚯蚓鸣惊雷"⑥的诗句,也透露出曾氏对诗坛上"铅山""桐城"诗法的不昌深以为憾的心情。当然,在曾国藩诗学理念逐步形成过程中,江西诗派特别是黄山谷的诗论主张或明或隐地主导着曾氏的诗歌创作。

陈衍在《石遗室诗话》里指出黄山谷自"江西诗派外,千百年寂寂无颂

---

① 翁方纲:《书空同集后十六首》之十二,《复初斋诗集》卷十八,《续修四库全书》,第512页。
② 晚晴宋诗运动的倡导者程恩泽为凌廷堪的弟子,也是翁方纲的再传弟子。在师弟相传的知识传递中,翁氏的影响不可小觑。在程氏门人何绍基、郑珍、莫友芝的共同推动下,形成了道咸之际的宋诗运动。参见刘世南《清诗流派史》,第308页。
③ 参见朱则杰:《清诗史》,第334页。
④ 陈衍:《近代诗钞》卷一,祁寯藻条,《陈衍诗论合集》,第879页。
⑤ 钱锺书:《谈艺录》(补订本),第140页。
⑥ 曾国藩:《题红诗课戏题一诗于后》,《曾国藩全集·诗文》,第55页。

声,湘乡出而诗学皆宗涪翁”[1]。一方面,曾国藩以坚忍不拔之节,勘定大乱,攻乎异端,被传统士人视为儒家文化的卫道者与守护者,他对宋型诗的揄扬也使得天下士子云集而景从,为宋诗运动的勃兴起到了导夫先路的作用。钱基博《现代中国文学史》说:“国藩诗学韩愈、黄庭坚,一变乾嘉以来风气,于近时诗学有开新之功。”[2]另一方面崇尚气骨遒劲的曾国藩对足以泄其纵横驰骋之气、足以逞其赡博雄悍之才的宋型诗有一种骨子里的亲近,对弥漫诗坛的空疏、浮华、纤佻的诗风大力扫荡。曾氏“力矫性灵空滑之病,务为雄峻排奡,独宗西江”的诗学主张终结了“性灵”末流“大雅殄绝”的积衰习气,导引了同光体的宋诗运动,从而奠定“开数十年风气”“陶铸一世之功”[3]的宋诗派宗主地位。

第二节　桐城派诗文理念的承继与超越

对曾国藩这样一个“誉之则为圣相,谳之则为元凶”[4]的争议人物,对于如何解读、评价曾国藩在传统文学落幕时期的地位与影响,学界所关注的焦点也大都定格在曾氏与桐城派文学理念的承祧以及古文中兴等颇具争议的历史纠葛范畴中。“桐城文派,标榜的是‘学行继程朱之后,文章在韩欧之间’(王兆符《方望溪先生文集序》),道统上遵从程朱,文统上追摹韩欧,这是桐城诸家再三表述,也是被后世学者所认可的。”[5]文道结合正是曾国藩与桐城派诗文理论相契合的基点,这也是曾国藩作为程朱理学信徒同时兼为文学家的双重身份所决定的。

曾国藩对方苞极为推崇:“望溪先生古文辞为国家二百余年之冠,学者久无异辞,即其经术之湛深,八股文之雄厚,亦不愧为一代大儒。虽乾、嘉以来,汉学诸家百方攻击,曾无损于毫末。”[6]他还不止一次讲到姚鼐在其文学轨迹上导夫先路的重要意义,如“国藩之粗解文章,由姚先生启之也”[7],“仆早不自立,自庚子以来,稍事学问。……闻此间有工古文诗者,就而审之,乃桐城姚郎中鼐之绪论,其言诚有可取”[8]。由此可知,桐城派的诗文理论也是

---

① 陈衍:《陈衍诗论合集·近代诗钞述评》,第882页。参见《石遗室诗话》。
② 钱基博:《现代中国文学史》,第212页。
③ 徐世昌:《晚晴簃诗汇》卷一百四十二,第6179页。
④ 章太炎:《检论·杂志》,《章太炎全集》,上海人民出版社,2014年版,第598页。
⑤ 陈平原:《从文人之文到学者之文》,三联书店,2004年版,第210页。
⑥ 曾国藩:《读书录·望溪文集》,《曾国藩全集》,第368页。
⑦ 曾国藩:《圣哲画像记》,《曾国藩全集·诗文》,第250页。
⑧ 曾国藩:《致刘蓉》,道光二十三年,《曾国藩全集·书信一》,第5页。

曾国藩取法借鉴的重要渊源[①]。

在古文方面，曾国藩在对桐城派“有所法而后能，有所变而后大”的基础上拓“‘桐城’堂庑而大之，于文开创‘湘乡派’，曾门四大弟子则包办了晚清古文事业”[②]；关于曾国藩在桐城派古文发展中的地位，王先谦在《续古文辞类纂·例略》中指出：“曾文正公以雄直之气，宏通之识，发为文章，冠绝古今。……学者将欲杜歧趋、遵正轨，姚氏而外，取法梅、曾，足矣”[③]，推崇之情，溢于言表。另外，黄遵宪也认为曾氏的文学成就在“旧学界中率然独立，古文为本朝第一”，周作人在《中国新文学的源流》中也认为“曾国藩可说是桐城派中兴的明主”[④]，而胡适在《五十年来中国之文学》里也不止一次讲到曾国藩是桐城派古文的中兴第一大将。

人所皆知，在诗学上桐城诗派在文学史上远没有桐城古文辉煌风光。对于桐城诗派的流衍嬗变，姚莹曾表述：“国朝持论之善足洽天下大公者，前有新城尚书，后有吾家惜翁，庶几其允乎。……潘木厓先生是以有龙眠风雅之选，犹未及其盛也。海峰出而大振[⑤]，惜抱起而继之，然后诗道大昌，盖汉魏、六朝、三唐、两宋以及元、明诸大家之美无不一备矣”，并信誓旦旦地声称：“海内诸贤谓古文之道在桐城，岂知诗亦有然哉！”[⑥]吴汝纶指出：“方侍郎顾不为诗，至姚郎中乃以诗法教人。其徒方植之东树益推演姚氏绪论。自是桐城学诗者，一以姚氏为归。”[⑦]而据钱锺书所言，桐城诗派“其端自姚南青范发之”。姚范对黄庭坚“以惊创为奇，其神兀傲，其气崛奇，元思瑰句，排斥冥鉴，自得意表，玩诵之久，有一切厨馔腥蝼而不可食之意”[⑧]的诗风备极赞叹，奠定了桐城诗派大体的诗学趋向。而姚鼐“亦有取于宋诗”，且“承其伯父南

---

① 陈子展即巨眼卓识地指出：“曾国藩作古文，说是国藩粗解文章，由姚先生启之。他论诗亦极推崇苏、黄，比于李、杜，未尝不是受着姚鼐的影响。”（《最近三十年中国文学史》，上海古籍出版社，2000 年版，第 138 页。）

② 钱仲联：《“明清八大家文选丛书”总序》，苏州大学学报，2001 年第 3 期。

③ 王先谦：《续古文辞类纂》，《续修四库全书》，第 74 页。

④ 周作人：《中国新文学的源流》，第 87、88 页。

⑤ 刘大櫆虽以文名世，但程鱼门在诵读其全集后却告知袁枚刘氏“诗胜于文也”。（《随园诗话》卷十，第 363 页。）

⑥ 姚莹：《桐旧集序》，《中复堂遗稿》卷二，文海出版社 1974 年版，第 3867—3868 页。方东树在《昭昧詹言》中也指出：“近代真知诗文，无如乡先辈刘海峰、姚姜坞、惜抱三先生者。”曾国藩《憩红诗课戏题一诗于后》言道：“铅山不作桐城逝，海内骚坛委寒灰。龙蛰虎潜断吟啸，坐令蚯蚓鸣惊雷。”这里显然也认为桐城诗派曾有主盟骚坛的辉煌历史，对该诗派的凋落颇为感叹。

⑦ 吴汝纶：《姚慕庭墓志铭》，《吴汝纶全集》第一册，第 213 页。

⑧ 姚鼐在《五七言今体诗钞·序目》里也认为黄山谷诗有“足与古今作俗诗者澡濯胸胃，导启性灵”的药效，与姚范的见解大致相同。

菁余绪，甚称涪翁”[①]。自姚鼐以降，“桐城古文家能为诗者莫不欲口喝西江”[②]，如梅曾亮声称“我亦低首涪翁诗”[③]，陈用光也自陈“爱读山谷诗，为其情取厚。四始六义中，宗派重江右”[④]。对于曾国藩“诗自昌黎、山谷入杜，实衍桐城姚鼐一脉”[⑤]，钱锺书先生也指出：“曾氏之称惜抱诗，非出偶然，曾诗学亦本桐城，正如其古文耳。言‘同光诗体’者，前仅溯吴孟举，后只述曾氏，固属疏阔。”[⑥]“桐城自海峰以诗学开宗，……惜抱承之，参以黄涪翁之生崭，开阖动荡，尚风力而杜妍靡，遂开曾湘乡以来诗派，而所谓同光体者之自出也。”[⑦]对姚鼐“亦用古文之法”“劲气盘折”的独特诗风，曾国藩是“皆效其体，奉为圭臬”[⑧]的，并把姚鼐的七律“定为国朝第一家”[⑨]。曾国藩秉承姚姬传“喜为山谷诗”的遗绪，“开清末西江一派”[⑩]。并在诗中亲为山谷揄扬：“涪叟差可人，风骚通肸响。造意追无垠，琢辞辨倔强。伸文揉作缩，直气摧为枉。自仆宗涪公，时流颇忻向。”[⑪]陈子展也指出曾国藩的诗“虽然有时某篇模仿杜甫，某篇模仿韩愈，但他大体究竟是学宋代江西诗派的始祖——黄庭坚”[⑫]。

桐城派自康熙中期方苞倡导以韩欧之笔载程朱之道直至五四新文化运动，其嬗变兴衰流衍二百余年，几与清朝国运相始终。加之该派“文人在一部清代历史上留下不可磨灭的痕迹”，如戴名世、方苞等桐城派前期文人的经历体现了“清初统治者对文人恩威并施的政策，而在清中期以后，桐城派文人与政治的关系更为密切，其中有像曾国藩这样的辅弼大臣，历史上颇具争议的人物；也有像薛福成、吴汝纶这样的洋务派重要成员；还有像严复、林纾这样对传播西方思想起过重要作用的翻译家”[⑬]。桐城派所倡导的清真雅正、凝练明畅的审美原则，加上后期曾国藩在国势蜩螗之际突出致用的为文

---

① 钱锺书：《谈艺录》（补订本），第 140 页。

② 同上书，第 146 页。

③ 梅曾亮：《六月十二日山谷生日》，《柏枧山房诗集》卷八，中华文史丛书之九十一，咸丰六年刊本影印，第 890 页。

④ 陈用光：《读山谷诗偶题》，《太乙舟诗集》卷一一，《续修四库全书》，咸丰四年刻本，第 215 页。

⑤ 钱基博：《现代中国文学史》，中国人民大学出版社，2004 年版，第 21 页。

⑥ 钱锺书：《谈艺录》（补订本），第 147 页。

⑦ 钱基博：《陈石遗先生八十寿序》，见《陈石遗集》，福建人民出版社，2001 年版，第 2168—2169 页。

⑧ 徐世昌：《晚晴簃诗汇》，卷九十一，第 3784 页。

⑨ 吴汝纶：《与萧敬甫》，《吴汝纶全集 · 吴挚甫尺牍卷二》，第 258 页。

⑩ 钱仲联：《梦苕庵诗话》，齐鲁书社，1986 年版，第 85 页。

⑪ 王澧华校点：《曾国藩诗文集 · 题彭旭诗集后即送其南归之二》，第 80 页。

⑫ 陈子展：《中国近代文学之变迁》，上海古籍出版社，2000 年版，第 23 页。

⑬ 王镇远：《桐城派 · 引言》，上海古籍出版社，1990 年版，第 4 页。

准则,都吸引了大量的文学之士,而桐城家法也俨然成为有清一代天下士子如川赴壑、如篷从风所遵循的文坛正轨。

曾国藩虽然说过"往在京师,雅不欲溷入梅郎中之后尘"①,但他在《圣哲画像记》里列姚鼐为古来圣哲之一,并直言不讳地宣称:"国藩之粗解文章,由姚先生启之","仆昔备官朝列,亦尝好观古人之文章。窃以自唐以后,善学韩公者莫于王介甫,而近世知言君子惟桐城方氏、姚氏所得最多"②。他把方、姚与王安石相提并论的态度,透露出自己对桐城文派的推崇之情。桐城后学姚永朴也指出:"昔永朴先考慕庭府君尝言:吾乡戴存庄孝廉(钧衡)入都,曾文正询古文法,存庄以《惜抱轩尺牍》告之,文正由是益肆力文章。"③毫无疑问,桐城派的诗文理论也是曾国藩取法借鉴的重要渊源。而曾国藩的《欧阳生文集序》就是一篇谈论"桐城文派的建立与展开,并试图为桐城文派重新溯源并画龙点睛的妙文,对于'中兴'桐城起很大作用"④。这篇文章勾勒出了桐城文派发展主线上的四位重要人物:方苞、刘大櫆、姚范、姚鼐,并且以"三子既通儒硕望,姚先生治其术益精"的论断含蓄地指出姚鼐在桐城派发展谱系上无可替代的重要地位。对桐城派的嬗变流衍、兴废更迭,徐珂所编的《清稗类钞》就更为清晰地记录了桐城派的兴衰始末、关键人物、流变影响与审美理念:

> 方苞,字灵皋,世称望溪先生。……其论文之言曰:"自南宋以来,古文义法,不解久矣。吴越间遗老,尤放恣,无一雅洁者。"又曰:"言有序,言有物。有序,要矣;有物,尤要。非读书而明于事理,不能也。"一传为刘大櫆,再传为鼐。大櫆,字海峰。鼐,字姬传,世称惜抱先生。惜抱禀其师传,覃心冥进,益以所自得,推究阃奥,开辟户牖,天下翕然推为正宗。世几有青蓝冰水之喻。求学之士,如篷从风,如川赴壑,百余年来,转相传述,遍于东南。由其道而名于文苑者,以数十计,可谓盛矣。论者谓望溪之文质,恒以理胜,海峰以才胜,学或不及。惜抱则理与文兼至。三人皆籍桐城,故世称为桐城派。
>
> 桐城之文,末流仿效,不免以空疏相尚。湘乡曾文正、巴陵吴敏树同起而振之。敏树不屑奉一先生之言以自隘,卒其所得与姚氏无一不

---

① 曾国藩:《复吴敏树》,咸丰九年十二月初二,《曾国藩全集·书信二》,第1154页。

② 曾国藩:《复陈宝箴》,同治八年五月二十七日,《曾国藩全集·书信九》,第6783页。《复陈宝箴》又见于同治十年四月末,《曾国藩全集·书信十》,第7429页。

③ 姚永朴:《文学研究法·工夫篇》,黄山书社,1989年版,第186页。

④ 陈平原:《从文人之文到学者之文》,第200页。

合。文正自言粗解文章，由姚先生启之，然寻其声貌，略不相袭。道不可不一，而学不必尽同。斯言谅哉！

文正古文，熟于阳刚阴柔之旨，极其伸缩变化，铿訇隐辚，自成清越。刘彦和《文心雕龙·风骨》一篇，固文正所心摹手追者。文正门下有武陵杨彝珍、东湖王定安、武昌张裕钊，桐城吴汝纶、遵义黎庶昌。……此五人者，虽未能各自树立，然皆文正入室弟子也。

庶昌之言曰："本朝文体之正，自方始，洎姚而辞始雅洁，传至文正，乃变化以臻于大。"非阿好之言也。彝珍及善化孙鼎臣、湘阴郭嵩焘、溆浦舒焘、湘潭欧阳勋亦以姚氏为文家正轨也。①

"到曾国藩的时候，桐城开派已历百年；关于此文派的产生与流变，大都信从姚鼐的说法，即从方苞说起。"②而究其实，戴名世其人对桐城派的发展有着不可忽略的重要影响，他的文学主张实为桐城文论的滥觞之源。诚如王镇远所言："戴氏的文学理论与散文创作对后来桐城派的影响颇深，实有'筚路蓝缕，以启山林'的功劳，可谓桐城派的先驱者。"③从戴名世、方苞、刘大櫆、姚鼐直到梅曾亮所形成的关于文道、义法，乃至于神气、音节等审美范畴都对曾国藩的诗文理念产生着或明或隐的影响。

在中国传统文学史上，韩愈"文以明道"与周敦颐"文所以载道"的立论使得"文""道"关系成了一个聚讼纷纭而历久弥新的话题④。而"文以载道"说也成为古典文学终结期桐城派文人奉为圭臬的创作指导原则，也是其衡量文学作品的重要价值标杆之一。

桐城派先驱戴名世就提出："道也、法也、辞也，三者有一之不备焉而不可谓之文也。"⑤其中，他所谓的"道"就是指"具载于四子之书"，并且是"幽远闳深，无所不具"⑥的宋儒之道。而对素抱"学行继程朱之后，文章在韩欧

---

① 徐珂：《清稗类钞·文学类》，中华书局，1984年版，第3884—3887页。

② 陈平原：《从文人之文到学者之文》，第202页。

③ 王镇远：《桐城派》，第2页。梁启超早在《中国近三百年学术史》里即认为戴名世为桐城派的开山之祖。魏际昌先生在《桐城古文学派小史》里也指出："要不是《南山集》案发，他作为桐城派的开创人物，那是毫无疑问、名符其实的。数典不能忘祖，我们应该尊重史实，认为'桐城古文学派'的得以树立、开拓与延续都脱离不开戴名世的先行之功。"（河北教育出版社，1988年版，第2页。）

④ 曾国藩对文道关系的见解也不乏互相抵牾之处，其前期强调文道合一，后期认为文道可分为二（见咸丰八年正月初三日《致刘蓉》）。同治九年曾氏还直言不讳地承认："窃维道与文之轻重，纷纷无有定说久矣。"（《复刘蓉》正月末）

⑤ 戴名世：《己卯行书小题序》，《戴名世集》，中华书局，1986年版，第109页。

⑥ 同上。

之间”祈愿的桐城文人来说，文章的终极目的就是“明道义，维风俗，以昭后世”①。因而，“文以载道”说也就成为他们力行鼓吹与践履的文章要义。如方苞为文“以义法为宗，非阐道翼教，有关人伦风化者不苟作”②，“非先王之法弗道，非先圣之旨弗宣”③，方苞并进而强调：“孔孟以后，心与天地相似而足称斯言者，舍程、朱而谁？”④而姚鼐也强调文章“不能发明经义不可轻述”。无论是方苞的“言有物、言有序”，还是姚鼐的“义理、考据、辞章”的文学理路都体现出力求“道与艺合”⑤的发展态势。在这一点上，桐城派和“唐宋八大家之间也有很不相同的地方：唐宋八大家虽主张‘文以载道’，但其着重点犹在古文方面，只不过想将所谓‘道’这东西收进文章里去作为内容罢了，所以他们还只是文人。桐城派诸人则不仅是文人，而且也兼作了‘道学家’。他们以为韩愈的文章总算可以了，然而它在义理方面的造就却不深；程朱的理学总算可以了，然而他们所作的文章却不好。于是想将这两个方面的所长合而为一，因而有‘学行继程朱之后，文章在韩欧之间’的志愿。他们以为文即是道，二者并不可分离”⑥。

作为桐城派中兴盟主的曾国藩，在对待文、道关系上与桐城宗旨有着因革损益的关系：既有赓续方、姚文学理念的承祧之迹，也存在着超越前贤的创新之见。

曾氏始为翰林之时，得从镜海先生游，稍乃粗识程朱性道之指归。此后致力于“博考名物，熟精礼典，以为圣人经世宰物、纲维万事，无他，礼而已矣。浇风可使之醇，敝俗可使之兴，而其精微具存于古圣贤之文章。故其为学，因文以证道。常言：‘载道者身也，而致远者文。天地民物之大，典章制度之繁，惟文能达而传之……’”⑦。这一时期，曾氏关于文道的见解基本是方苞“学行继程朱之后，文章在韩欧之间”意愿的祖述与尝试。曾氏在道光二十三年《致刘蓉》信中详细地阐明了自己关于文与道的见解。

首先，他强调了道与文的辩证关系，如“古之知道者未有不明乎文字者也。能文而不知道者或有矣，乌有知道而不明乎文者乎？”这个论断基本是

① 姚鼐：《复汪进士辉祖书》，《惜抱轩诗文集》，第 89 页。
② 方宗诚：《桐城文录序》，《柏堂集》次编卷一，清光绪八年刻本，第 17 页。
③ 沈廷芳：《方望溪文集后序》，转引自章继光《曾国藩思想简论》，湖南人民出版社，1988 年版，第 162 页。
④ 方苞：《与李刚主书》，《方望溪全集》，中国书店，1991 年版，第 69 页。
⑤ 姚鼐：《荷塘诗集序》，《惜抱轩诗文集》，第 51 页。
⑥ 周作人：《中国新文学的源流》，第 43—44 页。
⑦ 刘蓉、郭嵩焘：《曾文正公墓志铭》，见王澧华校点《曾国藩诗文集·附录三》，第 508—509 页。

孔子关于德言关系得翻版①,没有多少新意。面对"今世雕虫小夫,既溺于声律绘藻之末;而稍知道者,又谓读圣贤书,当明其道,不当究其文字"这样判若两途的学术分野,曾氏指出重道轻文的弊端犹如"论观人者,当观其心所载之理,不当观其耳目言动血气之末",强调:"知舍血气无以见心理,则知舍文字无以窥圣人之道矣","于诸儒崇道贬文之说,尤不敢雷同而苟随"。故而对周濂溪仅仅强调文以载道,而以"虚车"讥俗儒的做法提出大胆的否定。曾氏驳斥之曰:"夫'虚车'诚不可,无车又可以行远乎?孔、孟没而道至今存者,赖有此行远之车也。吾辈今日苟有所见,而欲为行远之计,又可不早具坚车乎哉?"②

其次,曾氏还阐述了以文见道及道多文醇的见解。如:"伏羲既深知经纬三才之道而画卦以著之,文王、周公恐人之不能明也,于是立文字以彰之,孔子又作《十翼》,定诸经以阐显之,而道之散列于万事万物者,亦略尽于文字中矣。……吾儒所赖以学圣贤者,亦藉此文字以考古圣之行,以究其用心之所在",所以曾国藩强调"今日欲明先王之道,不得不以精研文字为要务",并强调于百家之著述,"皆就其文字以校其见道之多寡,剖其铢两而殿最焉"。曾氏还认为仲尼既没之后的聪明魁桀之士(主要指孔氏之苗裔),或有识解撰著,"其文之醇驳,一视乎见道之多寡以为差,见道尤多者,文尤醇焉,孟轲是也;次多者,醇次焉,见少者,文驳焉,尤少者,尤驳焉。自荀、扬、庄、列,屈、贾而下,次第等差,略可指数";且以为"后之见道不及孔氏者,其深有差焉,其博有差焉。能深且博,而属文复不失古圣之谊者,孟氏而下,惟周子之《通书》、张子之《正蒙》,醇厚正大,邈焉寡俦"③。这里明显地存在着唐鉴的影响,如唐鉴曾告诫曾国藩:"诗、文、词、曲,皆可不必用功,诚能用力于义理之学,彼小技亦非所难。"④曾国藩也转而告诫其弟:"于孝弟上用功,不于诗文上用功,则诗文不期进而自进矣。"⑤

再次,曾国藩针对"许、郑亦能深博,而训诂之文,或失则碎。程、朱亦且深博,而指示之语,或失则隘。其他若杜佑,郑樵、马贵与、王应麟之徒,能博而不能深,则文流于蔓矣,游、杨、金、许、薛、胡之俦,能深而不能博,则文伤于

---

① 《论语·宪问篇》曾讲道:"有德者必有言,有言者不必有德。"同治九年,曾国藩能比较明智地用辩证的眼光来看待文与道的关系。自周公而下,惟孔孟道与文俱至,吾辈欲法孔孟,固将取其道与文而并学之。其或体道而文不昌,或能文而道不凝,则各视乎性之所近。……若谓专务道德,文将不期而自工,兹或上哲有,然恐亦未必果为笃论也。"(《复刘蓉》,同治九年正月末。)

② 曾国藩:《致刘蓉》,道光二十三年,《曾国藩全集·书信一》,第7—8页。

③ 同上书,第6页。

④ 曾国藩:《曾国藩全集·日记》,道光二十一年七月十四,第92页。

⑤ 曾国藩:《致诸弟》,道光二十三年六月初六日,《曾国藩全集·家书》,第68页。

易”的弊端，谦虚而大胆地勾勒出自己宏大的为文志向：“仆窃不自揆，谬欲兼取二者之长，见道既深且博，而为文复臻于无累，区区之心，不胜奢愿，譬若以蚊而负山，盲人而行万里也，亦可哂已”，“故凡仆之鄙愿，苟于道有所见，不特见之，必实体行之，不特身行之，必求以文字传之后世。虽曰不逮，志则如斯”。同时还为自己文学理念的实现找出了合理的取法途径：“盖上者仰企于《通书》《正蒙》，其次则笃嗜司马迁、韩愈之书，谓二子诚亦深博而颇窥古人属文之法。”①

作为政治家、理学家与文学家的曾国藩，三位一体的角色组合以及豁达的胸襟与开阔的视野都注定其对文道的见解不会仅仅拘泥于桐城诸人的藩篱，而自有其迥异独到之识解。首先，作为政治家与理学家的曾国藩在对道统的重视与维护上，远远超越了桐城前贤坐而论道式的空谈，并以较强的实践操作性彰显其斐然成果。当天平天国“崇天主之教，弃孔氏之经，但知有天，无所谓君也，但知有天，无所谓父也，蔑中国之人伦，从夷狄之谬妄”②之时，曾国藩则痛心疾首而振臂高呼，“此岂独我大清之变？乃尧舜以来之奇变，我仲尼之所痛哭于九原者也”③，并声泪俱下地劝说郭崑焘：“足下讽孔氏之经，亦有岁年，今独无所激于中乎？秦燔经籍而儒生积愤怨以覆其国；今以天主教横行中原，而儒者或漠然不以关虑，斯亦廉耻道丧，公等有所不得而辞者也。”进而申明劝其入幕不是“为下走之私聘，而以为国家之公义，不以为兵家讨伐之常，而以为孔门千古之变”④。而《讨粤匪檄》一文的颁发则更进一步的揭橥了曾氏“不仅重视‘载道’，而且强调‘卫道’，强调‘卫道’与‘立言’的结合，以古文作为捍卫封建礼治的武器”⑤的创作动机。

曾国藩由清闲养望的词垣而步入金戈铁马的戎旅生涯，洪、杨的太平天国起事可以说是其人生转折的主要诱因。清王朝已如一位百病缠身而行将就木的垂垂老者，面临着太平天国从军事、思想文化方面发动的猛烈进攻，孔孟之道、程朱之学被异端文化冲击得体无完肤，在此情形下，曾国藩甩开了满汉之争的烫手山芋，转而避实击虚地擎起了“卫道”的大纛。这一举措，既使他获得了广大传统士人的支持，同时也彰显其以文卫道的文化心态。

中国传统社会，自唐虞三代以来，历世圣人，扶持名教，敦叙人伦，君臣父子，上下尊卑，秩然井然，犹如冠履之不可倒置。但是洪、杨诸人“窃外夷之绪，崇天主之教”，上自其君相，下逮其兵卒贱役，皆以兄弟称之，并皆谓天为

---

① 曾国藩：《致刘蓉》，道光二十三年，《曾国藩全集·书信一》，第7页。
② 曾国藩：《与郭崑焘》，咸丰四年正月二十一日，《曾国藩全集·书信》，第473页。
③ 同上。
④ 同上。
⑤ 章继光：《曾国藩思想简论》，第163页。

父;此外,凡民之父皆兄弟也,凡民之母皆姊妹;且"士不能诵孔子之经,而别有所谓耶稣之说、《新约》之书。"①这种翻天覆地的变革几乎全盘否定了"冠履之不可倒置"的人伦纲纪,并把儒家维系封建秩序的价值基石撞击得支离破碎,也导致了诸儒抱孔氏之礼器,彷徨无所归,"中国数千年礼义人伦、诗书典则,一旦扫地荡尽"的文化危机。面对"岂独我大清之变,乃开辟以来名教之奇变,我孔子、孟子之所痛哭于九原"的危急关头,曾国藩大声疾呼:"凡读书识字者,又乌可袖手安坐、不思一为之所也!"②曾氏还身体力行地从军事、思想文化诸多方面对太平天国展开大肆反扑,希望以精忠耿耿之寸衷来挽救百废莫举、千疮并溃的乱局,进而"塞绝横流之人欲,以挽回厌乱之天心"③。

面对儒家道统与国势存亡绝续的艰难处境,曾国藩着重强调古文的社会政治功用,致力于寻求"卫道"与"立言"完美结合的接榫点。这一点从他民胞物与的宏大志向中便可一窥端倪:"仆之所志,其大者盖欲行仁义于天下,使凡物各得其分,其小者则欲寡过于身,行道于妻子,立不悖之言以垂教于宗教乡党。"④他还主张:"苟如道有所见,不特见之,必实体行之,不特行之,必求以文字传之后世。"⑤究其实,曾氏有关"卫道"与"立言"的诸多文学理念,不仅是先秦儒家"立德、立功、立言"⑥三不朽思想的复归与张扬,也是对韩愈、周敦颐有关文、道见解的进一步衍变。

作为政治家、理学家的曾国藩,鼓吹文道合一、以文证道;而作为文学家的曾国藩,对文、道关系的辨析,也显示出超越桐城诸人的巨眼卓识。道光二十三年(1843),曾氏粗识理学门径,其关于文与道的见解还是混为一谈的。他认为自孟子以后的天下之至文,惟有周子《通书》、张子《正蒙》可以称得上是"能深且博,而属文复不失古圣之谊者"⑦,但是到了咸丰八年(1858),曾国藩对文道的见解可谓是廓清了二者的界限,勘破了方、姚文道体系的局限而悟出了一个崭新的文境。其文曰:

---

① 曾国藩:《讨粤匪檄》,《曾国藩全集·诗文》,第232页。
② 同上。
③ 曾国藩:《与江忠源、左宗棠》,咸丰三年二月十八,《曾国藩全集·书信一》,第119页。
④ 曾国藩:《答刘蓉》,道光二十五年,《曾国藩全集·书信一》,第22页。
⑤ 曾国藩:《致刘蓉》,道光二十三年,《曾国藩全集·书信一》,第7—8页。
⑥ 曾国藩在同治九年正月末回复刘蓉的信中对文道关系以及"三不朽"的观点有所阐述:"国藩窃维道与文之轻重,纷纷无有定说久矣。朱子《读唐志》谓欧阳公但知政事与礼乐不可不合而为一,而不知道德与文章尤不可分而为二,其讥韩、欧裂道与文以为两物,措辞甚峻。而欧阳公《送徐无党序》亦以修之于身、施之于事、见之于言分为三途:其云修之身者,即叔孙豹所谓'立德'也;施之事、见之言者,即豹之所谓'立功''立言'也。欧公之意盖深慕立德之徒,而鄙功与言为不足贵,且谓勤一世以尽心于文字者皆为可悲,与朱子讥韩公先文后道,讥永嘉之学偏重事功,盖未尝不先后相符。"
⑦ 曾国藩:《致刘蓉》,道光二十三年,《曾国藩全集·书信一》,第6页。

> 自孔孟以后，惟濂溪《通书》、横渠《正蒙》，道与文可谓兼至交尽。其次如昌黎《原道》、子固《学记》、朱子《大学序》，寥寥数篇而已。此外则道与文竟不能不离而为二。鄙意欲发明义理，则当法《经说》、《理窟》及各语录札记如《读书录》《居业录》《困知记》《思辨录》之属；欲学为文，则当扫荡一副旧习，赤地新立。将前此所业，荡然若丧其所有，乃始别有一番文境。望溪所以不得入古人之阃奥者，正为两下兼顾，以致无可怡悦……①

该文中，曾氏以《通书》《正蒙》为道与文兼至交尽的最佳范式。其次如昌黎《原道》、子固《学记》、朱子《大学序》等寥寥数篇也算得上文道结合的完美之作。在曾氏看来，除上述之文以外，"道与文竟不能不离而为二"，并进而指明"欲发明义理""欲学为文"的不同途辙。值得注意的是曾氏"欲学为文，则当扫荡一副旧习，赤地新立。将前此所业，荡然若丧其所有，乃始别有一番文境"的断制。曾氏指出方苞既"欲发明义理"又"欲学为文"，这样两下兼顾的为文思路也是导致方文无可怡悦，并"不得入古人之阃奥"的首要原因②。

"道与文竟不能不离而为二"的识语也可视为曾国藩文、道观念转变的宣言，也透露出曾氏对文学范畴的见解呈现出合理发展的态势。正如佐藤一郎所论："京官时代在唐鉴的影响之下曾专事信奉程朱之学，就军务之后又及于申韩，理解之幅更广。并且对古文之态度从最初单纯的载道说变为承认文章本身的表现价值，这倾向在中年时显著起来。到了这时，曾氏道学者之面影开始稀薄，思想的柔软性增强，容纳力扩大起来。"③而作于同治十年(1871)的《湖南文征序》为曾氏文、道分离的见解做了最好的注脚④。曾氏在文中认为："人心各具自然之文，约有二端：曰理，曰情。"他进而指出："自群经而外，百家著述，率有偏胜。以理胜者，多阐幽造极之语，而其弊或激宕失

---

① 曾国藩：《致刘蓉》，咸丰八年正月初三，《曾国藩全集·书信一》，第611—612页。

② 方苞"学行继程朱之后，文章在韩欧之间"的完美构思注定不可能两端兼擅，其文章理胜于文的弊端也屡屡为后人所指责，如方东树指出："读先生文，叹其说理之精，持论之笃，沉然黯然纸上，如有不可夺之状，而特怪其文重滞不起，观之无飞动嫖姚跌宕之状，诵之无铿锵鼓舞抗队之声，即而求之无元黄采色。……其与退之论文之说未全当焉。……先生则袭于程、朱道学已明之后，力求充其知而务周防焉，不敢肆，故议论愈密，而措语矜慎，文气转拘束，不能宏放也。"(《书望溪先生集后》，《仪卫轩文集》卷六，清同治七年刻本，第20—21页。)

③ 〔日〕佐藤一郎：《中国文章论》，上海古籍出版社，1996年版，第217—218页。

④ 曾国藩所谓的文学本身就是一种泛化的大文学观，如其《经史百家杂钞》即收录叙记、典志为习文典范，把奏疏也纳入文学范畴都可见一斑。因此，在国势蜩螗之际，曾氏把致用之文、义理之文都纳入文学范畴并不能证明这是文学观念的倒退。

中;以情胜者,多悱恻感人之言,而其弊常丰缛而寡实。"同时为了展示湖南为鸿生硕彦代出不穷的文学大邦,就追溯本源地抬出屈子,指出《离骚》诸篇,"为后世言情韵者所祖";而周敦颐所作《太极图说》《通书》,也"为后世言义理者所祖"。并借屈、周两位前贤的大作"上与《诗经》《周易》同风,下而百代逸才莫能越其范围"①,既暗示了湖南为文运永昌的泱泱大邦,同时也判然划分了文、道两种文体的不同内涵。曾氏赋予"情韵之文"和"义理之文"独立性的见解,突破了早期把文道合二为一的混沌状态,这一点咸丰九年(1859)的一封信便可谓明证。曾国藩首先颇为赞同吴敏树《书西铭讲义后》的诸多见解,同时指出这种"言义理之文"更难于"言情韵之文",即使如韩退之以文明道的著论算得上日光玉洁,后贤仍不免犹有微辞。所以,曾氏认为"古文之道,无施不可,但不宜说理"②。

作为理学家,文道合一、以文卫道是曾氏对文章的首要要求;但作为古文改革家,"道与文竟不能不离而为二"的立论更体现出曾氏高屋建瓴的全局性眼光与变通魄力。而对桐城"义、法"传嬗赓续以及对"阳刚、阴柔"等审美范畴的承祧与新创则更展示出古文集大成者的远见卓识与开阔视野。

方苞所谓的"义法"是指为文所遵循的准则:"义即《易》之所谓'言有物'也,法即《易》之所谓'言有序'也;义以为经而法纬之,然后为成体之文。"③这里,方苞强调的是思想内容与文学形式的统一,以使作品呈现文质彬彬的审美态势。"清真古雅而言皆有物"是方苞"义法"说的最高标准,这一点在其所编选的《钦定四书文·凡例》中有详细的描述:

> 唐臣韩愈有言"文无难易,惟其是耳",李翱又云"创意造言,各不相师",而其归则一,即愈所谓"是"也。文之清真者,惟其理之是而已,即翱所谓创意也。文之古雅者,惟其辞之是而已,即翱所谓造言也。而依于理以达乎其词也,则存乎气。气也者,各称其资材,而视所学之浅深以为充歉者也。欲理之明,必溯源六经,而切究乎宋、元诸儒之说;欲辞之当,必贴合题义,而取材于三代、两汉之书;欲气之昌,必以义理洒濯其心,而沉潜反复于周、秦、盛汉、唐、宋大家之古文,兼是三者,然后能清真古雅而言皆有物。④

---

① 曾国藩:《湖南文征序》,《曾国藩全集·诗文》,第333—334页。
② 曾国藩:《复吴敏树》,咸丰九年十二月初二,《曾国藩全集·书信二》,第1154页。
③ 方苞:《又书货殖传后》,《方苞集》,上海古籍出版社,1983年版,第58页。
④ 方苞:《钦定四书文·凡例》,《钦定四书文校注》,武汉大学出版社,2009年版,第1页。

“义法说”不仅是“方苞论文的核心,也是桐城派文论的基础”①。然究其实,桐城前驱戴名世《己卯行书小题序》中关于“道、法、辞”的文学理念对方苞“义法说”可以说起到了导夫先路的功效。戴、方二人的文学理论也潜移暗转地左右着姚鼐的“义理、考据、辞章”理论体系的建构②。

姚鼐在《述庵文钞序》里提出:“余尝谓学问之事,有三端焉,曰:义理也,考证也,文章也。是三者,苟善用之,则足以相济;苟不善用之,则或至于相害。”③“义理”“考据”“辞章”理论体系的构筑显示出姚鼐“不唯不死守桐城先辈的家法,而且能因应时势,对乾嘉考据学所代表的道问学思潮尽量吸收,不仅在文论理论上容纳了考据之学并将它付之于自己的写作实践,而且还充分接受此际气学的主张,演进成具有新面貌的、以阴阳刚柔为中心的文艺学理论形态。应该说,这就形成了乾嘉时期桐城文论的基本面貌,也为后人的进一步发展提供了一个系统而又有开放性的文论基础”④。曾国藩自称为姚鼐的私淑弟子,对姚氏“独排众议,以为义理、考据、词章,三者不可偏废。必义理为质,而后文有所附,考据有所归”⑤的文学见解颇为激赏。同时,面对晚清多变的时局,深受致用传统的熏陶以及时代感召的曾国藩主张“文章与世变相因”⑥,强调文学的经世功用与社会现实意义。因而,曾国藩在姚鼐所定“义理”“考据”“辞章”的固有基础上审时度势地加上了一条“经济”之学,并对之进行了重新阐释,以强调文章匡时救弊的功效。这一极具眼光的大手笔使得“文蔽道丧”“浅弱不振”的桐城古文适应了社会时局的需要,从而得以中兴。

自方苞起而桐城文兴,至姚鼐而文理日精、堂庑始大。但是,自道光朝开始,“桐城派也走上了惨淡经营的末路,一方面是老成凋零,后起者难支大厦;一方面为文规模狭小,空疏无物,虽说以‘载道’自命,但只是采摭几句理学陈言,适为人所诟病”⑦。曾国藩作为当时文坛、政坛的翘楚人物,对学术把

---

① 王镇远:《桐城派》,第27页。

② 姚鼐理论体系的构建还得力于清代学术集大成、重总结的发展态势,如同时代的翁方纲也提出学问之途有三,具体而言:“有义理之学,有考订之学,有词章之学,三者不可强而兼也,……然果以其人之真气贯彻而出之,则三者一原耳。”(翁方纲:《吴怀舟时文序》,《复初斋文集》卷四,《近代中国史料丛刊》,第198页。)

③ 这里,姚鼐所谓的“义理”与“文章”大致可理解为方苞“言有物”“言有序”论点的再现,而“考证”的提出则是姚鼐面对汉学冲击的一种策略调整,其目的是为了“以考证助文之境,正在佳处”(《与陈硕士》,《姚惜抱尺牍》,上海新文化书社,1935年版,第59页)。

④ 钱竞:《乾嘉时期文艺学的格局——考据学的挑战和桐城派的回应》,《文学评论》,1999年第3期。

⑤ 曾国藩:《欧阳生文集序》,《曾国藩全集·诗文》,第246—247页。

⑥ 同上书,第247页。

⑦ 喻大华:《晚清文化保守思潮研究》,人民出版社,2001年版,第28页。

握有着极为全面的敏锐眼光,再加上他不甘久居人下的倔强个性,注定他不会一味乡愿式推崇姚鼐,也不会拘囿于桐城派的一家之言。对桐城初祖方苞,曾氏就大胆表达了其不同见解,指出方氏"古文号为一代正宗,国藩少年好之,近十余年,亦别有宗尚矣"①。并且在推许姚鼐古文时也毫不客气地指出其弊端②:"姚惜抱文略不道家常,……至于质朴淳厚,实不及归方,即便效之,亦不能工。惜抱文别创风韵一宗,然却受震川牢笼,……其下者修辞饰雅,仅比元人。盖惜抱名为辟汉学而未得宋儒之精密,故有序之言虽多,而有物之言则少。"③此外在《复吴敏树》中曾氏还指出惜抱文"不厌人意者,惟少雄直之气,驱迈之势。姚氏故偏于阴柔之说,又尝自谢为才弱矣"④。所以当吴敏树认为如果曾国藩"果以姚氏为宗,桐城为派"的话,则"侍郎之心,殊未必然"。曾氏心有戚戚,承认吴氏此语"斯实搔着痒处"。在《复吴敏树》中曾氏还明确提到"往在京师,雅不欲溷入梅郎中之后尘"⑤的自负之言。曾国藩不仅承继了桐城派的大部分古文理论,并"探源扬马,专宗退之",以汉赋的恢宏之气大胆革除桐城古文偏于阴柔的弊端。

针对桐城派文风"才气薄弱"的弊端,曾氏力倡"雄奇瑰伟之文"以救其弊,对诗文的追求也偏重于气势刚劲。诚如钱基博所论:"湘乡曾国藩以雄直之气,宏通之识,发为文章,……而欲少矫其懦缓之失;故其持论以光气为主,以音响为辅;探源扬马,专宗退之,奇偶错综,而偶多于奇,复字单词,杂厕相间,厚集其气,使声彩炳焕而戛焉有声。"⑥钱基博追本溯源,进而指出桐城之文与曾国藩之文的渊源与审美差异:"桐城之文,由归有光以学欧阳修,由欧阳修以追《史记》,蕲于情韵不匮,意有余妍。湘乡之文,由韩愈以摹扬、马,由扬、马以参《汉书》,蕲于英华秀发,语有遒响。桐城优游缓节,如不用力;而湘乡则雄奇跌宕,肆力为之,其大较也。……为桐城方姚之文者,多失缓懦,国藩矫之以神奇。"⑦

---

① 曾国藩:《致沅弟》,咸丰十一年六月二十九日,《曾国藩全集·家书》,第749页。

② 在《曾文正公杂著》中有关于"古文辞类纂正误"条记载:"桐城姚姬传郎中鼐所选《古文辞类纂》,嘉道以来,知言君子群相推服,谓学古文者求诸是而足矣。"但其笔锋一转,又云:"国藩服膺有年,窃见其中亦小有谬误。"曾国藩对文坛前辈的评价往往直抒己见,不囿于成说。如他评价归有光就不落时人窠臼,足可见其不虚美的直书风格。他认为归震川与曾南丰、王半山不可同日而语,与方苞相较,"抑非其伦也"。他明确阐明自己的批评观:"盖古之知道者不妄加毁誉于人,非特好直也。内之无以立诚,外之不足以信后世,君子耻焉。"(《书归震川文集后》)因此,他对姚鼐毫不客气地批评也是可想见的。

③ 黄霖:《近代文学批评史》,第178页。

④ 曾国藩:《复吴敏树》,同治十年七月十六日,《曾国藩全集·书信二》,第7496页。

⑤ 曾国藩:《复吴敏树》,咸丰九年十二月初二,《曾国藩全集·书信二》,第1154页。

⑥ 钱基博:《现代中国文学史》,中国人民大学出版社,2004年版,第19页。

⑦ 钱基博:《近百年湖南学风》,第35页。

就姚鼐“阳刚”“阴柔”的审美主张，曾国藩还对其审美特性进行了阐发。曾国藩在桐城派的基础上拓宽了古文表现领域，强化了古文的社会功用，也使“浅弱不振”的桐城派古文得以中兴成为可能。故黎庶昌在评析桐城派兴衰时就指出：“百余年来，流风相师，传嬗赓续，沿流而莫之止，遂有文弊道丧之患。至湘乡曾文正公出，扩姚氏而大之，并功、德、言为一涂，挈揽众长，轹归掩方，跨越百氏，将遂席两汉而还之三代。使司马迁、班固、韩愈、欧阳修之文绝而复续，岂非豪杰之士，大雅不群者哉！盖自欧阳氏以来，一人而已。”①

“学行继程朱之后，文章在韩欧之间”，这也正是曾国藩和桐城派古文理论相契合的基点。同时曾氏骨子里以天下为己任的使命感促使他在桐城家法的基础上特别注重“经济”之学，并力倡雄奇兀傲的阳刚之文，以救桐城派“惟少雄直之气”的懦缓文风。

第三节　体系化的理论构建

豁达的襟怀以及精湛的文学锤炼使得曾国藩对文学流变有着高屋建瓴的全面把握，通过对桐城派诗文理念的承继与超越，曾氏构建了一个既重“经济”而又不忽略古文审美特性的理论体系，体现出晚清古文集大成者的开阔视野与艺术素养。面对窳弱的时局，曾国藩特别强调了文学的“经济”功效；就姚鼐所提出的“阳刚”“阴柔”等美学主张②，曾国藩对其审美特性又进行了重新阐发，并且还提出了“气势”“识度”“情韵”“趣味”等较具系统性的审美范畴。并且还把审美风格概括为“雄、直、怪、丽、茹、远、洁、适”③，在学理层面上拓宽了桐城派的美学视野。

道咸之际，时局窳弱，有志之士大力鼓吹经世致用。曾国藩融“经济”于“辞章”，“以理学经济发为文章”④的见解，即受到当时经世文化思潮的影响。以卫道著称的姚门弟子也满怀强烈的忧患意识，他们也不甘于徒以文人自居，以文济世也成了他们跃跃欲试的终极目标⑤。刘海峰、姚鼐、姚莹、方

---

① 黎庶昌：《续古文辞类纂》，《拙尊园丛稿》，《清末民初史料丛书》，第81—82页。

② 总体来说，曾国藩对姚鼐“阳刚”“阴柔”的美学主张是极为推崇的，如《圣哲画像记》所言：“西汉文章，如子云，相如之雄伟，此天地遒劲之气，得于阳与刚之美者也，此天地之义气也。刘向、匡衡之渊懿，此天地温厚之气，得于阴与柔之美者也，此天地之仁气也。……文章之变，莫可穷诘，要之不出此二途，虽百世可知也。”

③ 曾国藩：《曾国藩全集·日记》，同治四年正月廿二日，第1105页。

④ 薛福成：《寄龛文存序》，《庸庵文外编》卷二，《续修四库全书》，第212页。

⑤ 关于桐城派的致用主张可以参见曾光光的《桐城派与嘉道时期的经世致用思潮》（《江淮论坛》2003年第5期）这一点，方宗诚在《桐城文录序》中也指出自姚莹以后，桐城派“学者多务为经济之学”。

东树、梅曾亮诸人也早在曾国藩之前,就曾提倡经济之学。刘氏认为:“盖人不穷理读书,则出词鄙倍空疏。人无经济,则言虽累牍不适于用。故义理、书卷、经济者,行文之实,若行文自另是一事。……故文人者,大匠也,……义理、书卷、经济者,匠人之材料也。”①

姚鼐在谈论诗人的主观修养时就强调了“经济天下之才”的首要原则,体现出余事为诗的济世心态。如《荷塘诗集序》所言:“古之善为诗者,不自命为诗人者也,其胸中所蓄,高矣、广矣、远矣,而偶发之于诗,则诗与之为高广且远焉,故曰善为诗也。曹子建、陶渊明、李太白、杜子美、韩退之、苏子瞻、黄鲁直之伦,忠义之气,高亮之节,道德之养,经济天下之才,舍而仅谓之一诗人耳,此数君子,岂所甘哉!志在于为诗人而已,为之虽工,其诗则卑且小矣,余执此以衡古人之诗之高下,亦以论今天下之为诗者,使天下终无曹子建、陶渊明、李、杜、韩、苏、黄之徒则已,苟有之,告以吾说,其必不吾非也。”②

方东树认为治学当有益于进德修业,有益于国计民生:“藏书满家好而读之,著书满家刊而传之,诚为学士之雅素。然陈编万卷,浩如烟海,苟学不知要,敝精耗神,与之毕世,验之身心性命,试之国计民生,无些生益处,……君子之学,崇德修慝辨惑,惩忿窒欲,迁善改过,修之于身,以齐家治国平天下,穷则独善,达则兼善,明体达用,以求至善之止而已。不然,虽著述等身,而世不可欺也。”③并且方东树明确提出:“文不能经世者,皆无用之言,大雅君子所弗为”④,“君子立言,为足以救乎时而已”,“君子之立言,为足以救乎弊而已,苟其时之弊不在是则君子不言”⑤。

因缺乏对国计民生的实际操作,桐城诸人的“经济”之论可谓较为迂阔⑥。但是,在鸦片争期间出任台湾道的姚莹却是一个例外。他虽亲炙惜抱,而亦能自出机杼,洞达世务,长于经济之学。鉴于鸦片战争的失败,他主张应该摸清西方各国底细,“然后徐筹治夷之策”⑦。他强调读书治学应该注意“读书不通大义与不读同,为学不法古人与不学同,二者不可不择也。古之学者不徒读书,日用事物出入周旋之地,皆所切究。其读书者将以正其身

① 刘大櫆:《论文偶记》,见《历代文话》第四册,第4107页。
② 姚鼐:《荷塘诗集序》,《惜抱轩诗文集》,第50页。
③ 方东树:《书林扬觯·序纂》,乙丑七月,中国书店据仪卫轩刻本校印,第81—82页。
④ 方东树:《复罗月川太守书》,《仪卫轩文集》卷七,同治七年刻本,第4页。
⑤ 方东树:《辩道论》,《仪卫轩文集》卷一,同治七年刻本,第7、8页。
⑥ 曾国藩在《鸣原堂论文·方苞请矫除积习兴起人材札子》中即指出:“望溪先生古文辞为国家二百余年之冠,学者久无异辞,即其经术之湛深,八股文之雄厚,亦不愧为一代大儒。虽乾嘉以来汉学诸家百方攻击,曾无损于毫末。惟其经世之学,持论太高,当时同志诸老,自朱文端、杨文定数人外,多见谓迂阔而不近人情。”
⑦ 姚莹:《复光律原书》,《东溟文后集》卷八,《近代中国史料丛刊续编》第六辑,第771页。

心,济其伦品而已。身心之正明其体,伦品之济达其用。总之,要端有四:义理也,经济也,文章也,多闻也”①。

曾国藩对“经济”②的阐释更为详尽具体,如《劝学篇示直隶士子》中所讲:“经济者,在孔门为政事之科,前代典礼政书,及当世掌故皆是也。”③而曾氏融“义理、考据、辞章、经济”为一炉的主张在戎马倥偬、拯世济民的仕宦之途中得以印证,完全超越了纸上谈兵式的肤廓之论,故而形成了更大的影响。

姚鼐对“阳刚”“阴柔”的美学分析,也是曾国藩夙所究心的美学课题。曾国藩依据阳刚之美、阴柔之美的审美特性进行了重新阐发,他指出:“吾尝取姚姬传先生之说,文章之道,分阳刚之美、阴柔之美二种。大抵阳刚者,气势浩瀚;阴柔者,韵味深美。浩瀚者,喷薄出之;深美者,吞吐而出之。”④“余昔年尝慕古文境之美者,约有八言:阳刚之美曰雄、直、怪、丽,阴柔之美曰茹、远、洁、适。蓄之数年,而余未能发为文章,略得八美之一以副斯志。”⑤不仅如此,曾氏还试图对姚鼐“阳刚”“阴柔”的审美范畴加以改进,进而构筑一个更为合理的美学体系——“古文四象说”。

曾国藩所谓的“古文四象”大致是指“气势”“识度”“情韵”“趣味”“机神”“工律”等较具系统性的诗文审美范畴。曾氏在日记里声称:“余昔年钞古文,分气势、识度、情韵、趣味为四属,拟再钞古近体诗,亦分为四属,而别增一机神之属。……余钞诗,拟增此一种,与古文微有异同。”⑥虽然该书仅有目录流传下来,但桐城后学却视之为“实启文家之密钥,不可以不公诸世”的宝典,吴汝纶也“尝谓此编实启斯文之奥窔,泄造化之精奇”⑦。

对于“古文四象”的美学价值,目前学界也持不同的看法。如黄霖的《近代文学批评史》主张“该书出自吴汝纶之后,可疑之点甚多,故暂且不论”⑧;而王之望在《论“古文四象”说》一文中通过对唐文治《桐城吴挚甫先生文评

---

① 姚莹:《与吴岳卿书》,《东溟外集》卷二,《近代中国史料丛刊续编》第六辑,第344页。

② 曾国藩早期的学术体系并没有囊括“经济”之学,只是把它纳入“义理”范畴之内。如道光二十三年正月十七日《致诸弟》的家书中所言:“盖自西汉以至于今,识字之儒约有三途,曰义理之学,曰考据之学,曰词章之学。各执一途,互相诋毁。兄之私意,以为义理之学最大。义理明则躬行有要而经济有本。词章之学,亦所以发挥义理者也。考据之学,吾无取焉矣。此三途者,皆从事经史,各有门径。”

③ 曾国藩:《劝学篇示直隶士子》,《曾国藩全集·诗文》,第442页。

④ 曾国藩:《曾国藩全集·日记》,咸丰十年三月十七日,第475页。

⑤ 曾国藩:《曾国藩全集·日记》,同治四年正月廿二日,第1105页。

⑥ 曾国藩:《曾国藩全集·日记》,同治七年四月二十九,第1497页。

⑦ 常堉璋:《〈古文四象〉跋》,见曾国藩《古文四象》,北京中国书店,2010年版,第219页。

⑧ 黄霖:《近代文学批评史》,第196页。

手迹跋》①与吴汝纶《记〈古文四象〉后》的记载对比,认定"《古文四象》一书确实出自曾氏之手和反映曾氏的美学观,是笃定无疑的"②。其实,通过该手稿在曾氏家书、日记中频繁出现的次数以及曾氏对其重视的态度③,可以认为《古文四象》代表了曾国藩的诗文审美理念,并可以以此作为评判其美学风格标准。

《古文四象》所谓的"识度",曾氏家书中有所阐述:"纪泽于陶诗之识度不能领会,试取《饮酒》二十首、《拟古》九首,《归田园居》五首,《咏贫士》七首等篇反复读之,若能窥其胸襟之广大,寄托之遥深,则知此公于圣贤豪杰皆已升堂入室。"④陶渊明的"胸襟之广大,寄托之遥深"正是领会陶诗的关键,这里,"识度"大致可以理解为胸襟、器识与度量。而曾氏在《黄仙峤前辈诗序》中也对此有所阐释:"试之以富贵贫贱,而漫焉不加喜戚;临之以大忧大辱,而不易其常,器之谓也。智足以析天下之微芒,明足以破一隅之固,识之谓也",并以"昔者尝怪杜甫氏,以彼其志量,而劳一世以事诗篇,追章琢句,笃老而不休,何其不自重惜若此"的误解的消除来阐明"杜氏之文字蕴于胸,而未发者殆十倍于世之所传,而器识之深远,其可敬慕,又十倍于文字也",最后对"今之君子,秋毫之荣华而以为喜,秋毫之摧挫而以为愠。举一而遗二,见寸而昧尺,器识之不讲,事业之不问,独沾沾以从事于所谓诗者。兴旦而缀一字,抵暮而不安;毁齿而钩研声病,头童而不息。以咿嗄蹇浅之语,而视为钟彝不朽之盛业"的浅陋之见提出质疑。

"画脂不是壮夫业,诗外有事真贤豪"⑤,"丈夫求志动渭莘,虫鱼篆刻安足尘"⑥也恰如其分地道出曾国藩所谓"识度"的真正内涵:首先应具有天下有道则现、无道则隐的豁达胸怀;其次,不汲汲于富贵,不戚戚于贫贱;再次,

---

① 唐文治《桐城吴挚甫先生文评手迹跋》记载:唐氏曾携文往谒吴汝纶,请教为文之道,吴汝纶阅其文颇激赏,但唐文治请教为文密钥时,吴氏总是王顾左右而言他。经再三恳请,吴氏才泄露"天机"说:"天壤间作者能有几人?子欲求进境,非明文章阴阳刚柔之道不可。"接着,他讲述"窃书"经过和学文体验说:"少时偕张濂亭先生从曾文正公学为文,殊碌碌,无短长。某日,文正公出,吾偕廉亭检案牍,见公插架有《古文四象》一书,盖公手定稿本也。亟取之记其目。越日归诸架。逾数月,文章大进。文正怪之曰:"尔等已窃窥吾秘本乎?"则相与大笑。见《唐文治文选》,王桐荪、胡邦彦、冯俊森等选注,上海交通大学出版社,2005年版,第344页。

② 王之望:《论"古文四象"说》,《江淮论坛》,2000年第6期。

③ 曾氏在同治三年六月十九日的家书中指出:"气势、识度、情韵,趣味四者,偶思邵子四象之说可以分配",并建议儿子"试究之"(《谕纪泽、纪鸿》)。在同治五年十一月初三日致沅弟的信中不仅让其弟查收抄付的《古文四象》目录,且分析:"所谓四象者:识度即太阴之属,气势则太阳之属,情韵少阴之属,趣味少阳之属"。同治七年六月二十日日记记载:夜,分"气势""识度""情韵""机趣""工律"五者,选抄各体诗,将曹、阮二家选毕。

④ 曾国藩:《谕纪泽、纪鸿》,同治四年七月初三日,《曾国藩全集·家书》,第1204页。

⑤ 曾国藩:《书严太守大关赈粜诗后》,《曾国藩全集·诗文》,第63页。

⑥ 曾国藩:《感春诗》,《曾国藩全集·诗文》,第47页。

大丈夫不应该满足于寻章摘句的雕虫小技，应该树立“戮力上国，流惠下民”的宏大志向。

曾氏所谓“机神”即指天工人巧相凑泊，且又兼具言外之意、韵外之旨：“机者，无心遇之，偶然触之。……神者，人功与天机相凑泊……古人有所托讽，如阮嗣宗之类，故作神语以乱其辞。唐人如太白之豪，少陵之雄，龙标之逸，昌黎之奇及元、白、张、王之乐府，亦往往多神到机到之语。即宋世名家之诗，亦皆人巧极而天工错，径路绝而风云通。盖必可与言机，可与用神，而后极诗之能事。”①“机神说”的提出，钱仲联给与了极高的评价：“王渔洋论诗标神韵，张广雅易以神味。余谓皆不如曾求阙机神之说也”，“此论可谓发前人所未发”②。而曾氏对“比兴”之体的推崇也可视为其“机神说”的佐证：“五言古诗有二种最高之境：一种比兴之体，始终不说出正意。始知《硕人》，但颂庄姜之美盛，而无子兆乱已在言外；《大叔于田》，但夸叔段之雄武，而耦国兆乱已在言外。曹、阮、陈、张、李、杜往往有之。”③

“气势、识度、情韵、趣味、机神”等审美范畴的划分至曾氏后期略有更易，据同治七年（1868）六月二十日日记载，曾氏则以“气势、识度、情韵、机趣、工律五者，选钞各体诗”。据何贻焜所言：“盖将机神改为机趣，删趣味一类，而易以工律。考其所以，或亦有感于沈德潜格律之说足与渔洋抗衡欤？神韵飘逸，多由天才；格律工整，端赖学力。曾公品诗，既不废神韵之说，更兼采格律之说，其兼包并容之度量，于此亦可概见。”④曾国藩在品评古人文字意趣时还指出：“有气则有势，有识则有度，有情则有韵，有趣则有味，古人绝好文字于此四者之中必有一长。”⑤对以上四种审美风格，曾氏尤其重视“气势”之属，这既是姚鼐所论“阳刚”之美的总结与升华，也是力追韩愈兀骜文风的体现⑥。

以书生犯大难而出将入相的军旅生涯以及“男儿以懦弱无刚为耻”的家训注定了曾国藩的胸襟气魄远胜于一般读书人，也奠定了他对“阳刚”之美的推崇、对“气势”遒劲的追求。谨言慎行的理学训练以及尔虞我诈的官场争斗使得曾国藩极为小心地压制自己的强悍个性，以明哲保身。但在文学领

---

① 曾国藩：《曾国藩全集·日记》，同治七年四月二十九，第1497页。

② 钱仲联：《梦苕庵诗话》，齐鲁书社，1986年版，第86页。

③ 曾国藩：《曾国藩全集·日记》，同治八年三月初九，第1623页。

④ 何贻焜：《曾国藩评传·文艺批评》，台湾，正中书局，1937年版，第453—454页。

⑤ 曾国藩：《谕纪泽、纪鸿》，同治四年六月初一日，《曾国藩全集·家书》，第1198页。

⑥ 如钱仲联先生所云：“自姚惜抱喜为山谷诗，而曾湘乡祖其说，以诗学变一代之运，硬语盘空……诙诡中存兀傲之态。此得昌黎阳刚之美者。”（《梦苕庵诗话》，齐鲁书社1986年版，第87页。）余云焕也指出：“曾文正古体盘空硬语，魄力沉雄，而近体气韵磅礴，一扫凡艳。……平生得力昌黎在此。”（《味蔬诗话》，转引自《清诗纪事》，第10090页。）

域,“立身之道与文章异”的悖论却恰如其分地体现在曾国藩身上。他完全可以放言无忌地纵横驰骋,借以舒展一下扭曲的人格,发泄一下被压抑的阳刚之气,同时也为我们展示了一个比较全面真实而清晰的曾国藩。

曾国藩在书信、日记里屡屡强调气势的重要,如“论诗亦取傲兀不群者”①,“大抵作字及作诗、古文,胸中须有一段奇气盘结于中”②,屡次写信告诫纪泽、纪鸿作诗为文的要领:“少年文字,总贵气象峥嵘,东坡所谓蓬蓬勃勃如釜上气……总须将气势展得开,笔仗使得强”,“当兼在气势上用功”③,“少年人不要怕丑,须有狂者进取之趣”④。

曾国藩自己的诗歌、古文均注重阳刚之美,也始终洋溢着行文的刚烈与遒劲。曾氏始终以兀鹜不群、光明俊伟为文家之极轨,基于此曾氏还阐述了文气、声调、谋篇布势等有关见解。韩愈所营造的排奡妥帖、盘空硬语的审美风尚,也正是曾国藩极力追寻的行文准则。当他读到昌黎所作《原毁》《伯夷颂》《获麟解》《龙杂说》诸篇之时,就“岸然想见古人独立千古,确乎不拔之象”⑤,进而叹曰:“昌黎之倔强,尤为行气不易之法”,“古文一道,国藩好之而不能为之,然谓西汉与韩公独得雄直之气,则与平生微尚相合,愿从此致力”⑥。曾氏曾为儿子指点学文门径:“行气为文章第一义,卿、云之跌宕,昌黎之倔强,尤为行气不易之法,尔宜先于韩公倔强处揣摩一番。”⑦看到曾纪泽所作七律十五首皆“力学义山,而单行倔强处亦颇似山谷”⑧,其《怀人三首》之前二首“风格似山谷,有票姚飞动之气”⑨,曾氏即甚感欣慰。

曾国藩在论述文章风格时特别推崇文章的阳刚之美,尤重光明伟岸,气势磅礴之作。他认为“文章之道,以气象光明俊伟为最难而可贵”,同时举出了三种“光明俊伟之象”:“如久雨初晴,登高山而望旷野;如楼俯大江,独坐明窗净几之下,而可以远眺;如英雄侠士,裼裘而来,绝无龌龊猥鄙之态。”⑩文章中有三种气象之一即可视为难能可贵。《孟子》是被曾国藩屡屡推崇的文道兼至的代表作品,其文充斥着浩然之气。曾氏在“细玩孟子光明俊伟之气”后,认为“惟庄子与韩退之得其仿佛,近世如王阳明亦殊磊落,但文辞不

---

① 曾国藩:《致诸弟》,道光二十三年正月十七日,《曾国藩全集·家书一》,第54页。
② 曾国藩:《曾国藩全集·日记》,咸丰十一年九月十二,第661页。
③ 曾国藩:《谕纪泽、纪鸿》,同治四年七月初三日,《曾国藩全集·家书》,第1204页。
④ 曾国藩:《谕纪泽》,咸丰八年七月二十一日,《曾国藩全集·家书》,第406页。
⑤ 曾国藩:《曾国藩全集·日记》,同治元年九月二十二,第806页。
⑥ 曾国藩:《复刘翰清》,同治五年五月十六日,《曾国藩全集·书信》,第5766页。
⑦ 曾国藩:《谕纪译》,同治元年八月初四,《曾国藩全集·家书》,第853页。
⑧ 曾国藩:《曾国藩全集·日记》,同治六年三月二十,第1364页。
⑨ 曾纪泽:《曾纪泽遗集·诗集》,第245页。
⑩ 曾国藩:《鸣原堂论文·王守仁申明赏罚以厉人心疏》,《曾国藩全集·诗文》,第554页。

如三子者之跌宕耳”①。对“气体近柔”“笔力稍患其弱”的张裕钊，曾国藩特别告诫他要“熟读扬、韩各文，而参以两汉古赋”以救其短②，只有做到“柔和渊懿之中必有坚劲之质、雄直之气运乎其中”③，才能在古文之学上有所创获。

针对桐城末流气薄力弱的弊端，曾氏强调以训诂精确、声调铿锵的汉赋来追求文章的喷薄之势。曾氏后期可谓对汉赋青眼有加，如曾氏日记记载：“夜温《长扬赋》，于古人行文之气，似有所得”④，“少时曾读《子虚》《上林赋》，未甚成诵，年来好看汉赋，亦未熟读”⑤，“是日，在舆中读《上林赋》千余字，略能成诵。少时所深以为难者，老年乃颇能之，非聪时进于昔时，乃由稍知其节奏气势与用意之所在，故略记之”⑥；“是日戏读《羽猎赋》，陆续读至一半，夜间颇能成诵。盖余近年最好扬、马、班、张之赋，未能回环朗诵，偶一诵读，如逢故人，易于熟洽”⑦。并且，曾氏也曾告诫其子，“文章之可以道古，可以适今者，莫如作赋”⑧，并在参阅比较中悟出“韩文实与汉赋相近”⑨的道理。

桐城派的诗文都重视神气、音节的和谐之美，如刘大櫆主张：“行文之道，神为主，气辅之。曹子桓、苏子由论文，以气为主，是矣。然气随神转，神浑则气灏，神远则气逸，神伟则气高，神变则气奇，神深则气静，故神为气之主”；“音节高则神气必高，音节下则神气必下，故音节为神气之迹”。刘氏还辩证地论述了神、气二者之间的关系，认为：“神者，文家之宝。文章最要气盛；然无神以主之，则气无所附，荡乎不知其所归也。神者气之主，气者神之用。神只是气之精处”；“神气者，文之最精处也；音节者，文之稍粗处也；字句者，文之最粗处也；然论文而至于字句，则文之能事尽矣。盖音节者，神气之迹也；字句者，音节之矩也。神气不可见，于音节见之；音节无可准，以字句准之”⑩。

对刘大櫆“神气、音节”的表述，姚鼐进而浓缩为八字主张。他在《古文辞类纂·序目》中讲：“凡文之体类十三，而所以为文者八。曰：神、理、气、

---

① 曾国藩：《曾国藩全集·日记》，咸丰十一年九月十一日，第661页。
② 曾国藩屡屡强调文中须有汉赋的恢宏之气，如：“古文须有汉赋气，此意惟姬传先生知之而力未逮耳。”（王定安：《求阙斋弟子记》，台北，文海出版社，1967影印版，第1679页。）
③ 曾国藩：《加张裕钊片》咸丰九年三月十一日，《曾国藩全集·书信》，第934页。
④ 曾国藩：《曾国藩全集·日记》，咸丰九年九月十三日，第419页。
⑤ 曾国藩：《曾国藩全集·日记》，同治六年正月十四日，第1342页。
⑥ 曾国藩：《曾国藩全集·日记》，同治六年正月十五日，第1342页。
⑦ 曾国藩：《曾国藩全集·日记》，同治六年二月初六日，第1348页。
⑧ 曾国藩：《谕纪泽》，咸丰八年十月二十五日，《曾国藩全集·家书》，第437页。
⑨ 曾国藩：《谕纪泽》，同治二年三月初四日，《曾国藩全集·家书》，第947页。
⑩ 刘大櫆：《论文偶记》，见《历代文话》第四册，第4107—4109页。

味、格、律、声、色。神、理、气、味者，文之精也；格、律、声、色者，文之粗也。然苟舍其粗，则精者亦胡以寓焉？学者之于古人，必始而遇其粗，中而遇其精，终则御其精者而遗其粗者。”①并在《答翁学士书》中进一步阐述：“文字者犹人之言语也。有气以充之，则观其文也，虽百世而后，如立其人而与言于此，无气则积字焉而已。意与气相御而为辞，然后有声音节奏高下抗坠之度，反复进退之态，采色之华，故声色之美，因乎意与气而时变者也。”②姚鼐也特别强调掌握音节对增强文章韵味所起到的重要功效，他指出：“诗古文要从声音证入，不知声音，总为门外汉耳。”并进而强调：“学古文者，必要放声疾读又缓读”，“急读以求其体势，缓读以求其神味”③。曾国藩承继了由声调而展示诗文气势豪迈的传统，他认为“作文以声调为本”④，更把韩文《柳州罗池庙碑》的“情韵不匮，声调铿锵”作为“文章第一妙境”，并指出：“情以生文，文亦足以生情，文以引声，声亦足以引文。循环互发，油然不能自已，庶渐渐可入佳境。”⑤

为追求诗歌的气势，曾国藩还强调声调的重要性。曾氏认为：“文章大抵以力去陈言、戛戛独造为始事，以声调铿锵、包蕴不尽为终事。”⑥并把建安时期慷慨刚健的艺术风格归结为“一贵训诂精确，一贵声调铿锵”两大体现标准，接着举“开高轩以临山，列绮窗而瞰江”，“碧出苌宏之血，乌生杜宇之魄”，“洗兵海岛，刷马江洲”，“数军实乎桂林之苑，飨戎旅乎落星之楼”等句，说明其“音响节奏，皆后世所不能及”⑦。他认为“作诗文，以声调为本”⑧，“凡作诗，最宜讲求声调”⑨。《十八家诗钞》的编选即可见一斑，如其“所选钞五古九家，七古六家，声调皆极铿锵”，“余所未钞者，如左太冲、江文通、赵子昂、柳子厚之五古，鲍明远、高达夫、王摩诘、陆放翁之七古，声调亦清越异常”⑩。曾国藩提倡音律铿锵也是他推崇阳刚之美艺术风格的体现。

为了追求文章的雄奇之美，曾国藩强调从“知言、养气”的精深处着眼，

---

① 姚鼐：《古文辞类纂》，上海古籍出版社，1998年版，第19页。
② 姚鼐：《惜抱轩诗文集》，第84—85页。
③ 姚鼐：《与陈硕士》，《惜抱轩尺牍》卷三，第55、56页。
④ 曾氏在日记里不止一次论述声调的重要性，如咸丰十年闰三月十八日记载：“思凡事皆有至浅至要之道，不可须臾离者，因欲名其堂曰‘八本堂’。其目曰：读书以训诂为本，诗文以声调为本。”同治二年九月初二在《日记》里又论及此事。
⑤ 曾国藩：《曾国藩全集·日记》，咸丰九年九月十七日，第420页。
⑥ 曾国藩：《复许振炜》，咸丰十一年三月十一，《曾国藩全集·书信》，第1971页。
⑦ 曾国藩：《谕纪泽》，咸丰十年闰三月初四日，《曾国藩全集·家书》，第533页。
⑧ 曾国藩：《曾国藩全集·日记》，同治二年九月二日，第929页。
⑨ 曾国藩：《谕纪泽》，《曾国藩全集·家书》，咸丰八年八月二十日，第418页。
⑩ 同上。

他认为"杜诗、韩文所以能百世不朽者"[①]，就因为他们自有知言、养气工夫。另外他还从文章的遣词造句处烛幽洞微地发掘出锤炼文章雄直之气的规律。他训导纪泽："文章之雄奇以行气为上，造句次之，选字又次之。然未有字不古雅而句能古雅，句不古雅而气能古雅者；亦未有字不雄奇而句能雄奇，句不雄奇而气能雄奇者。是以文章之雄奇，其精处在行气，其粗处全在造句、选字。"[②]古人的雄奇之文，他认为以韩昌黎为第一，扬子云次之。二者所取得成就除了天授"行气"外，"至于人事之精能，昌黎则造句工夫居多，子云则选字工夫居多"[③]。

针对桐城派"浅弱不振"、规模狭窄的弊病，曾国藩注重诗文创作的规模气势，强调通过布局谋篇以追求文章的奇横之趣、自然之致。故曾氏说："古文之道，谋篇布势是一段最大功夫。"[④]曾国藩还强调古文的布局"须有千岩万壑、重峦复嶂之观，不可一览而尽，又不可杂乱无纪"[⑤]。"为文全在气盛，欲气盛全在段落清"，合理地处理段落，也是为雄奇之文的一个重要方面。曾国藩对古人在段落分束之际的"似断非断，似咽非咽，似吞非吞，似吐非吐"以及张起之际"似承非承，似提非提，似突非突，似纤非纤"的谋篇布势工夫也是大为折服，叹为观止的。在忆及"欲落不落，欲行不行"的作书之法时，曾国藩联系到古文的架构布局也应在"吞吐断续之际，亦有欲落不落，欲行不行之妙，乃为蕴藉"[⑥]。对于诗文的建构布局，曾国藩强调诗文均应凸现骨肉细腻、肌理匀称的全面审美观感，并对句法、章法的同异互补关系进行详细阐述。对曾纪泽的诗作，曾氏常常详批细审，予以点评，只言片语之中往往蕴涵着曾氏的审美理念与创作体悟。如在评点曾纪泽诗歌创作中，曾国藩特别指出："律法分句法、章法两种。讲句法者，奇警蕴藉，针线灭迹，以王摩诘、刘文房为最，而少陵集其成。讲章法者，气机流动，开合自然，以刘梦得、白乐天为最，而东坡集其成。历代作者，各有偏废，然采能名家，则精于句法者，未尝无卷舒自如之章，精于章法者，未尝无雄奇秀绝之句，又不可偏废也。此卷颇讲章法，体质于刘、白、大苏为近，若再能多构杰句，出以蕴藉，更跻胜境矣。"[⑦]

曾国藩在欣赏书法时还触类旁通地体悟到极为全面的审美观。他在看刘文清公《清爱堂帖》时，不仅"略得其冲淡自然之趣"，还领悟到"文人技艺

---

① 曾国藩：《曾国藩全集・日记》，道光二十三年二月十八日，第159页。
② 曾国藩：《谕纪泽》，咸丰十一年正月初四日，《曾国藩全集・家书》，第629页。
③ 同上。
④ 曾国藩：《曾国藩全集・日记》，咸丰九年八月初九，第408页。
⑤ 曾国藩：《曾国藩全集・日记》，咸丰十年十月初二，第542页。
⑥ 曾国藩：《曾国藩全集・日记》，同治三年五月二十七日，第1024页。
⑦ 曾纪泽：《读外舅刘霞仙先生尺牍有感》，见于《曾纪泽遗集・诗集》，第255页。

佳境有二:曰雄奇,曰淡远。作文然,作诗然,作字亦然,若能含雄奇于淡远之中,尤为可贵"①。由此可知,曾氏兼取"阳刚""阴柔"风格的主张表现出集大成的美学眼光,也是他在读书治学方面强调豁达胸襟的体现。但直到同治四年(1865)七月初三曾国藩在训导纪泽、纪鸿时仍主张:"《四象表》中惟气势之属太阳者,最难能可贵。古来文人虽偏于彼三者,而无不在气势上痛下功夫。"②曾氏主张"造句约有二端;一曰雄奇,一曰惬适",指出"雄奇者,得之天事,非人力所可强企。惬适者,诗书酝酿,岁月磨练,皆可日起而有功",并进而强调"惬适未必能兼雄奇之长,雄奇则未有不惬适者,学者之识,当仰窥于瑰玮俊迈,诙诡恣肆之域,以期日进于高明"③。在这里,也可看出曾氏对驱迈之势、雄奇之气的推崇。究其实,曾氏坚忍倔强、自拔流俗的个性导致其诗歌创作并未能与其诗学主张、审美理想紧密合拍且相互印证。其一生为诗"大多壮观有余,凝炼不足",未臻其所言"恬淡之境",故其"于诗之造诣,所以尚不逮其文也"④。曾国藩的创作实践却逐渐背离了兼取"阳刚""阴柔"的审美理念,对此曾氏有所辩解。如在回复其子"有一专长,是否须兼三者乃为合作"的疑问时,即指出:"韩无阴柔之美,欧无阳刚之美,况于他人而能兼之",所以"凡言兼众长者,皆其一无所长者也"⑤。这一点曾氏在日记中也不无遗憾地分析道:"是日悟作书之道,亦分阳刚之美、阴柔之美两端,偏于阳者取势宜峻迈,偏于阴者下笔宜和缓。二者兼并骛,则两失之矣。余心每蹈此弊。"⑥

曾国藩对待骈文的态度也较桐城派为通达⑦,体现出集大成者的胸襟与器识。他认为"古文之道与骈体相通"⑧,主张骈、散结合才能更好展现文章的气象峥嵘。杨钟基也指出曾氏"由骈入散,明奇偶相用、情理兼通之义,期

① 曾国藩:《曾国藩全集·日记》,咸丰十一年六月十七日,第632页。
② 曾国藩:《谕纪泽、纪鸿》,同治四年七月初三日,《曾国藩全集·家书》,第1205页。
③ 曾国藩:《杂著·笔记二十七则·文》,《曾国藩全集·诗文》附录,第373页。
④ 钱仲联:《梦苕庵诗话》,齐鲁书社,1986年版,第86页。
⑤ 曾国藩:《谕纪泽、纪鸿》,同治四年七月初三日,《曾国藩全集·家书》,第1204页。
⑥ 曾国藩:《曾国藩全集·日记》,同治四年十月二十日,第1199页。
⑦ 方苞一贯主张清真雅正的文风,排斥繁芜、骈俪之文。他认为"文未有繁而能工者"(《与程若韩书》,见《方望溪文集》,中国书店,1991年版,第90页),并指魏晋以来的"尚浮言,别流品,而隋唐益厉之以科举,于是乎学者舍其所当习,而骛于无实之文词"(《书韩退之学生代斋郎议后》,第54页)的风气甚为反感,还把批判的锋芒直指六朝、初唐"引喻凡猥""辞繁而芜""句佻且稚"(《书柳文后》,第55页)不良文风。故刘大櫆认为方苞"卑视魏晋,有如隶奴"(《祭望溪先生文》,《刘大櫆集》,上海古籍出版社1990年版,第338页)。姚鼐也主张"屏弃六朝骈俪之习"(黎庶昌《续古文辞类纂序》)。但是,梅曾亮、刘开等桐城后进对骈文的看法却较为开明,这也影响了曾国藩的骈文观。
⑧ 曾国藩:《曾国藩全集·日记》,咸丰十年三月十五日,第474页。

以雄迈宏肆之气，运偶俪之词，发铿锵之调”①的为文轨辙。曾氏指出山谷、东坡、樊川都是“豪士而有侠客之风者”的诗坛巨子，他们的诗歌创作成就也体现了骈、散结合的必要性。如“山谷学杜公七律，专以单行之气运于偶句之中；东坡学太白，则以长古之气运于律句之中。樊川七律，亦有一种单行票姚之气”②。曾国藩在告诫诸儿如何作文时也着重强调：“当兼在气势上用功，……大约偶句多，单句少，段落多，分股少，莫拘场屋之格式。”③他在探究历代作家的奇偶宗尚中独具只眼地指出骈散“源远而流益分，判然若白黑之不类”的短视弊端，并在文尾点明“明奇偶互用之道”才是深得“文家原委”的明智之举。曾氏还主张不仅骈文宜讲求工切，即使古文也应该如此，如“班、扬、韩、柳之文，其组织何尝不工，匠心何尝不密？”④

曾国藩是被誉为“中兴章奏僻三手，公是湖湘第一人”的章奏大家⑤，其对奏疏的甄选、评价乃至草拟上都体现了注重气势、强调骈散合一的一贯立场⑥。曾国藩作为晚清古文的总结者，强调了骈散互为其用的重要性，也赋予了古文以新的表达方式与活力。

曾国藩在强调“经济”、推重气势的同时，也未尝忽略文学风格的多样性，相反他十分激赏趣味性的诗文。他认为“凡诗文趣味约有二种：一曰诙诡之趣，一曰闲适之趣，诙诡之趣，惟庄柳之文、苏黄之诗，韩公诗文皆极诙诡，此外实不多见。闲适之趣，文惟柳子厚游记近之，诗则韦、孟、白傅均极闲适；……以为人生具此高淡襟怀，虽南面王不以易其乐也。”⑦同治七年（1868）所作《复李眉生》中也云：“诗中有一种闲适之境，专从胸襟着工夫，读之但觉天机与百物相弄悦，天宇奇宽，日月奇闲，如陶渊明之五古，杜工部之五律，陆放翁之七绝，往往得闲中之真乐。白香山之闲适古调，东坡过岭后之五古，亦能将胸中坦荡之怀，曲曲传出。”就此而论，他认为古往今来的文坛大家“必先有豁达光明之识，而后有恬淡冲融之趣”，坚信只有豁达恬淡的襟怀才能写出冲融惬适的诗文。曾国藩前期崇尚气格峭拔的雄奇文风，是他踔厉骏发进取心态的体现；后期强调闲适恬淡的文趣，则是临渊履薄、忧谗畏讥心

---

① 杨钟基：《曾国藩学文门径试探》，收录于《桐城派研究论文选》，黄山书社，1986年版，第280页。

② 曾国藩：《大潜山房诗题语》，《曾国藩全集·诗文》，第290页。

③ 曾国藩：《谕纪泽、纪鸿》，同治四年七月初三日，《曾国藩全集·家书》，第1204页。

④ 王定安：《求阙斋弟子记·文学上》卷二十一，《近代中国史料丛刊》，第1670—1671页。

⑤ 朱孔彰：《题江南曾文正公祠百咏》，见王澧华校点《曾国藩诗文集·附录三》，第552页。

⑥ 曾国华封谥愍烈，曾国藩上疏谢恩，篇末用偶云：“河山无恙，重吊国殇毕命之场；魂魄有知，永感圣主怜才之意。”这里也可看出曾氏对骈体文对仗工切的嗜好。（朱孔彰：《题江南曾文正公祠百咏》，王澧华《曾国藩诗文集》附录三，第552页。）

⑦ 曾国藩：《谕纪泽》，同治六年三月二十二日，《曾国藩全集·家书》，第1332—1333页。

态的真实写照。如曾氏日记所载:“阅《白香山集》,因近日胸襟郁结不开,故思以陶、白、苏、陆之诗,及张文端公之言解之也”①;“夜阅陶诗全部,取其尤闲适者记出,初抄一册,合之杜、韦、白、苏、陆五家之闲适诗,纂成一集,以备朝夕讽诵,洗涤名利争胜之心”②。

曾国藩还试图构建“气势”“识度”“情韵”“趣味”等较为完备的美学体系,虽然其创作实绩并未能与其古文主张、审美理想一一吻合、完全印证,却也体现出传统古文集大成者的开阔视野与艺术素养。

第四节 诗文选本凸现的审美理想

曾国藩作为当时文坛、政坛的翘楚人物,金戈铁马的军旅生涯以及仕途的坎坷赋予他较一般儒生更为通脱的胸襟,使得曾国藩能够高屋建瓴地审视文学演变轨迹,得出翔实的论断。不甘久居人下的倔强个性也注定他不会拘囿于桐城派的一家之言,《经史百家杂钞》及其《简编》《十八家诗钞》《鸣原堂论文》以及《古文四象》的编选都体现出曾国藩全面而独到的文化视角与审美眼光。

曾国藩编选《十八家诗钞》是为兄弟子侄以及晚辈后学提供一个诗歌习作启发证明的典范,当然,其中也包含着为了随时揣摩、涵泳自己披肝沥胆所深造自得的诗学理念。而“选诗、抄诗、讽诗、品诗,成了曾国藩后期军政生涯中的主要业余爱好”③,曾氏日记中选诗、品诗的记载可谓比比皆是,如同治七年正月二十三至二十七日他都在选苏东坡的诗,并且“苏诗看毕,又看杜诗。余在京所抄十八家诗,惟杜、苏二家最多,故先校核此二家,余亦将次第校阅也”④。《十八家诗钞》的编选体现出他对诗歌美学极为全面的把握,也体现出与桐城派有别的诗学理念与审美取向⑤,如其日记所说:“余既抄选十八家之诗,虽存他乐不请之怀,未免足已自封之陋。”⑥曾氏诗学、诗识堪称斫轮老手,诗钞的编选可谓自辟新蹊、别裁有度,可谓修然独往,擅一代之风雅,挹千古之灵芬。

---

① 曾国藩:《曾国藩全集·日记》,同治八年五月廿八日,第1648页。

② 曾国藩:《曾国藩全集·日记》,同治十年十一月廿九日,第1925页。

③ 王澧华校点:《曾国藩诗文集·前言》,第10页。

④ 曾国藩:《曾国藩全集·日记》,同治七年正月二十七日,第1469页。

⑤ 王澧华认为:如果说《经史百家杂钞》是有意踵武《古文辞类纂》,那么《十八家诗钞》的情形正好相反,它与姚鼐的《五七言今体诗钞》却大异其趣。姚选系从门人之请而编,自称“要其大体雅正,足以维持诗教,道启后进”;而曾选却是出于个人的审美爱好与艺术修养,与雅道、诗教无关(《曾国藩诗文集·前言》王澧华校点,第10页)。

⑥ 曾国藩:《曾国藩全集·日记》,同治元年三月十七日,第731页。

《十八家诗钞》收录了自魏晋南北朝的曹植、阮籍诸人至金代元好问等著名诗家的代表性诗作 6599 首。该书所选诗人虽仅十八家，却体现出曾氏对诗歌发展远瞻性的宏观把握以及兼采唐宋的诗学趋向，也透露出曾氏前后期诗学观念中一些微妙变化的轨迹。该选本“既兼容并收，又重点突出。……从魏晋南北朝直到金代，即中国旧体诗（五七言）成熟、繁荣的主要历史时期，于每一时期内选取个别大家，以代表这个时代诗歌的主要风貌，而其中于唐宋之后选到元好问，在当时可谓眼光独具。同时，在十八家中除杜甫外，各家均仅选其一种或某几种诗体，不求众体俱备，以标志其主要成就。这样，既大致勾勒出千余年诗坛的历史轮廓，又鲜明地凸现出各大家的风采神貌”①。所以，吴汝纶在《答严几道》书中也把该《诗钞》列为“高才秀杰之士”摸索、揣摩古典诗学脉络之所在的重要选本。

曾氏把入选诗划分为气势、识度、情韵、工律四种审美范型，也体现出曾氏比较全面的艺术审美视角。在宋诗派普遍排斥白居易的浅俗诗风之际，曾国藩把白氏《新乐府》收入了他精心编选的《十八家诗钞》。并在《鸣原堂论文・苏轼上皇帝书》中为之辩解：“白香山诗务令老妪皆解，而细求之，皆雅饬而不失之率。”并认为：“奏疏能如白诗之浅，则远近易传播，而君上亦易感动。”《新乐府》的入选既突破宋诗派的藩篱而肯定了平易浅显的诗风，也展示了曾国藩注重诗歌“救济人病，裨补时阙”的经世功用。

曾氏前期在致诸弟、谕子侄的书信及日记中屡屡谈到“尔要学诗，先须看一家集，不要东翻西阅”②；“吾教诸弟学诗无别法，但须看一家之专集，不可读选本，以汩没性灵。至要至要”③；“作文作诗，皆宜专学一家，乃易长进”④。读专集、专学一家、不读选本的主张看似和曾氏本人喜好《文选》《十八家诗钞》⑤的声明相抵牾，实皆不然。诸弟、子侄在初学诗之际，如对各体诗歌囫囵吞枣式的细大不捐，将会食而不知其味，造成审美疲劳，从而丧失自己的性灵和审美品位。只有在一体有成的前提下方可旁搜远绍，兼师他体。

在咸丰八年（1858）九月二十八日的家书中，曾国藩告诫曾纪泽如何把握读书次第顺序，并把《十八家诗钞》纳入其重要读书体系：

> 闻儿经书将次读毕，差用少慰。自《五经》外，《周礼》《仪礼》《尔雅》《孝经》《公羊》《榖梁》六书自古列之于经，所谓十三经也。此六经宜

---

① 曾国藩编，陆民点校：《十八家诗钞・前言》，岳麓书社，1991 年版。
② 曾国藩：《致温弟》，道光二十三年六月初六日，《曾国藩全集・家书》，第 66 页。
③ 曾国藩：《致诸弟》，道光二十五年三月初五，《曾国藩全集・家书》，第 108 页。
④ 曾国藩：《曾国藩全集・日记》，咸丰九年八月初四，第 406 页。
⑤ 曾国藩：《谕纪泽》，咸丰九年四月二十一日，《曾国藩全集・家书》，第 476—477 页。

> 请塾师口授一遍。尔记性平常,不必求熟。十三经外所最宜熟读者莫如《史记》《汉书》《庄子》、韩文四种。余生平好此四书,嗜之成癖,恨未能一一诂释笺疏,穷力讨治。自此四种而外,又如《文选》《通典》《说文》《孙武子》《方舆纪要》,近人姚姬传所辑《古文辞类纂》、余所抄十八家诗,此七书者,亦余嗜好之次也。凡十一种,吾以配之《五经》《四书》之后,而《周礼》等六经者,或反不知笃好,盖来尝致力于其间,而人之性情各有所近焉尔。吾儿既读《五经》《四书》,即当将此十一书寻究一番,纵不能讲习贯通,亦当思涉猎其大略,则见解日开矣。①

曾国藩这种"人之性情各有所近"的学诗主张不仅避免了初学者贪多务得的弊端,也精心指出了诗文研习的有效途径,体现出集大成者的开阔视野。

桐城派历来谨遵惜墨如金的"清真雅洁"家法,姚鼐的《古文辞类纂》就不选六经、诸子、史传及六朝辞赋,使得该选本取径窄狭而格局有失宏大。为救其弊,曾国藩编选了《经史百家杂钞》作为古文习作启发证明的典范,显示出迥异于桐城派的审美理念。首先,曾氏《经史百家杂钞》收罗极博,六经、史传、诸子及骈赋的入选得以弥补其不足。如曾国藩在《经史百家杂钞题语》中所讲:

> 村塾古文,有选《左传》者,识者或讥之。近世二一知文之士,纂录古文,不复上及《六经》,以云尊经也。然溯古文所以立名之始,乃由屏弃六朝骈俪之文,而返之于三代两汉,今舍经而降以相求,是犹言孝者,敬其父祖而忘其高曾,言忠者曰"我家臣耳,焉敢知国",将可乎哉?余钞纂此编,每类必以《六经》冠其端,涓涓之水,以海为归,无所于让也。姚姬传氏撰次古文,不载史传,其说以为史多不可胜录也。然吾观其奏议类中,录《汉书》至三十八首,诏令类中,录《汉书》三十四首,果能屏诸史而不录乎?余今所论次,采辑史传稍多。②

周作人即指出"姚鼐的《古文辞类纂》和曾国藩的《经史百家杂钞》二者有极大的不同之点:姚鼐不以经书作文学看,所以《古文辞类纂》内没有经书上的文字。曾国藩则将经书的文字选入《经史百家杂钞》之内,他已将经书

① 曾国藩:《谕纪泽》,咸丰八年九月二十八日,《曾国藩全集·家书》,第430页。
② 曾国藩:《经史百家杂钞题语》,《曾国藩全集·诗文》,第264页。

当作文学看了。"①其次，曾国藩虽声称姚鼐编选的《古文辞类纂》为其好读之书，但对该书也颇有恣议②。如曾国藩在《读书录·古文辞类纂》中评价③：

桐城姚姬传郎中鼐所选《古文辞类纂》，嘉道以来，知言君子群相推服，谓学古文者求诸是而足矣。国藩服膺有年，窃见其中亦小有疵误，兹摘举如左：

论辩类：太史公谈《论六家要指》。

司马迁《自序》中述其父太史公谈《论六家要指》，诸家互有得失，而终以道家为本。此自司马氏父子学术相传如是。其指要则谈启之，其文辞则迁之为之也。在《自序》篇中，仅文中之一段，故无首尾裁成之迹。今姚氏割此为一篇，而标其目曰太史公谈《论六家要指》，失其义矣。迁作《五帝本纪》《夏本纪》所引《尧典》《禹贡》等书，尚多改经文之旧，此述其父之语，岂独无所删改？且如《管晏列传》中，管仲自述感鲍叔之言，岂得遽录以为管仲之文？《淮阴侯传》中，韩信说高祖定三秦一节，岂得遽录以为韩信之文邪？

奏议类：匡稚圭《戒妃匹劝经学疏》。

《汉书·匡衡传》"成帝即位，衡上疏，戒妃匹、劝经学、威仪之则曰"云云。国藩按：此疏凡三条，妃匹一也，经学二也，威仪三也。自"妃匹之际"至"远技能止"，第一节，言妃匹也；自"窃见圣德纯茂"至"宜究其意止"，第二节，言经学也，自"臣又闻圣主之自为动静周旋"至末，第三节，言威仪也。今姚氏录此文，标其目曰《戒妃匹劝经学疏》，是于三条独遗其一，而于班书所叙，若未之深究者，亦一失也。

书说类：乐毅《报燕惠王书》，应入奏议。

另外曾氏还对《古文辞类纂》的文类作了调整："姚姬传氏之纂古文辞，分为十三类。余稍更易，为十一类：曰论著，曰词赋，曰序跋，曰诏令，曰奏议，曰书牍，曰哀祭，曰传志，曰杂记，九者余与姚氏同焉者也；曰赠序，姚氏所有而余无焉者也；曰叙记，曰典志，余所有而姚氏无焉者也；曰颂赞，曰箴铭，姚

---

① 周作人：《中国新文学的源流》，第87、88页。姜书阁也认为曾国藩的《经史百家杂钞》"可与姚氏《古文辞类纂》并传。其影响于文坛者亦如之，惟性质与内容不同耳"（姜书阁：《桐城文派评述》，上海商务印书馆，1934年版，第62页）。

② 曾氏把姚鼐不选经而求"古文所以立名之始，乃由屏弃六朝骈俪之文，而返之于三代两汉"的作法讥之为"是犹言孝者，敬其父祖而忘其高曾"（《经史百家杂钞·题语》）。于此可见，《经史百家杂钞》的编选确有对《古文辞类纂》拾遗补阙的动机。

③ 曾国藩：《读书录·古文辞类纂》，《曾国藩全集》，第370—371页。

氏所有,余以附入词赋之下编;曰碑志,姚氏所有,余以附入传志之下编。论次微有异同,大体不甚相远。后之君子以参观焉。"①曾国藩将《经史百家杂钞》又归纳为三门十一类:一为著述门,涵盖论著、词赋、序跋三类;二为告语门,涵盖诏令、奏议、书牍、哀祭四类;三为记载门,涵盖传志、叙记、典志、杂记四类。曾国藩"这种分类法,比较细密精当。以著述、告语、记载三门统括诸类,若网在纲,有条不紊,较姚氏又进一步了"②。曾氏并把十一类文体划分成了或"阳刚"或"阴柔"的审美范畴,如论著类、词赋类、奏议类、哀祭类、传志类、叙记类宜喷薄;序跋类、诏令类、书牍类、典志类、杂记类宜吞吐。至于某类中微有区别者,"皆可以以意推之"③。

其中,六经及史传文的大量选入则充分体现出曾国藩强调"经世济民"的积极主张。《经史百家杂钞》作为中国几千年来古典文化精华的浓缩,不仅在晚清古文发展史上产生了极大的影响,也对研究国学的近现代学者影响非凡。如吴汝纶所言:"姚郎中所选文,似难为继,独曾文正《经史杂钞》能自立一帜","曾公于姚郎中所定诸类外,特建新类,非大手笔不易办也"④。王定安认为该书虽然"卷帙不多,盖犹黄河之滥觞耳。然苟循河而东,乘秋水,驾巨筏以望于北海,洋洋乎包天地而含古今,岂不更为宇宙大观也哉!"⑤而青年毛泽东也对《经史百家杂钞》极为推崇,他在给萧子升的信中指出该书"上自隆古,下迄清代,尽抡四部精要","孕群籍而抱万有",是研治国学的入门捷径。相较于《古文辞类纂》"畸于文"而言,《经史百家杂钞》则兼统文道,所以难能可贵!⑥

曾国藩身为封疆大吏,加上始终强调文学的经世功用,因此把奏疏纳入文学范畴是必然的。"在咸丰后期至同治年间,备受海内瞩目的奏章,当属两江总督衙门所拜发的各类折片。以总督曾国藩为名义签发的这批折片,一时有天下第一奏折之称。"⑦在咸丰初政之时,即以"以议大礼、谏圣德诸疏,忠谠闻天下"⑧。其前期奏疏言辞颇过激切,险招杀身之祸,所幸"圣量如海,

---

① 曾国藩:《经史百家杂钞题语》,《曾国藩全集·诗文》,第264页。
② 张舜徽:《清儒学记》,齐鲁书社,1991年版,第343页。
③ 曾国藩:《曾国藩全集·日记》,咸丰十年三月十七日,第475页。
④ 吴汝纶:《吴汝纶全集》第三册,第236页。
⑤ 王定安:《鸣原堂论文·后序》,《曾国藩全集·诗文》,第482页。
⑥ 毛泽东:《毛泽东早期文稿·致萧子升信(1915年9月6日)》,湖南出版社,1995年版,第24、25页。
⑦ 唐浩明:《唐浩明评点曾国藩奏折序》,岳麓书社,2004年版,第2页。曾国藩"所为奏疏若干卷,其佳篇传播人间,士大夫多能举其词"(王定安《鸣原堂论文·后序》)的描述也可看出曾氏奏疏的成就与影响。
⑧ 曾国荃:《鸣原堂论文·序》,《曾国藩全集·诗文》,第479—480页。

尚能容纳”，此后曾氏“折奏虽多，亦断无有似此折之激直者”①。曾氏奏折“不为大喜过美之词，亦不为忧怵无聊之语。其论贼势兴衰，中外大局，一切将然未然之事，若烛照龟卜，不失毫发，而谦谦冲挹，若不敢决其必然，而其后卒无不然”②，显示出过人的识见。曾国藩对奏疏的甄选、评价乃至草拟上都体现了注重气势、强调骈散合一的一贯立场。《鸣原堂论文》就是曾国藩细批详评、精心编选的奏疏典范，也是让曾国荃体味揣摩的学习蓝本。

在《鸣原堂论文》中，曾国藩在强调“义法”的品评基础上细批详审了历代名臣的奏疏。如评《匡衡戒妃匹劝经学威仪之则疏》为“三代以下陈奏君上之文，当以此篇及诸葛公《出师表》为冠。渊懿笃厚，直与《六经》同风”，并指出：“此等奏议，固非后世所能几及，然须观其陈义之高远，着语之不苟，乃能平躁心而去浮词。”③

曾氏认为，“奏疏以汉人为极轨，而气势最盛、事理最显者，尤莫善于《治安策》。故千古奏议，推此篇为绝唱”；并强调“奏议以明白显豁、人人易晓为要”④，“奏疏总以明显为要，时文家有典显浅三字诀，奏疏能备此三字，则尽善矣”⑤。曾国藩不仅肯定了平易晓畅的奏疏风格，同时对陆贽的骈文奏疏大加揄扬。如“骈体文为大雅所羞称，以其不能发挥精义，并恐以芜累而伤气也。陆公则无一句不对，无一字不协平仄，无一联不调马蹄；而义理之精，足以比隆濂、洛；气势之盛，亦堪方驾韩、苏”。因此，曾国藩强调“吾辈学之，亦须略用对句，稍调平仄”，这样才能做到笔仗整齐，令人刮目相看⑥。

刘向的奏疏“结构整齐，词旨深厚，皆汉文中之最便揣摩者”，其根本原因即在于刘氏的忠爱之忱。曾国藩进而感悟到“吾辈欲师其文章，先师其心术，根本固则枝叶自茂矣”，并建议曾国荃如“欲求文气之厚，总须读汉人奏议二三十首，酝酿日久，则不期厚而自厚矣”⑦。

大抵西汉之奏疏，气味深厚，音调铿锵，迥非后世所可及。究其原因，不仅“由其措词之高，胎息之古”，“文辞超然绝后”，而且还在于“其义理正大，

---

① 曾国藩：《致诸弟》，咸丰元年五月十四，《曾国藩全集·家书》，第212页。

② 曾国荃曾在《鸣原堂论文·序》里指出：“公虑其昧所择也，选古今名臣奏疏若干首，细批详评，命之曰《鸣原堂论文》。”王定安也说：“右《鸣原堂论文》两卷，吾师湘乡曾文正公选汉唐已来迄于国朝名臣奏疏十七首。论述义法，以诒其弟沅甫宫保者。”

③ 曾国藩：《鸣原堂论文·匡衡戒妃匹劝经学威仪之则疏》，《曾国藩全集·诗文》，第483—484页。

④ 曾国藩：《鸣原堂论文·贾谊陈政事疏》，《曾国藩全集·诗文》，第495页。

⑤ 曾国藩：《鸣原堂论文·苏轼上皇帝书》，《曾国藩全集·诗文》，第532页。

⑥ 曾国藩：《鸣原堂论文·陆贽奉天请罢琼林大盈二库状》，《曾国藩全集·诗文》，第516页。

⑦ 曾国藩：《鸣原堂论文·刘向论起昌陵疏》，《曾国藩全集·诗文》，第501页。

有不可磨灭之质干也。……即说理亦与六经同风已”①。

对诸葛亮的《出师表》,曾国藩评为不朽之文,其根源即是“襟度远大、思虑精微”,所以“古人绝大事业,恒以精心敬慎出之”。对东坡之文,曾氏认为其长处在征引史实,切实精当,又善设譬喻,巧于构思。“凡难显之情,他人所不能达者,坡公则以譬喻明之”。古今奏议名家,曾国藩最为推崇贾谊、陆贽、苏轼三人,并一一言明其超前绝后处:“长沙明于利害,宣公明了义理,文忠明于人情。”并坦言:“吾辈陈言之道,纵不能兼明此三者,亦须有一二端明达深透,庶无格格不吐之态。”②

朱熹的《戊申封事》疏,曾氏评为南宋万言书之最,且义理较精者。曾氏指陈朱熹此疏“其戆直殆过于汲黯、魏徵,其气节之激昂,则方望溪氏以拟明季杨、左者,庶几近之”。但是唯一遗憾的是“过于冗长,似一笔书成,无修饰润色之功,故乏劲健之气,铿锵之节”③。

在《王守仁申明赏罚以厉人心疏》中,曾国藩集中阐述了文章的光明俊伟之气,并列举了三种光明俊伟之象:“如久雨初晴,登高山而望旷野;如楼俯大江,独坐明窗净几之下,而可以远眺;如英雄侠士,裼裘而来,绝无龌龊猥鄙之态。”他更对曾国荃提出期望:“沅弟之文笔光明豁达,得之天授,若更加以学力,使篇幅不失之冗长,字句悉归于精当,则优入古人之域,不自觉矣。”④

曾国藩所编选的诗文选本有《经史百家杂钞》《鸣原堂论文》《十八家诗钞》《古文四象》等,这些选本一方面是为了便于自己朝夕涵泳,另一方面则是为了指导兄弟子侄辈在诗文创作上能够度量性情、揣摩其意,领略大家诗文旨趣。其中《经史百家杂钞》与《十八家诗钞》风行于清末民初文坛,为缀文之士所熟知。如唐文治在请教吴汝纶应读何文时,吴氏告之曰:“第读《古文辞类纂》《经史百家杂钞》二书足矣。文正之文,以昌黎为间架,而其神理之曲折,则皆庐陵也。故黎莼斋称之为欧阳文忠后一人。君善学之,会心不远矣。”⑤

相较于《经史百家杂钞》《十八家诗钞》的屡经刊行、风光无限,《古文四象》可谓湮没无闻、命运多舛。无论是年谱还是全集中均未提及曾国藩在家书、日记中甚为自得的《古文四象》。曾氏“四象”之说最早见于同治四年六月十九日《谕纪泽、纪鸿》的信中:

---

① 曾国藩:《鸣原堂论文·贾捐之罢珠厓对》,《曾国藩全集·诗文》,第511页。
② 曾国藩:《鸣原堂论文·苏轼代张方平谏用兵书》,《曾国藩全集·诗文》,第520页。
③ 曾国藩:《鸣原堂论文·朱熹戊申封事》,《曾国藩全集·诗文》,第549页。
④ 曾国藩:《鸣原堂论文·王守仁申明赏罚以厉人心疏》,《曾国藩全集·诗文》,第554页。
⑤ 唐文治:《桐城吴挚甫先生文评手迹跋》,《唐文治文选》,王桐荪、胡邦彦、冯俊森等选注,第344页。

气势、识度、情韵、趣味四者，偶思邵子四象之说可以分配，兹录于别纸。尔试究之。[①]

在同治四年七月初三《谕纪泽、纪鸿》的家书中再次被提及：

嗣后尔每月作五课揣摩之文，作一课气势之文。讲揣摩者送师阅改，讲气势者寄余阅改。四象表中，惟气势之属太阳者，最难能而可贵。古来文人虽偏于彼三者，而无不在气势上痛下工夫。两儿均宜勉之。此嘱。[②]

同治五年九月初七日记记载：

夜，倦甚，温《古文四象》本，旋选付钞手。[③]

同治五年十月初一日日记记载：

将《古文四象》编成目录，以为三复之本。……二更后清理《古文读本》，将"辞赋类"朗诵数过。[④]

曾国藩在同治五年十一月初二日《致沅弟》的信中不仅让其弟查收抄付的《古文四象》目录，并对"四象"之属条分缕析：

所谓四象者：识度即太阴之属，气势则太阳之属，情韵少阴之属，趣味少阳之属。其中所选之文，颇失之过于高古。弟若依此四门而另选稍低者，平日所嗜者抄读之，必有进益。但趣味一门，除我所抄者外，难再多选耳。[⑤]

同治七年四月二十九日日记记载：

余昔年抄古文气势、识度、情韵、趣味，为四属。拟再抄古近体诗，亦

---

① 曾国藩：《曾国藩全集·家书》，第1201页。
② 同上书，第1204—1205页。
③ 曾国藩：《曾国藩全集·日记》，第1300页。
④ 同上书，第1306页。
⑤ 曾国藩：《曾国藩全集·家书》，第1296页。

分为四属，而别增一机神之属。……余抄诗拟增此一种，与古文微有异同。①

同治七年六月二十日日记记载：

夜，分“气势”“识度”“情韵”“机趣”“工律”五者，选抄各体诗，将曹、阮二家选毕。②

由此可知，曾国藩《古文四象》的构思当肇始于同治三年六月，因邵雍“四象说”匹配气势、识度、情韵、趣味，成书时间当为同治五年十月初至十一月初之间。但因为曾氏全集及年谱的未收录，吴汝纶《记〈古文四象〉后》就成了最早确认该书存在的记录。吴汝纶为补《曾国藩全集》未收《古文四象》之遗憾，多方奔走、再三筹措，直至其逝世《古文四象》终未能完璧刊行。目前所存版本主要由以下几种：现存最早版本当为光绪三十四年(1908)北新书局的赵衡排印本，1924年刘声木编印《桐城文学撰述考》，于“曾国藩撰述”项下，列“古文四象五卷，赵衡排印本”③；1917年张翔鸾编上海有正书局铅印四卷本，1924年再版；忠于曾国藩编选目次，校勘最精的当属1929年常堉璋督刻本，该版本也被中国书店于1990年、2008年与2010年影印出版。

因《曾国藩全集》未收《古文四象》且其成书较晚，导致学界对《古文四象》的真实性疑窦丛丛、众说纷纭。如朱东润先生认为：“同一柳记，《日记》以之为少阴，《四象》以之为少阳；同一欧跋，《日记》以之为少阴，《四象》以之为太阴；同一《诗》《骚》，《日记》以之为少阳，《四象》以之为少阴；后人闻之，又安得能不惊惑？吴氏之言，不亦过乎？”④黄霖也认为《古文四象》出自吴汝纶之后，可疑之点甚多⑤。

曾国藩去世后，曾门弟子各传其师说，吴汝纶对《古文四象》的流传可谓厥功至伟，其《记〈古文四象〉后》记载了编书缘由及经过：

右曾文正所选《古文四象》都五卷，往时汝纶从文正所写，藏其目次。公手定本有圈识有平议，皆未及抄识。其后公全集出，遂鸣原堂论文皆在，此书独无有。当时撰年谱人亦不知有是书，意元书故在终当续

---

① 曾国藩：《曾国藩全集·日记》，第1497页。
② 同上书，第1524页。
③ 刘声木：《桐城文学撰述考》卷二，直介堂丛刻本，第447页。
④ 朱东润：《古文四象论述评》，《中国文学论集》卷一，中华书局，1983年版，第165页。
⑤ 黄霖：《近代文学批评史》，第196页。

出。今曾忠襄、惠敏二公皆久薨逝，汝纶数数从曾氏候伯二邸求公是书，书藏湘乡里第不可得。谨依旧所藏目次缮写成册，其平议圈识，俟他日手定本复出，庶获补完。

自吾乡姚姬传氏以阴阳论文，至公而言益奇，剖析益精，于是有四象之说，又于四类中各析为二类，则由四而八焉。盖文之变不可穷也，如是，至乃聚两千年一一称量而审定之，以为某篇属太阳，某篇属太阴，此则前古无有，真天下环伟大观也。顾非老于文事者，骤闻其语，未尝不相与惊惑。文之精微，父不能喻之子，兄不能喻之弟，但以竢知者知耳，此杨雄氏所以有待于后世之子云也。公此编故自谓失之高古，夫高古何失？世无知言君子则大声不如里耳，自其宜矣。文者天地之精华，自孔氏以来已预识天下不丧斯文。后之世变虽不可测知，天苟不丧中国之文，后君子读公此书必有心知而笃好之者，是犹起姚氏曾氏相诺唯于一堂也，岂不大兴矣哉。公又尝欲分古近体诗亦为四属，而别增机神一类，其后盖未成书，独于所抄十八家五言古诗尝刻四类字朱印本诗之下，曰气势、识度、情韵，皆与文同。曰工律则与文异，而无机神之说，盖仍用四类也。今并缮写附著卷中，读者可以隅反也，桐城吴汝纶记。①

为促成《古文四象》刊刻行世、流示来哲，吴汝纶多次修书曾家子孙，以求《古文四象》完满无失。如其《与曾重伯》(光绪二十二年十月廿七日)所言：

前奉询《古文四象》，执事谓到南当可检得。此编为先师文正公晚年定本，《全集》既漏刻，昨检《年谱》后跋，亦未列入。疑当日辑录者未见此书，所谓“四象”云云，书中亦未标此名目。敝处往年抄有目录，惟《庄子》多节抄者，当时未记所抄起讫。其节抄《史记·自序》，记仍与《古文约选》同起讫，但未能确记。又，文正公论文，深处非近人所及，知此书圈识评议皆与《经史百家杂钞》互异，尤宜流示来哲。今将元目寄呈，乞照目细检。记此书曾寄与忠襄、惠敏二公，又有自留之本，不应同时散佚。倘得元书，务望将《庄子》《史记》节抄之篇记明起讫，仍望将评语及圈点起讫，依王少鹤《归方〈史记〉》之例，照录一分见寄，以便校定付刻，补《全集》之遗憾，是为至感！《尚书》呈上四册，以供讽览。世变多故，吾徒无志于世，乃斤斤自守其旧学，殆亦齐门挟瑟，然结习所在，不

---

① 曾国藩:《古文四象》,第218页。

能遽易也。①

曾重伯对吴汝纶请托《古文四象》一事未置可否，但斤斤自守其师门旧学的吴汝纶并没有放弃“抄成洁本，石印传世”的志向。如其《与曾君和袭侯》所言：

某自接清言，旋复踵门投刺，未获瞻近，次日即检行箧所携文正公《四象古文》目录封缄送呈，不审已否察入？此书为前时刻《集》者所未知，即编《年谱》者亦似未见。今旧人星散，恐再阅数十年无从寻觅，故鄙意定议抄成洁本，石印传世。唯“趣味”一门，有节录庄、荀诸子，当时未记起止，不知所节何章，必欲求得元书，乃得庐山真面。又元书皆有圈识平议，亦宜一一照录，未宜向壁虚造。前蒙面示，谓文正公著述皆藏之铁柜，此书必在其中。蒙允寄书湘中，属司书者启柜检视。倘已检得，务乞确寄保定交汝纶收领，以便对照付印，是为至恳！②

在曾家子弟未能提供《古文四象》原本的情况下，吴汝纶并没有向壁虚造，而是遍告故交文友，商榷选文起止，以求裨补残缺。如其《答马其昶》信中所言：

往时写藏曾文正《四象古文》目录，《庄子》中多节钞，今不知所节起止，问之曾家子孙，皆不知有此书。其年谱跋尾，历数公所著书，亦不载《四象古文》。记执事前言，曾所节抄《庄子》，既不得其元本，不能确知所抄起止，大可以意为之，使此书复行于天下。仆近拟抄成定本，付之石印，依尊旨以意定其起止。但恐文字之见不深，不敢以一人私见为定，遍告朋友知文者，使各以意定，将用其长者，而附记诸友之见，使读者择焉。执事既用力此书，曾文正《四象》目录想已有藏本，今摘出《庄子》诸篇寄呈，望以尊意详考其起止，注明示我，是为至荷！③

《古文四象》编选完成之后，吴汝纶光绪二十八年赴日本考察学制，临行之前命门人常堉璋转请林纾、冒鹤亭代校《古文四象》。于日本公务之余仍不忘怀《古文四象》校勘一事，如其《与林琴南》（八月六日）所言：

---

① 吴汝纶：《吴汝纶全集》第三册，第136—137页。
② 同上书，第218页。
③ 吴汝纶：《答马其昶》，光绪二十八年二月九日，《吴汝纶全集》第三册，第172页。

别时承惠赠序文,并不写与行装,甚以为歉。到此以后,颇形倥偬,故久不通问,欲请我公代校《四象古文》,亦但令敝门人常济生转恳而无一函奉闻。此是我曹疏简常态,亦料此事乃我公所乐为,虽至忙迫,必不辞也。又,冒鹤亭亦必愿校此书,弟今亦无函。以待我公之法待鹤亭,不得谓薄也①。

并且吴汝纶认为《古文四象》为古今最精之选本,即使在倡导西学之时,他仍愿为古文绝续存亡而背戾时趋:“此书止敝处钞有底本,人间别无副钞,殆古今最精之选本,虽已刻之《经史杂钞》不能及也。方在振兴西学之时,而下走区区传播此书,可谓背戾时趋,然古文绝续之交,正不宜弁髦视之。”②

其门生常堉璋在《古文四象》跋中亦记载吴汝纶为《古文四象》之刊行于世而做种种努力:

《古文四象》,湘乡曾文正所编定,文正没既久,其书不出,吾师桐城吴先生尝从文正所钞得其目录,以为此编。实启文家之密钥,不可以不公诸世。当前清光绪壬寅之夏,先生以京师大学总教习奉国命赴日本考察学制,临行以此本授工雕版。嘱林琴南、冒鹤亭两君校勘,而命堉璋督刻。癸卯易岁,先生捐馆,刻资不给,堉璋筹资。竣工,顾究以校勘未精,遂置未印行。比岁以来,同学诸友颇责堉璋未竟先师之志,因召工修版补其残阙,筹资印行。吾师尝谓此编实启斯文之奥窔,洩造化之精奇,海内识者当有味乎斯言?民国十八年重阳之月饶阳常堉璋识。③

常堉璋督刻本的后记,对北新书局的赵衡排印本不无异议:

当前清光绪甲辰、乙巳间,吾友冀州赵湘帆曾以铅字活版印行。顾其目次,以少阳接太阳,以少阴承太阴,与此颇异,未知是否另有所本。此本太阳太阴、少阴少阳错综为次,颇有疑情韵属少阳,趣味属少阴者。其实此本吾师抄自曾文正所,确无讹误。兹查得曾文正家书一通,可证此编目次本自如是,曾书附后。常堉璋再识。④

---

① 吴汝纶:《与林琴南》,《吴汝纶全集》第三册,第422页。
② 吴汝纶:《吴汝纶全集》第三册,第422—243页。
③ 曾国藩:《古文四象》,第219页。
④ 同上。

张翔鸾评注本《古文四象》,据王澧华考证其依据底本当为赵衡排印本,张翔鸾"所作的'辑注'工作乃是从曾国藩之《读书录》《鸣原堂论文》诸书中录取有关篇章的评述,置于篇末,然后选录古今诸家有关言论,列于天头,注文当为自作,次于曾评之后。……在曾国藩圈识评议本存佚未卜的情况下,张翔鸾的评注对解读曾氏'四象'的审美理念无疑是有积极意义的"①。

《古文四象》中"太阳"之气势包括喷薄之势、跌宕之势,选文 69 篇;"太阴"之识度包括闳括之度、含畜之度,选文 45 篇;"少阴"之情韵包括沉雄之韵、凄恻之韵,选文 100 篇;"少阳"之趣味包括诙诡之趣、闲适之趣,选文 36 篇。

姚鼐以阳刚、阴柔界定文章审美之范畴,至曾国藩扩其堂庑而大之,以"太阳""太阴""少阴""少阳"四象品衡文章。这种以凸显文章审美风格的选本相对于以文体划分的《古文辞类纂》《经史百家杂钞》而言,更易于初学者体悟涵泳各种文风不同之体验,无怪乎吴汝纶认为《古文四象》为古今最精之选本,虽已刻之《经史百家杂钞》不能及也。

曾氏诗文选本所蕴涵的"气势""识度""情韵""趣味""机神""工律"等审美理念,不仅是曾国藩对姚鼐阳刚、阴柔的美学概念的体系化与完善化尝试,也是曾氏审美心态的全面反映。曾氏深谙选本对加速诗文理念流播与推广的要义②,因此不遗余力地编选出诸多能彰显自己体系化美学构建的诗文选本。曾氏编选的《经史百家杂钞》《经史百家简编》《十八家诗钞》《鸣原堂论文》以及《古文四象》,是全面梳理曾氏诗文理念的重要载体。在其门生故吏的揄扬推导下,对曾氏审美理念的流播起到了大张声势、事半功倍的效用,也在士人们口耳相传、手摹心追的传播过程中潜移默化地强化了曾氏在文学史的重要地位。

---

① 王澧华:《曾国藩家藏史料考论》,广西师范大学出版社,1996 年,第 233—234 页。

② 选本于诗文理念流播的要义,陈平原有过比较精辟的论述,也可视为考察曾氏编选动机与心态的佐证。如陈平原认为,所谓"选本",不外借古人的文章,寓自家的见解。就阅读效果而言,既不同于包罗万象的"全集",也不同于立一家之言的"著述"。1933 年,鲁迅写过一篇文章,题目就叫《选本》。鲁迅说:"凡选本—往往能比所选各家的全集或选家自己的文集更流行,更有作用。"他举的例子中,就有"读《古文辞类纂》者多,读《惜抱轩全集》的却少"。明白这一点,如果想发布自家的文学主张,最好的办法不是著书立说,而是出选本。再往下说,假如这个选本不只广泛流传,甚至还被书院或学堂选作教材,那影响就更大了。(陈平原:《从文人之文到学者之文》,第 222 页。)

第三章 “琢辞辨倔强”的诗歌追求与“时流颇忻向”的诗坛影响

曾国藩一生对诗文可谓“用力颇深,探索颇苦”,也留下了极具分量的作品。据学者统计,在《曾国藩全集·诗文》中,诗歌存有四卷,总计323首。其中五古最多,达90首,七律次之,80首左右,七古大约40首,七绝30多首。其诗歌创作可以根据其显著变化的人生经历及文学活动,大体以十年京官生活结束,自出办团练、创建湘军为界,分为前后两个时期①。曾氏诗集所收的323首诗歌有259首作于前期。其前期所作诗歌大都气韵铿锵,意境恢宏,以磅礴之势造阳刚俊伟之境,与崇尚气势遒劲、排奡诙诡诗风的偏好是一致的。后期虽未尝忘怀于诗歌,但其关注点已转向了对诗歌的抉别、品鉴、体味、涵泳。对诗歌的审美追求,也转向了恬淡一途。如曾国藩家书中提到诗文趣味,可以分为两种:一为诙诡之趣,一为闲适之趣,并认为闲适之趣的诗文体现了人生高淡襟怀,其中具有无可替代的乐趣②。

通过对曾氏诗集的解读,可以发现在诗歌的文本表层上具有“以文字为诗,以议论为诗,以才学为诗”的体态特性,而对“气势、识度、情韵、趣味、机神、工律”等审美理念的追求与贯彻也在其诗歌创作中有一定的体现。更重要的是,曾氏诗集涵盖着丰富的文化涵义,也是其心路历程的忠实纪录。就曾国藩诗歌的主题倾向来看,大致包括集会、题画、怀人、送行以及描山摹水等文人旨趣的抒发,兄弟怡怡的真情流露以及学术理念的阐述。但那些喷薄而出、抒发自己民胞物与淑世情怀的言志之作,无疑是解读曾氏心态演进的文化代码。

---

① 张静:《曾国藩文学研究》,岳麓书社,2008年,第228页。

② 曾国藩在信中提道:“凡诗文趣味,约有二种。一曰闲适之趣,诗则韦、孟、白傅,均极闲适。而余所好者,尤在陶之五古、杜之五律、陆之七绝,以为人生具此高淡襟怀,虽南面王不易其乐也。”《谕纪泽》同治六年三月二十二日,《曾国藩全集·家书》,第1332—1333页。

第一节 曾国藩诗歌内容解读

作为晚清诗坛风云人物的曾国藩,无论是其“文名随官声而著称”,还是其“文论高于创作,影响大于成就”,但他在“宋诗派与桐城派的两大阵营中,也还称得是显赫的一员”①。曾国藩的诗歌创作实绩与审美理念的体系化使他成为晚清诗学史上导引坛坫的重要角色,也应验了其屡屡宣称的“惟古文、各体诗,自觉有进境,将来此事当有成就”这一自负的宣言②。

曾国藩诗集的最早刊本,是杨书霖、张华理整理编校,同治十二年(1873)七月由长沙陶甓勤斋刊印而成的《曾文正公诗稿》。同治十三年五月,长沙传忠书局刊印了《曾文正公诗集》。据王澧华考订这两个版本的关系极为密切,不仅“杨、张二人本系传忠书局曾氏全集的编校人员,同治传忠本《诗集》未曾署名,但卷一、卷四各有‘书霖谨按’一条,可知传忠本也是杨书霖所编,且其制版刻字,亦出自陶甓勤斋工匠之手”,且二者“皆为四卷编年本,序次亦基本相同,陶甓勤本收录曾诗三百十六首③,传忠本三百十八首,而这加出的两篇,正是杨书霖辑补且为作按语的《读吴南屏送毛西垣之即墨即题其集》二首”④。岳麓书社刊行的《曾国藩全集·诗文》(1994年版)以传忠书局光绪二年(1876)《曾文正公全集·诗集》为底本,参校湖南图书馆藏曾氏家抄本及同治十三年湖南传忠书局刻本,是目前流衍最广的版本。而王澧华的《曾国藩诗文集·诗集》(上海古籍出版社,2005年版)所涵盖的内容则以传忠书局编刊之四卷编年本为底本,以陶甓勤斋本为参校本,并参校台北学生书局影印出版之《湘乡曾氏文献》,也成为目前最新、最翔实的版本。

作为晚清政治史上举足轻重的人物,曾国藩的诗歌不仅是神、理、气、味、格、律、声、色等艺术层面的构思与体现,也可视为剖析其文化心态演变轨迹的最佳载体。因此,在还原文学生态的前提下,通过对作品的深层解读去开

---

① 王澧华:《曾国藩诗文集·前言》。无可否认,曾国藩“立德、立功、立言”三者萃于一身的光环使他登上了传统进取模式的顶点,成为科举时代下封建士子们顶礼膜拜的楷模与精神偶像。他在文坛上的亮相和表态,无疑会导引着晚清文坛的动态和走向。

② 曾国藩:《致温弟、沅弟》,道光二十四年三月初十,《曾国藩全集·家书》,第80页。曾氏对自己诗文成就颇为自负,如其声称:“余于诗亦有工夫,恨当世无韩昌黎及苏、黄一辈人可与发吾狂言者”(《致诸弟》,道光二十四年八月二十九日),“恨当世无韩愈、王安石一流人与我相质证耳”(《致温弟沅弟》,道光二十四年三月初十),“自仆宗涪公,时流颇忻向”(《题彭旭诗集后》)。

③ 《游金山寺观东坡玉带》有目无诗。

④ 王澧华:《曾国藩诗文集·前言》,第18—19页。

掘其背后隐藏的文化涵义，也是真正全面地厘清曾氏诗文理念的有效途径。诚如文自成所言：“探讨曾国藩的诗，我以为，不应单纯地从文学现象与艺术价值去研究，而应结合这位历史人物的文化轨迹来审视。必须承认，曾国藩对中国传统文化的积淀是有巨大贡献的。”①

曾国藩在诗坛崭露头角之时，便跃跃欲试的欲与韩愈、王安石、苏轼一较短长；但其后期却“久不作诗，而好读诗。每夜分辄取古人名篇高声朗诵，用以自娱”②，仅仅寄希望于编纂闲适之诗“以备朝夕讽诵，洗涤名利争胜之心”③，甚至声称：“老年本不欲以诗鸣，听之而已。”④曾氏前后期对待诗歌的态度简直判若两人，其转变原因有如下几点：

其一，自从信奉程朱理学以后，理学家“诗文害道”“致远恐泥”⑤的观点动摇了曾国藩雄心勃勃以诗扬名的决心，在日记中有多处记载了曾氏内心的挣扎与困惑。如其道光二十二年日记所载：“果能据德依仁，即使游心于诗字杂艺，亦无在不可静心养气。无奈我作诗之时，只是要压倒他人，要取名誉，此岂复有为己之志？……何子贞来，急欲谈诗，闻誉，心忡忡，几不自持，何可鄙一至于是！此岂复得为载道之器乎？”⑥“读书时，心外驰，总是不敬之咎，一早清明之气，乃以之汩溺于诗句之小技，至日间仍尔昏昧。文辞溺心最害事，朱子云：‘平淡自摄’，岂不较胜思量诗句耶！”⑦“走何子贞处谈诗，夸诞。……一日闲游荒业，可愧可恨！”⑧曾氏并总结自己“只是好名。好作诗，名心也”，并进而认识到如果“一味耽著诗文，恐于进德无益也”⑨。

其二，强调实学、注重济世的思想也限制了曾氏在诗学上的进一步发展。如其曾告诫诸弟：“盖人不读书则已，亦即自名曰读书人，则必从事于《大学》。《大学》之纲领有三：明德、新民、止至善，皆我分内事也。若读书不能体贴到身上去，谓此三项与我身了不相涉，则读书何用？虽使能文能诗，博雅自诩，亦只算得识字之牧猪奴耳！”⑩“今人都将学字看错了。若细读贤贤易色一章，则绝大学问即在家庭日用之间。于孝弟两字上尽一分便是一分学，

---

① 文自成：《曾国藩诗初探》，《中国韵文学刊》，1996年第1期。

② 曾国藩：《谕纪泽》，同治元年正月十四，《曾国藩全集·家书》，第809页。

③ 曾国藩：《曾国藩全集·日记》，同治十年十一月廿九日，第1925页。

④ 曾国藩：《曾国藩全集·日记》，同治七年闰四月廿九日，第1508页。

⑤ 唐鉴曾告诫他：“诗、文、词、曲，皆可不必用功，诚能用力于义理之学，彼小技亦非所难”，曾氏听之，昭然若发蒙也。（《日记》，道光二十一年七月十四日）曾国藩在道光二十二年十月二十六日及道光二十三年六月初六日致诸弟的家书中也阐明了这一观点。

⑥ 曾国藩：《曾国藩全集·日记》，道光二十二年十月初八日，第115页。

⑦ 曾国藩：《曾国藩全集·日记》，道光二十二年十月二十日，第120页。

⑧ 曾国藩：《曾国藩全集·日记》，道光二十二年十月廿四日，第122页。

⑨ 曾国藩：《曾国藩全集·日记》，道光二十二年十月廿五日、十一月初五日，第122、125页。

⑩ 曾国藩：《致诸弟》，道光二十二年十月二十六日，《曾国藩全集·家书一》，第39页。

尽十分便是十分学。今人读书皆为科名起见,于孝弟伦纪之大,反似与书不相关。……若事事不能做,并有亏于伦纪之大,即文章说得好,亦只算个名教中之罪人。贤弟性情真挚,而短于诗文,何不日日在孝弟两字上用功?……若诗文不好,此小事,不足计;即好极,亦不值一钱。不知贤弟肯听此语否?……贤弟若细思此理,但于孝弟上用功,不于诗文上用功,则诗文不期进而自进矣。"①

其三,握管吮毫、披肝沥胆的诗歌构思使得曾国藩精疲力竭,这也决定曾氏在案牍劳形之余无暇对诗歌倾注更多的心力②。曾氏尝言:"余于诗亦有工夫,……但人事太多,故不常作诗"③,"昔有志学文,际会多事,扰攘兵间,未遑致力。忽忽衰老,百无一成"④,且军旅之中"无日不在危机骇浪之中,偶一展卷,都无意绪"⑤。再加上曾国藩"昔年每作一诗,辄不能睡,后遂阁笔,不复为诗。今试一为之,又不成寐"⑥,曾国藩向来对自己的诗歌极为自负,曾表示"于古诗人中,如渊明、香山、东坡、放翁诸人,亦不多让",但遗憾的是"而卒无暇,不能以笔墨陶写出之",这也不免使曾氏发出"惟此一事,心中未免不足"的慨叹⑦。上述几点正是曾国藩后期诗歌成之艰辛甚至不复为诗的主要原因⑧。

在曾国藩诗集中,狂放的述志之作俯拾即是,处处透露着渴望"建永世之业,留金石之功"的宏大志向。如《题唐镜海先生二图·十月戎行图》:"生世不能学夔皋,裁量帝载归甄陶。……先生独出当九关,磨炼众心作高垒。千炮齐震雷破山,万马不嘶月如水。先生兀坐了不惊,秉烛从容读书史。大儒意趣未可量,小丑粗毫安足齿?功成行赏不自言,羞与驽骀较尺咫。"⑨如《送陈岱云出守吉安》:"世人病我顽,夫子怜其诳。袍笏虽支离,貌卑心卿亢。平生企高遐,力微不自量。树德追孔周,拯时俪葛亮。又兼韩欧技,大言

---

① 曾国藩:《致诸弟》,道光二十三年六月初六日,《曾国藩全集·家书》,第68页。
② 曾国藩后期对"素性所耽"的诗、古文辞虽然"亦吟诵不辍",只是"未尝执笔,有所著纂",其原因在于曾氏"心思枯涩,俗务纷烦,匪惟不能,实亦不暇"(《复吴廷栋》同治五年五月十三日)。
③ 曾国藩:《致诸弟》,道光二十四年八月二十九日,《曾国藩全集·家书》,第92页。
④ 曾国藩:《复吴廷栋》,同治八年九月二十五日,《曾国藩全集·书信》,第6937页。
⑤ 曾国藩:《复许振祎》,咸丰十一年三月十一日,《曾国藩全集·书信》,第1971页。
⑥ 曾国藩:《曾国藩全集·日记》,同治三年八月初九日,第1048页。
⑦ 赵烈文:《能静居日记》,同治六年六月十五,《中国史学丛书》,第1886页。
⑧ 曾国藩前期"沾滞于诗",后期"专注于文"(王澧华语)是学界的不刊之论,既然诗文害道,但何至于后期能为文而不为诗呢?究其原因,大致在于曾国藩所为文大多是人际应酬中不可推脱的实用文体,如墓表、碑传、昭忠祠、寿序、诗序,且在曾氏的仕宦之途中,奏疏批牍的审阅抄撰与战斗檄文的发布是其必不可少的日课,这又是与古文较为接近甚至相通的体裁。
⑨ 曾国藩:《题唐镜海先生二图·十月戎行图》,《曾国藩全集·诗文》,第45—46页。

足妖妄。夫子不予讥,和高越初唱。”①

从其“述作窥韩愈,功名郧侯拟。三公渺如稊,万金睨如屣”②的豪言也足以看出曾国藩在“立德、立功、立言”人生目标上积极进取的决心。曾国藩困知勉行、坚忍倔强的个性品格在其《岁暮杂感十首》中多有体现,场屋不售并没有使他灰心丧气,反而激起他更强的斗志,如其四、其七:

去年此际赋长征,豪气思屠大海鲸。
湖上三更邀月饮,天边万岭挟舟行。
竟将云梦吞如芥,未信君山刬不平。
偏是东皇来去易,又吹草绿满蓬瀛。

为臧为否两蹉跎,搔首乾坤踏踏歌。
万事拼同骈拇视,浮生无奈茧丝多。
频年踪迹随波谲,大半光阴被墨磨。
匣里龙泉吟不住,问予何日斫蛟鼍。③

这些慷慨之论也展示了曾氏为实现“三不朽”的人生理想而决绝进取的雄心与跃跃欲试的急切心态。而“慷慨悲歌,自谓不让陈卧子”的《感春诗》,虽“语太激烈,不敢示人”④,却从另一个层面更真实地展示了曾国藩自拔流俗的鸿鹄之志:

男儿读书良不恶,乃用文章自束缚。
何子贞吴南屏朱伯韩邵蕙西不知羞,排日肝肾困锤凿。
河西别驾酸到骨,昨者立谈三距跃。
老汤海秋语言更支离,万兀千摇仍述作。
丈夫求志动渭莘,虫鱼篆刻安足尘?
贾马杜韩无一用,岂况吾辈轻薄人!⑤

在《感春六首 · 其三》诗里,曾国藩以戏谑之笔嘲弄好友何子贞、吴南屏、朱伯韩、邵蕙西、汤海秋诸人徒知寻章摘句、以翰墨为勋绩的浅陋之见,强

① 曾国藩:《送陈岱云出守吉安》,《曾国藩全集 · 诗文》,第16页。
② 曾国藩:《杂诗九首》其一,《曾国藩全集 · 诗文》,第4页。
③ 曾国藩:《岁暮杂感十首》之四、七,《曾国藩全集 · 诗文》,第76—78页。
④ 曾国藩:《致温弟》,道光二十三年六月初六日,《曾国藩全集 · 家书》,第66页。
⑤ 曾国藩:《感春六首》之三,《曾国藩全集 · 诗文》,第47页。

调了大丈夫应该有“戮力上国,流惠下民”的志向,透露出“虫鱼篆刻”壮夫不为的豪迈之气①。

对于读书治学,曾国藩反对“乃用文章自束缚”的画地为牢做法,鼓吹致用、注重实效是其一贯主张。曾氏《里胥》②一诗也正是这种观点的体现,全诗如下:

> 牛羊忽窜突,村社杂喧豗。昨闻府牒下,今见里胥来。
> 召募赴戎行,羽檄驰如雷。“后期不汝宥,行矣胡迟回!”
> 老妪捶胸哭,哭声亦何哀!龙钟六十余,伶仃唯一儿。
> 弱小不识事,黄犊母之随。筋力倘可食,或免一家饥。
> 薄命不足惜,儿去伤永离。老妪泣未阑,老翁跪致辞:
> “王事亦云棘,妇人那得知!蝼蚁穴寸土,自荷皇天慈。
> 天威有震叠,小人敢疑猜。贫者当敌忾,富者当输财。
> 便当遣儿去,不劳火急催。所愧无酒食,与吏佐晨炊。”
> 贫者勉自效,富者更可悲。隶卒突兀至,诛求百不支。
> 倩倩纨裤子,累累饱鞭笞。前卒贪如狼,后队健如犛。
> 应募幸脱免,倾荡无余资。吁嗟朝廷意,兵以卫民为。
> 守令慎其柄,无使前吏持!此辈如狐鼠,蓁蓁肆恣睢。
> 聊为遒人徇,敢告良有司。

该诗以杜甫《石壕吏》为摹本,描写了里胥的恶行以及百姓的疾苦。“牛羊忽窜突,村社杂喧豗”,“后期不汝宥,行矣胡迟回”写出了里胥扰民的暴行以及强横的嘴脸;“老妪捶胸哭,哭声亦何哀!龙钟六十余,伶仃唯一儿”,以及“薄命不足惜,儿去伤永离”,道出了贫民的辛酸;而老翁的致辞“便当遣儿去,不劳火急催。所愧无酒食,与吏佐晨炊”,也暴露出百姓在这些恶吏压迫下战战兢兢的恐惧之情;“隶卒突兀至,诛求百不支”,“前卒贪如狼,后队健如犛”,如实刻画出士兵不曾为民却扰民的场景;最后,曾国藩只是寄希望遒人、良有司来惩治这些恣意妄为的狐鼠之辈。这里体现出曾氏强调《大学》之纲领在“明德、新民、止至善”的重要性,诗中的里胥不恤民生疾苦,只知搜刮民脂民膏,简直就是一群“识字之牧猪奴”。而对太平军“西尽泗镇,东极平梧,二千里中,几无一尺净土”的燎原之势,曾氏推寻本原,指出“有司虐用

① 对这种见解,曾氏在《酬李生三首》(其三)里再次予以强调:“文章不是救时物,杨雄司马乌足骄。”

② 曾国藩:《里胥》,《曾国藩全集·诗文》,第6页。

其民,鱼肉日久”①正是激起民变的真正根源。

对于“今人读书皆为科名起见,于孝弟伦纪之大,反似与书不相关”的弊端,曾氏倡导以儒家“首孝悌,次见闻”的治学门径以救其弊。他指出:“若事事不能做,并有亏于伦纪之大,即文章说得好,亦只算个名教中之罪人”,“若诗文不好,此小事,不足计;即好极,亦不值一钱”。并进而建议:“贤弟性情真挚,而短于诗文,何不日日在孝弟两字上用功?《曲礼》《内则》所说的,句句依他做出,务使祖父母、父母、叔父母无一时不安乐,无一时不顺适,下而兄弟妻子皆蔼然有恩,秩然有序,此真大学问也。”②

曾国藩志存匡济的雄心,不仅屡见于家书、日记,且常常形诸吟咏。踔厉骏发的进取心态以及天将降大任于斯人的自信都是曾国藩诗歌中的亮点,如“莫言儒生终龌龊,万一雉卵变蛟龙”③;“王侯将相岂有种,时来不得商进止”④;“书生自有平成量,地脉何曾独效灵”⑤;“屋后一枯池,夜雨生波澜。勿言一勺水,会有蛟龙蟠。物理无定资,须臾变众窍。男儿未盖棺,进取谁能料”⑥。读此豪气纵横的诗句,可以想见曾国藩睥睨一世、急于建功的迫切心情⑦。

当然,在曾氏诗集中并非全是气吞云梦、铲却君山的慷慨之论。在志不得申、不为君王赏识时,曾氏自怨自艾的矛盾心态在诗集中也多有体现。如其《感春六首》之四、五、六:

明珠二百斛,江湖三十年。
遍求名剑终不得,耳闻目见皆钝铅。
闻道海外双龙剑,神光夜夜烛九天。
沴气妖星不敢逻,横斩蛟鳄血流川。
天子宝之无伦比,列置深殿阊风前。
千金万金买玉匣,火齐木难嵌中边。
元臣故老重文学,吐弃剑术如腥膻。
如今君王亦薄恩,缺折委弃何当言。

---

① 曾国藩:《复胡大任》,咸丰元年,《曾国藩全集·书信》,第77页。
② 曾国藩:《致诸弟》,道光二十三年六月初六日,《曾国藩全集·家书》,第68页。
③ 曾国藩:《感春六首》之六,《曾国藩全集·诗文》,第48页。
④ 曾国藩:《送凌十一归长沙五首》之三,《曾国藩全集·诗文》,第57页。
⑤ 曾国藩:《次韵何廉防太守感怀述事十六首》,《曾国藩全集·诗文》,第90页。
⑥ 曾国藩:《小池》,《曾国藩全集·诗文》,第20页。
⑦ 王闿运曾指出:“翻曾涤丈文集,见其少时汲汲皇皇有侠动之志。因思诸葛孔明自比管、乐,殊非淡静者,而两人陈义皆以恬为宗,盖补其不足耶?”(《湘绮楼日记》,光绪四年二月十一日,学生书局,1985年版,第199页。)

荡荡青天不可上，天门双螭势吞象。
豺狼虎豹守九关，厉齿磨牙谁敢仰？
群乌哑哑叫紫宸，惜哉翅短难长往。
一朝孤凤鸣云中，震断九州无凡响。
丹心烂漫开瑶池，碧血淋漓染仙仗。
要令恶鸟变音声，坐看哀鸿同长养。
上有日月照精诚，旁有鬼神瞰高朗。

太华山顶一虬松，万龄千代无人踪。
夜半霹雳从天下，巨木飞送清渭东。
横卧江干径十里，盘拗上有层云封。
长安梓人骇一见，天子正造咸阳宫。
大斧长绳立挽致，来牛去马填坑谼。
虹梁百围饰玉带，螭柱万石枞金钟。
莫言儒生终龌龊，万一雉卵变蛟龙。①

第四首以名剑喻才学，在览遍钝铅后终获名剑，并横斩蛟鳄。天子虽宝之无与伦比，但却藏诸匣中不得鸣，且近臣却不重真才而偏虚文。这使得曾氏大为愤懑，并道出了有背伦纪的心声："如今君王亦薄恩，缺折委弃何当言。"

第五首则化用屈子叩帝阍而不可见的意境，如"荡荡青天不可上，天门双螭势吞象。豺狼虎豹守九关，厉齿磨牙谁敢仰"，描写了小人在位，贤人在野的局面，如"群乌哑哑叫紫宸"。但诗人还对自己的实力充满信心，指出群乌翅短难长往，假使"一朝孤凤鸣云中"，定可"震断九州无凡响"。

第六首以历经千万年的古松自比，虽满腹才学却无人赏识。满怀用世之情的虬松借霹雳而自荐。幸被梓人发现，送往天子之所，以栋梁才而用之。该诗透露出曾国藩积极用世的想法，但苦于无出人头地之时，聊以"莫言儒生终龌龊，万一雉卵变蛟龙"而自勉。

翰林院读书养望的生涯固然使曾氏遍观群书，拓宽了自己的学术视野。但"饱食甘眠无用处"、英雄无用武之地的苦闷也逐渐孳生。如其诗《三十二初度次日书怀》②所言：

① 曾国藩：《感春六首》，《曾国藩全集·诗文》，第47—48页。
② 曾国藩：《三十二初度次日书怀》，《曾国藩全集·诗文》，第79页。

男儿三十殊非少，今我过之讵足欢。
龌龊挈瓶嗟器小，酣歌鼓缶已春阑。
跟中云物知何兆，镜里心情只独看。
饱食甘眠无用处，多惭名字侣鹓鸾。

曾氏甚至怀疑自己“龌龊挈瓶嗟器小”①，并道出“多惭名字侣鹓鸾”的愧疚之意。面对虽仕却不得其用的处境，曾氏意绪微阑②，在回复胡大任的信中即已流露出这种情绪倾向：“以世风之滔滔，长民者之狭隘酷烈，而吾子伏处闾巷，内度身世，郎署浮沉，既茫乎未有畔岸，外观乡里，饥溺满眼，又汲汲乎有生涯日蹙之势，进不能以自效，退不足以自存。”③并且产生了壮志不酬，则归山林的念头：“补天傥无术，不如且荷锄”④，“憾我不学山中人，少小从耕拾束薪。朝去暮还对妻子，杀鸡为黍会四邻。世事痴聋百不识，笑置诗书如埃尘。君归自有青唐山，筑室种树莫言艰”⑤。

在曾氏诗集中，也有维护国家主权、抵御外辱的作品。如《感春六首》之二：

今我不欢子不悦，携手天街踏明月。
西南白气十丈长，锐头突尾射天狼。
东方狗国亦已靖，复道群鼠舞伊凉。
征兵七千赴羌陇，威棱肃厉不可当。
国家声灵薄万里，岂有大辂阻孱螳。
立收乌合成齑粉，早晚红旗报未央。
呜呼天意正如此，小儒不用稽灾祥。⑥

该诗流露出十足的霸气与豪情，彰显出曾氏作为上层阶级一员亟欲捍卫国家尊严的激情，如置之于盛唐边塞诗中，也可占的一席之地。“东方狗国亦已靖，复道群鼠舞伊凉”，道出了晚清兵燹不绝的实情，诗的后半部分则充满了对平定叛乱的自信。对于鸦片战争，曾氏更是表达出自己愤懑难平、亟

① 这也许是曾氏过谦之词。曾氏还曾说：“我虽置身霄汉上，器小仅侪瓶与罍。立朝本非汲黯节，媚世又无张禹才。”（《答李生》）

② 如“微官冷似支床石”（《漫兴》），“可怜寂寞扬雄宅，独抱繁忧卧薜萝”（《元戎》），“时犹忧世事，此志固荒唐”（《岁暮杂感》）等诗句都透露出曾国藩心灰意阑的矛盾情结。

③ 曾国藩：《复胡大任》咸丰元年，《曾国藩全集・书信》，第 76 页。

④ 曾国藩：《秋怀诗五首》之五，《曾国藩全集・诗文》，第 22 页。

⑤ 曾国藩：《送凌十一归长沙五首》之四，《曾国藩全集・诗文》，第 57—58 页。

⑥ 曾国藩：《感春六首》，《曾国藩全集・诗文》，第 47 页。

欲杀贼的体国之念①,同时也显示出曾氏盲目自大的天朝上国情结②。在送金竺虔去福建任职的诗中,曾氏写下了“海隅氛正恶,看汝斫长鲸”③的句子,既写出了当时东部沿海侵略者势焰熏天的跋扈之状,也透露出请金竺虔代为杀贼的寄托之情,颇有昌黎巨刃摩天的雄奇之势。

《寄郭筠仙浙江四首》之二④既描摹出“碣石逶迤起阵云,楼船羽檄日纷纷”的战争景象,同时极端乐观地认为英军只是“螳螂竟欲当车辙,髋髀安能抗斧斤”。曾氏认为只要“但解终童陈策略”,就可以马到功成、旗开得胜,所以最后提出了“早绝天骄荡海氛”的美好愿望。

在《送黎樾乔侍御南归六首》中,曾氏表达了对外国侵略者的愤恨,同时表明自己为抵御外辱而积极献策的爱国热忱。如其四:

逆夷昔烂漫,兵甲御南东。
杀人饲蛟鳄,大海为之红。
君时即我谋,雪涕向苍穹。
夜半草万言,朝奏甘泉宫。
道谋复旁午,群策杂昭聋。
圣择有姑舍,神断自天聪。
自献虽不效,义愤侔贾终。⑤

曾氏七律《酬九弟四首》之二⑥也谈到了对鸦片战争结局的看法,其诗云:

汉家八叶耀威弧,冬干春胶造作殊。
岂谓戈鋋照京口,翻然玉帛答倭奴!
故山岂识风尘事,旧德惟传嫁娶图。
长是太平依日月,杖藜零涕说康衢。

---

① 天津教案使曾国藩“外惭清议,内疚神明”,也破坏了他在士人心中完美的道德形象,并因而被冠之以“汉奸”“卖国贼”称号。但考察他对鸦片战争的态度,却丝毫看不出有卖国的倾向,反而更像一个既忧其民又忧其君的爱国者。

② 对于“上年六月,英吉利豕突定海,沿海游弋”,曾氏认为“圣恩宽大,不欲遽彰天讨”的话语就显示不知夷情的自大心态。(《日记》道光二十一年正月初十)

③ 曾国藩:《送金竺虔之官闽中》,《曾国藩全集·诗文》,第76页。

④ 曾国藩:《寄郭筠仙浙江四首》之二,《曾国藩全集·诗文》,第78页。

⑤ 曾国藩:《送黎樾乔侍御南归六首》之四,《曾国藩全集·诗文》,第27页。

⑥ 曾国藩:《酬九弟四首》之二,《曾国藩全集·诗文》,第84页。

该诗首先以汉喻清，强调了自努尔哈赤以来清八代以武兴国的辉煌历史。颔联却笔锋一转，表达了对清王朝所采取割地赔款屈辱政策的强烈不满。“故山岂识风尘事，旧德惟传嫁娶图”借汉代和亲政策来比喻清朝的和戎之策。“长是太平依日月，杖藜零涕说康衢”则充满丧失国家尊严的切肤之痛与无奈之情。

对于《南京条约》的签订，曾国藩虽然认识到“英夷在江南抚局已定。盖金陵为南北咽喉。逆夷既已扼吭而据要害，不得不权为和戎之策，以安民而息兵”，故“此次议抚，实出于不得已”。但曾氏“但使夷人从此永不犯边，四海宴然安堵，则以大事小，乐天之道，孰不以为上策”①的想法无疑带有盲目乐观性。

曾氏在家书中也时刻关注鸦片战争的进展，多次表达了对英夷的愤恨，可与上述二诗相资证。如其禀告父母曰：“英夷在浙江滋扰日甚”②，“英夷之事，九月十七日大胜。在福建。台湾生擒夷人一百三十二名，斩首三十二名，大快人心！”③“英夷去秋在浙滋扰，冬间无甚动作。若今春不来天津，或来而我师全胜，使彼片帆不返，则社稷苍生之福也”④；“浙江之事，闻于正月底交战，仍尔不胜。去岁所失宁波府城，定海，镇海二县城，尚未收复。英夷滋扰以来，皆汉奸助之为虐。此辈食毛践土，丧尽天良，不知何日罪恶贯盈，始得聚而歼之”⑤；“逆夷在江苏滋扰，于六月十一日攻陷镇江，有大船数十只在大江游弋。江宁、扬州二府，颇可危虑”⑥。并且把英夷进犯之事也禀告给祖父母：“英夷去年攻占宁波府城及定海、镇海两县。今年退出宁波，攻占乍浦，极可痛恨。京城人心安静如无事时，想不日可殄灭也”⑦，“逆夷海氛甚恶，现在江苏滋扰。宝山失守，官兵退缩不前，反在民间滋扰。不知何日方可荡平？天津访堵甚严，或可无虑”⑧。

在曾国藩的诗中，描写兄弟怡怡之情的诗作也占有一定的篇幅。如《寄弟》一诗，曾氏即以饱含深情的笔触描画了兄弟之间的童年趣事，“后园偷枣栗，猱升极木杪。叔也从之求，揖我谓我矫。分甘一不均，战争在毫秒”，虽然“光阴如过鸟”，兄弟之间一别已经“瞥然成六秋”，但偷枣栗、上树梢、分赃不均以致争吵都描绘得历历在目。在饱尝世味之后，曾国藩非常思念兄弟，以

---

① 曾国藩：《禀祖父母》道光二十二年九月十七日，《曾国藩全集·家书一》，第32—33页。
② 曾国藩：《禀父母》，道光二十一年九月十五日，《曾国藩全集·家书》，第14页。
③ 曾国藩：《禀父母》，道光二十一年十月十九日，《曾国藩全集·家书》，第16页。
④ 曾国藩：《禀父母》，道光二十二年正月十八日，《曾国藩全集·家书》，第21页。
⑤ 曾国藩：《禀父母》，道光二十二年二月二十四日，《曾国藩全集·家书》，第21—22页。
⑥ 曾国藩：《禀父母》，道光二十二年七月初四日，《曾国藩全集·家书》，第27页。
⑦ 曾国藩：《禀祖父母》，道光二十二年四月二十七日，《曾国藩全集·家书》，第24页。
⑧ 曾国藩：《禀祖父母》，道光二十二年六月初十日，《曾国藩全集·家书》，第25页。

至于“梦里还乡国”。“余时轻别离，昂头信一掉”①更表达了自己昔年不知珍惜兄弟之情的些许悔意。

在《寄弟三首》中，曾氏再次提到“季弟”“朝朝偷芋栗，知尔足奔忙”的趣事，并作如下注释：“季弟今年十四岁，往年好食栗、煨芋，避人偷窃，顽趣可掬。”除了提到童稚趣事外，曾氏主要表达了对骨肉漂泊不得一见的思念之情②，“寥落音书阔，多疑驿使差”道出了曾氏为“求声方出谷”而与兄弟“一别各他乡”③的惆怅之思。又如“别汝经三月，音书何太难！夜长魂梦苦，人少屋庐寒，骨肉成漂泊，云霄悔羽翰。”④

在曾氏兄弟中，曾国荃在诗歌中出现次数最多，也最为曾国藩所器重。如《寄弟三首》云“梦里携予季，亭亭似我长。三年不相见，一变安可量”，首先点明对国荃的思念，继而以“神骏初衔辔，牵牛肯服箱”来形容曾国荃几年没见发生的变化，评价不可谓不高。曾国藩曾点评诸弟：“辰君平正午君奇，屈指老沅真白眉”⑤，辰君指曾国潢，午君指即曾国华，老沅就是他念念不忘的曾国荃。“白眉”的典故应化用于《三国志》里“马氏五常，白眉最良”的赞语，无疑给予了曾国荃在弟兄中最高评价。在《岁暮杂感十首》中，曾氏也再次提到曾国荃：“阿弟光明者(沅甫)，爱兄心尚孩。良时无汝共，雅抱向谁开？”这些都展示了曾氏独具慧眼的识人之术以及对曾国荃的器重之情。

在忆弟、寄弟的诗中，曾氏对诸弟的思念关爱之情，溢于言表。但曾国藩对兄弟不仅是友于情笃，更重要的是悉心教导、激励、督促他们在“立德、立功、立言”方面能有所成，以不愧于父母所生。这样的例子，在其家书《致诸弟》中俯拾即是，其诗集中也是有迹可寻的。如《酬九弟四首》之一云：

违离予季今三载，辛苦学诗绝可怜！
王粲辞家遘多患，陆云入洛正华年。
轮辕尘里鬓毛改，鼙鼓声中筋骨坚。
门内生涯何足道，须要尝胆报尧天！⑥

---

① 曾国藩：《寄弟》，《曾国藩全集·诗文》，第14页。

② 曾国藩《忆弟二首》之一描绘了在“明月当天万瓦霜”的晚上，独自“无端绕室思茫茫”，思之又思，并进而慨叹：“可惜良宵空兀坐，遥怜诸弟在何方。”这声慨叹也道出了他对兄弟的思念之情。“曰归曰归岁月暮，有弟有弟天一方。大壑高崖风力劲，何当吹我送君旁”(《早发武连驿忆弟》)，更是以直笔白描的方式使思弟之情表露无余。

③ 曾国藩：《寄弟三首》，《曾国藩全集·诗文》，第70页。

④ 曾国藩：《早起忆九弟二首》，《曾国藩全集·诗文》，第69页。

⑤ 曾国藩：《酬九弟四首》，《曾国藩全集·诗文》，第84—85页。

⑥ 曾国藩：《酬九弟四首》之一，《曾国藩全集·诗文》，第84页。

该诗首先指出兄弟阔别三年，学诗途中备尝艰辛。并以王粲、陆云的遭遇为例暗指时事多艰，在轮辕尘里、鼙鼓声中年齿日长、筋骨益坚。“门内生涯何足道，须要尝胆报尧天”就是对曾国荃提出的期待，大丈夫须以天下为念、建立功业。

而在《沅甫弟四十一初度》[①]组诗中，曾国藩则述说了曾国荃成功历程的艰辛。如其二：

陆云入洛正华年，访道寻师志颇坚。
惭愧庭阶春意薄，无风吹汝上青天。

该诗赞扬了曾国荃建功进德之志坚心诚，并说自己未能助他金榜题名而羞惭，进而说明曾国荃今天的成功完全是个人的奋斗，没有任何门楣的牵连。

又如组诗其三：

几年橐笔逐辛酸，科第尼人寸寸难。
一剑须臾龙变化，谁能终古老泥蟠。

这首诗指出曾国荃在科举路上曾历艰辛，但以后凭借掌中剑建立功勋，实现了鱼龙转化，证明自己并非池中之物。而“佳节中秋平剧寇，书生初试大功时”（其四），“提挈湖湘良子弟，随风直薄雨花台”（其六），“昆阳一捷天人悦，谁识中军血染衣”（其七），“生缚名王归夜半，秦淮月畔有非烟”（其八）诸诗句都流露对曾国荃所取赫赫军功的无比激赏、自豪之情。

曾国藩为后人所推敬则“不尽于勋绩”，更重要的是其“学业与文章”[②]。曾国藩学术体系的合理化构建是一个渐次发展的过程，他对汉、宋学态度的演变就是一个最好的明证[③]。曾国藩虽声明对“于汉、宋二家构讼之端，皆不能左袒而附一哄”[④]，在治学上不为汉、宋两派所牢笼，表现出兼容并包的宏

① 曾国藩：《沅甫弟四十一初度》，《曾国藩全集·诗文》，第96—98页。

② 钱穆：《中国近三百年学术史》，第632页。

③ 曾国藩前期对汉学不无非议，而《重刻茗柯文编序》则代表了曾氏前期对汉学的态度：“自考据家之道既昌，说经者专宗汉儒，厌薄宋世‘义理’‘心性’等语，甚者诋毁洛闽，披索疵瑕。枝之搜而忘其本，流之逐而遗其源。临文则繁征博引，考一字，辨一物，累数千万言不能休，名曰‘汉学’。前者自矜创获，后者附和偏诐而不知返，君子病之。”但其后期学术视角一再拓宽，形成了“一宗宋儒，不废汉学”（《复夏教授》同治元年十二月）的学术理念，并构筑了融“义理、考据、辞章、经济”为一炉的合理学术体系。

④ 曾国藩：《致刘蓉》，道光二十三年，《曾国藩全集·书信一》，第8页。

通识度①。这在曾氏家书、日记中也多有记载，如曾氏告诫其子："尔有志读书，不必别标汉学之名目，而不可不一窥数君子之门径"②，"余于道光末年，始好高邮王氏父子之说"③。但是，他对汉学家推崇的只是其无征不信的求实精神，而对其虫鱼篆刻的繁琐文风甚为不满，这在曾氏的诗集中也有记载。如《丙午初冬寓居报国寺赋诗五首》就有对汉学家的委婉的批评，其二云：

去年肺热苦吟呻，今年耳聋百不闻。
吾生卅六未全老，蒲柳已与西风邻！
念我识字殊珍少，浅思讵足燔精神。
忽忆轩颉初考文，群鬼啼夜天裂晨。
斯高扬马并奸怪，召陵祭酒尤绝伦。
段生晚出吾最许，势与二徐争嶙峋。
惜哉数子琢肝肾，凿破醇古趋嚣嚣。
书史不是养生物，雕镵例少牢强身。
我今日饮婆娑尚不乐，嗟尔皓首鱼虫人！④

该组诗作于道光二十六年十月，"公在寺为诗五首赠刘公⑤，以明其志之所向"。据黎庶昌《年谱》记载，曾氏"志之所向"就是针对"近世所学者，不以身心切近为务，恒视一时之风尚以为程而趋之，不数年风尚稍变，又弃其所业，以趋于新。如汉学、宋学、词章、经济，以及一技一艺之流，皆各有门户，更迭为盛衰，论其原皆圣道所存，苟一念希天下之誉，校没世之名，则适以自丧其守，而为害于世"的现状，强调以"务本之学"来"规切友朋，劝诫后进"，并"一以此意为兢兢"⑥。曾氏对考据、训诂、音韵之学逐一点评，并赞誉有

① 故钱穆在《中国近三百年学术史》一书中指出，曾氏"其言皆极持平，与当时牢守汉、宋门户互相轻薄者不同。又进而为汉宋谋会通，则归其要于礼家"。而且曾氏"今之讲理学者，动好评贬汉唐诸儒而等差之；讲汉学者，又好评贬宋儒而等差之，皆狂妄不知自量之习"的论断更证实了其兼容并包的学术眼光。(《日记》同治七年三月廿五日)

② 曾国藩：《谕纪泽》，咸丰九年四月二十一日，《曾国藩全集·家书》，第477页。

③ 曾国藩：《谕纪泽》，同治元年正月十四，《曾国藩全集·家书》，第809页。

④ 曾国藩：《丙午初冬寓居报国寺赋诗》，《曾国藩全集·诗文》，第60页。

⑤ 刘公指刘传莹，其人素精考据之学，又好为深沉之思，"每从于寺舍，兀坐相对竟日。刘公谓近代儒者崇尚考据，敝精神费日力而无当于身心，恒以详说反约之旨交相勖勉"。刘传莹曾经告诉曾氏："没世之名不足较，君子之学，务本焉而已，吾与子敝精于校雠，费日力于文辞，以中材而谋兼人之业，侥幸于身后不可谁何者之誉，自今以往，可一切罢弃，各敦内行，没齿无闻而誓不后悔。"(《汉阳刘君墓志铭》)

⑥ 黎庶昌：《曾文正公年谱》(道光二十六年十月)，《近代中国史料丛刊》，第16页。

加[①]。如“段生晚出吾最许，势与二徐争嶙峋”，其中“段生”就是指清代文字音韵大家段玉裁[②]。但曾氏也对“数子琢肝肾，凿破醇古趋嚣嚣”表达出不满，并强调“书史不是养生物，雕镵例少牢强身”[③]。对这一首诗的具体旨趣，可以与上面提到的《感春诗》相参考。

另外，曾氏《题苗先麓寒灯订韵图》则描绘出中国音韵学从“永明肇四声，稍变周汉模”到“苗髯最晚出，汇为众说都”的发展历程。此诗对清代的音韵大家如顾炎武、江声、戴震、段玉裁、孔广森一一叙述：“圣清造元音，昆山一鸿儒。中天悬日月，堂堂烛五书。上追召陵叟，千载若合符。斯文有正轨，来者何于于！江戴扬其波，段孔入其郛”，并赞扬了苗先麓在“大雅久沦歇，正音委榛芜”之际所做的贡献可谓“精思屈鬼膝，高论揖唐虞”[④]。

《忮求诗二首》则纯粹是用诗歌这一体裁来抒发自己的见解，如《日记》所言：“因衰病日深，欲将生平阅历为韵语以示儿侄辈，即以当遗嘱也……略用白香山体势，取其易晓。”[⑤]《题俞荫甫群经平议诸子平议后》则勾勒出清代经学大家的迭兴图谱：“皇朝褒四术，众贤互摽揭。顾阎启前旌，江戴绍休烈。迭兴段与钱，王氏尤奇杰。”曾氏对王氏父子的治学业绩大力推崇，诗云：“大儒起淮海，父子相研悦。子史及群经，立训坚于铁。审音明假借，课虚释症结。旁证通百泉，清辞皎初雪。九原如有知，前圣应心折。”并盛赞俞樾能“尽发高邮奥，担囊破其鐍”[⑥]。

在曾氏东征西讨的戎马生涯中，所游览的名山大川不在少数，但曾氏大都是以联语而记其胜，《游金山观东坡玉带诗》是少有见诸诗咏的作品[⑦]。该诗首先述说了“去岁归帆拂金山，咫尺浮图不可攀”的遗憾，接着点明“今年又剪瓜洲渡”，终于实现了“扶携妙友陟孱颜”的愿望。而“簿领丛中困桎梏，脱身一试腰脚顽”透露出久在官场中，始得返自然的喜悦。接下来诗人以精妙之笔勾勒出金山的如画景色：“微风蹙江众皱静，一抹横吞东海宽。耽耽

---

① 对顾炎武，曾氏素来十分钦佩，诗中“俗儒阁阁蛙乱鸣，亭林老子初金声”也正道出其心声。曾氏曾声称：“国藩于本朝大儒，学问则宗顾亭林、王怀祖两先生，经济则宗陈文恭公，若奏请从祀，须自三公始。李厚庵与望溪，不得不置之后图。”（《致沅弟》，咸丰十一年六月二十九日）

② 据黎庶昌《年谱》所记，曾氏道光二十六年夏秋之交时，患肺热病，曾僦居城南报国寺以闭门静坐，当时就携带金坛段玉裁所注《说文解字》一书，以供披览。

③ 曾国藩：《丙午初冬寓居报国寺赋诗》，《曾国藩全集·诗文》，第60页。

④ 曾国藩：《题苗先麓寒灯订韵图》，《曾国藩全集·诗文》，第32—33页。

⑤ 该诗作于同治九年三月二十五至四月初一、初四日，《曾国藩全集·诗文》，第38页。

⑥ 曾国藩：《题俞荫甫群经平议诸子平议后》，《曾国藩全集·诗文》，第36页。

⑦ 据黎庶昌《年谱》所记：曾氏在同治七年四月二十九日，“登金山，观苏文忠公玉带，为诗记之”。此外，《桂湖五首》以及《入陕西境六绝句》也是曾氏少有的描山摹水的诗作。据《桂湖五首》诗前小序可知：“新都桂湖，乃明杨升庵修撰故宅也。使旋过此，县令张君宜亭招饮湖上，为赋此诗。”

楼观今安在？无情瘦石空巑岏。六飞昔临浮玉顶,御榻霄汉千龙盘。”但是,兵燹不绝下的金山寺已经“道场百亩荒榛菅。颓垣不见螭缠栋,荆扉无复兽啮环。古佛负墙渗秋雨,雏僧无食号夜寒”,涂上惨淡的色彩。最后,诗人说自己性本耽丘壑,只是无奈“羁束尘鞅无由删”,而“扁舟更欲探瓯越”表明自己游兴未阑,“江山自佳日自富,堪笑纷纷苦不闲”也透露出曾氏身为大吏无暇寄情山水的无奈。

曾国藩《傲奴》一诗虽自称戏作,但隐隐透露出曾氏以诙诡之笔道世情浇薄的心态,也可一窥曾氏傲骨嶙峋的志趣。诗云:

> 君不见萧郎老仆如家鸡,十年笞楚心不携!
> 君不见卓氏雄资冠西蜀,颐使千人百人伏!
> 今我何为独不然？胸中无学手无钱。
> 平生意气自许颇,谁知傲奴乃过我!
> 昨者一语天地睽,公然对面相勃谿。
> 傲奴诽我未贤圣,我坐傲奴小不敬。
> 拂衣一去何翩翩！可怜傲骨撑青天。
> 噫嘻乎,傲奴!
> 安得好风吹汝朱门权要地,看汝仓皇换骨生百媚!①

该诗借助形式自由、节奏明快的杂言体抒发自己怀才不遇的愤懑之情,在行文诙诡之中寄寓着傲兀之态,如实反映了曾氏早期的生活片段②。曾氏借助傲奴形象的塑造发摅了对趋炎附势之徒的反感,同时也流露出对自己胸有实学而不得一展鲲鹏之志的些许苦涩之感。思绪跌宕、情感起伏都在盘空硬语中跃然纸上,可谓嬉笑怒骂皆成文章。

在曾氏诗集中,为数众多的是有关文人旨趣的集会、题画、怀人、送行的作品,当然还有一些“了无可观的应酬诗”③。有关文人雅好的分韵、次韵、叠韵的诗作就有多首,如《丁未六月廿一为欧阳公生日集邵二寓斋分韵得是字》《荇农既和余诗而三子者皆见录于有司乃复次韵》《六月二十八日大雨冯君树堂周君荇农郭君筠仙方以试事固于场屋念此殆非所堪诗以调之》《题画竹次醇士前辈韵二首》《题醇士前辈为滇生师画竹迭前韵》《次韵戴醇士邵蕙

---

① 曾国藩:《傲奴》,《曾国藩全集·诗文》,第42页。
② 钱仲联先生颇喜此诗,并为陈衍《近代诗钞》未选辑该作而抱不平。《梦苕庵诗话》,第87页。
③ 曾国藩:《致温弟》,道光二十三年六月初六日,《曾国藩全集·家书》,第66页。

西见过》《次韵何廉防太守感怀述事十六首》[①]。而曾国藩两次引人注目的诗歌创作——“会合联吟”与“篴郃唱和”[②],作为近代诗坛上颇具盛名的文坛雅事,也奠定了曾国藩在“宋诗运动”中导扬风气的执牛耳者地位。

曾氏题画的作品除了上面有关戴醇士的两首外,尚有《题画兰三首应田敬堂同年》《题钱仑仙同年慈竹平安图二首》《题周小村前辈塞外课经图》《题莨谷图》《送王孝凤之云南即题其尊人松菊图》《题钱仑仙燃烛修书图》《题孙君采芝图二首》《题泛海图》《题黄矩卿师采兰艺菊图》《题画兰三首应田敬堂同年》《题唐镜海先生二图》《题王麓屏扁舟归养图二首》《题张石舟烟雨归耕图》《题篬筤谷图》等二十多首流传。

在曾氏诗集中,怀念友朋、赠别、送行的诗作更是比比皆是,占据了曾氏诗集的大版篇幅。在这些作品中,曾氏或畅谈弟昆之间“万里共日月,肝胆各光芒”的情谊,对“人生有乖隔,咫尺成关山”的现状深感遗憾,如《寄怀刘孟蓉》《又赠筠仙一幅》《送莫友芝》;或朋友间切磋学问,以“丈夫要努力,无为苦惆怅”互相激励,如《送陈岱云出守吉安》《酬薛晓帆》《送舒伯鲁》等诗篇。

“联语亦诗余也。作者之才情寓焉,器局寓焉,学识襟抱亦莫不寓焉。苟非胸罗万卷,运化入神,未有能登峰造极者也。”[③]曾国藩一生就留下不少内容涵盖极广的联语[④],为后人所激赏。如吴恭亨就称赞曾国藩联语为“雄奇突兀,如华岳之拔地,江河之汇海,字字精金美玉,亦字字布帛菽粟”,“特沉雄,虽小题目成具龙跳虎掷之势”[⑤]。郭立志也指出对号称“学府之瑰宝,才人之能事”的联语,“湘乡曾文正公最擅胜场,其纵横豪宕,慷慨淋漓之概与所为诗歌文章殆无异致,一联脱手,遐迩轰传。脍炙至今不绝”[⑥]。而且曾国藩所作联语,能够把“以文为诗”的创作特点融合到联语创作中,且文道兼擅,呈现出“情而合于道,文而融以诗,虽寥寥数十言,而性情器局感慨淋漓之致,与夫褒荣贬绌之微意,视为诗,古文辞之法,莫不毕备,卓哉,美哉!”[⑦]

曾国藩的对联依据《曾国藩联语辑注》的编选体例大致可分为:题联、赠

① 曾国藩在回复何氏的信中指出:“大诗纵横倜傥,有遗山风味,不愧才人之笔。幕中诸友属而和之,牵率老夫,遂作见猎之喜,依韵和呈粲正。”(《复何栻》咸丰九年二月初三)

② “咸丰五年,曾国藩水陆湘勇困于江西,适其时郭嵩焘自湖南前来会合,曾氏于是作《会合诗》。曾营内外皆有和作,积久而得百余篇。”(《曾国藩诗文集·前言》,王澧华校点)

③ 郭立志:《曾文正联语选录·序》,北京豹文斋,1943 年版。

④ 曾氏屡屡强调的“气势”“识度”“情韵”“趣味”等审美范畴,但其倔强个性以及对气势的推崇,导致其诗文创作却未能完全印证审美理念,曾氏联语恰可弥补这种遗憾。

⑤ 吴恭亨撰,喻岳衡校注:《对联话》,岳麓书社,2003 年版,第 173、164 页。

⑥ 郭立志:《曾文正联语选录·序》。

⑦ 郭立志:《曾文正联语选录·跋》。

联、挽联、自箴联四大部类，其内容也可谓“多金石之音、绵怀之情、通融之道、理念之意，对事、对物、对人、对景、对意、对艺、对情、对格，无不入情入理，有声有色，跃然纸上，回味无穷。有些对联，虽组词精短，却远胜一篇万言文、百韵诗。最易被人记诵，而远播流传，至今仍脍炙人口，视为珍品”①。

如同其文集中多墓志碑传一样，曾国藩联语中也大多为挽联，以至于湖湘民间流传着“曾涤生包办挽联，江岷樵包运灵柩”②的谚语。其纪念阵亡将士的挽联，皆具慷慨悲凉、苍劲有力的恢宏之气与音情顿挫的铿锵之韵。如《挽胡文忠公林翼》云：

> 逋寇在吴中，是先帝与荩臣临终恨事；荐贤满天下，愿后人补我公未竟勋名。③

《挽江忠烈公忠源》云：

> 百战守三城，章贡尤应千世祀；两年跻八座，江天忽报大星沉。

《挽李忠武公续宾》云：

> 八月妖星，半壁东南摧上将；九天温诏，再生申甫佐中兴。

《挽李勇毅公续宜》云：

> 我悲难弟，公哭难兄，旧事说三河，真成万古伤情地；
> 身病在家，心忧在国，弥留当十月，正是两淮平寇时。

《挽塔忠武公齐布》云：

> 大勇却慈祥，论古略同曹武惠；至诚相许与，有章曾荐郭汾阳。

---

① 何光岳：《曾国藩联语辑注 · 序言》，岳麓书社，2004 年版。

② 张翰仪：《湘雅摭残》，转引自龚联寿《联话丛编 · 南亭笔记》卷八，江西人民出版社，2000 年版，第 2340 页。

③ 对平生挚友胡林翼，曾氏另有一联云：“竭治民治兵治贼之心，丹陛推诚，从病积贤劳，三疏乞休犹未允；后忠烈忠武忠节而逝，黄泉聚首，知功成皖鄂，百年遗恨定同情。”（《挽胡文忠公》）

《挽龙翰臣方伯启瑞及其配何夫人》①云：

> 豫章平寇，桑梓保民，莫讶书生立功，皆从廿年辛苦立德立言而出；
> 翠竹泪斑，苍梧魂返，休疑命妇死烈，亦犹万古臣子死忠死孝之常。

上述挽联，曾氏以至性至情之笔描写了胡林翼、江忠源、李续宾、李续宜、塔齐布、龙翰臣诸人的不朽勋绩，在推扬备至的赞许中也隐含着作者痛失好友的无尽哀思。

而《挽温甫弟》《挽季洪弟》两对联更显示出曾氏甫失爱弟的锥心之痛，骨肉情浓溢于言表。如《挽季洪弟》所言：“大地干戈十二年，举室效愚忠，自称家国报恩子；诸兄离散三千里，音书寄涕泪，同哭天涯急难人。”

而对乳母“保抱提携，只少怀胎十月”的恩情，曾氏在《挽乳母》中强调：“千金难报德，论人情物理，也当泣血三年。”足以彰显其重情守义、知恩必报的道德操守，而感恩之情也跃然纸上。

在曾氏题联中，除却题昭忠祠与挽联抒发情感大致相同外②，题庙、书院、官厅、戏台、会馆的占有少量篇幅，余则大都可视为咏物之作。对书院的题联一方面揄扬了该书院的学术源流，也寄托了对后人的期望与鼓励，如《题湘乡东皋书院》所云：“涟水湘山俱有灵，其秀气必钟英哲；圣贤豪杰都无种，在儒生自识指归。”③

在曾氏的《题官厅》诸联中，寄托了自己的政治操守与对僚属的期望。如曾氏《题州县官厅》寄言：“长吏多从耕田凿井而来，视民事须如家事；吾曹同讲补过尽忠之道，凛心箴即是官箴。”《又题州县官厅》：“念三辅新离水旱兵戈，赖良吏力谋休息；愿群寮共学龚黄召杜，即长官借免愆尤”，“随时以法言巽语相规，为诸君导迎善气；斯民当火热水深之后，赖良吏默挽天心”，“虽豪杰难免过差，愿诸君谠论忠言，常攻吾短；凡堂属略同师弟，使僚友行修名立，乃尽我心”④。这里，曾氏强调僚属们不仅应随时以法言巽语相规，以期

① 该挽联曾氏曾在《加沈葆桢片》提及：“翰臣方伯廉正之风，令人钦仰。身后萧索，无以自庇，不特廉吏不可为，亦殊觉善不可为。其生平好学不倦，方欲立言以质后世。弟昨赙之百金，挽以联云……登高之呼，亦颇有意。”（咸丰八年十月二十）

② 如《题石钟山昭忠祠》：“巨石咽江声，长鸣今古英雄恨，崇祠彰战绩，永奠湖湘子弟魂。”《题湘潭塔忠武祠》：“将军真天上飞来，五日功成如反掌；国士本人间杰出，千秋论定许齐肩。”寄托大多与挽联类同。

③ 而《题衡阳莲湖书院》联在描摹景色中予以悟道体会：“莲香入座清，笔底当描成这般花样；湖水连天静，眼前可悟到斯道源头。”

④ 联出自《题金陵督署官厅》。如朱孔彰《题江南曾文正公祠百咏》所言：“求阙斋前佩玉珩，百寮集仪侍平章。燕公手笔今犹在，联句亲题政事堂。”

切磋共进,还应该视民事如家事,力拯民众于水深火热之中。

在曾氏题联中,更值得关注的是那些描摹山水之作。如《题四川桂湖》:

五千里秦树蜀山,我原过客;一万顷荷花秋水,中有诗人。

《题瓜州盐栈》:

两点金焦,劫后山容申旧好;万家食货,舟中水调似承平。

《题江西吴城望湖亭》:

五夜楼船,曾上孤亭听鼓角;一尊浊酒,重来此地看湖山。

《题江西奉新县九天阁》:

百战河山,剩此楼头烟树;九天珠玉,吹成水面文章。

《题石钟山观音阁》:

长笛不吹江月落,高楼遥吸好云来。

这些联句不仅达到了"状难写之景如在目前"的艺术境界,而且气势恢宏,令人心胸为之豁然开朗。

如同诗文集中存有为数不多的阐述义理的作品一样,联句中也有曾氏考德进业的心得体会。如《格言十二首》所记载的"养活一团春意思,撑起两根穷骨头","不为圣贤,便为禽兽;莫问收获,但问耕耘","战战兢兢,即生时不忘地狱;坦坦荡荡,虽逆境亦畅天怀","打仗不慌不忙,先求稳当,次求变化;办事无声无臭,既要老到,又要精明"诸句,均为曾国藩在立身、处世的磨炼中所汲取的人生哲理之菁华。

第二节 曾国藩诗歌审美风格评析

“以懦弱无刚四字为大耻”①的祖训以及困心横虑的磨炼奠定了曾国藩坚忍、倔强的个性品格。曾国藩把自己的这种个性品质视为成功的必要条件,并在致诸弟的家书中屡屡告诫诸位兄弟:“从古帝王将相,无人不由自强自立做出,即为圣贤者,亦各有自立自强之道,故能独立不惧,确乎不拨。”②“至于倔强二字,却不可少。功业文章,皆须有此二字贯注其中,否则柔靡不能成一事。孟子所谓至刚,孔子所谓贞固,皆从倔强二字做出。吾兄弟皆禀母德居多,其好处亦正在倔强。若能去忿欲以养体,存倔强以励志,则日进无疆矣。”③“困心横虑,正是磨炼英雄玉汝于成,李申夫尝谓余怄气从不说出,一味忍耐,徐图自强,因引谚曰‘好汉打脱牙和血吞’。此二语是余生平咬牙立志之诀,不料被申夫看破。余庚戌、辛亥间为京师权贵所唾骂,癸丑、甲寅为长沙所唾骂,乙卯、丙辰为江西所唾骂,以及岳州之败、靖江之败、湖口之败,盖打脱牙之时多矣,无一次不和血吞之。弟此次郭军之败,三县之失,亦颇有打脱门牙之象。来信每怪运气不好,便不似好汉声口。惟有一字不说,咬定牙根,徐图自强而已。”④

天生禀赋加上后天磨炼所形成的倔强个性,注定了曾国藩对气势遒劲、排奡诙诡诗风的偏好。钱仲联先生就指出其诗风“主于雄浑”,“以致近体诗犷悍之气,犹未能免”⑤。曾氏虽主张“五言诗,若能学到陶潜、谢朓一种冲淡之味和谐之音,亦天下之至乐,人间之奇福也”⑥,并强调只有具备高淡脱俗之襟怀,诗歌才有可能达到陶之五古、杜之五律、陆之七绝的雅淡境界,即使君临天下也难易其乐⑦。但其一生所为诗“大多壮观有余,凝炼不足”,未臻其所言“恬淡之境”⑧。所以,在曾氏构建的“气势、识度、情韵、趣味、机神、工律”诗歌美学体系中,曾氏诗文做到审美理念与创作实践紧密合拍且一一印

---

① 国藩曾致九弟书云:“难禁风浪四字璧还,甚好甚慰。古来豪杰皆以此四字为大忌。吾家祖父教人,以懦弱无刚四字为大耻,故男儿自立,必须有倔强之气。弟能夺数万人之刚气而久不销损,此是过人之处,更宜从此加功!”(《致沅弟》,同治三年六月十六日午初)

② 曾国藩:《致沅弟、季弟》,同治元年五月二十八日,《曾国藩全集·家书》,第837页。

③ 曾国藩:《致沅弟》,同治二年正月二十日,《曾国藩全集·家书》,第934页。

④ 曾国藩:《致沅弟》,同治五年十二月十八夜,《曾国藩全集·家书》,第1309页。

⑤ 钱仲联:《道咸诗坛点将录》,转引自王澧华《曾国藩诗文集》附录二,第469页。在《梦苕庵诗话》里也指出曾国藩“即其气象宏阔之作,亦壮观有余,凝练不足”。《梦苕庵诗话》,第86页。

⑥ 曾国藩:《谕纪泽》,同治元年七月十四日,《曾国藩全集·家书》,第849页。

⑦ 曾国藩:《谕纪泽》,同治六年三月二十二日,《曾国藩全集·家书》,第1332—1333页。

⑧ 钱仲联:《梦苕庵诗话》,第86页。

证的,以“气势”之属最为代表。(参见本书第二章第三节“体系化的理论构建”)

曾国藩曾倡言:“吾于五七古学杜、韩,五七律学杜,此二家无一字不细看,外此则古诗学苏、黄,律诗学义山,此三家亦无一字不看。五家之外,则用功浅矣。我之门径如此。”①曾国藩正如其所崇尚的杜、韩、义山、苏、黄②等宋诗派诗人一样,“以文字为诗,以议论为诗,以才学为诗”的审美特性在其诗歌创作与理念中也得以全面体现。

首先,曾氏注重以古文“伸缩吐茹”的章法以及造句之法入诗。如《傲奴》《琐琐行戏简何子敬乞腌莱》《送陈岱云出守吉安》《书朱皁亭家传后》等诗,皆以古文章法运之于诗。又如《题苗先麓寒灯订韵图》与《题俞荫甫群经平议诸子平议后》二诗均以散文笔法叙述了古代音韵学与经学发展的大致流程。《丁未六月廿一为欧阳公生日集邵二寓斋分韵得是字》则描述诗道同仁的雅集,彼此酬唱的文人旨趣,也以散文章法行之。曾国藩承袭宋诗派以文为诗的传统,并盛赞杜诗:“温杜诗五古,观其笔阵伸缩吐茹之际,绝似《史记》”③,“王侯将相岂有种,时来不得商进止”④,“文章不是救时物,杨雄司马乌足骄”⑤,“丈夫立言要须尔,击瓮拊缶乌足鸣”⑥,“韩公曾作董生行,坡老亦咏姚氏堂”⑦,“嗟我波澜颇莫二,知而不为真不智”⑧,“我谓‘君已愚,稽经惧失当。’君谓‘情自缠,谁超六尘障?’”⑨这些诗句充分体现了他追求“句法瘦劲,变化通于古文造句之法”⑩的创作倾向。他指出,山谷、东坡、樊川的创作成就即得益于“山谷学杜公七律,专以单行之气运于偶句之中;东坡学太白,则以长古之气运于律句之中;樊川七律,亦有一种单行票姚之气”⑪,从而奠定了他们“豪士而有侠客之风”的审美风尚。

---

① 曾国藩:《致温弟》,道光二十三年六月初六日,《曾国藩全集·家书》,第66页。

② 曾国藩不仅在风格上承袭杜韩苏黄诸人,在具体的遣词造句上也时可看到诸人的影子。如曾氏《送金竺虔之官闽中》中有句云“春风一杯酒,旧雨十年情”,分明就是黄庭坚“桃李春风一杯酒,江湖夜雨十年灯”(《答黄几复》)的删繁就简的化用。由云龙《定庵诗话》也指出曾氏“《读吴南屏集》《送毛西垣之即墨长歌即题其集》二律,规摩涪翁,几于淄、渑莫辨矣”(《清诗纪事》,第10093页)。

③ 曾国藩:《曾国藩全集·日记》,同治八年四月十六,第1636页。

④ 曾国藩:《送凌十一归长沙五首》之三,《曾国藩全集·诗文》,第57页。

⑤ 曾国藩:《酬李生三首》之三,《曾国藩全集·诗文》,第61页。

⑥ 曾国藩:《丙午初冬寓居报国寺赋诗五首》之四,《曾国藩全集·诗文》,第60页。

⑦ 曾国藩:《书朱皋家传后》,《曾国藩全集·诗文》,第55页。

⑧ 曾国藩:《赠何子贞前辈》,《曾国藩全集·诗文》,第45页。

⑨ 曾国藩:《送陈岱云出守吉安》,《曾国藩全集·诗文》,第17页。

⑩ 曾国藩:《曾国藩全集·日记》,同治九年正月二十四,第1719页。

⑪ 曾国藩:《大潜山房诗题语》,《曾国藩全集·诗文》,第290页。

曾氏“一宗宋儒，不废汉学”①的治学趋向也造成其以学问为诗的特点，诚如王镇远所论，“曾国藩诗的另外一个特点就是以学问入诗，……故其诗作中也有不少论学的作品”②。这也体现出曾氏“学人之言与诗人之言合”③的创作态势。汉、宋兼容的治学理念在曾氏诗集中也留下了清晰的印记，体现出义理、考据并重的态势。曾氏在改变其初期轻视汉学④的偏见后，论学即不废文字、音韵、训诂等范畴⑤，其诗作中就有不少这样的作品。《丙午初冬寓居报国寺赋诗五首》《题唐本说文木部应莫郘亭孝廉》《题俞荫甫群经平议诸子平议后》《题苗先麓寒灯订韵图》这几篇诗作就都涉及了文字、音韵、训诂等考据学的范畴，如“俗儒阁阁蛙乱鸣，亭林老子初金声”与“声音上溯三皇始，地志欲掩四子名”⑥叙说了顾炎武在传统音韵学上的成就非俗儒可比；“乾嘉老儒耽苍雅，东南严段并绝伦。就中一字百搜讨，诘难蜂起何断断！暗与此本相符契，古辙正合今时轮。乃知二徐尚卤莽，诒误几辈空因循”⑦则叹服乾嘉老儒的实证精神；“圣徂旷千祀，微言久歇绝。六经出燔余，诸老抱残缺。尚赖故训存，历世循旧辙。从宋洎有明，轨途稍歧别”⑧则勾勒出六经“微言大义”的嬗变流程，并举出清代“众贤互摽揭”的学坛盛况；《题苗先麓寒灯订韵图》则从“永明肇四声”谈起，历数“开皇集八士”“韩公颇好古”“有宋盛文藻，才老信狂夫”“陈生兴晚明，秉烛照幽墟”“圣清造元音，昆山一鸿儒”“江戴扬其波，段孔入其郛”的音韵学发展历程，最后点明“精思屈鬼膝，高论揖唐虞”的苗先麓⑨虽“最晚出”，其治《说文》的成就却足以“汇为众说都”。

曾氏作为重振晚清理学的一代名臣，在诗集中也不免有阐发义理、性道的作品。如《忮求诗二首》就是曾氏以明白晓畅的白香山体势抒发自己生平

---

① 曾国藩：《复夏教授》，同治元年十二月，《曾国藩全集·书信》，第3467页。

② 王镇远：《论曾国藩的文学地位》，《中华文史论丛》，1986年，第三辑。

③ 陈衍：《石遗室诗话·近代诗钞序》，第822页。

④ 曾国藩认为自西汉以至于今“识字之儒约有三途：曰义理之学，曰考据之学，曰词章之学。各执一途，互相诋毁。兄之私意，以为义理之学最大。义理明则躬行有要而经济有本。词章之学，亦所以发挥义理者也”，而对于考据之学，则“吾无取焉矣”（《致诸弟》道光二十三年正月十七日），足见其轻视态度。

⑤ 在引导其子如何治学时，曾氏把训诂和词章相提并论，可见其对汉学的重视程度。如咸丰十年四月初四日《谕纪泽》所言：“吾于训诂、词章二端颇尝尽心。尔看书若能通训诂，则于古人之故训大义，引伸假借渐渐开悟，而后人承讹袭误之习可改。若能通词章，则于古人之文格文气、开合转折渐渐开悟，而后人硬腔滑调之习可改。是余之所厚望也”。

⑥ 曾国藩：《丙午初冬寓居报国寺赋诗五首》，《曾国藩全集·诗文》，第60页。

⑦ 曾国藩：《题唐本说文木部应莫郘亭孝廉》，《曾国藩全集·诗文》，第67页。曾氏与莫友芝于丁未年在琉璃厂相识，莫氏学问淹雅。

⑧ 曾国藩：《题俞荫甫群经平议诸子平议后》，《曾国藩全集·诗文》，第36页。

⑨ 曾国藩：《题苗先麓寒灯订韵图》，《曾国藩全集·诗文》，第32—33页。曾氏《访苗先麓》诗前有序：“苗精《说文》之学，著书十年，一贫如洗。”

阅历见解的诗歌①。在《不忮》一诗里，曾氏首先指出"善莫大于恕，德莫凶于妒"，并刻画出世上善妒之人的形象特征："己拙忌人能，己塞忌人遇。己若无事功，忌人得成务，己若无党援，忌人得多助。势位苟相敌，畏逼又相恶。己无好闻望，忌人文名著。己无贤子孙，忌人后嗣裕。"曾氏认为天道善恶有报，嫉妒人者只会"重者灾汝躬，轻亦减汝祚"，因而告诫子侄辈只有"消除嫉妒心"，才能"家家获吉祥，我亦无恐怖"。在《不求》诗里，曾氏阐述了无欲则刚、知足常乐的人生哲学。"知足天地宽，贪得宇宙隘""多欲为患害"正是曾氏在人生旅途中感悟到的颠扑不灭的真理，"于世少所求，俯仰有余快"也是曾国藩所向往的理想境界。

曾国藩不甘于久居人下的倔强个性，奠定了曾氏敢言人所不敢言的狂放作风。不仅在诗文领域，曾氏敢于大放厥词，如谓"恨当世无韩昌黎及苏、黄一辈人可与发吾狂言者"，"吾作诗最短于七律，他体皆有心得，惜京都无人可与畅语者"；在政治领域，他也一再表明，"国藩入世已深，厌阅一种宽厚论说，模棱气象，养成不白不黑，不痛不痒之世界，误人家国，已非一日。偶有所触，则轮囷肝胆，又与掀振一番，非吾弟亦无以发吾之狂言"②，"往在京师，如祁、杜、贾、翁诸老，鄙意均不以为然，恶其不白不黑，不痛不痒，假颟顸为浑厚，冒乡愿为中庸，一遇真伪交争之际，辄先倡为游言，导为邪论，以阴排善类，而自居老成持平之列"③，甚至其为预防流弊而上《敬陈圣德三端》的奏折，也是"言颇过激切"。

素来敢发狂言的果敢品质也决定了曾国藩对"以议论为诗"审美风尚的偏好，使纵横捭阖的"议论"成为曾氏诗集中的亮点。如"王侯将相岂有种，时来不得商进止""文章不是救时物，扬雄司马乌足骄""丈夫立言要须尔，击瓮拊缶乌足鸣""嗟我波澜颇莫二，知而不为真不智""良人非顽石，焉能缺凄怆""莫言书画直小道，不到圣处宁堪娱""大儒意趣未可量，小丑粗豪安足齿""丈夫求志动渭莘，虫鱼篆刻安足尘？贾马杜韩无一用，岂况吾辈轻薄人"诸诗句，在议论的形式中坚定无比地阐述出自己的观点，也形成了气韵沉雄的铿锵之风。

第三节　曾国藩诗歌创作思维与形式技巧

"曾国藩的诗歌创作主要是在道光年间，咸丰以后，注意力转向对诗歌

---

① 据其日记所言："因衰病日深，欲将生平阅历为韵语以示儿侄辈，即以当遗嘱也……略用白香山体势，取其易晓。"（同治九年三月二十五）

② 曾国藩：《与刘蓉》，咸丰三年十月十五日，《曾国藩全集·书信》，第292页。

③ 曾国藩：《复郭嵩焘、郭崑焘》，咸丰十年七月二十三日，《曾国藩全集·书信》，第1518页。

的抉别、鉴赏以及对诗歌美学的发掘。”①如其声称:“早岁有志著述,自驰驱戎马,此念久废”②,但“亦不敢遂置诗书于不问”。每日稍闲之时,曾氏便取昔日所酷好的班、马、韩、欧诸家文,一一温习之,“用此以养吾心而凝吾神”③。养心凝神的涵泳体悟,活跃了曾氏的诗歌创作思维,并不断地丰富着他的创作理念。“雄、直、怪、丽、茹、远、洁、适”与“气势、识度、情韵、趣味、机神”等审美范畴的提出即昭示了曾氏逐步突破对雄奇兀傲诗风的偏尚,力图构建相对完善的诗学体系的意向。

曾国藩屡屡总结学诗的心得体会,以金针度人,不厌其烦地指点后进。首先,曾氏构建了一个由看、读、写、作组合而成的、较为全面的创作思维训练体系,以便开启诸弟及子侄辈的学诗途辙。如告诫其子:“看、读、写、作,四者每日不可缺一。看者,如尔去年看《史记》《汉书》、韩文、《近思录》,今年看《周易折中》之类是也。读者,如《四书》《诗》《书》《易经》《左传》诸经,《昭明文选》,李、杜、韩、苏之诗,韩、欧、曾、王之文,非高声朗诵则不能得其雄伟之概,非密咏恬吟则不能探其深远之韵。……至于作诸文,亦宜在二三十岁立定规模,过三十后,则长进极难。作四书文、作试帖诗、作律赋、作古今体诗、作古文、作骈体文、数者不可不一一讲求,一一试为之。……过时不试为之,则后此弥不肯为矣。”④曾氏强调“看者,涉猎宜多、宜速”;“读者,宜熟、宜专”,只有高声朗诵才能得其雄伟之概,只有密咏恬吟才能探其深远之韵;曾氏进一步指出“作文”乃“所以瀹此心之灵机也。心常用则活,不用则窒,如泉在地,不凿汲则不得甘醴,如玉在璞,不切磋则不成令器。今古名人虽韩、欧之文章,范、韩之事业,程、朱之道术,断无久不作文之理”⑤,并鼓励曾纪泽“少年不可怕丑,须有狂者进取之趣”,无论做什么体裁的文章,都“不可不一一讲求,一一试为之。……过时不试为之,则后此弥不肯为矣”。为此,曾国藩敬请塾师于每三、八课期督促其子“作文,约以五百字为率,或作制艺、或作赋、或作论、或作经解札记,断不可一字不作”,免得“将来文理不通,被人姗笑”⑥。关于习作练笔的重要性,曾氏对诸弟也是告诫不已:“贤弟亦宜趁此

---

① 王澧华:《渗透整合 互补互济:试论曾国藩诗学观、古文观的形成、发展与变化》,《船山学刊》,2001年第4期,第35页。

② 如曾氏尝言:“仆昔亦有意于作者之林,悠悠岁月,从不操笔为文,去年偶作罗忠节、李忠武兄弟诸碑,则心如废井,冗蔓无似,乃知暮年衰退,才益不足副其所见矣”(《复刘蓉》同治九年正月末),“国藩在军数年,未敢废学,惟诗、古文,荒废日久,又以公牍文字所累,手腕浮滑,去古弥远,用为内疚”(《加朱琦片》,咸丰九年正月二十九日)。

③ 曾国藩:《加李如片》,咸丰八年十二月初八,《曾国藩全集·书信》,第758页。

④ 曾国藩:《谕纪泽》,咸丰八年七月二十一日,《曾国藩全集·家书》,第406页。

⑤ 曾国藩:《复邓汪琼》,咸丰九年六月二十四日,《曾国藩全集·书信》,第1010页。

⑥ 同上。

时学为诗、古文,无论是否,且试拈笔为之。及今不作,将来年长,愈怕丑而不为矣。每月六课,不必其定作时文也。古文,诗,赋、四六无所不作,行之有常。将来百川分流,同归于海。则通一艺即通众艺,通于艺即通于道,初不分而二之也。"①

针对曾纪泽"欲作五古、七古"的创作热情,曾国藩强调首先"须熟读五古、七古各数十篇"②。为了能更好领会古人诗中之精义,曾国藩特意拈出"虚心涵泳,切己体察"的读书之法,并对"涵泳二字"进行了翔实而精当的阐释:"涵者,如春雨之润花,如清渠之溉稻。雨之润花,过小则难透,过大则离披,适中则涵濡而滋液,清渠之溉稻,过小则枯槁,过多则伤涝,适中则涵养而浡兴。泳者,如鱼之游水,如人之濯足。程子谓鱼跃于渊,活泼泼地;庄子言濠梁观鱼,安知非乐?此鱼水之快也。左太冲有'濯足万里流'之句,苏子瞻有夜卧濯足诗,有浴罢诗,亦人性乐水者之一快也。善读书者,须视书如水,而视此心如花如稻如鱼如濯足,则涵泳二字,庶可得之于意言之表。"③

为避免初学者在汗牛充栋的诗歌作品中茫然不知所从,曾氏还特意精心甄选出历代名家的独到体式以备揣摩体味。如"五古拟读陶潜、谢朓两家,七古拟专读韩愈、苏轼两家,五律专读杜甫,七律专读黄庭坚,七绝专读陆游"④。他还强调:"吾之嗜好,于五古则喜读《文选》,于七古则喜读昌黎集,于五律则喜读杜集,七律亦最喜杜诗,而苦不能步趋,故兼读元遗山集。"⑤钱仲联先生指出曾国藩"早年五古学选体;七古学韩,旁及苏、黄,近体学杜,参以义山、遗山。自谓短于七律。同治以后,自课五古,专读陶潜、谢朓二家,七古专读韩愈、苏轼两家,五律专读杜,七律专读黄,七绝专读陆游,然于山谷尤有深契,诗字多宗之。石遗老人论诗绝句所谓'湘乡文字总涪翁'也"⑥。而对于诵读古人佳篇的方法,曾国藩认为不外乎"高声朗诵"和"密咏恬吟"两种:"非高声朗诵则不能得其雄伟之概,非密咏恬吟则不能探其深远之韵。"⑦只有二者并进,才能使古人之声调"拂拂然若与我之喉舌相习"⑧。那么在行文为诗之时必有句调奔赴腕下,这样的诗文亦自可声调铿锵、朗朗上口,百读不厌。

---

① 曾国藩:《致温弟、沅弟》,道光二十四年三月初十。曾氏屡次强调动手的重要性:"艺成以多作多写为要,亦须自辟门径,不依傍古人格式"(咸丰九年八月十六《日记》)

② 曾国藩:《谕纪泽》,《曾国藩全集·家书》,咸丰八年八月二十日,第418页。

③ 曾国藩:《谕纪泽》,咸丰八年八月初三日,《曾国藩全集·家书》,第409页。

④ 曾国藩:《曾国藩全集·日记》,同治元年三月十七日,第731页。

⑤ 曾国藩:《致温弟》,道光二十三年六月初六日,《曾国藩全集·家书》,第66页。

⑥ 钱仲联:《梦苕庵诗话》,第85页。

⑦ 曾国藩:《谕纪泽》,咸丰八年七月二十一日,《曾国藩全集·家书》,第406页。

⑧ 曾国藩:《谕纪泽》,《曾国藩全集·家书》,咸丰八年八月二十日,第418页。

同时为了帮助初学者在浩瀚诗海中能够披沙拣金,曾氏提出忠告:“作书者宜临帖、摹帖,作文作诗,皆宜专学一家,乃易长进。”①他强调“以一、二家为主,则他家参观互证,庶几用志不纷”②。有感于“耳不能两听而聪,目不能两视而明”(《荀子》)以及“用志不纷,乃凝于神”(《庄子》)的“至言”,曾国藩悟出“凡人为一事,以专而精,以纷而散”道理③,并在此基础上特别强调了诗歌创作的“专字诀”。如其反复叮咛诸弟:“志在作古文,则须专看一家文集。作各体诗亦然,作试帖亦然,万不可以兼营并骛,兼营则必一无所能矣。切嘱切嘱,千万千万”④;“若夫经史而外,诸子百家,汗牛充栋。或欲阅之,但当读一人之专集,不当东翻西阅。如读昌黎集,则目之所见,耳之所闻,无非昌黎。以为天地间,除昌黎集而外,更别无书也。此一集未读完,断断不换他集,亦专字诀也”⑤;“吾教诸弟学诗无别法,但须看一家之专集,不可读选本⑥,以汩没性灵。至要至要”⑦。针对温弟欲从《中州集》入手学诗的询问,曾氏则依据“人人意见各殊,嗜好不同”的原则提出建议:“然吾意读总集,不如读专集。”曾国藩的主张不仅避免了初学者贪多务得的弊端,也精心指出了诗文研习的有效途径,体现出集大成者的开阔视野。

为了使儿子在诗歌创作上能够“取径较便”“收效较速”,曾国藩肯定了诗文仿作的功效,他强调“不特写字宜摹仿古人间架,即作文亦宜摹仿古人间架”,并指出儒家经典如《诗经》《左传》也留下“造句之法,无一句无所本”和“多现成句调”的摹仿痕迹;更不用说汉代文宗扬子云,更是“几于无篇不摹”,“其《太玄》摹《易》,《法言》摹《论语》,《方言》摹《尔雅》,《十二箴》摹《虞箴》,《长杨赋》摹《难蜀父老》,《解嘲》摹《客难》,《甘泉赋》摹《大人赋》,《剧秦美新》摹《封禅文》,《谏不许单于朝书》摹《国策·信陵君谏伐韩》”;而曾氏所推崇的文坛巨公韩、欧、曾、苏之文,“亦皆有所摹拟,以成体段”。所以,曾氏告诫儿子“以后作文作诗赋,均宜心有摹仿,而后间架可立”⑧。

虽然“诗之为道,各人门径不同,难执一已之成见以概论”,但对于如何

---

① 曾国藩:《曾国藩全集·日记》,咸丰九年八月初四,第406页。
② 曾国藩:《曾国藩全集·日记》,同治元年三月十七日,第731页。
③ 曾国藩:《致沅弟》,咸丰八年正月十一日,《曾国藩全集·家书》,第366页。其实,早在道光二十二年九月十八日的《致诸弟》书中,曾国藩对吴子序“用功譬若掘井,与其多掘数井而皆不及泉,何若老守一井,力求及泉而用之不竭乎”的劝诫之言就深以为然,并坦承:“此语正与予病相合,盖予所谓掘井多而皆不及泉者也。”
④ 曾国藩:《致诸弟》,道光二十二年九月十八日,《曾国藩全集·家书》,第36页。
⑤ 曾国藩:《致诸弟》,道光二十三年正月十七日,《曾国藩全集·家书一》,第54页。
⑥ 曾氏也一再强调:“但须看古人专集一家乃有把握,万不可徒看选本。”(《致诸弟》道光二十九年正月初十)
⑦ 曾国藩:《致诸弟》,道光二十五年三月初五,《曾国藩全集·家书》,第108页。
⑧ 曾国藩:《谕纪泽》,咸丰九年三月初三日,《曾国藩全集·家书》,第469页。

摹仿、怎样摹仿才能实现“取径较便”“收效较速”的功效,曾氏强调在性情相近原则的基础上取法前贤,“吾前教四弟学袁简斋,以四弟笔情与袁相近也。今观九弟笔情,则与元遗山相近”,并指点诸弟“或从我行,或别寻门径,随人性之所近而为之可耳”①。曾氏在《圣哲画像记》中也说:“余钞古今诗,自魏晋至国朝,得十九家,盖诗之为道广矣。嗜好趋向,各视其性之所近,犹庶羞百味,罗列鼎俎,但取适吾口者,哜之得饱而已。必穷尽天下之佳肴,辩尝而后供一馔,是大惑也;必强天下之舌尽效吾之所嗜,是大愚也。”②

在性情相近的基础上,曾氏还进一步强调了质性互补、互救的摹仿原则。如针对曾纪泽“能古雅而不能雄骏”的才思质性,曾氏认为“大约宜作五言,而不宜作七言”,指出《十八家诗钞》中所选汉魏六朝曹、阮、陶、谢、鲍诸家与纪泽性质相近,可专心读之。但是要借诗歌以开拓心胸,扩充气魄,达到穷极变态的效果,则“非唐之李、杜、韩、白,宋金之苏、黄、陆、元八家不足以尽天下古今之奇观”③。即使曾纪泽与八家质性并不相近,但八家之文“实《六经》外之巨制,文字中之尤物”,所以“不可不将此八人之集悉心研究一番”④以使诗作有“惊心动魄”的峻爽之势⑤。

在曾国藩所标举的诗家楷模中,备受称道的不外乎杜、韩、义山、苏、黄诸家。其中杜甫、韩愈是唐诗变调,宋型诗的开创者;而李义山“不仅是晚唐最值得重视的一位诗人,也是唐诗形式发展更新的一个新典范”⑥,而且他也是“唐人知学老杜而得藩篱者”⑦的一人而已。曾国藩对李义山的诗风有着敏锐的感悟:“渺绵出声响,奥缓生光莹。太息涪翁去,无人会此情。”⑧故钱仲联不无赞叹:“老杜而后,得其传者为昌黎、玉谿。昌黎得阳刚之美,玉谿得阴柔之美。山谷外近昌黎而内实玉谿。湘乡颇窥此秘。”⑨“杜韩不作苏黄逝,今我说诗将附谁”⑩的声明,也可看出曾氏的诗学取向。由此可知,曾氏论诗所宗皆为“宋诗”的典范,而对山谷诗风的偏好和以文为诗的嗜好也可以看

---

① 曾国藩:《致诸弟》,道光二十五年三月初五,《曾国藩全集·家书》,第108页。
② 曾国藩:《圣哲画像记》,《曾国藩全集·诗文》,第249页。
③ 曾国藩在同治元年四月初四的家书中还特意提到:“作文有峥嵘雄快之气,则业进矣。尔前作诗,差有端绪,近亦常作否?李、杜、韩、苏四家之七古,惊心动魄,曾涉猎及之否?”(《谕纪泽》,《曾国藩全集·家书》,第820页。)
④ 曾国藩:《谕纪泽》,同治元年正月十四,《曾国藩全集·家书》,第809页。所以,当曾纪泽仿作质性与己并不相近的八首古诗《拟东坡》,曾国藩就表扬其“进工甚猛,有一日千里之概”,是大为可喜之事。(《日记》,同治三年三月初七日)
⑤ 曾国藩:《谕纪泽》,同治元年四月初四,《曾国藩全集·家书》,第820页。
⑥ 胡明:《关于唐诗》,《文学评论》,1999年第2期,第52页。
⑦ 王安石语,见《蔡宽夫诗话》。郭绍虞辑《宋诗话辑佚》卷下,中华书局,1980版,第399页。
⑧ 曾国藩:《读李义山诗集》,《曾国藩全集·诗文》,第92页。
⑨ 钱仲联:《梦苕庵诗话》,第86页。
⑩ 曾国藩:《酬九弟四首》之三,《曾国藩全集·诗文》,第84页。

出,他是一个祧唐祢宋的典型人物。故陈衍指出:“山谷则江西宗派外,千百年寂寂无颂声,湘乡出而诗学皆宗涪翁。”①曾国藩道德崇隆,勋华彪炳,他私淑山谷的举动也为江西诗派壮大了声威,一时间江西诗风风行宇内,因此曾国藩也是晚清宋诗运动的导引者。

曾氏虽然肯定基于性情相近原则上的取法摹仿,但他并不一味地拘泥于前人的成法,并坚决反对不知变通的句摹字拟。如曾氏认为:“艺成以多作多写为要,亦须自辟门径,不依傍古人格式。”②自“备官朝列”即浸淫古文之道,亦“好观古人之文章”,在精准审美把握的基础上,曾氏“窃以自唐以后善学韩公者,莫如王介甫氏,而近世知言君子,惟桐城方氏、姚氏所得尤多,因就数家之作而考其风旨,私立禁约,以为有必不可犯者,而后其法严而道始尊”,其戒律之首就是“剽窃前言,句摹字拟”③。在《湖南文征序》里,曾氏也强调了法无定法、独辟町畦的见解:“窃闻古之文,初无所谓法也。《易》《书》《诗》《仪礼》《春秋》诸经,其体势声色,曾无一字相袭,即周秦诸子,亦各自成体。持此衡彼,画然若金玉与卉木之不同类,是乌有所谓法者?后人本不能文,强取古人所造而摹拟之,于是有合有离,而法、不法名焉。”

曾国藩不仅煞费心机地指出熟读、摹仿等诗歌创作的前期准备工作的重要性,而且殚精极思地对实际创作中的遣词、造句、谋篇、声调等四个要素亦一一点明其要领之所在。曾国藩指出:“欲着字之古,宜研究《尔雅》《说文》、小学、训诂之书,故尝好观近人王氏、段氏之说;欲造句之古,宜仿效《汉书》《文选》,而后可贬俗而裁伪;欲分段之古,宜熟读班、马、韩、欧之作,审其行气之长短,自然之节奏;欲谋篇之古,则群经诸子以至近世名家,莫不各有匠心,以成章法。如人之有肢体,室之有结构,衣之有要领。大抵以力去陈言、戛戛独造为始事,以声调铿锵、包蕴不尽为终事。”④

对于如何遣词造句,曾氏首先强调要有陈言务去、戛戛独造的开创精神。其次,曾氏还对造句进行了详赡的条分缕析:“造句约有二端:一曰雄奇,一曰惬适。雄奇者,瑰玮俊迈,以扬马为最,诙诡恣肆,以庄生为最;兼擅瑰玮诙诡之胜者,则莫盛于韩子。惬适者,汉之匡、刘,宋之欧、曾,均能细意熨贴,朴属微至。雄奇者,得之天事,非人力所可强企。惬适者,诗书酝酿,岁月磨炼,皆可日起而有功。惬适未必能兼雄奇之长,雄奇则未有不惬适者。学者之识,当仰窥于瑰玮俊迈,诙诡恣肆之域,以期日进于高明。若施手之处,则端从平

---

① 陈衍:《陈衍诗论合集·近代诗钞述评》,第882页。参见《石遗室诗话》。

② 曾国藩:《曾国藩全集·日记》,咸丰九年八月十六,第410页。

③ 曾国藩:《复陈宝箴》,同治八年五月二十七日、同治十年四月末,《曾国藩全集·书信》,第6783、7426页。

④ 曾国藩:《复许振祎》咸丰十一年三月十一,《曾国藩全集·书信》,第1971页。

实惬适始。”①

曾国藩主张在“力去陈言、戛戛独造”的基础上,通过段落的跌宕起伏及独具匠心的谋篇布势,进而达到“声调铿锵,包蕴不尽”的最高审美准则。为追求这种词气清越、朗朗上口的审美感受,曾国藩还特别强调声、气的重要性。他认为“作诗文,以声调为本”②,故作诗最宜讲求声调,“七律须讲究藻采、声调,不可专言上乘证果”③。并把古人“新诗改罢自长吟”“煅诗未就且长吟”视为古人在声调上的惨淡经营,进而强调:“盖有字句之诗,人籁也;无字句之诗,天籁也。解此者,能使天籁人籁凑泊而成,则于诗之道思过半矣。”④故曾氏在涵泳、朗诵苏诗时体悟到了“有声出金石之乐”,也进而推出“古人文章,所以与天地不敝者,实赖气以昌之,声以永之,故读书不能求之声气二者之间,徒糟魄耳”⑤的结论。曾氏对《十八家诗钞》的编选即可见其对声调的重视,如其“所选钞五古九家,七古六家,声调皆极铿锵”,“余所未钞者,如左太冲、江文通、赵子昂、柳子厚之五古,鲍明远、高达夫、王摩诘、陆放翁之七古,声调亦清越异常”⑥。

曾国藩由作行书“能摅写胸中跌宕俊伟之气”而悟出“作诗古文,胸中须有一段奇气盘结于中”的道理。但对这股“奇气”曾氏并不是要求直抒胸臆、喷薄而出,而主张“达之笔墨者却须遏抑掩蔽,不令过露,乃为深至”,如果“存丝毫求知见好之心则真气渫泄”⑦,即无足观矣。这里,曾氏肯定了文气吞吐不定、气贯于文的重要意义,也阐述了文气对于笔阵穷极变态的要义⑧。

对于在晚清政治史和学术史上都有所建树的曾国藩来说,诗歌创作思维并没有仅仅停留在看读写作、声调气势、谋篇布局等艺术层面上。政治家致用的视角使曾国藩坚信“画脂不是壮夫业,诗外有事真贤豪”⑨,而对理学的热衷又促使他强调“文章之事,以读书多,积理富为要”⑩。

作为政治家,曾国藩不仅坚忍倔强,而且困知勉行、自拔流俗。对于“古之君子,所以自拔于人人者”的成因,曾氏认为就是“其器识有不可量度而

---

① 曾国藩:《杂著·文·笔记二十七则》,《曾国藩全集·诗文》附录,第373页。
② 曾国藩:《曾国藩全集·日记》,同治二年九月二日,第929页。
③ 曾国藩:《曾国藩全集·日记》,道光二十三年二月廿三日,第160—161页。
④ 曾国藩:《谕纪泽》,《曾国藩全集·家书》,咸丰八年八月二十日,第418页。
⑤ 曾国藩:《曾国藩全集·日记》,咸丰十一年十二月二十四日,第698页。
⑥ 曾国藩:《谕纪泽》,《曾国藩全集·家书》,咸丰八年八月二十日,第418页。
⑦ 曾国藩:《曾国藩全集·日记》,咸丰十一年九月十二,第661页。
⑧ 曾国藩对于文气的伸缩吐茹之论,也基本体现了其关于所谓笔阵的见解,曾氏认为:“大约古来诗家、文家、书家皆有所谓笔阵者,厚蓄于阵之初,而不必究极于阵之终,阵将酣时又已另作变态矣。”(《日记》同治六年十月初一日)
⑨ 曾国藩:《书严太守大关赈粜诗后》,《曾国藩全集·诗文》,第63页。
⑩ 曾国藩:《曾国藩全集·日记》,道光二十一年二月廿四日,第67页。

已”。曾氏认为“器与识及之矣,而施诸事业有不逮,君子不深讥焉。器识之不及,而求小成于事业,末矣。事业之不及,而求有当于语言文字,抑又末矣”,“故语言文字者,古之君子所偶一涉焉,而不齿诸有亡者也”。所以,曾氏对杜甫“劳一世以事诗篇,追章琢句,笃老而不休”深不以为然,认为这与他的志量并不匹配。但看到韩愈称杜甫为“流落人间者,太乙一毫芒”,东坡也认为“此老诗外,大有事在”,曾氏才幡然醒悟:“杜氏之文字蕴于胸,而未发者殆十倍于世之所传,而器识之深远,其可敬慕,又十倍于文字也。”注重事功、强调经世的曾国藩对“今之君子”于“器识之不讲,事业之不问,独沾沾以从事于所谓诗者。兴旦而缀一字,抵暮而不安;毁齿而钩研声病,头童而不息。以咿嗄蹇浅之语,而视为钟彝不朽之盛业”的现象甚为厌恶①,也使得曾国藩极为推崇“古之善为诗、古文者,其工夫皆在诗、古文之外”②的论断。

曾国藩曾告诫诸弟大丈夫当有民胞物与的济世情怀,而且应该具有“试之以富贵贫贱,而漫焉不加喜戚;临之以大忧大辱,而不易其常”③的襟怀识度,只有“襟度远大、思虑精微”之人才能写下传世的不朽之文④。素以倔强著称的曾国荃⑤读邵子诗而得恬淡冲融之趣,曾国藩认为这正是其襟怀长进处,并指出“自古圣贤豪杰,文人才士,其志事不同,而其豁达光明之胸大略相同”。以诗而言,“必先有豁达光明之识,而后有恬淡冲融之趣”,“如李白、韩退之,杜牧之则豁达处多,陶渊明、孟浩然、白香山则冲淡处多。杜、苏二公无美不备,而杜之五律最冲淡,苏之七古最豁达。邵尧夫虽非诗之正宗,而豁达、冲淡二者兼全”,最后曾氏指出好读《庄子》的原因在于“其豁达足益人胸襟也”⑥。

作为理学信徒,曾氏虽鼓吹“读书多,积理富”⑦为文章要务,但他也注意到了“情极真挚”“修词立诚”的重要因素,强调只有二者相互结合才能创造出好的诗歌。当他欲作诗寄弟,虽“有情极真挚,不得不一倾吐”之情,但冥思苦想却不得一句。面对如此窘境,曾氏指出:“必须平日积理既富,不假思索,左右逢源,其所言之理,足以达其胸中至真至正之情,作文时无镌刻字句之苦,文成后无郁塞不吐之情”,这也正是平日读书多,积理富的功劳。如果

---

① 曾国藩:《黄仙峤前辈诗序》,《曾国藩全集·诗文》,第207页。
② 曾国藩:《杂著·格言四幅书赠李芋仙》,《曾国藩全集·诗文》,第433页。
③ 曾国藩:《黄仙峤前辈诗序》,《曾国藩全集·诗文》,第207页。
④ 曾国藩:《鸣原堂论文·诸葛亮出师表》,《曾国藩全集·诗文》,第513页。
⑤ 曾国藩曾致信曾国荃:“吾家祖父教人,一亦以懦弱无刚四字为大耻。故男儿自立,必须有倔强之气。”并赞叹其在“数万人困于坚城之下,最易暗销锐气”之时,却“能养数万人之刚气而久不销损,此是过人之处”。(《致沅弟》,六月十六日午初)
⑥ 曾国藩:《致沅弟》,同治二年三月二十四日,《曾国藩全集·家书》,第959页。
⑦ 曾国藩:《曾国藩全集·日记》,道光二十一年二月廿四日,第67页。

“平日蕴酿不深,则虽有真情欲吐,而理不足以适之,不得不临时寻思义理,义理非一时所可取办,则不得不求工于字句,至于雕饰字句,则巧言取悦,作伪日拙”,这样所谓修辞立其诚的主旨,就会荡然无存。所以,“以后真情激发之时,则必视胸中义理何如,如取如携,倾而出之可也。不然,而须临时取办,则不如不作,作则必巧伪媚人矣”①。

第四节 曾国藩诗歌的影响考察与比较研究

在儒家所谓“三不朽”的价值体系内,曾国藩除却对“立德”“立功”的执着追求外,对“立言”一端也是沉醉其中并付诸实践的。如钱穆指出:“涤生为晚清中兴元勋,然其为人推敬,则不尽于勋绩,而尤在其学业与文章。”②曾国藩也自信满满地宣称,“人生读书做事,皆仗胸襟。今自问于古诗人中,如渊明、香山、东坡、放翁诸人,亦不多让”,只是由于鞍马劳顿、案牍日烦导致“而卒无暇,不能以笔墨陶写出之”,才留下“惟此一事,心中未免不足”③的遗憾。

虽然曾国藩诗歌创作存在着“少琢炼之功”的微瑕之处,但这并不影响他在晚清诗坛的导引作用及宗主地位。如钱基博在评价曾国藩诗歌影响时就指出:“晚清名臣能诗者,前推曾国藩,后称张之洞。”国藩诗学韩愈、黄庭坚,且“识巨而才大,寓纵横诙诡于规矩之中,含指挥方略于句律之内,大段以气骨胜”,其诗歌影响也“一变乾、嘉以来风气,于近时诗学有开新之功”④。徐世昌也认为“余事为诗”的曾国藩在前“承袁、赵、蒋之颓波”的积衰习气下,能够用“雄峻排奡”的西江诗法“力矫性灵空滑之病”。

曾国藩的创作实绩与理论建构为宋诗运动的发展起到火之燎原的助推作用。施山指出:“黄山谷诗历宋、元、明,褒讥不一,至国朝,王新城、姚惜抱又极为推重,然二公实未尝学黄,人亦未肯即信。今曾涤生相国学韩而嗜黄,风尚一变,大江南北,黄诗价重,部值千金。”⑤

对曾国藩诗歌在晚清诗坛上的地位高低与影响程度,目前学界尚存异议。通过对政治家曾国藩与“余事为诗”的同僚或对手的比较,或许可以更好地梳理出曾氏的文学史地位与影响。作为政治家诗人,曾国藩与洪秀全、

① 曾国藩:《曾国藩全集·日记》,道光二十二年十一月十七日,第131页。
② 钱穆:《中国近三百年学术史》,第632页。
③ 史林:《曾国藩宦海密谈录》,中国华侨出版社,2002年版,第23页。
④ 钱基博著,傅道彬点校:《现代中国文学史》,中国人民大学出版社,2004年版,第212、213页。
⑤ 施山:《姜露庵杂记》卷六,转引自钱仲联编《清诗纪事》,第10090页。

左宗棠、胡林翼、李鸿章的诗歌不仅在文学层面上具备一定的审美价值，同时，他们的诗歌还具有以诗证史的文化意义。虽然曾氏在文学史上的影响与意义却远非洪秀全、左宗棠、胡林翼、李鸿章诸人可以比拟的，但这样的比较可以帮助我们跳出文学藩篱，在完整的文化生态面上更好地来把握曾国藩的诗歌影响及文学史地位。

曾国藩、左宗棠、胡林翼、李鸿章均为维护晚清统治的轮困之臣，在镇压太平天国运动中立下赫赫战功；作为他们战争对手的洪秀全，则领导了轰轰烈烈、如火如荼的太平天国运动，在晚清历史上也留下浓墨重彩的一笔。在投笔从戎之前，曾、左、胡、李、洪诸人均受儒家传统文化浸染，以诗言志的文化情结不时流露于诗歌创作中。在这一层面上来说，他们的诗歌可以说就是一部道、咸、同之际波澜壮阔的历史投影，也是一部晚清士人心路演变、精神沉浮与灵魂升降的实录。而把这些纵横疆场、叱咤风云的历史人物放在一起横向比较，就是为了通过在诗歌文本的检阅与考索中把握其背后文化生态的演进，这也正是诗史互证思路的延伸与拓展。

曾国藩、左宗棠、胡林翼之所以能在晚清政坛上独领风骚，有着复杂的社会历史成因。首先，湖南民风及学风的沾溉、启沃是他们成为中兴名臣的先决条件。湖南民性多流于倔强，且“人杰地灵，大儒迭起，前不见古人，后不见来者，宏识孤怀，涵今茹古，罔不有独立自由之思想，有坚强不磨之志节”①。程朱理学也一直是湖湘地区的显学，湖南士人普遍“以义理、经济为精宏，见有言字体音义者，恒戒以逐本遗末，传授生徒，辄屏去汉唐儒书，多以程朱为宗”②。在这种相同的地域环境以及文化氛围的浸染下，曾、左、胡三人均以程朱理学为宗，强调经世致用，积极践履于扶倾定危的济世信念。

在三人中，胡林翼辞世最早，也注定他在勋绩的创建上始终稍逊曾、左一筹。但其才具恢闳，器识超群，文韬武略无所不能，于人于事均体现出大度优容、舍己从人的风范，绝不类于曾、左二人面折人短的倔强习气③，并汲汲于以荐举人才为己任。故曾国藩挽联称其“舍己从人，大贤之量；推心置腹，群彦所归”。在胡林翼短暂的一生中，仅留下屈指可数的几篇诗歌作品，如《武昌军次怀罗泽南》《与友闲谈东北近事志感》《闻三河之变感赋》。《武昌军次怀罗泽南》首先描述了战争状况，如“十万貔貅会武昌”“丑虏妖氛楚塞黄”与

---

① 钱基博：《近百年湖南学风・导言》，第1页。

② 罗汝怀：《绿漪草堂文集》卷首《罗府君行状》，《续修四库全书》，第523页。

③ 左宗棠在《祭胡文忠公文》中指出：“我刚而褊，君通且介。”（《左宗棠全集・诗文》，第385页），从中可知二人对比鲜明的性格。曾国藩也自陈：“余天性褊激、痛自刻责惩治者有年，而有触即发，仍不可遏，殆将终身不改矣，愧悚何已。”（《曾国藩全集・日记》，同治元年九月十八日）

"愁看东南满战场",而且还描摹了与罗氏"马帐夜谈窗挂月"的深厚交谊以及"相期尝胆歼狂寇"的雄心。而《闻三河之变感赋》先是表达了作者亟欲建功的雄心与志向,借着对湘军三河之役[1]的惨败表达出自己的愤慨之情,并大声疾呼:"寄语湖湘好弟子,同仇好共枕干戈。"

在曾、左、胡三人中,左宗棠的行藏出处最具传奇色彩。左宗棠性雄杰自喜,俯视辈流。当肄业城南书院时,即"究心兵事地理,慨然以天下自任,奴视俗士"[2]。左氏富于智略,胸中丘壑森然,然其个性较为狷介狂傲[3],目下无尘。相对于曾、胡的进士出身,左宗棠只是一介举人。三次会试不中的实情打消了左宗棠仕进之念,转而归隐林泉以耕读传家,并潜心于舆地、兵法等致用之学的研讨。左宗棠屡屡强调耕读的重要性,如其《家塾》联所云:"身无半亩,心忧天下;读破万卷,神交古人";"要大门闾积德累善,是好子弟耕田读书"[4]。但耕田读书并不是左宗棠的人生终极目的,"心忧天下"才是切中肯綮之语,流露出拯世济民的宏大志向与魄力。因此,左氏耕田只是隐忍以待,读书也只是蓄致用之才,诚如《左氏家庙》联语所言:"纵读数千卷奇书,无实行不为识字。"[5]

在左宗棠的人生轨迹中,晚清经世派重臣贺长龄兄弟、陶澍、林则徐诸人是影响其前进方向的重要力量。贺、陶、林都对左宗棠青眼有加,备极关爱,屡屡对其褒奖提携。贺长龄不仅把自己有关经世的书籍全部借给左氏研读[6],而且与之探讨读书所得。贺熙龄"伟其才,授以程朱之书,公始折节事学,欲以义理为本,发为事功"。陶澍与左宗棠的相识、相知则完全有赖于左氏的文学素养与如椽妙笔。陶澍对左宗棠"春殿语从容,廿载家山印心石在;大江流日夜,八州子弟翘首公归","一县好山为公立,两度绿水俟君清"的联语甚为赞赏,也拉开了陶、左交往的序幕。林则徐对左宗棠也是青眼有加,并极力向朝廷举荐左氏为堪用之大才。林则徐辞世,左宗棠的挽联足以表露对这位伯乐的感激与推崇之情。左氏言:"附公者不皆君子,间公者必

---

① 据黎庶昌《年谱》记载,咸丰八年九月,"时庐州复陷,贼屯聚三河镇,李公续宾督军攻三河贼垒。是月,贼酋陈玉成纠合大股援贼,连营围之。官军全覆,李公赴敌阵亡,公弟国华及在军员弁兵勇从殉难者六千人。湘军精锐歼焉!桐城后路之军,相率溃退,楚、皖之间大震"。

② 李肖聃:《湘学略》,第184页。

③ 针对左宗棠狂傲的个性,曾流传一幅曾、左相互取笑的对联,虽不可尽信,但足见左氏不羁的个性。曾国藩戏言:季子自称高,仕不在朝,隐不在山,与人意见辄相左。左宗棠反唇相讥:藩臣当卫国,进不能战,退不能守,问你经济有何曾?李肖聃《湘学略》对"左氏人多遗议"也有记载,详见《近百年湖南学风·湘学略》,第185页。

④ 左宗棠:《家塾》,《左宗棠全集·联语》,岳麓书社,1996年版,第470页。

⑤ 左宗棠:《左氏家庙》,《左宗棠全集·联语》,第469页。

⑥ 李肖聃:《湘学略》,第187页。

是小人,忧国如家,二百余年遗直在;庙堂倚之为长城,草野望之若时雨,出师未捷,八千里路大星颓。”①

左宗棠在二十八岁时“益摒弃词章之业”,致力于精研时务之学。贺蔗农对左氏这种治学态度极为推许,并以诗赠之:“六朝花月毫端扫,万里江山眼底横。开口能谈天下事,读书深报古人情。”②虽然左氏声称“弃词章,为有用之学”,但深入骨髓的文学情思也促使他在“经世”之余屡屡挥诸毫端。如《清稗类钞》就有“左文襄不废诗文”的记载:“左文襄久在军中,不废诗文。章奏文札缄牍或友朋酬答,皆取办于一己。所用书记,供钞录而已。晚岁,辑其所作诗文,都为一卷,而署检曰《盾鼻馀沖》。”③

左宗棠文章之美虽不逮曾文正,然“集中周夫人、长子孝威夫妇墓志铭,情感至深。为其兄景乔舍人宗植作《慎斋文集序》,读之凄然,深同气之感。舍人以第一人领湘解,公兄弟同举也。《祭胡文忠文》实大声闳,不愧名篇。《海国图志》《铜官感旧图》二序、《徐太常墓表》《箴言书院碑铭》,皆其得意之作。黎庶昌续纂古文,亦选取十余篇”④。

“诗非所长,而联语甚妙”⑤的按语也基本符合左氏创作的实情,如光绪十八年所刻《左宗棠全集·诗文》仅收录诗歌36首。其诗大都是政治信念与事功情结的抒发,如“书生岂有封侯想,为播天威佑太平”⑥,就强调了自己并不是为拜将封侯才投笔从戎驰骋疆场,上为君、下为天下苍生的太平才是其真正目的,展示出左宗棠以天下为己任的宏大志向。而“世事悠悠袖手看,谁将儒术策治安。国无苛政贫犹赖,民有饥心抚亦难。天下军储劳圣虑,升平弦管集诸官。青衫不解谈时务,漫卷诗书一浩叹”⑦,则表达了他对国政日非、民不聊生现状的忧虑之情,同时也透露出其欲平天下舍我其谁的豪气。而《燕台杂感》之三则直陈对置省屯边时务举措的看法,如其云:“橐驼万里输官稻,沙碛千秋此石田。置省尚须他日策,兴屯宁费度支钱。”⑧左宗棠在回复陶少云信中曾论述对龚自珍、魏源对时务见解的优劣,可与上诗参证。左氏声称:“道光朝讲经世之学者,推默深与定庵,实则龚博而不精,不若魏之切实而有条理。近料理新疆诸务,益见魏子所见之伟为不可及,……改设郡

---

① 左宗棠:《挽林文忠公》,《左宗棠全集·联语》,第480页。
② 罗正钧:《左宗棠年谱》道光十九年,岳麓书社,1982年版,第17页。
③ 徐珂:《清稗类钞》,中华书局,1984年版,第3883页。
④ 曾国藩特别激赏他的《祭润帅文》,指出其文“愈读愈妙。哀婉之情,雄深之气,而达之以诙诡之趣,几欲与韩昌黎、曾文节鼎足而三。”(《复左宗棠》,咸丰十一年十月二十九日)
⑤ 李肖聃:《湘学略》,第187页。
⑥ 左宗棠:《感事四首》其二,《左宗棠全集·诗集》,第459页。
⑦ 左宗棠:《癸巳燕台杂感八首》其一,《左宗棠全集·诗集》,第456页。
⑧ 左宗棠:《癸巳燕台杂感八首》其三,《左宗棠全集·诗集》,第456页。

县,粪议多不可行。"[①]罗正钧编《左宗棠年谱》时指出其诗"多忧危之词,若预知天下将乱"[②]。作为一名个性刚介的军事统帅,针对外国入侵者,左宗棠始终坚持"主战"的强硬态度。并对议和之举极为反感,其诗云"和戎自昔非长算,为尔豺狼不可训"[③],也展现出战略家的长远眼光。

李鸿章作为曾国藩政治事业上无可非议的衣钵传人,仕途勋绩的辉煌掩盖了其在学术及诗文创作上的成就,也未能位列曾门四大弟子的行列。曾国藩、李鸿章汲汲于事功的心态也使得他们的诗歌呈现出气势俊爽、声调铿锵的特点。同时,朝夕相从的耳濡目染也使李鸿章深受曾氏诗学理念的熏染。如李鸿章在《禀母》函中所言:"初次会试,男以诗文受知于曾夫子,因师事之,而朝夕过从,求义理经世之学。"[④]尚未入仕的李鸿章,其诗歌中即流露出汲汲遑遑以干禄求仕的豪气,以及场屋困顿的自怨自艾。如其《二十自述》:

蹉跎往事付东流,弹指光阴二十秋。
青眼时邀名士赏,赤心聊为故人酬。
胸中自命真千古,世外浮沉只一沤。
久愧蓬莱仙岛客,簪花多在少年头。

每到春初酒价赊,惊心老大渐相加。
三年白下增诗债,十载青毡易岁华。
马齿记从今日长,龙头休向昔时夸。
因循最误平生事,枉自辛勤读五车。

丈夫事业正当时,一误流光悔后迟。
壮志不消三尺剑,奇才欲试万言诗。
闻鸡不觉身先舞,对镜方知颊有髭。
昔日儿童今弱冠,浮生碌碌竟何为。

暮鼓晨钟入听来,思前思后自徘徊。

---

① 左宗棠:《答陶少云》,《左宗棠全集·书信》,第348页。
② 罗正钧:《左宗棠年谱》,第11页。
③ 左宗棠:《感事四首》其二,《左宗棠全集·诗集》,第459页。
④ 李鸿章在《曾文正公神道碑铭》中也指出:"少从公问学,又相从于军旅。"曾国藩"为学研究义理,精通训诂;为文效法韩、欧,而辅益之以汉赋之气体。其学问宗旨以礼为归"的治学理念不可避免地也会影响到李鸿章的为学途辙。(《合肥李氏三遗集》,《近代中国史料丛刊》,第762—763页。)

人生惟有青春好，世事须防白首催。
万里请缨终子少，千秋献策贾生推。
愧予两字功名易，小署头衔斐秀才。①

诗中李鸿章流露出“功业未及建，夕阳忽西流”的一缕惆怅之情，并表示要以汉代终军、贾谊为立功榜样，进而立志闻鸡起舞，以挽回既逝韶光。同时，在自责声中也不免透露出作者不可一世的自负之情，如“胸中自命真千古”，“壮志不消三尺剑，奇才欲试万言诗”。

而李鸿章的《入都》组诗更是豪气干云，不可遏抑。其豪迈之情、进取之志足可与曾国藩“慷慨悲歌，自谓不让陈卧子”的《感春诗》相媲美。如“丈夫只手把吴钩，意气高于百尺楼。一万年来谁著史，三千里外欲封侯”，“出山志在登鳌顶，何日身才入凤池”，“倘无驷马高车日，誓不重回故里车”，“即今馆阁须才日，是我文章报国年”②等句，大有其师“竟将云梦吞如芥，未信君山划不平”③，“莫言儒生终龌龊，万一雉卵变蛟龙”④的恢宏气势，可谓对自己的前途极端自信，透露出希图建立经世功业的豪气。而如“读书但愿登科第，得不为荣失便羞”⑤则更加直白地表露出自己意欲在仕途上积极进取的决绝态度。在李鸿章的诗集中，这样慷慨激扬、气势勃郁的诗作比比皆是。如“愧我年华同邓禹，飘零书剑未封侯”⑥，“愁弹短铗成何事，力挽狂澜定有人”⑦。

曾国藩求学治学的目的就是“树德追孔周，拯时俪葛亮”⑧。当太平天国“毁先王圣人之道”“惟耶稣是奉”的文化进犯把几千年来的孔孟道统冲击的七零八落之时，曾国藩意识到天将降大任于斯人的时刻到了，他毅然擎起了“护教”“卫道”的旗号。针对太平天国把“中国数千年礼义人伦，诗书典则”扫地荡尽、焚烧一空的举措，曾氏几近声泪俱下的疾声痛斥：“此岂独我大清之变，乃开辟以来名教之奇变，我孔子孟子之所痛哭于九泉。”⑨

危如累卵的国势以及创建湘军、镇压太平天国的戎马生涯使得他极为重视“经济”并推崇气骨，“不为圣贤，便为禽兽；不问收获，只问耕耘”的自警联也透露出曾氏为实现“三不朽”的人生目标而决绝进取的心态。这些思想不

① 李鸿章：《二十自述》，《合肥李氏三遗集》，《近代中国史料丛刊》，第831—832页。
② 李鸿章：《入都》，《合肥李氏三遗集》，《近代中国史料丛刊》，第832、834、835页。
③ 曾国藩：《岁暮杂感十首》之四，《曾国藩全集·诗文》，第77页。
④ 曾国藩：《感春六首》之六，《曾国藩全集·诗文》，第48页。
⑤ 李鸿章：《留别王德昭》，《合肥李氏三遗集》，《近代中国史料丛刊》，第836页。
⑥ 李鸿章：《山东旅社题壁》，《合肥李氏三遗集》，《近代中国史料丛刊》，第837页。
⑦ 李鸿章：《丙辰夏明光镇题壁》，《合肥李氏三遗集》，《近代中国史料丛刊》，第838页。
⑧ 曾国藩：《送陈岱云出守吉安》，《曾国藩全集·诗文》，第16页。
⑨ 曾国藩：《讨粤匪檄》，《曾国藩全集·诗文》，第232页。

可避免地渗透到他的诗(文)理论中,并对后来的诗(文)坛都产生了深远影响。因此,曾国藩的诗文理念也并非简单的为文之道,在某种程度上还可以说是曾氏文化品格的再现以及他心目中完美人格的期望。而以"有田同耕,有衣同穿,有钱同使,无处不均匀,无人不饱暖"为奋斗蓝图的洪秀全,他的诗歌也决不是骚人墨客名物典故的獭祭与格律声色的堆砌,而是其政治信念与道德律令的再现。从这些诗歌不仅可以洞察天国运动的演进轨迹,还可以把握洪氏心灵脉动的有效途径。

曾国藩和洪秀全都受到中国传统文化母体的滋养,但人生道路的迥异使得二人对传统文化的态度发生了大幅逆转。曾国藩是理学的忠实信徒,并以儒家的"立德、立功、立言"为人生奋斗的不朽目标。自明朝末年基督教逐渐传入我国,就和儒家传统文化不断发生交融和碰撞。西方神学体系中的"平等"观念不断侵蚀以儒家的"君君、臣臣、父父、子子"等文化信仰为维系支柱的封建等级制度。特别是晚清洪秀全的拜上帝会对儒家传统文化产生了更大的冲击,作为笃守儒家信条的曾国藩也就不可避免地担当起传统文化守护神的角色。外夷的虎视眈眈以及内部农民起义的纷扰已使得大清国势岌岌可危,"大厦正欲梁栋拄"的危机使得曾国藩渴望建功立业的抱负得以施展。曾国藩在对阵洪秀全的军事战线及思想文化战线上均取得胜利,并由此而出将入相、达到权力的巅峰。

晚清的基督教思想对儒家传统文化产生了很大冲击,太平天国运动就是一个明证。洪秀全作为儒家文化的颠覆者自幼也曾接受儒家传统文化的熏陶,能"熟诵《四书》《五经》及古文多篇",早期他希望能通过科举考试走上仕宦之路,但接连几次科场不售,使他意识到科举制度的黑暗。科场蹭蹬的遭际对洪秀全来说是一个严重的打击,他已经丧失了通过科考而博取功名的信心,也失去了对金榜题名、封妻荫子等传统进取模式再次抉择的兴趣。怀才不遇的愤懑促成洪秀全创立了拜上帝会,并信誓旦旦要"不考清朝试,不穿清朝衣,要自己开科取士",决绝地走上了传统文化叛逆者的道路。拜上帝教是洪秀全溶入血液的中华文化精神和西方贩来的"四不象的天主教"融合的混血儿。拜上帝教宣扬上帝是唯一的真神,实行摒弃一切佛、道信仰,更把矛头直指孔孟的文化政策。太平军所到之处,更是尽扫孔庙和孔子牌位,将儒家经书斥为"妖书","凡一切孔、孟,诸子百家,妖书邪说,尽行焚除,皆不准买卖、藏读也,否则问罪也"[①],"凡一切妖书如有敢念诵教习者,一概皆斩"[②]。洪秀全这种"毁先王圣人之道"(当然这也隐含了洪秀全一并推翻政治文化

① 黄再兴:《诏书盖玺颁行论》,太平天国史料丛刊,《太平天国》第一册,第313页。
② 张德坚:《贼情汇纂》卷七,转引自《太平天国》第三册,《中国近代史资料丛刊》,第190页。

与伦理信仰而改天换地的决绝心理),招致了广大知识分子的极力反对①,当时的封建士人认为“洪杨之乱”在思想文化层面“几欲变中华为夷俗”。

为科举登第而作的文化积累使洪秀全深知利用诗文进行革命宣传的重要性。他现存的诗文基本上“语语确凿,不得一词娇艳,毋庸半字虚浮”,“不须古典之文”②,以便于直接宣传革命。他的诗称得上气势恢宏,而且洋溢着积极浪漫主义的乐观色彩。如《述志诗》:

手握乾坤杀伐权,斩邪留正解民悬。
眼通西北江山外,声振东南日月边。
展爪似嫌云路小,腾身何怕汉程偏!
风雷鼓舞三千浪,易象飞龙定在天。③

另外一首比较著名的当数《吟剑诗》:

手持三尺定山河,四海为家共饮和。
擒尽妖邪归地网,收残奸宄落天罗。
东西南北敦皇极,日月星辰奏凯歌。
虎啸龙吟光世界,太平一统乐如何!④

诗中表达了作者决心通过开展武装斗争,来推翻清王朝的反动统治,建立一个“太平一统”的盛世理想。诗中描绘的四海为家、太平一统的理想社会,也给反抗清朝统治的勇士以极大的鼓舞。如同前代会舞文弄墨的农民起义领袖一样,洪秀全的诗歌体现了他超人的气魄与胸襟,可谓大气磅礴。他试图“擒尽妖邪归地网,收残奸宄落天罗”,从而建立一个“四海为家”“太平一统”的理想社会,与黄巢“冲天香阵透长安,满城尽带黄金甲”的政治豪情均勾勒出了农民领袖的心路历程,体现了他们的美好愿望,也产生了强烈的模范作用。另外他的一些诗歌中也往往带有宗教色彩,留下了基督教文化的痕迹,如《诛妖诗》中的“真神能造山河海,任那妖魔一面来”。洪秀全的政治

---

① 洪秀全尊“上帝”为唯一真神,诋毁孔孟、焚烧儒家书籍的文化政策,招致了儒家士人的极力反对。就有文人把太平天国的这一政策比作秦始皇的焚书坑儒,如《山曲道人题壁》所言:“敢将孔孟横称妖,经史文章尽日烧,灭绝圣贤心枉用,祖龙前鉴正非遥。”(《太平天国史料丛编简辑》第6册,第386页。)

② 洪秀全:《戒浮文巧言谕》,《洪秀全选集》,中华书局,1976年版,第76页。

③ 或作《斩邪留正诗》,见《太平天国起义记》,《近代中国史料丛刊续编》,第16页。

④ 洪秀全:《吟剑诗》,《太平天国起义记》,《近代中国史料丛刊续编》,第28页。

抒情诗一直也被视为清代传统诗坛的另类,但他诗中蕴涵着极其重要的文化意义,并开启了晚清政论诗的闸门。他(也许还要加上金和①)的诗歌都可视为太平天国时期的历史实录,在清诗的艺术长廊中呈现出独特的光芒,是清诗历史段落中的一个重要组成部分。

在晚清诗(文)坛上,将一向被正统文士目为异类的洪秀全和作为宗宋诗派一代宗主的曾国藩相提并举,若单纯论其诗歌的艺术造诣也许有点滑稽。但对于晚清政治史上两位不可或缺的重量级人物来说,诗歌不仅是艺术创获,还是其人生轨迹与心灵脉动的载体。从文化史、思想史的角度来说,曾国藩、洪秀全的诗歌作为流动思想的载体是具有同样重要意义的,而且是不可忽视的。他们的诗文理论都是建立在自己笃守的政治理念与文化品格之上的,因此渴求"建功立业"的动机与志向使得政治、军事立场上的对手变成了诗文追求的同道,一致推崇、激赏雄奇豪迈的诗文。如曾氏的"生世不能学夔皋,裁量帝载归甄陶。犹当下同郭与李,手提两京还天子",与洪氏"手握乾坤杀伐权,斩邪留正解民悬""擒尽妖邪归地网,收残奸宄落天罗"的诗句均有一种磅礴之气喷薄而出,也淋漓尽致地体现了诗人的志向与抱负。他们还都强调了诗歌"经世致用"的社会功效,为了挽救被内忧外患折磨得奄奄一息的清王朝,曾国藩强调了"经济"入文的重要。洪秀全为适应文化层次不高的天国士兵而主张天国诗文都应该"语语确凿,不得一词娇艳,毋庸半字虚浮"。无论这是否出于儒家文化叛逆者的自卑心理,客观来说是忽略了文学作品的审美特性,这正是洪秀全与曾国藩截然不同的地方。曾国藩不仅强调了文章应该有救济人病、裨补时阙的外在功效,还兼顾到了文学作品的审美特性等艺术本色,如注重诗文的"阳刚""阴柔"之美,强调"情韵""趣味"等美学特性,体现出传统诗文总结者文质并重的开阔视野与艺术修养。

曾国藩精湛的文化素养使得他对待文学作品具有比较全面而独到的眼光:一方面强调"经济",要求文以致用,裨补时阙;另一方面却丝毫不忽视文学作品的艺术特性,无论是阳刚、阴柔还是识度、情韵的划分都体现了这一趋势。而洪秀全前期的诗歌创作犹可称道,如《龙潜诗》:"龙潜海角恐惊天,暂

---

① 关于金和的行事及诗歌创作历来评价不一。其在太平天国期间既仇视农民军又对清军的腐败无能加以无情嘲讽的举动完全可以视为一个"以天下为己任"封建士大夫的自然的反应。他擅长以文为诗,洋洋洒洒,不拘一格。陈衍认为"其古体极乎以文为诗之能事,而一种沉痛惨澹阴黑气象,又过乎少陵、子尹"(《近代诗钞》卷七)。梁启超誉之诗为"元气淋漓,卓然称大家"(梁启超《清代学术概论》,第221页),可与黄遵宪、康南海并举。柳亚子则盛赞:"自珍变体金和继,平心未拟菲黄康。"(《长歌一首赠步陶莒楼伉俪》)胡适在《五十年来中国之文学》里推举他为太平天国时期能够代表时代的诗人,认为他的纪事诗不但很感人,而且具有历史的价值。胡适认为金和嘲讽的诙谐,乃是他的特别长处,并推测他的诗得力于《儒林外史》的嘲讽本领。(《胡适文存二集》卷二,《民国丛书》,第106、109页。)

且偷闲跃在渊；等待风云齐聚会，飞腾六合定乾坤。”①该诗激荡着溢满于胸的豪气与自信。但后期诗歌如《天父诗》：“内言内字不准出，敢传出外五马分；外言外字不准入，敢传入内罪同伦。”越来越强调单一的实用性，虽以诗为名实则如政策律令，毫无韵味。故正统文士不无嘲讽地论其诗为“俚曲盲词，大都费解。窥其意似亦稍知文义者，故意矫揉造作，成此支离曼衍之调”②。总体而言，曾国藩诗文理念较具系统性，体现出文质并重的合理态势，也奠定了他几无人望其项背的文（诗）坛宗主地位。洪秀全早期诗歌也可以称得上文质彬彬、气宇轩昂，只是后期沦为道德、律令的化身，作成了清诗体系中“质胜文”的另类“野”诗。

曾国藩、洪秀全作为晚清政治史上举足轻重的人物，他们的诗文创作具有特定的文化意义。他们在文化心态以及精神层面的演变轨迹在诗文创作中刻下了清晰的烙印，并且也与他们的诗文主张、审美理想紧密合拍且相互印证。曾国藩、洪秀全作为儒家文化的卫道者与叛逆者，他们在文坛上的亮相和表态都导引着晚清诗文的动态和走向。因此，在还原文学生态的前提下，通过对他们作品的深层解读去开掘其背后隐藏的文化涵义，正是全面认识政治家诗人的有效途径。

曾、左、胡、李、洪诸人的诗文理念并非简单的为文之道，他们的诗歌也决不是骚人墨客名物典故的獭祭与格律声色的张扬，在某种程度上还可以说是他们文化品格与政治信念的再现以及对他们心目中完美人格的期许③。对曾国藩及其同侪幕僚诗友，甚至与洪秀全进行互为参照的横向比较不仅具有重要的文化史意义，而且对梳理中国古典诗歌的最终走向也是不无裨益的。这些诗歌不仅是洞察晚清诗坛演进轨迹的风向标，还可视为把握他们心灵脉动的有效途径。详细审视曾氏与同侪、幕僚以及诗友的交往轨迹，从而在此基础上对道咸同诗坛上曾国藩的功过审慎定位。因此，从文化生态学的角度来考索、开掘依附于曾氏诗歌中的社会历史得失、学术思想、士人心态以及文化交融与传播具有特定的文化史意义。

---

① 洪秀全：《龙潜诗》，《洪秀全选集》，第6页。

② 张德坚：《贼情汇纂》卷七，转引自《太平天国》第三册，《中国近代史资料丛刊》，第190页。

③ 李鸿章就明确指出曾国藩“功在社稷，德在士民，事迹在国史方略，流风善政在天下后世，岂借文传哉？然公之文，非徒文也，乃其德行、学问、勋业之笃实光辉，而发著之于文者也”（《求阙斋文钞序》）。

第四章　“述作窥韩愈”的为文自信与“拓兹疆宇广”的古文中兴

囿于阶级立场的不同，学界对曾国藩的评价也呈现出两极分化的态势。如章太炎就指出曾国藩“誉之则为圣相，谳之则为元凶”①，黄霖也指出曾氏“既为岌岌可危的清王朝鞠躬尽瘁，延迟其封建统治的崩溃，阻碍了中国社会民主化的进程，又被咄咄逼人的泰西科学有所触动，采取了一些措施，加速了近代科学化的步伐。新与旧、功与过，在他身上复杂而自然地交织在一起”②。

同样，对其古文的解读与评骘在学界也呈现出断断相角、众说纷纭的热闹景象。曾氏古文是旧式文人津津乐道的“卫道”“立言”的典范之作，在建国后却一度被打入冷宫。曾国藩的古文之所以会产生冰火两重天的巨大落差，一方面，基于政治立场的不同，我们对曾氏作品中丑化、诋毁农民起义的作品自不能揄扬过度③。另一方面，曾氏古文基本是牢笼万有的经世大作，如仅从艺术层面推敲很难发掘出其潜在价值。这也是曾国藩同姚鼐等桐城派文人不同的地方，如黎庶昌在《续古文辞类纂·序》中就指出了二者的差异：“余今所论纂，其品藻次第，一以习闻诸曾氏者，述而录之。曾氏之学，盖出于桐城，固知其与姚先生之旨合，而非广已于不可畔岸也。循姚氏之说，屏弃六朝骈丽之习，以求所谓神理、气味、格律、声色者，法愈严而体愈尊；循曾氏之说，将尽取儒者之多识、格物、博辨、训诂，一内诸雄奇万变之中，以矫桐

---

① 章太炎：《检论·杂志》，《章太炎全集》，上海人民出版社，2014 年版，第 598 页。又见刘凌等编校：《章太炎学术论著》，浙江人民出版社，1998 年版，第 223 页。

② 黄霖：《近代文学批评史》，第 173 页。

③ 诚如朱东安先生所言：“曾国藩的文章多含反动的政治内容，不似桐城派游记之类的艺术珍品，后人对它的评价也就不能不受政治因素的影响，即使那些专门追求为艺术而艺术的文学家，也很少有人把他的文章归于文艺作品之中。他的文章多年来不为文坛所重，这也是原因之一。”（《曾国藩与中国传统文化》，《近代史研究》，1997 年第 1 期。）“曾国藩在古文上虽有一定造诣，但其真正属于文学艺术品的文章却寥若晨星。尤其那几篇为人称道的‘佳品’，几乎全是悼念湘军战死将领的文章，政治内容极为反动。在这点上，与古今文学大家有着很大不同。长期以来，他在近代文学史上的地位不为人们所承认，除了政治上倒行逆施，多行不义之外，这恐怕也是一条重要原因。”（《曾国藩和理学》，《太平天国学刊》，第五辑。）

城末流虚车之饰,其道相资,无可偏废。”①

第一节　曾国藩古文创作论略

曾国藩的古文,正如黎庶昌所言,可谓“尽取儒者之多识、格物、博辨、训诂,一内诸雄奇万变之中”。在曾氏作品中,貌似应酬之作的序、记、墓志类文体充斥其中,比比皆是。对这类作品,曾氏并没有流于泛泛的应景之作,而是不落窠臼、别有怀抱地予以寄托。其中,既有对学术理念的阐发与学术流派的爬梳,如《欧阳生文集序》《圣哲画像记》等;也有抒发自己对诗文、考据深造自得之见的,如《湖南文征序》《送刘君椒云南归序》《黄仙峤前辈诗序》《朱慎甫遗书序》等;而在曾氏文集中占据较多篇幅的墓志铭,既表彰了阵亡将士的忠勇之气,也抒发了自己的同袍之情(当然,这些内容是站在反对农民起义立场上的,但也可以视作以资证史的反面材料),如《江忠烈公神道碑铭》《罗忠节公神道碑铭》《李忠武公神道碑铭》《李勇毅公神道碑铭》等。在曾氏文集中,遨游山水寄情之作的缺失虽然是一大遗憾,却也是曾氏“画脂不是壮夫业,诗外有事真贤豪”②一贯致用主张的鲜明体现。

曾氏曾在《劝学篇示直隶士子》中把为学之术“义理、考据、辞章、经济”与孔门四科一一对应,并详加阐述。曾氏文集除以体裁不同的划分之外,以“义理、考据、辞章、经济”作为划分内容的标准也是较为合理的。对曾文的解读,不仅应该留意“义理、考据、辞章、经济”四大板块的划分,更应该去领会在“义理、考据、经济”的阐述中对“辞章”的审慎把握与灵思妙用。

作为程朱理学的信徒,曾氏的学术理念不可避免地会在文中有所流露和发挥,如《顺性命之理论》《五箴》《召诲》《君子慎独论》等一些阐述性理之作。如《顺性命之理论》云:

> 尝谓性不虚悬,丽乎吾身而有宰,命非外铄,原乎太极以成名。是故皇降之衷,有物斯以有则,圣贤之学;惟危惕以惟微。盖自乾坤奠定以来,立天之道曰阴与阳,静专动直之妙,皆性命所弥纶。立地之道曰柔与刚,静翕动辟之机,悉性命所默运。是故其在人也,絪缊化醇,必无以解乎造化之吹嘘。……不知性命,必致戕贼仁义,是理以逆施而不顺矣。高虚无之见者,若浮萍遇于江湖,空谈性命,不复求诸形色,是理以惝恍而不顺矣。惟察之以精,私意不自蔽,私欲不自挠,惺惺常存,斯随时见

---

① 黎庶昌:《拙尊园丛稿》,《近代中国史料丛刊》,第80页。
② 曾国藩:《书严太守大关赈粜诗后》,《曾国藩全集·诗文》,第63页。

其顺焉。守之以一,以不贰自惕,以不已自循,栗栗惟惧,斯终身无不顺焉。此圣人尽性立命之极,亦即中人复性知命之功也夫。①

在这里,曾氏执着于对"圣人尽性立命"含义的探讨,流露出曾氏意欲究心理学的端倪。

《五箴》则是被唐镜海昭然发蒙后心得体会的总结,也是曾氏以后进德修业的指导规范。立志、居敬、主静、谨言、有恒作为立身之本,也指明了曾氏治学的大致途辙。《召诲》针对社会上"小人之过也必文"的不良风气进行抨击,指出贤与不肖的区别就在于"改过之勇怯"的程度。友朋有过失应该"直谏以匡之",或者"巽言以挽之",不应为其文过饰非。该文可以和曾氏《题金陵督署官厅》的联语相资证②,体现出曾氏闻过即改、务求诤友的心态。

在《讨粤匪檄》中也明确表明其卫道立场,在《复彭申甫》《与郭崑焘》信中对儒者在孔门遭受千古之变时不以为虑的人心陷溺状况深为不满。彭申甫尝谓"今日不可救药之端,惟在人心陷溺,绝无廉耻"之论,可谓搔到曾氏"积年痒疥","忧患余生,得少快慰"。对此,曾国藩声称:"则国藩之私见,实与贤者相吻合",并指出:"无兵不足深忧,无饷不足痛哭,独举目斯世,求一攘利不先,赴义恐后,忠愤耿耿者,不可亟得;或仅得之,而又屈居卑下,往往抑郁不伸,以挫以去以死,而贪饕退缩者,果骧首而上腾,而富贵,而名誉,而老健不死。此其可为浩叹者也。"③在回复刘蓉的信件中,还系统地表述了关于文、道关系的远见卓识④。

曾国藩对洪杨之流"窃外夷之绪,崇天主之教"的举动,破坏了中国数千年的礼义人伦、诗书典则,这一大变故不惟是大清之变,亦开辟以来名教之奇变。所以曾国藩在《讨粤匪檄》中词气激扬地指出洪、杨之危害,并进而号召各阶层人士群起而攻之。檄文云:

逆贼洪秀全、杨秀清称乱以来,于今五年矣。荼毒生灵数百余万,蹂躏州县五千余里。所过之境,船只无论大小,人民无论贫富,一概抢掠罄尽,寸草不留。其掳入贼中者,剥取衣服,搜括银钱,银满五两而不献

① 曾国藩:《顺性命之理论》,《曾国藩全集·诗文》,第133—134页。

② 《题金陵督署官厅》云:"虽贤哲难免过差,愿诸君谠论忠言,常攻吾短;凡堂属略同师弟,使寮友行修名立,方尽我心。"《曾国藩全集·诗文》,第105页。

③ 曾国藩:《复彭申甫》,咸丰三年正月,《曾国藩全集·书信》,第105页。

④ 关于其卫道的思想,在本书第二章第二节"桐城派诗文理念的承继与超越"中已有详细阐述。

贼者,即行斩首。男子日给米一合,驱之临阵向前,驱之筑城浚壕。妇人日给米一合,驱之登陴守夜,驱之运米挑煤。妇女而不肯解脚者,则立斩其足以示众妇。船户而阴谋逃归者,则倒抬其尸以示众船。粤匪自处于安富尊荣,而视我两湖、三江被胁之人,曾犬豕牛马之不若。此其残忍惨酷,凡有血气者,未有闻之而不痛憾者也。

自唐虞三代以来,历世圣人,扶持名教,敦叙人伦,君臣父子,上下尊卑,秩然如冠履之不可倒置。粤匪窃外夷之绪,崇天主之教,自其伪君伪相,下逮兵卒贱役,皆以兄弟称之,谓惟天可称父,此外,凡民之父,皆兄弟也,凡民之母,皆姊妹也。农不能自耕以纳赋,而谓田皆天王之田;商不能自贾以取息,而谓货皆天王之货;士不能诵孔子之经,而别有所谓耶稣之说,《新约》之书,举中国数千年礼义人伦、诗书典则,一旦扫地荡尽。此岂独我大清之变,乃开辟以来名教之奇变,我孔子、孟子之所痛哭于九原!凡读书识字者,又乌可袖手安坐、不思一为之所也!

自古生有功德,没则为神,王道治明,神道治幽。虽乱臣贼子,穷凶极丑,亦往往敬畏神祇。李自成至曲阜,不犯圣庙;张献忠至梓潼,亦祭文昌。粤匪焚郴州之学宫,毁宣圣之木主,十哲两庑,狼藉满地。嗣是所过郡县,先毁庙宇,即忠臣义士,如关帝、岳王之凛凛,亦皆污其宫室,残其身首。以至佛寺、道院,城隍、社坛,无庙不焚,无像不灭,斯又鬼神所共愤怒,欲一雪此憾于冥冥之中者也!

本部堂奉天子命,统师二万,水陆并进,誓将卧薪尝胆,殄此凶逆,救我被掳之船只,拔出被胁之民人。不特纾君父宵旰之勤劳,而且慰孔孟人伦之隐痛;不特为百万生灵报枉杀之仇,而且为上下神祇雪被辱之憾。是用传檄远近,咸使闻知:倘有血性男子、号召义旅、助我征剿者,本部堂引为心腹,酌给口粮;倘有抱道君子、痛天主教之横行中原、赫然奋怒、以卫吾道者,本部堂礼之幕府,待以宾师;倘有仗义仁人、捐银助饷者,千金以内,给予实收部照;千金以上,专折奏请优叙;倘有久陷贼中、自拔来归、杀其头目、以城来降者,本部堂收之帐下,奏授官爵;倘有被胁经年、发长数寸、临阵弃械、徒手归诚者,一概免死,资遣回籍。在昔汉、唐、元、明之末,群盗如毛,皆由主昏政乱,莫能削平。今天子忧勤惕厉,敬天恤民,田不加赋,户不抽丁,以列圣深厚之仁,讨暴虐无赖之贼,无论迟速,终归灭亡,不待智者而明矣。若尔被胁之人,甘心从逆,抗拒天诛,大兵一压,玉石俱焚,亦不能更为分别也。

本部堂德薄能鲜,独仗忠、信二字,为行军之本。上有日月,下有鬼神,明有浩浩长江之水,幽有前此殉难各忠臣烈士之魂,实鉴吾心,咸听吾言。檄到如律令。无忽！①

为了拉拢郭崑焘入幕，曾氏痛诉洪、杨之辈，“弃孔氏之经，但知有天，无所谓君也，但知有天，无所谓父也，蔑中国之人伦，从夷狄之谬妄；农不能自耕以纳赋，而师贾氏官田之法，以谓皆天王之田，商不能自运以取息，而借王氏贷民之说，以谓皆天王之货”的举动，并指出其“履君之室，而田君之田，辱君以踢结，而强君以缧聘，彼又将禁弃人家之诗书，而变易人家之伦常”的恶行，进而大声疾呼：“此岂独我大清之变？乃尧舜以来之奇变，我仲尼之所痛哭于九泉者也。”檄文最后劝诫郭崑焘说你诵读孔氏之经，亦有数年，对“天主教横行中原，而儒者或漠然不以关虑，斯亦廉耻道丧”的现象怎能坐视不管呢，接着陈以大义：“不以为下走之私聘，而以为国家之公义，不以为兵家讨伐之常，而以为孔门千古之变。”②

曾国藩曾对诸弟声称：“考据之学，吾无取焉矣。”③但后来他却改口声明：“一宗宋儒，不废汉学。”④这也形成了比较合理的学术体系。曾国藩对待考据之学的态度是一个曲折发展的演进过程，这在其文集中也有所体现。曾氏文集中涉及考据之学的篇幅不在少数，但大部分都是作为探讨学术流变、捍卫理学阵地的道具，当然，也有为数不多但真正脚踏实地的考证文字。如《书学案小识后》指出：“近世乾、嘉之间，诸儒务为浩博，惠定宇、戴东原之流，钩研诂训，本河间献王‘实事求是’之旨，薄宋贤为空疏。夫所谓事者非物乎？是者非理乎？实事求是，非即朱子所称‘即物穷理’者乎？”⑤而“名目自高，诋毁日月，亦变而蔽者也”的论断即明白无疑得透露出曾氏为理学张目的立场。《汉阳刘君家传》⑥首先承认：“自乾隆中叶以来，世有所谓汉学云者，起自二一博闻之士，稽核名物，颇拾先贤之遗而补其阙”，但是，“学者渐以非毁宋儒为能，至取孔孟书中心、性、仁、义之字，一切变更旧训，以与朱子相讦难”。最后，曾国藩强调对“附和者既不一察，而矫之者恶其恣睢，因并蔑其稽核之长，而授人以诟病之柄”的学术现象感到很遗憾。他在《朱慎甫遗书序》中就对汉学的流弊痛加指责，为程朱理学之不昌而深以为恨。如文中所言：“嘉道之际，学者承乾隆季年之流风，袭为一种破碎之学。辨物析名，

① 曾国藩：《讨粤匪檄》，《曾国藩全集·诗文》，第232—233页。
② 曾国藩：《与郭崑焘》，咸丰四年正月二十一日，《曾国藩全集·书信》，第473页。
③ 曾国藩：《致诸弟》，道光二十三年正月十七，《曾国藩全集·家书》，第55页。
④ 曾国藩：《复夏教授》，同治元年十二月，《曾国藩全集·书信》，第3467页。
⑤ 曾国藩：《书学案小识后》，《曾国藩全集·诗文》，第166页。
⑥ 在《孙芝房传讲刍论序》里，曾氏声明对刘传莹是“既铭其墓，又为家传，粗道汉学得失、主客之谊”。

梳文栉字,刺经典一二字,解说或至数千万言。繁称杂引,游衍而不得所归。张己伐物,专抵古人之隙。或取孔孟书中心、性、仁、义之文,一切变更故训,而别创一义,群流和附,坚不可易。有宋诸儒,周、程、张、朱之书,为世大诟,间有涉于其说者,则举世相与笑讥唾辱,以为彼博闻之不能,亦逃之性理空虚之域,以自盖其鄙陋不肖者而已矣。”①

曾国藩在《欧阳生文集序》里为了衬托姚鼐“独排众议,以为义理、考据、词章三者不可偏废,必义理为质,而后文有所附,考据有所归”学术理念的合理性,也指出:“当乾隆中叶,海内魁儒畸士,崇尚鸿博,繁称旁证。考核一字,累数千言不能休,别立帜志,名曰‘汉学’,深摈有宋诸子义理之说,以为不足复存。其为文,尤芜杂寡要。”②在《重刻茗柯文编序》里,他又对汉学家“专宗汉儒,厌薄宋世‘义理’‘心性’等语,甚者诋毁洛闽,披索疵瑕。枝之搜而忘其本,流之逐而遗其源。临文则繁征博引,考一字,辨一物,累数千万言不能休”这种自矜创获、“附和偏诐而不知返”③的学风痛加挞伐。曾氏在《圣哲画像记》里才体现出比较公允的眼光,对汉学、宋学之弊均有所指责。

曾国藩对孙芝房“追溯今日之乱源,深咎近世汉学家言,用私意分别门户。其语痛绝”的立场并非完全认可。针对汉宋学者“党仇讼争而不知所止”的弊病,曾氏提出较为明智的看法:“曩者良知之说,诚非无弊;必谓其酿晚明之祸,则少过矣。近者汉学之说,诚非无蔽;必谓其致粤贼之乱,则少过矣。”④

上述所谓的“考据”是曾国藩为了阐述自己宗宋学术理念而立下的靶子,仅限于学术流程式的评说,并无可行性的实践操作证明其对考据重视。但《祭韩公祠》一文,则是倾注了大量笔墨在考证礼部称韩公祠为“土地祠”错误以及孔子木主措置失宜的非礼上。曾国藩在礼部任职时,去拜祭韩公神像,见孔子木主俨然在旁,曾氏取木主以焚,并以诗祭韩愈。本文虽以考据为主,但又不流于“破碎害道,断断焉而未有已”的繁琐,也是曾氏以考据入文的明证。而《书王雁汀前辈勃海图说后》也是曾氏以考据入文的又一力作。文中首先引用《书》孔氏疏“尧时青州,当越海而有辽东”,点明主旨。进而引用杜佑《通典》及胡渭的观点得出“禹时青州,逾海而兼营州之地”的结论。

文中第二段阐述了“渤海之襟带,旅顺之门户”在军事战略上的重要地位。雁汀先生“谋虑老成,操之有要”的见解,与曾氏“颇知旅顺要隘,宜别置

① 曾国藩:《朱慎甫遗书序》,《曾国藩全集·诗文》,第222—223页。
② 曾国藩:《欧阳生文集序》,《曾国藩全集·诗文》,第246页。
③ 曾国藩:《重刻茗柯文编序》,《曾国藩全集·诗文》,第323页。
④ 曾国藩:《孙芝房侍讲刍论序》,《曾国藩全集·诗文》,第257页。

严阵”的主张非常契合。最后曾氏强调国家要务“皆以筹及之”,并表达出“苟能推行而变通,则收功不可纪极”的体国祈愿,也展示了曾氏一贯鼓吹的“经济”立场以及注重以经济入文的文学理念。

作为国家股肱之臣的曾国藩,时刻不在为国家的兴衰起弊而殚精竭虑,如曾国藩在文中屡屡强调对人才的培植是国家中兴的关键因素。如在江小帆视学湖北之时,曾国藩就对基层人才选拔、培养等问题发表了自己的见解。曾氏《送江小帆同年视学湖北序》旗帜鲜明地对天下郡县官吏以刑治民的做法表示不满:“任蚩蚩者自为啄息喜怒,一不顾问。至其犯法,小者桎梏,大者弃市,豪强者漏网,弱者靡烂,苟以掩耳目而止。”并声明这与国家立法宗旨相违背,进而提出自己的见解:“盖亦欲守土者,日教民以孝悌仁义之经,不率而后刑之。其率教而有文者,则以进于学使者而登之庠序。既登之矣,则以授于校官而常饬之。”“导之以政,齐之以刑,民免而无耻;导之以德,齐之以礼,有耻且格”也是曾氏治民的基本理念,因此他强调培养人才的重任,应该由学政、校官与守土者共同承担,且主张以《六经》《史记》《汉书》《庄子》《离骚》《说文》《水经》等典籍以启发诱导乡民孝悌仁义的善端,最后对江小帆视学湖北提出殷切寄托①。

曾国藩一生“论学尤以转移风俗,陶铸人才为主”②,“以己之所向,转移习俗而陶铸一世之人才,此即其毕生学术所在,亦即毕生事业所在也。此意惟晚明遗老如亭林诸人知之”③。曾国藩转移风俗,陶铸人才的治学理想不仅体现在宿儒群彦迭相归之的实际效果④,《原才》一文也正是曾氏这种文化心态的流露。如曾氏开篇即指出:

> 风俗之厚薄奚自乎?自乎一二人之心之所向而已。民之生,庸弱者,戢戢皆是也。有一二贤且智者,则众人君之而受命焉,尤智者所君尤众焉。此一二人者之心向义,则众人与之赴义;一二人者之心向利,则众人与之赴利。众人所趋,势之所归,虽有大力,莫之敢逆。

曾氏指出“先王之治天下,使贤者皆当路在势,其风民也皆以义,故道一

---

① 曾国藩:《送江小帆同年视学湖北序》,《曾国藩全集·诗文》,第175—177页。

② 曾氏始终强调人才的重要性,如其在《复胡大任》的信中提出“国藩尝私虑,以为天下有三大患:一曰人才,二曰财用,三曰兵力”(咸丰元年),并对“人才之不振”的现象,向朝廷上书力倡人才培养的重要性。并在日记中也指出“宏奖人材,诱人日进”为君子三乐之一。(咸丰九年九月廿一日)

③ 钱穆:《中国近三百年学术史》,第639页。

④ 曾国藩“及执兵符,开幕府于东南。东南之硕儒名彦、博辩洽闻之士,皆礼罗而珍储之”(《鸣原堂论文·序言》),可见其对人才的重视。

而俗同”，但世教既衰，人心陷溺，徒党蔚起。曾氏以水流湿、火就燥的迁移道理指出徒党之中“有以仁义倡者，其徒党亦死仁义而不顾，有以功利倡者，其徒党亦死功利而不返”的现象，并对尸位素餐者逃避责任提出了批评。最后，曾氏强调“然则转移习俗而陶铸一世之人，非特处高明之地者然也。凡一命以上”皆有“以己之所向，转移习俗，而陶铸一世之人”的社会责任。诚如余英时先生所论曾氏《原才》一文“之所以成为名篇正是因为他用简练有力的古文把‘转移习俗以陶铸一世之人才’的意思发挥得最为淋漓尽致”①。曾氏挚友刘蓉也为湘中士人中超迈脱群之表率，曾氏尝道：“我思竟何属？四海一刘蓉。具眼窥皇古，低头拜老农。乾坤皆在壁，霜雪必蟠胸。他日余能访，千山捉卧龙。”②也可看出曾国藩汲汲以探求人才为己任的热忱。

在《应诏陈言疏》里曾氏也再次强调了当务之急是对人才的培养，指出：“今日所当讲求者，为在用人一端耳。”接着点明“用人一端”包括“转移之道”“培养之方”“考察之法”三个操作层面，并分别从三个方面进行详细论述。最后，曾氏强调三者应该“相需为用，并行不悖”。

在曾氏文集中，叙述桐城派流衍嬗变的《欧阳生文集序》与描摹自己治学趋向的《圣哲画像记》是两篇尤为重要的文章。曾氏的《欧阳生文集序》虽名为“序”，实际上是一篇梳理桐城派流变历程的文学小史，也是“一篇为桐城文派重新溯源并画龙点睛的妙文，对于中兴桐城起很大作用”③。

但随着乾嘉汉学的大举兴起，士人兴趣转而移之。加之洪杨兵起，荼毒东南，鉴于外部环境与自身年寿之原因，桐城派古文后继乏人渐入末流，至曾国藩而大力革弊起新，并重新为桐城派排列门墙。如陈平原先生所言：“到曾国藩的时候，桐城开派已历百年。关于此文派的产生与流变，大都信从姚鼐的说法，即从方苞说起。可你看曾国藩截断众流，确实是独具手眼。……不愧是一代名臣，曾国藩洞察世态人心，明白桐城派的关键所在，故刻意突出姚鼐的作用。”④

中国古籍浩如烟海，在治学中如不得门径，必将劳而无功。曾氏有感于“书籍之浩浩，著述者之众，若江海然，非一人之腹所能尽饮也”，提出务要慎择的观点，在《圣哲画像记》中点明：“余既自度其不逮，乃择古今圣哲三十余人，命儿子纪泽图其遗像，都为一卷，藏之家塾。后嗣有志读书，取足于此，不必广心博骛，而斯文之传，莫大乎是矣。”选入《圣哲画像记》中的都是彪炳宇

① 余英时：《现代儒学的回顾与展望》，三联书店，2004 年版，第 298 页。
② 曾国藩：《怀刘蓉》，《曾国藩全集 · 诗文》，第 71 页。
③ 陈平原：《从文人之文到学者之文》，第 202 页。
④ 同上书，第 202—203 页。

宙的先贤,也是曾氏心摹力追的取法楷模。其编选体例如黎庶昌《曾文正公年谱》所云:“公作《圣哲画像记》,图画昔时圣贤先儒三十二人,系之以说明抗希古人之意。略依孔门四种及近世桐城姚氏论学,以义理、考据、词章三者分门依类而图之。”①

曾氏文集中,有不少作品是“假赠言之义,以为同志者勖”的兴寄之作。如《送周荇农南归序》,就是曾国藩假借赠言之义以“略述文家原委,明奇偶互用之道”的寄托之作。文章开篇点明主旨:“天地之数,以奇而生,以偶而成。一则生两,两则还归于一。一奇一偶,互为其用,是以无息焉。……一者阳之变,两者阴之化。故曰一奇一偶者,天地之用也。”他进而提出“文字之道,何独不然”的疑惑,指出“六籍尚已,自汉以来,为文者莫善于司马迁。迁之文,其积句也皆奇,而义必相辅,气不孤伸,彼有偶焉者存焉。其他善者,班固则毗于用偶,韩愈则毗于用奇,蔡邕、范蔚宗以下,如潘、陆、沈、任等比者,皆师班氏者也。茅坤所称八家,皆师韩氏者也”。然而班固、韩愈已降,追随者或主骈、或主散,造成了骈散之道“传相祖述,源远而流益分”,且“判然若白黑之不类”“尊丹者非素”的龂龂相角、刺议互兴纷纭局面。曾国藩借用苏轼、韩愈的观点指出骈散之道是“相师而不相非”的,进而对耳食不察者妄议骈偶的做法提出批评。曾氏论文素重气势,强调以骈偶的对仗工切来加强行文的朗朗上口与慷慨磊落之气②。

曾氏文集中,为纪念在镇压太平天国起义中阵亡将士而作的昭忠祠记、神道碑、墓志铭可谓夥矣。既有表彰将士们忠勇之气、赫赫之功的,也有追思其生平以寄托哀思的,如《金陵湘军陆帅昭忠祠记》《湘乡昭忠祠记》《金陵楚军水师昭忠祠记》《罗忠节公神道碑铭》《李忠武公神道碑铭》《李勇毅公神道碑铭》《江忠烈公神道碑铭》及《毕君殉难碑记》诸文,都是运气韵沉雄之笔以张精忠报国之情,可谓深得雄奇兀敖、光明峻伟之气象。故王先谦不无溢美地推之为“经世大文,信史实迹,读之足以开拓豪杰心胸,其光气烛天地、贯日月而不朽”③。曾氏这些文章,可谓朗畅恺切,恢宏明白,“为旧时文人所乐道,即今犹可以考见公之思想及当时之情况者”④,具有特定的文化史意义。

对曾氏的这类文体,章太炎曾赞曰:“善叙行事,能为碑版传状,韵语深

---

① 黎庶昌:《曾文正公年谱》,《近代中国史料丛刊》,第120页。

② 曾氏对骈文的重视可参看本书第二章。另外,曾氏还曾告谕纪泽:“尔所作《雪赋》,词意颇古雅,惟气势不畅,对仗不工。两汉不尚对仗,潘、陆则对矣,江、鲍、庾、徐则工对矣。尔宜从对仗上用工夫,此嘱。”(《谕纪泽》,咸丰十一年正月)

③ 选自《续古文辞类纂·序》。曾国藩的这些文章,“无一不是与对太平军的作战有关,文章虽然写得勃郁雄迈,并融当日战局形势于个人经历之中,可资论史,并不失为气势劲挺的文章,但思想上无疑体现了曾氏的反动立场”。(王镇远:《桐城派》,第121页。)

④ 何贻焜:《曾国藩评传·文艺批评》,第322页。

厚,上攀班固、韩愈之伦。”[①]曾氏墓志铭撰写的风格,邵位西曾经指出其“碑版文似东汉人”[②]。而韩愈固是曾国藩心摹力追的楷模,墓志自在其列。曾氏即屡屡以韩氏之作为借鉴、揣摩之用,如日记所载:“拟作《邵位西墓志铭》,沉吟久之,未能下笔……小睡,阅韩文各墓志,三点睡”[③],“将位西铭词作毕……二更后温韩文墓志各篇,三点睡,至三更不能成寐,默改《墓铭》中数句”[④],且“将韩文墓志拟立一表,以明行文无常态、金石无定例之义”[⑤]。并在对韩文志铭的取资借鉴中,捕捉到“作文写字二者均以神完气足为最难”[⑥]的创作感悟。

在《烹阿封即墨论》里,曾氏阐述了君臣之道“谏”与“纳谏”的重要议题。指出贤臣在职应该“不立异以徇物,不违道以干时。招之而不来,麾之而不去”,不以一己之毁誉为念,积极进言献策。而君主更应该“不废左右之言而昧兼听之聪,亦不尽信左右之言而失独照之明”。作为朝臣,曾氏对进谏之道有着如鱼饮水、冷暖自知的深切体会,同时在这篇文章里,也表明了自己会坚决固守“文死谏”的政治操守与信念。作为中兴名臣,曾国藩的奏折也历来为人所称赞。如朱孔彰指出当时湖湘之地善草奏疏者有三大手笔之称,即指曾国藩、胡林翼、左宗棠三人而言,并以诗赞之:“中兴章奏僻三手,公是湖湘第一人。幕客常传涂抹本,披吟一字一伤神。”[⑦]在《中兴将帅别传》中,朱孔彰也指出:“公学究天人,于书无所不读……治军行政,务求蹈实。或筹议稍迂,成功转奇;发端至难,取效甚远。凡规划天下事,无不效者,故当时咸称圣相。……文章奏议尤美,有集百余卷行世。”[⑧]

作为封疆大吏,曾氏于奏疏可谓日日不离,浸淫日久,所耗费心力远甚于诗文。一方面是时势所迫,另一方面也是曾氏重视经世之文的一种表现。不仅《鸣原堂论文》的编选足见曾氏对奏疏之学的重视,而曾国藩也直陈对经世之文体——奏疏的偏爱:“文章之可传者,惟道政事,较有实际。……浅儒谓案牍之文为不古,见有登诸集者,辄鄙俗视之;不知经传固多简牍之文……江陵盛有文藻,而其不朽者乃在筹边、论事诸牍。阳明精于性理,而其不刊者

---

① 章太炎:《校文士》,《章太炎全集》四,第121页。
② 曾国藩:《曾国藩全集·日记》,咸丰九年十一月廿一日,第440页。
③ 曾国藩:《曾国藩全集·日记》,同治四年九月初八日,第1187页。
④ 曾国藩:《曾国藩全集·日记》,同治四年九月十五日,第1189页。
⑤ 曾国藩:《曾国藩全集·日记》,同治四年九月十二日,第1188页。
⑥ 曾国藩:《曾国藩全集·日记》,同治六年正月初二,第1338页。
⑦ 朱孔彰:《题江南曾文正公祠百咏》。徐一士也认为曾、胡、左三人奏议各有所长,“均为有清大手笔”,但仅以“文字学根底论”,则曾国藩“为独优”(《曾胡谈荟》,《国闻周报》第6卷第40期)。
⑧ 朱孔彰:《中兴将帅别传》,《近代中国史料丛刊》,第38—39页。

实在告示、条约诸篇。”①

在注重致用理念的支撑下，曾国藩甫入朝堂，即以《圣德三端预防流弊》疏以敢于触犯天威而声名鹊起。如曾国荃所言：“我伯兄太傅文正公当显皇初政，以议大礼、谏圣德诸疏，忠谠闻天下。”②

曾国藩幕府可谓鸿儒硕彦、博辩洽闻之士群相毕至，对这些人“以宏通淹雅之才，论时政之得失，料军情之胜负，出之以沉思眇虑，申之以修饰润色”而代笔的奏疏，“固无患其言之不工，意之不谐也”。但曾国藩“或初善之而卒易之，字点句窜，十不存一”，其并非斤斤计较于文字短长，而是在识见高人一筹的基础上达之于笔，故其“奏疏不为大喜过美之词，亦不为忧怵无聊之语。其论贼势兴衰，中外大局，一切将然未然之事，若烛照龟卜，不失毫发，而谦谦冲挹，若不敢决其必然，而其后卒无不然”③。这也正是朱孔彰所言“幕客常传涂抹本，披吟一字一伤神”的真正原因。作为一名身仕三朝的股肱之臣，曾氏的奏疏囊括了当时社会政治、经济、军事、文化各个方面，这一厚重的文化积淀也是亟需开掘、深挖的崭新领域。就内容而言，曾氏前期的奏疏涵盖了议大礼、论汰兵、敬陈圣德三端预防流弊以及备陈民间疾苦疏等重要议题，其中数量最多的就是关于练兵、筹饷的军事奏报；曾氏后期奏疏，事关军国大事的除了剿捻、澄清吏治、处理教案等奏折外，筹议洋务的有关奏疏也是考察曾氏思想演进以及洋务运动的重要史料。

曾国藩奏疏的艺术风格，大致可概括为“明快简炼，凝重沉稳。不过，在不同的社会环境中，随着他本人性格与作风的变化，它们又各具特色。具体说来，便是前期戆直、激切而又倔强，后期则绵里藏针、缜密老到而又平淡质实”④。曾国藩前期崇尚气格峭拔的雄奇文风，是他踔厉骏发进取心态的体现；后期强调闲适恬淡的文趣，则是宦海浮沉中忧谗畏讥心态的真实写照。这一心态转变态势也主导着曾氏奏疏前后期风格的变迁，如其前期上陈的《圣德三端预防流弊》疏因言过激切而险遭获罪，这在不同版本的资料中都有记载。如《清史稿·本传》记载曾氏“深痛内外臣工谄谀欺饰，无陈善责难之风。因上《敬陈圣德预防流弊》一疏，切指帝躬，有人所难言者，上优诏答

---

① 薛福成也指出：“盖自公始进于朝，即侃侃言天下大事，如议大礼、议军政、议所以奖植人才，皆关经世之务甚钜。”《曾文正公奏疏序》，《庸庵文编》卷三，《续修四库全书》，第76页。

② 曾国荃：《鸣原堂论文·序》，《曾国藩全集·诗文》，第479—480页。

③ 王定安也推崇曾氏奏疏：“其指斥甚直，而必出之和平渊懿，不为危言悚论，诡激抵触之辞。其托意甚幽邃，而使读者易晓。其切于世情，而达于时变也，仍必原本道德，不为一切苟且侥幸之计。”并指出其影响：“公所为奏疏若干卷，其佳篇传播人间，士大夫多能举其词。”（《鸣原堂论文·后序》）

④ 王澧华：《似花还似非花——曾国藩文献与曾国藩研究》，《湘潭大学学报》，1999年第4期。

之。”①曾国藩对皇帝掌控黜陟大权，用人“专取一种谐媚软熟之人”的现状甚为不满，并大胆指陈：“一旦有事，则满庭皆疲恭沓泄，相与袖手，一筹莫展而后已。”②并直言不讳地告诫皇帝防琐碎、杜文饰、戒骄矜。咸丰“览奏，大怒，摔其折于地，立召见军机大臣欲罪之。祁公寯藻叩头称‘主圣臣直者’再。季公芝昌会试房师也，亦为之请。曰：‘此臣门生，素愚直，惟皇上幸而赦之。’良久，乃解，仍优诏褒答。”③曾氏也曾告知诸弟：“余又进一谏疏，敬陈圣德三端，预防流弊。其言颇过激切，而圣量如海，尚能容纳，岂汉唐以下之英主所可及哉……折子初上之时，余意恐犯不测之威，业将得失祸福置之度外矣。不意圣慈含容，曲赐矜全。自是以后，余益当尽忠报国，不得复顾身家之私矣。然此后折奏虽多，亦断无有似此折之激直者。此折尚蒙优容，则以后奏折，必不致或触圣怒可知矣。诸弟可将吾意细告堂上大人，毋以余奏折不慎，或以戆直干天威为虑也。”④曾氏在书信中的表白最真实地流露出曾氏如蹈虎尾、若涉春冰的忧惧心态，这也决定了曾氏奏折风格的必然转变。

这次有惊无险的上疏却也为曾国藩带来了忠谠敢言的修名，曾氏对此也是津津乐道，屡屡示人。如咸丰元年曾氏《复罗泽南》所表白：“学道未深，过伤激直。阅七日而春介轩廉访来京，递到阁下一书，乃适与拙疏若合苻节，万里神交，其真有不可解者耶？今录往一通，阁下详览而辱教之。山中故人，如刘孟容、郭筠仙昆季、江岷樵、彭筱房、朱尧阶、欧晓岑诸君，不妨一一寄示。”⑤曾国藩在《复毛鸿宾》中再次提到此事：“国藩久点朝班，学无寸进，思所以稍竭涓埃，上裨明圣，而不得窾要，无补实政。三月之初，曾陈《练兵》一疏，……今天子躬尧舜之资，亦当预防美德中之流弊，以开无疆之祚。私衷耿耿，遂不觉过于激切。圣量如天，恕其狂妄，曲赐优容，不特微躯感激，捐糜不足云报，凡在知爱，无不代为次骨。非遭逢盛世，乌能戆直不讳若此乎？外间誉我者，或过其情，讥议者又未察其实，盖措辞岂能悉当？此心要自无他，兹可为知己者道耳。”⑥

但自曾氏手握兵权之后，担心功高震主的忧虑也促使其奏疏风格由戆

---

① 赵尔巽：《清史稿》，第11909页。

② 曾国藩：《敬陈圣德预防流弊疏》，《曾国藩全集·奏稿》，第27页。

③ 黎庶昌：《曾太傅毅勇侯别传》，《拙尊园丛稿》卷三，《近代中国史料丛刊》第八辑，第201页。

④ 曾国藩：《致诸弟》，咸丰五年五月十四日，《曾国藩全集·书信》，第212页。

⑤ 曾国藩：《复罗泽南》，咸丰元年，第79—80页。

⑥ 曾国藩：《复毛鸿宾》，咸丰元年，《曾国藩全集·书信》，第81页。咸丰元年《致江忠源》中再提此事：“三月间陈《汰兵》一疏，以粤事方棘未报；四月又条陈一疏，以圣德盛美而预防其弊，大致似孙文定《三习一弊》疏。第孙托空言，而仆则指实，太伤激切，盖嫉时太甚，忘其语之戆直。圣量如天，曲赐苞容，不唯不罹罪谴，亦且不挂吏议。凡为臣子，同声颂盛朝不讳，感激思报，况仆之身受者乎？”（《曾国藩全集·书信》，第84页。）

直、激切向绵里藏针的缜密老道转变。如曾国藩《加黄倬片》所云:“弟窃观古来臣道,凡臣工皆可匡扶主德,直言极谏,惟将帅不可直言极谏,以其近于鬻拳也;凡臣工皆可弹击权奸,除恶君侧,惟将帅不可除恶君侧,以其近于王敦也;凡臣工皆可一意孤行,不恤人言,惟将帅不可不恤人言,以其近于诸葛恪也。握兵权者犯此三忌,类皆害于尔国,凶于尔家。故弟自庚申忝绾兵符以来,夙夜祗惧,最畏人言①,迥非昔年直情径行之故态。近有朱、卢、穆等交章弹劾,其未奉发阅者又复不知凡几,尤觉梦魂悚惕,惧罹不测之咎。盖公论之是非,朝廷之赏罚,例随人言为转移,虽方寸不尽为所挠,然亦未敢忽视也。”②

除了在《鸣原堂论文》中点评历代贤臣之奏疏,曾氏还在与友人的信中阐述了对奏疏具体细节的看法。如曾国藩在《与郭崑焘》信中指出:“幕府有奏章之职,有书记之席,刻已请邓君小耘充书记,欲以奏章一事重烦左右。足下雄才伟辩不如季高,文义雅健不如长公,而叙述明畅,老妪能解,则鄙人之所私好也。”③强调了对晓畅简洁文风的重视④。曾氏在《加单懋谦片》里重申这一观点:“此后来往书牍日多,必求芟除繁文,故敢以简率为喤引也。”⑤而曾氏《题公牍》一诗也可视为注重简洁文风的最好注脚:“官儿尽大有何荣?字数太多看不清。删去数行重刻过,留将他日作铭旌。”

第二节 曾国藩古文体气风骨评析

曾国藩“少时天分不甚低”,但“日与庸鄙者处,全无所闻,窍被茅塞久矣”⑥。直至道光十八年,曾国藩迎来了改变命运的转折点。金榜题名带给他的不仅是“一日看尽长安花”的狂喜,也为他日后在道德、仕途、文学上的完美融合奠定了基础。在道德上,有倭仁、唐鉴,仕途上,有穆彰阿、季芝昌,文学上,有邵位西、何子贞,在这样的师友挟持下,虽懦夫亦有立志,何况曾国藩这样的积极进取之士。曾国藩在家书里也明确表示:“乙未到京后,始有

① 曾国藩在同治六年正月初三《复李鸿章》的信中也阐明自己的担忧:“去冬以来,忧谗畏讥甚于昔。”(《曾国藩全集·书信》,第6184页。)

② 曾国藩:《加黄倬片》,同治五年十二月十一日,《曾国藩全集·书信》,第6104页。

③ 曾国藩:《与郭崑焘》,咸丰四年正月二十一日,《曾国藩全集·书信》,第473—474页。

④ 在《鸣原堂论文·苏轼上皇帝书》里曾氏也点明:“奏疏总以明显为要,时文家有典显浅三字诀,奏疏能备此三字,则尽善矣。……至显浅二字,则多本于天授,虽有博学多闻之士,而下笔不能显豁者多矣。浅字与雅字相背,白香山诗务令老妪皆解,而细求之,皆雅饬而不失之率。吾尝谓奏疏能如白诗之浅,则远近易于传播,而君上亦易感动。”(《曾国藩全集·诗文》,第532—533页。)

⑤ 曾国藩:《加单懋谦片》,咸丰九年二月初五日,《曾国藩全集·书信》,第874页。

⑥ 曾国藩:《致诸弟》,道光二十三年正月十七,《曾国藩全集·家书》,第56页。

志学诗古文并作字之法,亦洎无良友。近年得一二良友,知有所谓经学者、经济者,有所谓躬行实践者,始知范、韩可学而至也,马迁、韩愈亦可学而至也,程、朱亦可学而至也。慨然思尽涤前日之污,以为更生之人,以为父母之肖子,以为诸弟之先导。”①

曾国藩屡屡称许姚姬传,自称粗解文章由姚先生启之,然寻其声绪,略不相袭。大抵以光气为主,以音响为辅,力矫桐城懦缓之失。曾氏遵循道不可不一而法不必尽同的原则,对桐城派进行了针对性的变革,使桐城派再次文脉广布,流衍海内。如刘师培所言:

> 道光中叶,清室之臣有倭仁、吴竹如,以程朱之学文其浅陋;别有山阳潘德舆、顺德罗惇衍、桂林朱琦、仁和邵位西,以古文理学驰声京师,其学略与方姚近;曾国藩从倭仁游,与吴、潘、邵、朱友善,又虑祁门诸客学出己上,乃杂沾汉学,嗣为清廷建伟勋,后起之士竞从其学,而桐城之人亦骤昌于湘赣粤西诸城。②

姚鼐对阳刚、阴柔的审美判断主要体现在《复鲁絜非书》里:

> 天地之道,阴阳刚柔而已。文者,天地之精英,而阴阳刚柔之发也。惟圣人之言,统二气之会而弗偏,然而《易》《诗》《书》《论语》所载,亦间有可以刚柔分矣。值其时其人,告语之体各有宜也。自诸子而降,其为文无弗有偏者。其得于阳与刚之美者,则其文如霆,如电,如长风出谷,如崇山峻崖,如决大川,如奔骐骥;其光也,如杲日,如火,如金镠铁;其于人也,如冯高视远,如君而朝万众,如鼓万勇士而战之。其得于阴与柔之美者,则其文如升初日,如清风,如云,如霞,如烟,如幽林曲涧,如沦,如漾,如珠玉之辉,如鸿鹄之鸣而入寥廓;其于人也,漻乎其如叹,邈乎其如有思,暖乎其如喜,愀乎其如悲。观其文,讽其音,则为文者之性情形状举以殊焉。
>
> 且夫阴阳刚柔,其本二端,造物者糅,而气有多寡进绌,则品次亿万,以至于不可穷,万物生焉。故曰:“一阴一阳之为道。”夫文之多变,亦若是也。糅而偏胜可也;偏胜之极,一有一绝无,与夫刚不足为刚,柔不足为柔者。皆不可以言文。今夫野人孺子闻乐,以为声歌弦管之会尔;苟善乐者闻之,则五音十二律,必有一当,接于耳而分矣。夫论文者,岂异

① 曾国藩:《致诸弟》,道光二十三年正月十七,《曾国藩全集·家书》,第56页。
② 刘师培:《清儒得失论》,中国人民大学出版社,2004年版,第267页。

于是乎？宋朝欧阳、曾公之文，其才皆偏于柔之美者也。欧公能取异己者之长而时济之，曾公能避所短而不犯。观先生之文，殆近于二公焉。抑人之学文，其功力所能至者，陈理义必明当；布置取舍、繁简廉肉不失法；吐辞雅驯，不芜而已。古今至此者，盖不数数得，然尚非文之至。文之至者，通乎神明，人力不及施也。先生以为然乎？①

“从姚鼐的生动形象描绘中，可以看出阳刚之美指一种雄伟壮丽、崇高庄严、汹涌澎湃、刚劲有力之美，而阴柔之美则是指一种柔和悠远、温婉幽深、细流涓涓、纤秘明丽之美。”②阳刚、阴柔只有互补兼用才能到达一种和谐之美的境地，于文章而言就应该刚柔相济而又各有偏重，才算是天下之至文。如《海愚诗钞序》提道：

吾尝以谓文章之原，本乎天地；天地之道，阴阳刚柔而已。苟得乎阴阳刚柔之精，皆可以为文章之美。阴阳刚柔并行而不容偏废，有其一端而绝亡其一，刚者至于偾强而拂戾，柔者至于颓废而暗幽，则必无与于文者矣。然古君子称为文章之至，虽兼具二者之用，亦不能无所偏优于其间，其故何哉？天地之道，协合以为体，而是发奇出以为用者，理固然也。其在天地之用也，尚阳而下阴，伸刚而绌柔，故人得之亦然。

文之雄伟而劲直者，必贵于温深而徐婉；温深徐婉之才不易得也，然其尤难得者，必在乎天下之雄才也。夫古今为诗人者多矣，为诗而善者亦多矣，而卓然足称为雄才者，千余年中数人焉耳。③

在姚鼐“阳刚”“阴柔”审美理念的基础上，曾国藩对其审美特性重新阐发与改造，在日记里不止一次提到“雄、直、怪、丽、茹、远、洁、适”的审美体系。如其同治四年日记记载：

二更后温韩文数首，朗诵，若有所得，余昔年尝慕古文境之美者，约有八言：阳刚之美曰雄、直、怪、丽，阴柔之美曰茹、远、洁、适。蓄之数年，而余未能发为文章，略得八美之一以副斯志。是夜，将此八言各作十六字赞之，至次日辰刻作毕。附录如左：

雄：划然轩昂，尽弃故常；跌宕顿挫，扪之有芒。

---

① 姚鼐：《惜抱轩诗文集》，第93—94页。
② 张少康、刘三富：《中国文学理论批评发展史》(下)，北京大学出版社，1995年版，第457页。
③ 姚鼐：《惜抱轩诗文集》，第48页。

直:黄河千曲,其体仍直;山势若龙,转换无迹。

怪:奇趣横生,人骇鬼眩;《易》《玄》《山经》,张、韩互见。

丽:青春大泽,万卉初葩;《诗》《骚》之韵,班、扬之华。

茹:众义辐凑,吞多吐少;幽独咀含,不求共晓。

远:九天俯视,下界聚蚊;寤寐周孔,落落寡群。

洁:冗意陈言,类字尽芟;慎尔褒贬,神人共监。

适:心境两闲,无营无待;柳记欧跋,得大自在。①

针对桐城派阴柔有余阳刚不足的审美缺陷,曾国藩并且还提出了“气势”“识度”“情韵”“趣味”等较具系统性的审美范畴,拓宽了桐城派的美学视野,也完善了桐城派的美学体系。如其同治七年四月二十九日日记所载:

昔年抄古文,分气势、识度、情韵、趣味为四属,拟再抄古近诗,亦分为四属,而别增一机神之属。机者,无心遇之,偶然触之。姚惜抱谓文王、周公“系易”,“彖辞”“爻辞”,其取象亦偶触于其机。假令《易》一日而为之,其机之所触少变,则其辞之取象亦少异矣。余尝叹为知言。神者,人功与天机相凑泊,如卜筮之有繇辞,如《左传》诸史之有童谣,如佛书之有偈语,其义在于可解。与不可解之间。古人有所托讽,如阮嗣宗之类,或故作神语,以乱其辞。唐人如太白之豪,少陵之雄,龙标之逸,昌谷之奇,及元、白、张、王之乐府,亦往往多神到、机到之语。即宋世名家之诗,亦皆人巧极而天工错,径路绝而风云通。盖必可与言机,可与用神,而后极诗之能事。余抄诗拟增此一种,与古文微有异同。②

曾国藩构建了一个合乎学理的审美体系,但由于其倔强个性加之俗务萦心,导致其古文创作未能与审美理念完全印证、一一合拍③。曾国藩对其创

---

① 同治四年正月廿二日曾国藩日记记载。其咸丰十年闰三月廿三日日记也有类似记载:“往年,余思古文有八字诀,曰雄、直、怪、丽、淡、远、茹、雅。近于茹字似更有所得。而音响、节奏,须一‘和’字为主,因将‘淡’字改为‘和’字。”

② 曾国藩:《曾国藩全集·日记》,同治七年四月二十九,第1497页。

③ 如王澧华所言:“他的那些近乎深得文学三昧的玄妙之论,使人很容易误认为他确是一位身体力行的文学大师。其实,说得到不一定做得到。口若悬河易,妙笔生花难。这并非曾国藩一人之尴尬,古今理论家,大多不能脱此窘迫。”(《似花还似非花——曾国藩文献与曾国藩研究》,《湘潭大学社会科学学报》,1999年8月第23卷第4期。)陈平原也指出:“我们都知道,所有的文学运动,口号、旗帜与实绩不可能完全一致。”(《从文人之文到学人之文》)曾国藩在同治四年十月二十日日记由作书之道,分阳刚之美、阴柔之美两端,进而悟出:“偏于阳者取势宜峻迈,偏于阴者下笔宜和缓。二者兼营并骛,则两失之矣。余心每蹈此弊。”这里也可看作曾氏古文未能全面符合四象标准的原因。

作实践违背了兼取“阳刚”“阴柔”的审美准则有所诠释，如在曾纪泽询问于气势、识度、情韵、趣味四象中“有一专长，是否须兼三者乃为合作”时，曾国藩明确指出：“此则断断不能。韩无阴柔之美，欧无阳刚之美，况于他人而能兼之？凡言兼众长者，皆其一无所长者也。”①

刚烈家训的秉承与戎马生涯的磨炼使得曾国藩对浩然之气、雄奇之势极为推崇，如刘声木认为曾氏“创意造言，浩然直达，喷薄昌盛，光其熊熊，意欲效法韩、欧，辅益以汉赋之气体”②，这也决定了在曾氏文集中“气势”之作的比重远远超过其他三种审美体式。对“善养吾浩然之气”的孟子，曾氏是佩服得五体投地，他指出：“当孟子之时，苏秦、张仪、公孙衍辈，有排山倒海、飞沙走石之势，而孟子能不为所摇，真豪杰之士，足以振厉百世者矣！”③并屡屡把《孟子》推为最嗜读之书，认为孟子的光明俊伟之气，只有庄子与韩退之得其仿佛，其他即使磊落如王阳明者，亦非其伦④。

曾国藩在文中也屡屡强调排比、对偶对增强气势的重要功用，如其《季弟事恒墓志铭》就连用“智足以定危乱，而名誉不并于时贤。忠足以结主知，而褒宠不逮于生前。仁足以周部曲，而妻孥不获食其德。识足以祛群疑，而文采不能伸其说”几个句子，淋漓尽致地发摅出对兄弟出师未捷的悲痛之情。即使在与友人书中，曾氏也不吝以骈偶句式表白“虹贯荆卿之心，而见者以为淫氛而薄之；碧化苌弘之血，而览者以为顽石而弃之”⑤的愤懑，读之顿感满腹牢骚以挟山超海之势喷薄而出，不可遏抑。

桐城派自方苞始，不喜六朝骈俪文字。如方苞主张：“古文中不可入语录中语，魏晋六朝人藻丽徘语，汉赋中板重字法，诗歌中隽语，南北史中佻巧语。”⑥姚鼐继承了方苞的主张，是“重视古文而排斥骈文的，纂辑《古文辞类纂》，选辑七百余篇古文，不选骈文，确立‘正宗’文统，被桐城古文家奉为圭臬”⑦。对姚鼐排斥骈文的做法，曾国藩是极不赞同的。在《送周荇农南归序》里，曾国藩花了大量篇幅来论述骈散兼行不可偏废的主张：

---

① 曾国藩：《谕纪泽、纪鸿》，同治四年七月初三日，《曾国藩全集·家书》，1204页。
② 刘声木：《桐城文学渊源·撰述考》，黄山书社，1989年版，第181页。
③ 曾国藩：《曾国藩全集·日记》，咸丰九年五月十四日，第386页。
④ 曾国藩：《曾国藩全集·日记》，咸丰十一年九月十一日，第661页。
⑤ 曾国藩：《与刘蓉》，咸丰四年二月初七日，《曾国藩全集·书信》，第487页。
⑥ 沈廷芳：《书方望溪先生传后》，《隐拙轩集》卷四十一，清乾隆二十二年刻本。
⑦ 欧明俊：《“文学”流派，还是“学术”流派？——“桐城派”界说之反思》，该文还提到姚鼐弟子中并不完全赞同排斥骈文的做法，如方东树、姚莹、管同、梅曾亮、刘开诸人，皆主张骈散融合，不能偏废。如刘开在《与王子卿太守论骈体书》中指出：“夫文辞一术，体虽百变，道本同源。……故骈之与散，并派而争流，殊途而合辙。……骈中无散，则气壅而难疏；散中无骈，则辞孤而易瘠。两者但可相成，不能偏废。”（《安徽大学学报》，2011年第6期。）

天地之数,以奇而生,以偶而成。一则生两,两则还归于一。一奇一偶,互为其用,是以无息焉。物无独,必有对。太极生两仪,倍之为四象,重之为八卦,此一生两之说也。两之所该,分而为三,壳而为万,万则几于息矣。物不可以终息,故还归于一。天地捆缢,万物化醇。男女构精,万物化生。此两而致于一之说也。一者阳之变,两者阴之化。故曰一奇一偶者,天地之用也。

文字之道,何独不然?六籍尚已,自漠以来,为文者莫善于司马迁。迁之文,其积句也皆奇,而义必相辅,气不孤伸,彼有偶焉者存焉。其他善者,班固则毗于用偶,韩愈则毗于用奇,蔡邕、范蔚宗以下,如潘、陆、沈、任等比者,皆师班氏者也。茅坤所称八家,皆师韩氏者也。传相祖述,源远而流益分,判然若白黑之不类。于是刺议互兴,尊丹者非素,而六朝隋唐以来骈偶之文,亦已久王而将厌。宋代诸子,乃承其敝,而倡为韩氏之文。而苏轼遂称曰‘文起八代之衰’。气非直其才之足以相胜,物穷则变,理固然也。豪杰之士,所见类不甚远。韩氏有言:‘孔子必用墨子,墨子必用孔子。不相用,不足为孔墨。’由是言之,彼其于班氏,相师而不相非明矣。耳食者不察,遂附此而抹擞一切。又其言多根六经,颇为知道者所取,故古文之名独尊,而骈偶之文乃屏而不得与于其列。数百千年无敢易其说者,所从来远矣。

国家承平奕祀,列圣修礼右文,硕学鸿儒,往往多有。康熙、雍正之间,魏禧、汪琬、姜宸英、方苞之属,号为古文专家,而方氏最为无类。纯皇帝武功文德壹迈古初,征鸿博以考艺,开四库馆以招延贤俊,天下翕然为浩博稽核之学,薄先辈之空言,为文务闳丽。胡天游、邵齐焘、孔广森、洪亮吉之徒,蔚然四起。是时,郎中姚鼐息影金陵,私淑方氏,如硕果之不食,可谓自得者也。沿及今日,方、姚之流风稍稍兴起,求如天游、齐焘辈闳丽之文,哄然无复有存者矣。①

由此可见,曾国藩在对待骈文的态度上体现出比姚鼐更为全面的眼光。在曾氏文中,往往骈散兼行,其文如挟长风掀巨浪,喷薄之气扑面而来。如其《讨粤匪檄》一文,对太平天国丑化孔孟、焚书、毁佛的行径大加挞伐,词气激扬而富有鼓动性。如“中国数千年礼义人伦,诗书典则,一旦扫地荡尽,此岂独我大清之变,乃开辟以来名教之奇变,我孔子孟子之所痛哭于九泉!凡读书识字者,又乌可袖手安坐,不思一为之所也”,以“李自成至曲阜,不犯圣

① 曾国藩:《送周荇农南归序》,《曾国藩全集·诗文》,第162—163页。

庙;张献忠至梓潼,亦祭文昌”为参照,指责洪秀全“焚郴州之学宫,毁宣圣之木主”以及“十哲两庑,狼藉满地”的暴行。并进而指出“即忠臣义士,如关帝、岳王之凛凛”也遭“污其宫室,残其身手”的厄运。该段文字奇偶相约而成,雄直之气贯乎其中,一经颁布即应者云集,无可否认曾国藩的文字功夫起到了推波助澜的功用!

在曾氏文集中,能淋漓尽致的体现“气势”审美特质的还包括为阵亡将士所作的墓志铭及挽联。对于此类作品,传统文士大多遵循迂徐哀婉的写作风格,但曾氏反其道而行,明确提出“哀祭类宜喷薄”①的见解,且不遗余力地在自己的作品中贯彻实践。如其《题石钟山昭忠祠》所云:“巨石咽江声,长鸣今古英雄恨;崇祠彰战绩,永奠湖湘子弟魂。”可谓格局宏大,气韵沉雄②。

曾国藩认为上古之文,初无定法,六经、诸子,各自成体。体势声色,了无相袭。但后世之人,强取古人而模拟之,诸“法”生焉。在曾氏看来,人心各具自然之文,在“情”“理”两端,但二者各有利弊:

> 若其不俟摹拟,人心各具自然之文,约有二端:曰理,曰情。二者人人之所固有,就吾所知之理,而笔诸书而传诸世,称吾爱恶悲愉之情,而缀辞以达之,若剖肺肝而陈简策,斯皆自然之文。性情敦厚者,类能为之,而浅深工拙,则相去十百千万而未始有极。自群经而外,百家著述,率有偏胜。以理胜者,多阐幽造极之语,而其弊或激宕失中;以情胜者,多悱恻感人之言,而其弊常丰缛而寡实。③

接着曾国藩论述了骈文、散文的发展流变,指出应该各取其长而不溺其偏,这无疑也是对姚鼐不取骈文的间接批驳:

> 自东汉至隋,文人秀士,大抵义不孤行,辞多俪语,即议大政,考大礼,亦每缀以排比之句,间以婀娜之声,历唐代而不改。虽韩、李锐志复古,而不能革举世骈体之风,此皆习于情韵者类也。宋兴既久,欧、苏、曾、王之徒,崇奉韩公,以为不迁之宗,适会其时大儒迭起,相与上探邹鲁,研讨微言,群士慕效,类皆法韩氏之气体,以阐明性道。自元明至圣朝,康、雍之间,风会略同,非是不足与于斯文之末,此皆习于义理者类也。……取其长而不溺其偏,其犹君子慎于择术之道欤?④

---

① 曾国藩:《日记》,咸丰十年三月十七日,《曾国藩全集·日记一》,第475页。

② 如曾氏信中也不无自负地声称:“近又作湖口水师昭忠祠联云……出句自寓感慨,对句寓奖于哀,此不似墨卷矣。”(《加左宗棠片》,咸丰八年九月二十日)

③ 曾国藩:《湖南文征序》,《曾国藩全集·诗文》,第333—334页。

④ 同上书,第334页。

《欧阳生文集序》是一篇对桐城文派追本溯源、描绘流变图谱的文章，这篇文章的构思就彰显出曾氏的“识度”特色。序曰：

乾隆之末，桐城姚姬传先生鼐善为古文辞，慕效其乡先辈方望溪侍郎之所为，而受法于刘君大櫆及其世父编修君范。三子既通儒硕望，姚先生治其术益精。历城周永年书昌，为之语曰：“天下之文章，其在桐城乎！”由是学者多归向桐城，号“桐城派”犹前世所称“江西诗派”者也。

姚先生晚而主钟山书院讲席，门下著籍者，上元有管同异之、梅曾亮伯言，桐城有方东树植之，姚莹石甫。四人者，称为高第弟子，各以所得，传授徒友，往往不绝。在桐城者，有戴钧衡存庄，事植之久，尤精力过绝人。……其不列弟子籍，同时服膺，有新城鲁仕骥絜非、宜兴吴德旋仲伦。絜非之甥，为陈用光硕士。硕士既师其舅，又亲受业姚先生之门，风义莫隆焉。乡人化之，多好文章。硕士之群从，有陈学受艺叔、陈溥广敷。而南丰又有吴嘉宾子序，皆承絜非之风，私淑于姚先生。由是江西建昌有桐城之学。

仲伦与永福吕璜月沧交友，月沧之乡人，有临桂朱琦伯韩、龙启瑞翰臣、马平王锡振定甫，皆步趋吴氏、吕氏，而益求广其术于梅伯言。由是桐城宗派流衍于广西矣。

昔者，国藩尝怪姚先生典试湖南，而吾乡出其门者，未闻相从以学文为事。既而得巴陵吴敏树南屏，称述其术，笃好而不厌。而武陵杨彝珍性农、善化孙鼎臣芝房、湘阴郭嵩焘伯琛、溆浦舒焘伯鲁，亦以姚氏文家正轨，违此则又何求？最后得湘潭欧阳生。生，吾友欧阳兆熊小岑之子，而受法于巴陵吴君、湘阴郭君，亦师事新城二陈。其渐染者多，其志趋嗜好，举天下之美，无以易乎桐城姚氏者也。

当乾隆中叶，海内魁儒畸士，崇尚鸿博，繁称旁证。考核一字，累数千言不能休，别立帜志，名曰“汉学”，深摈有宋诸子义理之说，以为不足复存。其为文，尤芜杂寡要。姚先生独排众议，以为义理、考据、词章，三者不可偏废，必义理为质，而后文有所附，考据有所归。一编之内，惟此尤兢兢。当时孤立无助，传之五六十年，近世学子，稍稍诵其文，承用其说。道之废兴，亦各有时，其命也欤哉？

自洪、杨倡乱，东南荼毒，钟山石城，昔时姚先生撰杖都讲之所，今为犬羊窟宅，深固而不可拔。桐城沦为异域，既克而复失。戴钧衡全家殉难，身亦欧血死矣。余来建昌，间新城、南丰兵燹之余，百物荡尽，田荒不治，蓬蒿没人，一二文士，转徙无所。而广西用兵九载，群盗犹汹汹骤，不可爬梳,龙君翰臣又物故。独吾乡少安,二三君子,尚得优游文学,曲折以求合桐城之辙。而舒焘前卒,欧阳生亦以瘵死。老者牵于人事,或遭乱不得竟其学,少者或中道夭殂。四方多故,求如姚先生之聪明早达,太平寿考,从容以跻于古之作者,卒不可得。然则业之成否,又得谓之非命也耶?

欧阳生名勋,字子和,没于咸丰五年三月,年二十有几。其文若诗,清缜喜往复,亦时有乱离之慨。庄周云:“逃空虚者,闻人足音,跫然而喜。”而况昆弟亲戚之謦欬其侧者乎?余之不闻桐城诸老之謦欬也久矣,观生之为,则岂直足音而已?故为之序,以塞小岑之悲,亦以见文章与世变相因,俾后之人得以考览焉。①

陈平原指出:“在这里曾氏并没有对桐城派进行顺流而下的梳理、铺叙,而是首先突出桐城派的关键所在,刻意强调、渲染了姚鼐的作用。如今将‘天下文章,其出于桐城乎’此等妙语,置于‘姚先生治其术益精’后,明显转移读者视线。这还不算,最后添上一笔,姚氏主讲江南各书院,有管同、梅曾亮、方东树、姚莹等‘高第弟子’,以及无数‘私淑于姚先生’者。请注意,这里没有方门、刘门的事,有的只是‘姚门四大弟子。’”②《欧阳生文集序》一方面告慰老友,另一方面巧妙地在“道之废兴,亦各有时”和“业之成否,又得谓之非命”的基础上提出“文章与世变相因”的识见。

在《经史百家杂钞》中,曾氏大胆而有远见地拓宽了桐城派的选文标准。针对姚姬传“撰次古文,不载史传,其说以为史多不可胜录也”的声明,曾氏指出:“吾观其奏议类中,录《汉书》至三十八首,诏令类中,录《汉书》三十四首,果能屏诸史而不录乎?”③所以,曾氏采辑的《经史百家杂钞》就以史传稍多而标榜命名。而在《书归震川文集后》中曾氏首先指出归有光是盛名之下,其实难副:

近世缀文之士,颇称述有光,以为可继曾巩、王安石之为之。自我观之,不同日而语矣。或又与方苞氏并举,抑非其伦也。④

曾国藩对归震川无意于感人而欢愉惨恻之思溢于言外的成就也给予肯

① 曾国藩:《欧阳生文集序》,《曾国藩全集·诗文》,第245—247页。
② 陈平原:《从文人之文到学者之文》,第203页。
③ 曾国藩:《经史百家杂钞题语》,《曾国藩全集·诗文》,第264页。
④ 曾国藩:《书归震川文集后》,《曾国藩全集·诗文》,第148页。

定，如“有光一切弃去，不事涂饰，而选言有序，不刻画而足以昭物情，与古作者合符，而后来者取则焉，不可谓不智已”；并在文末道出假使“有光早置身高明之地，闻见广而情志阔，得师友以辅翼，所诣固不竟此”的遗憾。《经史百家杂钞》的编选采辑与对归有光的评价都体现出曾氏豁达的襟怀与过人的识度。

在《谢子湘文集序》中，曾氏用很少的笔墨言及对谢氏文章的评价，而大段篇幅倾注笔力地揭露了“末世学古之士”所遭受的“两厄”，曾氏指出天下士子“一厄于试艺之繁多，再厄于俗本评点之书”，并以振聋发聩之声大声疾呼：“此天下之公患也。”①在科举取士的时代下，八股制义为读书人步蟾折桂的敲门砖，曾氏居然以公患视之，可见其识度非凡。在《湖南文征序》中，曾氏还提出“初无所谓法”“人心各具自然之文”②的宏论，足见其不为桐城“义法说”所拘囿的远见卓识。

对于“情韵”“趣味”这两种审美体式，曾氏也有精湛的论述。如曾氏曾告诫其子古文“须有情韵趣味，养得生机盎然，乃可历久不衰”③，“前所示有气则有势，有识则有度，有情则有韵，有趣则有味，古人绝好文字，大约于此四者之中必有一长”④，体现出他对此二种审美境界的重视。

曾氏所谓的“情韵”不仅强调了古文创作首先必须要“有情极真挚，不得不一倾吐”⑤的创作动机，并且还要达到一种韵味深美的艺术境界。在曾氏文集中，送别好友、规劝诸弟、训诫子侄以及一些挽联、墓表、碑传、昭忠祠诸作较能体现这一审美态势。如《送郭筠仙南归序》阐述了大才难以造就的现状，并以此勉励郭嵩焘，写得友朋情深而又气韵雄健；《祭汤海秋文》主要通过对汤海秋行事、个性的追忆，表达出二人过从无间的友情，如“我时讥评，君曾不愠。我行西川，来归君迓。一语不能，君乃狂骂”。其他如前文提到的纪念镇压太平天国中阵亡将士的作品，更体现出曾氏对手足亲人的哀婉之情、殷勤之思。

曾国藩在告谕纪泽作文途辙时曾对“趣味”有过翔实的诠释，他将诗文趣味大致分为诙诡之趣与闲适之趣。诙诡之趣者，如庄周、柳子厚之文，东坡、山谷之诗，退之诗文皆具诙诡之趣；而闲适之趣者，如白乐天、孟襄阳、柳河东之属。曾氏平生好雄奇瑰伟之文，于“趣味”一属殊少涉及，如钱仲联就指出其“为诗未能臻此恬淡之境，大多壮观有余，凝炼不足，此其于诗之造诣，

---

① 曾国藩：《谢子湘文集序》，《曾国藩全集·诗文》，第 219 页。
② 曾国藩：《湖南文征序》，《曾国藩全集·诗文》，第 333 页。
③ 曾国藩：《谕纪泽》，同治四年七月十三日，《曾国藩全集·家书》，第 1205 页。
④ 曾国藩：《谕纪泽、纪鸿》，同治四年六月初一，《曾国藩全集·家书》，第 1198 页。
⑤ 曾国藩：《曾国藩全集·日记》，道光二十二年十一月十七日，第 131 页。

所以尚不逮其文也”①。曾氏古文虽有平浅之作,但也自言“无可惊喜”,并点明其原因:“一则精神耗竭,不克穷探幽险,一则军中卒卒,少闲适之味。”②

第三节　曾国藩古文撰述结构与形式规制

曾国藩在晚清古文传承史上有着不可忽略的重要地位,他构建了一个既重“经济”而又不忽略古文审美特性的理论体系,体现出晚清古文集大成者的开阔视野与艺术素养。曾氏在日记、书信、序引、识跋以及对奏疏的甄选与评价中不厌其烦地对古文创作的谋篇布势、甄选字句进行条分缕析,且不乏凭借古文读本的编选来流播自己的古文理念的热情。

为了指导兄弟子侄以及晚辈后学如何作文,曾国藩屡屡总结作文的心得体会,以金针度人的热忱指点后进。首先,针对桐城派“浅弱不振”、规模狭窄的弊病,曾国藩提倡文章的规模气势,鼓吹俊爽慷慨之文。他屡次写信告诫其子作文的要领:“少年文字,总须气象峥嵘,东坡所谓蓬蓬勃勃如釜上气”③,“少年人不要怕丑,须有狂者进取之趣”④。曾国藩的古文均注重阳刚之美,也始终洋溢着兀骜遒劲的清光劲气,这种审美宗尚基本奠定了“诗笔韩黄万丈光”⑤的雄奇风韵。基于此曾氏还阐述了文气、声调、谋篇布势等有关行文气势的见解。

曾氏认为“行气为文章第一义”⑥,“为文全在气盛”,因此为增强文章的阳刚之美,他还特别强调了文章的气势问题。基于“好汉打脱牙和血吞”的倔强个性来说,曾国藩十分推崇“倔强不驯之气”⑦在古文创作中的关键作用。当曾氏收到往时“文亦无大奇特者”的六弟一封“排奡似昌黎,拗很似半山”的家书时,不禁叹为绝妙古文且欢喜无极地再三激赏六弟的“一枝妙笔”与不羁之才,并由此生发出“予论古文,总须有倔强不驯之气、愈拗愈深之意。故于太史公外,独取昌黎、半山两家。论诗亦取傲兀不群者,论字亦然”的

---

① 钱仲联:《梦苕庵诗话》,第86页。

② 曾国藩:《复吴敏树》,咸丰九年十二月初二,《曾国藩全集·书信》,第1155页。

③ 曾国藩:《谕纪泽、纪鸿》,同治四年七月初三日,《曾国藩全集·家书》,第1204页。

④ 曾国藩:《谕纪泽》,咸丰八年七月二十一日,《曾国藩全集·家书》,第406页。

⑤ 黄遵宪《酬曾重伯编修》诗云:“诗笔韩黄万丈光,湘乡相国故堂堂。谁知东鲁传家学。竟异南丰一瓣香。上接孟荀骀论纵,旁通骚赋楚歌狂。沣兰沅芷无穷竟,况复哀时重自伤。”(钱仲联笺注:《人境庐诗草笺注》下,上海古籍出版社,1981年版,第761页。)

⑥ 曾国藩:《谕纪泽》,同治元年八月初四,《曾国藩全集·家书》,第853页。曾氏还强调:“奇辞大句须得瑰玮、飞腾之气驱之以行。”(《求阙斋日记类钞·文艺》,辛亥七月)

⑦ 曾国藩素来强调:“未有无阳刚之气者,而能大有立于世者”(《杂著·笔记·阳刚》),“古来英雄非有一种阳刚之气,万不能成大事”(《复刘仲良》)。

宏论①。

曾氏曾盛赞“六弟之信,文笔拗而劲,九弟文笔婉而达”,并预言“将来皆必有成”②。但是,当看到四弟“词句多不圆足,笔亦平沓不超脱”时,曾氏也疾言厉色地训诫“平沓最为文家所忌,宜力求痛改此病”;六弟笔气虽爽利,“然词意平庸,无才气峥嵘之处”,曾氏大为失望道“非吾意中之温甫也”,并强调“如六弟之天姿不凡,此时作文,当求议论纵横,才气奔放,作为如火如荼之文,将来庶有成就”;唯独“季弟文气清爽异常”“意亦层出不穷”,曾国藩是喜出望外,并提出厚望“以后务求才情横溢,气势充畅,切不可挑剔敷衍,安于庸陋。勉之勉之,初基不可不大也”③。

曾国藩认为“作古文者,例有傲骨,惟欧阳公较平和,此外皆刚介倔强,与世龃龉”。他对韩愈的倔强之气甚为折服,如他“读《原毁》《伯夷颂》《获麟解》《龙杂说》诸篇,岸然想见古人独立千古,确乎不拔之象”④,因而叹曰:“昌黎之倔强,尤为行气不易之法”,“古文一道,国藩好之而不能为之,然谓西汉与韩公独得雄直之气,则与平生微尚相合,愿从此致力”⑤。“男儿自立,必须有倔强之气”⑥也是曾氏一生立身为文的根本,他教导自己的儿子牢记“行气为文章第一义,卿、云之跌宕,昌黎之倔强,尤为行气不易之法,尔宜先于韩公倔强处揣摩一番”⑦。

为了追求诗文雄奇矫变的艺术风貌,曾国藩还强调必须有独树一格、迥绝尘表的立意与构思,才能推衍出词气激越、体格俊爽的特立独行之文。如曾氏认为:“总须用意有超群离俗之想,乃能脱去恒蹊。”⑧曾国藩在习练书法时也强调了不为成法所拘囿,惟求气势恢宏的理念。曾氏指出:“文家之有气势,亦犹书家有黄山谷、赵松雪辈,凌空而行,不必尽合于理法,但求气之昌耳,故南宋以后文人好言义理者,气皆不盛。大抵凡事皆宜以气为主,气能挟理以行,而后虽言理而不厌,否则气既衰苶,说理虽精,未有不可厌者。犹之作字者,气不贯注,虽笔笔有法,不足观也。”⑨

曾氏依据自己对古文沉浸含郁的心得体会指出欲作古文须看何书才能收到事半功倍的效果,并且强调了文字、训诂对读书的重要性。如曾氏声明

---

① 曾国藩:《致诸弟》,道光二十三年正月十七,《曾国藩全集·家书》,第55—56页。
② 曾国藩:《致温弟、沅弟》,道光二十四年三月初十日,《曾国藩全集·家书》,第80页。
③ 曾国藩:《致诸弟》,道光二十四年五月十二日,《曾国藩全集·家书》,第87页。
④ 曾国藩:《曾国藩全集·日记》,同治元年九月二十二,第806页。
⑤ 曾国藩:《复刘翰清》,同治五年五月十六日,《曾国藩全集·书信》,第5766页。
⑥ 曾国藩:《致沅弟》,同治三年六月十六日,《曾国藩全集·家书》,第1139页。
⑦ 曾国藩:《谕纪译》,同治元年八月初四,《曾国藩全集·家书》,第853页。
⑧ 曾国藩:《谕纪泽》,同治元年十一月初四,《曾国藩全集·家书》,第900页。
⑨ 曾国藩:《曾国藩全集·日记》,同治五年十月十四日,第1310页。

自己“生平好读《史记》《汉书》《庄子》、韩文四书”，特别是《汉书》“于典雅瑰玮之文，无一字不甄采”，故曾纪泽研读《汉书》之举让曾国藩甚感欣慰。但曾氏也指出“看《汉书》有两种难处，必先通于小学、训诂之书，而后能识其假借奇字；必先习于古文辞章之学，而后能读其奇篇奥句”。出于对曾纪泽“于小学、古文两者皆未曾入门，则《汉书》中不能识之字，不能解之句多矣”的担忧，曾国藩开出疗救的处方：“欲通小学，须略看段氏《说文》《经籍纂诂》二书”，“欲明古文，须略看《文选》及姚姬传之《古文辞类纂》二书。”①

另外，曾国藩也一再告诫曾纪泽：“十三经外所最宜熟读者莫如《史记》《汉书》《庄子》、韩文四种”②，“自此四种而外，又如《文选》《通典》《说文》《孙武子》《方舆纪要》，近人姚姬传所辑《古文辞类纂》、余所抄十八家诗，此七书者，亦余嗜好之次也”③。曾氏屡屡推荐这些读本，不仅因为曾氏对《史记》《汉书》《庄子》、韩文“嗜之成癖，恨未能一一诂释笺疏，穷力讨治”，更重要的是为了开阔纪泽的眼界，如曾氏所言：“当将此十一书寻究一番，纵不能讲习贯通，亦当思涉猎其大略，则见解日开矣。”④

在《清稗类钞》中“曾文正劝人读七部书”条也介绍了曾氏的推荐书目，如“曾文正尝教后学云：六经以外，有不可不熟读者，凡七部书，曰《史记》《汉书》《庄子》《说文》《文选》《通鉴》《韩文》也”，且更详明地阐述了曾氏所荐书目的要义：“盖《史记》《汉书》，史学之权舆也。《庄子》，诸子之英华也。《说文》，小学之津梁也。《文选》，辞章之渊薮也。《史》《汉》时代所限，恐史事尚未全，故以《通鉴》广之。《文选》骈偶较多，恐真气或渐漓，故以《韩文》振之。”⑤

曾国藩在指点其子学治古文时更是屡屡强调训诂小学的重要⑥，并指出：“汉魏文人，有二端最不可及：一曰训诂精确，二曰声调铿锵”⑦，“汉人词章，未有不精于小学训诂者，如相如、子云、孟坚于小学皆专著一书，《文选》于此三人之文著录最多”⑧。对于研读《文选》，曾国藩强调曾纪泽应该在训

---

① 曾国藩：《谕纪泽》，咸丰六年十一月初五日，《曾国藩全集·家书》，第331页。

② 在咸丰九年四月二十一日的家书中，曾氏再次声明：“余于《四书》《五经》之外，最好《史记》《汉书》《庄子》韩文四种，好之十余年，惜不能熟读精考。又好《通鉴》《文选》及姚惜抱所选《古文辞类纂》、余所选《十八家诗抄》四种，共不过十余种。”（《谕纪泽》）

③ 曾国藩：《谕纪泽》，咸丰八年九月二十八日，《曾国藩全集·家书》，第430页。

④ 同上。

⑤ 徐珂编辑：《清稗类钞》，第3877页。

⑥ 曾氏强调治古文“欲着字之古，宜研究《尔雅》《说文》、小学、训诂之书，故尝好观近人王氏、段氏之说”。（《复许振祎》，咸丰十一年三月十一）曾氏日记也记载：“饭后与申夫뫼谈，约三时之久，论作文宜通小学、训诂。”（咸丰十年二月廿九日）

⑦ 曾国藩：《谕纪泽》，咸丰十年闰三月初四日，《曾国藩全集·家书》，第532—533页。

⑧ 曾国藩：《谕纪泽》，同治元年五月十四日，《曾国藩全集·家书》，第831页。

诂精确上用心体会，指出《说文》训诂之学“自中唐以后人多不讲，宋以后说经尤不明故训，及至我朝巨儒始通小学。段茂堂、王怀祖两家，遂精研乎古人文字声音之本，乃知《文选》中古赋所用之字，无不典雅精当。尔若能熟读段、王两家之书，则知眼前常见之字，凡唐宋文人误用者，惟六经不误，《文选》中汉赋亦不误也”①。司马相如、扬子云、班孟坚、司马迁、韩愈五家之文，“精于小学训诂，不妄下一字”，也是曾氏毕生所取法模仿的对象。

曾国藩曾告诫曾纪泽：“尔《说文》将看毕，拟先看各经注疏，再从事于词章之学”，“尔于小学，既粗有所见，正好从词章上用功”②。这里强调如欲在辞章之学上有所建树须先精研训诂之学，而后词章才能有所成。对“训诂、词章二端颇尝尽心”的曾国藩，对其子也予以厚望：“尔看书若能通训诂，则于古人之故训大义，引伸假借渐渐开悟，而后人承讹袭误之习可改。若能通词章，则于古人之文格文气、开合转折渐渐开悟，而后人硬腔滑调之习可改。”③所以，曾纪泽遵循父训，“于小学训诂颇识古人源流，而文章又窥见汉魏六朝之门径”④，曾国藩是难掩其欣喜之情的。

对于“自宋以后能文章者不通小学，国朝诸儒通小学者又不能文章”⑤的现象，曾氏虽然“余早岁窥此门径”，但“因人事太繁，又久历戎行”⑥，始终未能实现“以戴、钱、段，王之训诂，发为班、张、左、郭之文章”⑦的宏愿。“斯愿莫遂”的疚憾促使曾国藩把希望寄托到了曾纪泽的身上：“若尔曹能成我未竟之志，则至乐莫大乎是。”并且对其子提出“以后便当专心一志，以精确之训诂，作古茂之文章”⑧的殷切期望。

对于初学者该从何入手研治古文，曾国藩屡屡强调了《文选》与《古文辞类纂》为入门者揣摩体会的必读之书。“欲明古文，须略看《文选》及姚姬传之《古文辞类纂》二书”，对《汉书》中“凡文之为昭明暨姚氏所选者，则细心读之，即不为二家所选，则另行标识之”⑨的识语也可看出曾氏对二书的重视程度。曾氏也曾告诉诸弟“古文选本，惟姚姬传先生所选本最好”，并把自己精

---

① 曾国藩：《谕纪泽》，咸丰十年闰三月初四日，《曾国藩全集·家书》，第533页。
② 曾国藩：《谕纪泽》，同治元年五月十四日，《曾国藩全集·家书》，第831页。
③ 曾国藩：《谕纪泽》，咸丰十年四月初四日，《曾国藩全集·家书》，第537页。
④ 曾国藩：《谕纪泽》，同治二年三月初四日，《曾国藩全集·家书》，第947页。
⑤ 在同治二年三月初四日《谕纪泽》中，曾氏也提出这一疑惑：“余尝怪国朝大儒如戴东原，钱辛楣、段懋堂、王怀祖诸老，其小学训诂实能超越近古，直逼汉唐，而文章不能追寻古人深处，达于本而阂于末，知其一而昧其二，颇所不解。”
⑥ 曾国藩：《谕纪泽》，同治元年五月十四日，《曾国藩全集·家书》，第831页。
⑦ 曾国藩：《谕纪泽》，同治二年三月初四日，《曾国藩全集·家书》，第947页。
⑧ 同上。
⑨ 曾国藩：《谕纪泽》，咸丰六年十一月初五日，《曾国藩全集·家书》，第332页。

心圈点过的《古文辞类纂》公车带回,请诸弟观摩体悟①。曾氏认为《斯文精萃》虽“系古文中最善之本”,但是“尚不如《文选》之尽善”。为了便于曾纪泽圈点学习,曾氏强调:“《文选》纵不能全读,其中诗数本则须全卷熟读,不可删减一字,余文亦以多读为妙。盖《京都》《田猎》《江海》诸赋,虽难于成诵,而造字、形声、训诂之学,即已不待他求。此外各文则并无难于成诵者也。”并特意嘱托邓汪琼:“以后请令小儿与世兄多点《文选》,以能背诵为主。”②

而对于如何研读《文选》,曾氏曾告诫曾纪泽:“《说文》看毕之后,可将《文选》细读一过,一面细读,一面钞记,一面作文,以仿效之。”③在这篇家书里,曾国藩强调了熟读、钞记和摹仿的重要性:“凡奇僻之字,雅故之训,不手钞则不能记,不摹仿则不惯用。”针对曾纪泽“长于看书,短于作文”的天分,曾国藩特意叮嘱:“目下宜从短处下工夫,专肆力于《文选》,手钞及摹仿二者皆不可少。”④为了便于仿效,曾国藩强调手抄的重要意义。曾纪泽乡试之文“太无词藻,几不能敷衍成篇”,曾氏便建议他先讲求词藻,强调“此时下手工夫,以分类手抄词藻为第一义”。而“欲求词藻富丽,不可不分类抄撮体面话头”,曾氏还胪列近世文人“如袁简斋、赵瓯北,吴谷人,皆有手抄词藻小本。此众人所共知者”,即使“阮公一代闳儒,则知文人不可无手抄夹带小本矣。昌黎之记事提要、纂言钩元(玄),亦系分类手抄小册也”⑤。次年纪泽所作祭文“词藻亦太寒俭”,曾氏仍再次强调:“尔现看《文选》,宜略抄典故藻汇,分类抄记,以为馈贫之粮。”⑥这里不仅可见曾氏对手抄功效的重视,同时也反映出词藻是曾氏的谋篇成文的重要因素之一。

依据姚鼐阳刚、阴柔的美学分野,曾氏根据习文者质性天分的不同,指明了刚柔并济的摹仿途径。对“气体近柔”“笔力稍患其弱”的张裕钊,曾国藩特别告诫他要“熟读扬、韩各文,而参以两汉古赋”⑦以救其短,只有做到“柔和渊懿之中必有坚劲之质、雄直之气运乎其中”⑧,才能在古文之学上有所创

---

① 曾国藩:《致诸弟》,道光二十五年三月初五,《曾国藩全集 · 家书》,第108页。曾国藩也把方望溪、姚姬传文集作为沅弟学习揣摩的范本,并叮嘱其弟“用心细看。能阅过一遍,通加圈点,自不患不长进也”(《致诸弟》咸丰五年三月二十)。

② 曾国藩:《复邓汪琼》,咸丰十一年四月二十四日,《曾国藩全集 · 书信》,第2076—2077页。

③ 曾国藩:《谕纪泽》,同治元年五月十四日,《曾国藩全集 · 家书》,第831—832页。

④ 同上书,第832页。

⑤ 曾国藩:《谕纪泽》,咸丰九年五月初四日,《曾国藩全集 · 家书》,第480—481页。

⑥ 曾国藩:《谕纪泽》,咸丰十年二月二十四日,《曾国藩全集 · 家书》,第527页。

⑦ 张裕钊属于阴柔类型,扬、韩各文为阳刚之文(曾氏认为:阳刚者约得四家:曰庄子、曰扬雄、曰韩愈、柳宗元),曾国藩也屡屡强调文中须有汉赋的恢宏之气,如:“古文须有汉赋气,此意惟姬传先生知之而力未逮耳。”(王定安:《求阙斋弟子记》,第1679页)

⑧ 曾国藩:《加张裕钊片》,咸丰九年三月十一日,《曾国藩全集 · 书信》,第934页。

获。而彭玉麟则傲骨嶙峋,“为文之质恰与古人相合”,但其为文“病在贪多,动致冗长”。曾国藩也对症下药地指出其摹仿途径:“取国朝《二十四家古文》读之,参之侯朝宗、魏叔子以写胸中磊块不平之气,参之方望溪、汪钝翁以药平日浮冗之失。两者并进,所诣自当日深,易以有成也。”①

为了避免古文创作走上墨守成规的摹仿死路,而丧失自己的性灵,曾氏强调:“作古文辞,亦自有体势,须篇篇一律,乃为成章。”②只有登岸舍筏,抛却肤廓皮相的句摹字拟,才能形成自己独特的风神体态。如曾氏告诫纪泽:“凡大家名家之作,必有一种面貌,一种神态,与他人迥不相同。譬之书家羲、献、欧、虞、褚、李、颜、柳,一点一画,其面貌既截然不同,其神气亦全无似处。本朝张得天、何义门虽称书家,而未能尽变古人之貌。故必如刘石庵之貌异神异,乃可推为大家。”并强调“诗文亦然。若非其貌其神迥绝群伦,不足以当大家之目”③。在《重刻茗柯文编序》里曾氏也强调了文章若无新变,不能代雄的见解。他指出所谓标新好异的高才之氏,“仿效汉人赋颂,繁声僻字”,虽然“往往造为瑰玮奇丽之辞”,但“曾无才力气势以驱使之”,结果造成了“有若附赘悬疣,施胶漆于深衣之上”的画虎类犬之作。对于“叙述朋旧,状其事迹,动称卓绝,若合古来名德至行备于一身”的文坛劣习,曾氏以鲜活的譬喻指出这就如“画师写真,众美毕具,伟则伟矣,而于其所图之人,固不肖也”,并大胆直陈:“近世之文,能免于二者之讥实鲜,蹈之者多矣。”④

针对古今文人的下笔造句,曾氏曾以一言以蔽之曰:“珠圆玉润。”为追求文章达到一种行于所当行、止于所当止的酣畅淋漓之势,曾国藩特意拈出“圆”字诀,并以此作为古文创作的独得之秘钥以授予其子。曾氏语重心长地告诫曾纪泽:“吾于尔有不放心者二事:一则举止不甚重厚,二则文气不甚圆适。以后举止留心一重字,行文留心一圆字。至嘱。”⑤为了纪泽便于体味“圆”字诀的内涵,曾氏详审的胪列出“文家之语圆而藻丽者,莫如徐陵、庾信,而不知江淹、鲍照则更圆,进之沈约、任昉则亦圆,进之潘岳、陆机则亦圆,又进而溯之东汉之班固、张衡、崔骃、蔡邕则亦圆,又进而溯之西汉之贾谊、晁错、匡衡、刘向则亦圆。至于马迁、相如、子云三人,可谓力趋险奥,不求圆适矣,而细读之,亦未始不圆。至于昌黎,其志意直欲陵驾子长、卿、云三人,戛戛独造,力避圆熟矣,而久读之,实无一字不圆,无一句不圆”,并指出曾纪泽“若能从江、鲍、徐、庾四人之圆步步上溯,直窥卿、云、马、韩四人之圆,则无不

① 曾国藩:《加彭玉麟片》,咸丰八年十月初一日,《曾国藩全集·书信》,第695页。
② 曾国藩:《曾国藩全集·日记》,咸丰九年六月初一日,第390页。
③ 曾国藩:《谕纪泽》,同治六年十月十一日,《曾国藩全集·书信》,第1292页。
④ 曾国藩:《重刻茗柯文编序》,《曾国藩全集·诗文》,第322—323页。
⑤ 曾国藩:《谕纪泽》,咸丰十年四月初四日,《曾国藩全集·家书》,第537页。

可读之古文矣,即无不可通之经史矣”①。在这里,曾氏“无一字不圆,无一句不圆”的主张,就是强调字与字、句与句之间的衔接要做到水银泻地、无懈可击的顺畅自然,进而追求一种风行水上的自然之姿。对于圆字诀,钱锺书曾有专门论述,他认为所谓“圆”者,“非仅音节调顺、字句光致而已”,还在于“词意周妥、完善无缺”②。

曾氏还强调通过布局谋篇以追求文章的奇横之趣、自然之致,只有“二者并进,乃为成体之文”③,如曾氏认为:“古文之道,谋篇布势是一段最大功夫。《书经》《左传》,每一篇空处较多,实处较少,旁面较多,正面较少。精神注于眉宇目光,不可周身皆眉,到处皆目也。线索要如蛛丝马迹,丝不可过粗,迹不可太密也。”④曾国藩强调古文的布局“须有千岩万壑、重峦复嶂之观,不可一览而尽,又不可杂乱无纪”⑤。曾氏还强调:“一篇之内,端绪不宜繁多。譬如万山旁薄,必有主峰,龙衮九章,但挈一领”,反之就会“首尾衡决,陈义芜杂”⑥。同时曾国藩也寄厚望于曾纪泽“于古人之文格文气、开合转折渐渐开悟,而后人硬腔滑调之习可改”,并且强调“吾于尔有不放心者二事”,其二就是文气不甚圆适⑦。曾氏所谓的“圆适”就是指文气、文格的开合转折较为流畅舒展、圆润自然,没有硬腔滑调的瑕疵,即曾氏所指“吞吐断续之际,亦有欲落不落,欲行不行之妙”的蕴藉观感。

相较于刘大櫆、姚鼐侧重写作手法与文体特征的声调说而言,曾氏的声调说具有一定的本体论意义。也正因为如此,曾国藩对文学语言的认识超越了桐城先贤,并在一定程度上游离于桐城义法中陈腐的道德观念而进入了较为纯粹的审美领域⑧。

曾国藩关于文道的见解是指导其古文创作的一个重要指向标,这在本书

---

① 曾国藩:《谕纪泽》,咸丰十年四月二十四日,《曾国藩全集·家书》,第540—541页。

② 钱锺书:《谈艺录》三一,中华书局,1984年补订本,第114页。

③ 曾国藩:《曾国藩全集·日记》,咸丰十一年七月初四日,第638页。

④ 曾国藩:《曾国藩全集·日记》,咸丰九年八月初九,第408页。

⑤ 曾国藩:《曾国藩全集·日记》,咸丰十年十月初二,第542页。

⑥ 曾国藩:《复陈宝箴》,同治八年五月二十七日,《曾国藩全集·书信》,第6783页。曾国藩由“李伯时画七十二贤像,其妙全在鼻端一笔”,进而感悟到“夫古文亦自有气焉,有体焉。今使有人于此,足反居上,首顾居下。一胫之大几如要,一指之大几如股,则见者谓之不成人。又或颐隐于齐,肩高于顶,五管在上,两髀为胁,则见者亦必反而却走。为文者,或无所专注,无所归宿,漫衍而不知所裁,气不能举其体,则谓之不成文。故虽长篇巨制,其精神意趣之所在,必有所谓鼻端之一笔者。譬若水之有干流,山之有主峰,画龙者之有睛。物不能两大,人不能两首,文之主意亦不能两重,专重一处而四体停匀,乃始成章矣”(《杂著·笔记二十七则·文》)。

⑦ 曾国藩:《谕纪泽》,咸丰十年四月初四日,《曾国藩全集·家书》,第537页。

⑧ 黄曼君:《中国近百年文学理论批评史1895—1990》,湖北教育出版社,1997年版,第100—101页。

第二章中有所论述，但政治家和古文改革家的豁达襟怀又注定曾国藩具有较为开阔的视野，在注重致用的基础上也能从艺术的角度分析一些文学现象。“古之善为诗、古文者，其工夫皆在诗、古文之外”①的格言是对陆游“汝果欲学诗，工夫在诗外”的化用，透露出曾氏文中有事、有为而作的创作心态。

曾国藩对待骈文的态度也较桐城派为通达，体现出集大成者的胸襟与器识。他认为“古文之道与骈体相通”②，主张骈、散结合才能更好展现文章的气象峥嵘。

第四节 曾国藩古文的影响考察与比较研究

曾国藩在古文发展史上屡屡被称誉为桐城派中兴的功臣、大将，这些论断都无一例外地指明了曾氏在桐城古文发展史上的重要地位。但学界对曾国藩和桐城派关系的梳理上还有一些仁智互见的看法③，通过对曾国藩与梅曾亮、吴敏树和郭嵩焘的文章对比，或可以更好地把握曾国藩的古文理念，也能更合理地为曾氏在古文发展史上的准确定位提供可资借鉴的依据。

在桐城派传承史上，梅曾亮是一位使姬传遗绪赖以不堕的关键人物。如李详《论桐城派》所言：“至道光中叶以后，姬传弟子，仅梅伯言郎中一人，同时好为古文者，群尊郎中为师，姚氏之薪火，于是烈焉。复有朱伯韩、龙翰臣、王定甫、曾文正、冯鲁川、邵位西、余小坡之徒，相与附丽，俨然各有一桐城派在其胸中。伯言亦遂抗颜居之不疑。逮曾文正为《欧阳生文集序》，复畅明此旨，昭昭然若揭日月而行。”④李详强调了梅曾亮灵光独存、维系桐城家学的盟主地位，也阐述了曾国藩对晚期桐城派持续发展的重要意义。对梅曾亮与曾国藩关系的辨析，也是披寻、梳理曾氏古文理念源流所在的关键因素。

虽然曾国藩在《复吴敏树》中明确提出“往在京师，雅不欲溷入梅郎中之后尘”⑤的自负之言，但这也只是曾氏不甘久居人下的倔强个性所决定的骎骎乎其上的进取之志，并不可以此否认曾氏曾受梅曾亮的影响。曾氏自称：“仆早不自立，自庚子以来，稍事学问。……闻此间有工古文诗者，就而审之，乃桐城姚郎中鼐之绪论，其言诚有可取。”⑥“工古文诗者”正是指文坛上名重

---

① 曾国藩：《杂著·格言四幅书赠李芋仙》，《曾国藩全集·诗文》，第433页。
② 曾国藩：《曾国藩全集·日记》，咸丰十年三月十五日，第474页。
③ 详见第二章第二节桐城派诗文理念的承继与超越。
④ 李详：《论桐城派》，载于《国粹学报》，1911年第4卷第12号。
⑤ 曾国藩：《复吴敏树》，咸丰九年（1859年）十二月初二，《曾国藩全集·书信二》，第1153页。
⑥ 曾国藩：《致刘蓉》，道光二十三年，《曾国藩全集·书信一》，第5页。

一时、朝彦归之的梅曾亮①。在曾氏全集中，对梅氏的推崇处处可寻端倪，如其赠梅伯言诗云："单绪真传自皖桐，不孤当代一文雄。读书养性原家教，绩学参微况祖风。众妙观如蜂庤蜜，独高格似鹤骞空"②，"方姚以后无孤诣，嘉道之间又一奇。碧海鳌呿鲸掣俟，青山花放水流时。两般妙境知音寡，它日曹溪付与谁"③，"梅叟名世姿，萧然红尘里……独留文章性，贞好无迁徙。……自叟持此论，斯文有正轨，二三邦国英，风流相依倚"④。

曾氏屡屡为梅氏张目，如："梅伯言郎中，自谓莫绍先绪，而所为古文诗篇，一时推为祭酒"⑤，"夜阅《梅伯言文集》，叹其钻研之久，功力之深"⑥，"阅《梅伯言集》《姚惜抱集》，叹其读书之多，火候之熟，良不可及。吾年已老，精力已衰，平生好文之癖殆不复能自达其志矣"⑦。曾国藩对梅曾亮的认识也是一个从肯定、否定到否定之否定的演进过程，如《论曾国藩的文学地位》一文也指出："随着曾氏本人地位、学识的改变，对梅氏的认识和评价也略有变化，如其《日记》同治六年八月二十一日中说年轻时见伯言以古文名重，'心独不肯下之'，而'今日复重视梅伯言之文，反觉有过人处，往者之见，客气多耳'。"⑧

上述各种论述仅就曾氏自述或时人评判来诠释曾国藩、梅曾亮的关系，未免流于肤廓。因此，通过对二人为文风格及理念的爬梳也许更能说明曾氏曾受到梅曾亮潜移默化的影响。首先，梅曾亮对骈文的重视也使得桐城派古文更能体现出走向综合的合理态势，不可避免地会影响到曾国藩的文学理念。方苞一贯主张清真雅正的文风，排斥繁芜、骈俪之文，姚鼐也主张摒弃六朝骈俪之习。但是，使惜抱遗绪赖以不坠的梅曾亮并没有死守桐城派雅洁的家法，如对方、姚视之为洪水猛兽的骈文，梅曾亮并不十分排斥。他认为："文贵者辞达耳，苟叙事明，述意畅，则单行与排偶一也。"⑨（梅曾亮《复陈伯游书》）他在《马韦伯骈体文叙》中即指出："余少好为诗及骈文，君皆好之，余苦

---

① 如朱琦指出梅曾亮："居京师二十余年，笃老嗜学，名益重一时，朝彦归之。自曾涤生、邵蕙西……之属，悉以所业来质，或从容谈宴竟日。"（《柏枧山房文集书后》，《柏枧山房诗文集》，上海古籍出版社，2005年版，第385页。）

② 曾国藩：《赠梅伯言二首》之二，《曾国藩全集·诗文》，第85页。

③ 曾国藩：《送梅伯言归金陵三首》之三，《曾国藩全集·诗文》，第89页。

④ 曾国藩：《丁未六月廿一为欧阳公生日集邵二寓斋分韵得是字》，《曾国藩全集·诗文》，第26页。

⑤ 曾国藩：《世泽》，《曾国藩全集·杂著》，第360页。

⑥ 曾国藩：《曾国藩全集·日记》，同治元年九月二十一日，第805页。

⑦ 曾国藩：《曾国藩全集·日记》，同治元年九月廿七日，第809页。

⑧ 王镇远：《论曾国藩的文学地位》，《中华文史论丛》，第三十九辑，1986年第3辑。

⑨ 且梅曾亮少时犹喜骈文，继工散文，其文乃"奇偶错综，厚集其气，规恢闳阔，雅近班氏。先生职志犹是，故虽祧在桐城，声貌初不相袭。少时兼习骈俪，浸淫于古"。（蒋国榜：《柏枧山房全集题词》，《柏枧山房全集》，《续修四库全书》，第597—598页。）

故实遗忘，弃骈体不作。君独勇为之，故吾两人诗异趋，文则君壮浪雅健，余不及也。”①这里，梅曾亮指出骈文于追求文章雄奇刚健的气势有着不可偏废的重要功效。梅曾亮不仅在理论上认可骈文②，且在创作上也是身体力行，成果斐然。如其《柏枧山房文集》中收录骈文二卷，其作品还被王先谦编入《国朝十家四六文钞》，荣膺“晚清骈文十大家”的美誉。《清稗类钞》也把他阑入“骈体文家之正宗”的范畴：“桐城有刘开，上元有梅曾亮……其文皆闳中肆外，典丽肃穆，足以并驾齐驱。”③足见其在晚清骈文史上的重要地位。

即使在梅曾亮皈依桐城后，其早期浸淫骈文的为文痕迹也时可在其古文中窥见一二。如其“文字的遒炼整饬，四字句的大量运用，都不无骈文的痕迹。而且句法上表现为气势健盛，章法上也峭折顿挫”④，奠定了其“碧海鳌呿鲸掣候”⑤的审美风尚。

其次，梅伯言所强调“文章之事，莫大乎因时”的见解，也与曾国藩强调致用的观点相契符。如梅氏指出：“文章之事，莫大乎因时，立吾言于此，虽其事之微，物之甚小，而一时朝朝之风俗好尚皆可以因吾言而见之。”⑥这里可与曾氏《黄仙峤前辈诗序》相比较，曾氏对“今之君子”在满目疮痍、国势日艰的政局无动于衷，而“独沾沾以从事于所谓诗者。兴旦而缀一字，抵暮而不安；毁齿而钩研声病，头童而不息。以咿嗄蹇浅之语，而视为钟彝不朽之盛业”的现状深感困惑，究其原因，就在于“今之君子”尚未明白“因时”的道理。

最后，如仅从作品艺术风貌的审美角度来考较曾、梅二人优劣的话，梅曾亮显然要高出曾氏一筹。梅氏古文体现了桐城派“阳刚”“阴柔”的审美理念的积极贯彻，形成了“碧海鳌呿鲸掣候，青山花放水流时”⑦两种迥然有别的审美境界。曾氏作品中雄奇之作甚夥，而恬淡之境尚少。

吴敏树“自少读书常兼人，为文章力求岸异，刮去世俗之见。见者惊叹，以为非常人”，一生致力于古文之学。他认为：“《诗》《书》、六艺皆文

---

① 梅曾亮：《柏枧山房诗文集》，第 110 页。相较于方姚的重视“法”，梅曾亮则更倾向注重“气”。因而，为追求文章气势，梅曾亮也屡屡强调对骈文的重视。

② 梅曾亮对骈文的态度体现出弘通的识见，在对骈文予以许可的同时也对其以文掩情的繁琐有所指责：“如徘优登场，非丝竹金鼓佐之则手足无措，其周旋揖让非无可观，然以之酬接则非人情也。”（《复陈伯游书》，《柏枧山房文集》卷二，《中华文史丛书》之九十一，第 53 页。）他在《〈管异之文集〉书后》也持类似见解：“人有哀乐者，面也，今以玉冠之，虽美，失其面矣，此骈体之失也。”（《柏枧山房全集》，《续修四库全书》，第 650 页。）

③ 徐珂编辑：《清稗类钞》，第 3888—3889 页。

④ 王镇远：《论曾国藩的文学地位》，《中华文史论丛》，1986 年第 3 辑。

⑤ 曾国藩：《送梅伯言归金陵三首》之三，《曾国藩全集 · 诗文》，第 89 页。

⑥ 梅曾亮：《答朱丹木书》，《柏枧山房诗文集》，第 38 页。

⑦ 曾国藩：《送梅伯言归金陵三首》之三，《曾国藩全集 · 诗文》，第 89 页。

也，其流为司马迁；得迁之奇者，韩氏耳。欧阳公又学韩氏，而得其逸。"并声称可与桐城派推崇的归有光比肩竞美，如其"自言为文得欧阳氏之逸；归氏之文同得之欧阳氏"①。其论文不主宗派之说，曾国藩极为赞赏："南屏不愿在桐城诸君子灶下讨生活，真吾乡豪杰之士也。"②吴敏树竟将姚鼐竟比作吕居仁③，可见其与桐城派有别的诗文理念，对曾国藩把他列入桐城派，也甚为不满。

对于吴敏树的古文创作，曾氏屡屡加以推尚："见示诗文诸作，质雅劲健，不盗袭前人字句，良可诵爱。中如《书西铭讲义后》，鄙见约略相同，然此等处，颇难于著文，虽以退之著论，日光玉洁，后贤犹不免有微辞。"④在《吴南屏墓表》中，郭嵩焘也指出："曾文正公尤善君之文，欲使治幕事，辞不赴。已而走视文正公军中，文正公大欢，赋诗曰：黄金可成河可塞，惟有好怀不易开。"而同治九年曾国藩在致吴敏树的信中把自己对吴文的喜好推崇到与柳子厚比肩的地步，如曾氏所言："大集古文敬读一过，视昔年仅见零篇断幅者尤为卓绝。大抵节节顿挫，不用矜奇辞奥句而字字若履危石而下，落纸乃迟重绝伦。其中闲适之文清旷自怡，萧然物外，如《说钓》《杂说》《程子新传》《屠禹甸序》之类，若翱翔于云表，俯视而有至乐。国藩尝好读陶公及常、白、苏、陆闲适之诗，观其博揽物态，逸趣横生，栩栩焉神愉而体轻，令人欲弃百事而从之游。而惜古文家少此恬适之一种，独柳子厚山水记破空而游，并物我而纳诸大适之域，非他家所可及。今乃于尊集数数遘之，故编中虽兼众长，而仆视此等尤高也。"⑤在这里，曾氏指出吴敏树之文，不仅有"字字若履危石而下，落纸乃迟重绝伦"的奇迈之势，更重要的是那些"清旷自怡，萧然物外"的闲适之作⑥。

对于吴敏树闲适之作之所以能取得"独绝于人"的造诣，郭嵩焘特意指出："凡君所得山水之奇、朋友之欢，及博观周、秦、两汉之书，见闻所及，瑰行轶迹，以资益其文之气势，微吟缓步，独喜自负。……至所谓九江楼者，读书吟咏于其中。累月经时，凭阑望远，云烟淡碧，澄澈如镜。或时闻风涛万顷，

---

① 郭嵩焘：《吴南屏墓表》，《郭嵩焘诗文集》，岳麓书社，1984年版，第469—470页。

② 曾国藩：《复欧阳兆熊》，咸丰九年十月二十日，《曾国藩全集·书信》，第1096页。

③ 如曾氏在复函中指出："至姚惜抱氏虽不可遽语于古之作者，尊兄至比之吕居仁，则亦未为明允。惜抱于刘才甫不无阿私，而辨文章之源流，识古书之真伪，亦实有突过归、方之处。尊兄鄙其宗派之说，而并没其笃古之功，揆之事理，宁可谓平？"(《复吴敏树》，咸丰九年十二月初二)

④ 曾国藩：《复吴敏树》，咸丰九年十二月初二，《曾国藩全集·书信》，第1154页。

⑤ 曾国藩：《复吴敏树》，同治十年七月十六日，《曾国藩全集·书信》，第7495页。

⑥ 曾国藩平生好雄奇瑰伟之文，唯独对闲适恬淡的审美风格心向往之而未能至，如曾氏所言："一则精神耗竭，不克穷探幽险，一则军中卒卒，少闲适之味，惟希严绳而详究之。"因此，对吴氏闲适之作倍极叹赏。(《复吴敏树》，咸丰九年十二月初二)

雷霆之声,以发其文趣。视人世忻戚得丧,无累于其心,以自适其超远旷逸之趣”,“君意趣旷然,无忤于物,而物亦卒莫浼,有得于古文人之风。夫人苟有得于其心,则常内自足焉,以无愿乎其外,视外物之至,无加损益于其心也,是以乐之终身而无所歉。君之于文,其庶矣乎”①。这里也印证了曾氏“必先有豁达光明之识,而后有恬淡冲融之趣”②的论断,故郭嵩焘声称:“湖南二百年文章之盛,推曾文正公及君。”③

吴敏树作为一介文人,能够超然物外,不以俗务萦心,所以其文既能弘中肆外,又有恬淡冲融之趣。这也是与曾国藩经世大文、信史实迹,所迸发出的“光气烛天地、贯日月而不朽”的文风有所不同之处。但其特立独行、不愿屈居人下的个性却也注定在音节顿挫、气势俊爽上与曾氏相同的取向。

郭嵩焘同曾国藩一样,深受湖湘经世文化的浸染,为学宗奉程朱义理,以明体达用为本。素与曾国藩、刘蓉相友善,恒以文字相切磋。论文亦宗法桐城,其为文“畅敷义理,冥合矩度”,“质实拗峭,纡徐平淡,体洁词简,而用意包举无遗。公牍亦洋洋洒洒,溯源竟委,周极利弊”④。其创作动机也大致等同于曾国藩,集中所作大多以留心时务、敷陈义理为根底,体现出政治家强调致用,不徒以文人自居的创作心态。郭嵩焘论文也不废四六,主张骈散并行而不悖⑤,这也与曾氏骈散之论的见解相契合。

对于郭氏的古文成就,钱基博给予了很高的评价,几欲凌曾文正而下之。如钱氏认为:“及其发为文章,理足辞简,特寓拗折劲悍之意于条达疏畅之中,坦迤之中自有波峭;不同曾国藩之瑰伟,亦异刘蓉之畅发。曾国藩追韩愈之雄茂,而语不检;刘蓉学苏轼之疏快,而味无余。嵩焘则得王安石之峭劲,而锋欲敛,畅而不流,拗以出遒。碑传之作,以简驭繁,以叙抒议,语无枝叶,义必明当,出入欧王,允裨史裁。”⑥

自姚鼐提出“义理、考据、辞章”的为文原则,晚清桐城派就体现出走向综合的创作态势,至曾国藩而集其大成。梅曾亮的创作风范与古文理念则体现了由姚鼐向曾国藩过渡的中间状态,在桐城古文的传承上起到了桥梁作用。吴敏树、郭嵩焘基于相同的地域文化熏染,其为文理路也与曾氏呈现出部分重合的发展趋向,同时也存在着因个性、文化心态及社会地位的不同而造成的差异。

---

① 郭嵩焘:《吴南屏墓表》,见于《郭嵩焘诗文集》,岳麓书社,1984 年版,第 470 页。
② 曾国藩:《致沅弟》,同治二年三月二十四日,《曾国藩全集 · 家书》,第 959 页。
③ 郭嵩焘:《吴南屏墓表》,见于《郭嵩焘诗文集》,第 471 页。
④ 刘声木:《桐城文学渊源考》,第 329 页。
⑤ 详见《十家骈文汇编序》,转引自魏际昌:《桐城古文学派小史》,第 158—159 页。
⑥ 钱基博:《近百年湖南学风》,第 53 页。

第五章　曾国藩对道咸同文坛的意义

第一节　“立德、立功、立言”的文化影响与人心浸润

自叔孙豹揭橥儒家“立德、立功、立言”①的人生理想以来，“三不朽”也成了儒家士人为之奋斗终生的终极理想。作为深受儒家文化浸染、笃守程朱理学的曾国藩，在进取途中也不可避免地流露出积极贯彻“立德、立功、立言”这一人生理念的热忱。

针对曾国荃好高骛远、急于建功而不成的抑郁心情，曾国藩曾予以开导：“古人称立德、立功、立言为三不朽。立德最难，而亦最空，故自周汉以后，罕见以德传者。立功如萧、曹、房、杜、郭、李、韩、岳。立言如马、班、韩、欧、李、杜、苏、黄，古今曾有几人？吾辈所可勉者，但求尽吾心力之所能及，而不必遽希千古万难攀跻之人。”②在这里，曾氏为安慰其弟语涉拘谨，貌似一淡泊名利、不求闻达之人，而实际上，曾国藩毕生都在倾其心力于“立德、立功、立言”人生目标的实现，此种决绝进取的心态在其全集中可谓屡见不鲜。

在曾氏勾勒的人生蓝图中，“立德、立功、立言”应一一对应为“修之于身、施之于事、见之于言”③三途。对“三不朽”诸要素的孰先孰后，曾国藩甚为赞同欧阳修在《送徐无党南归序》中所阐述的观点：“深慕立德之徒，而鄙功与言为不足贵，且谓勤一世以尽心于文字者皆为可悲。”④以“立德”为第一要义的措置也体现出曾氏理学信徒的本色，“勤一世以尽心于文字者皆为可悲”的见解也流露出不愿徒以翰墨为勋绩的事功心态。如曾氏曾言：“余好读欧阳公《送徐无党南归序》，乃知古之贤者，其志趣殊不愿以文人自命。”⑤

清代学术呈现出集大成、重总结、善融通的发展态势，曾国藩为直隶士子指点迷津而构建的“义理、考据、辞章、经济”的学术体系便是最好的明证。

---

① 针对“死且不朽”的问题，叔孙豹认为：“太上有立德，其次有立功，其次有立言。虽久不废，此之谓三不朽。”（《春秋左传诂·襄公二十四年》，中华书局，1987 年版，第 567 页。）

② 曾国藩：《致沅弟》，同治三年八月初五日，《曾国藩全集·家书》，第 1159 页。

③ 曾国藩对朱熹讥刺欧阳修“裂道与文以为两物”甚为不满，进而指出：“欧阳公《送徐无党序》亦以修之于身、施之于事、见之于言分为三途：其云修之身者，即叔孙豹所谓‘立德’也；施之事、见之言者，即豹之所谓‘立功’‘立言’也。”（《复刘蓉》同治九年正月末）

④ 曾国藩：《复刘蓉》，同治九年正月末，《曾国藩全集·书信》，第 7035 页。

⑤ 曾国藩：《杂著·格言四幅书赠李芋仙》，《曾国藩全集·诗文》，第 433 页。

这不仅是曾国藩学术理念走向综合的具体表现，也是曾氏依据学术背景对先秦“立德、立功、立言”人生理想的现代诠释与合理转化。在曾氏的学术谱系中，“义理”对应着“立德”，“考据、辞章”对应着“立言”，“经济”则对应着“立功”。

“一宗宋儒”的治学理念使得曾国藩对程朱之学浸淫极深，虽然他并不以理学家自居，但他对宋学补弊救偏的积极尝试有力地改变了士人心中宋学的地位。诚如钱穆所论，曾国藩为后人所推敬的则“不尽于勋绩”，更重要的是其“学业与文章”①。

曾氏虽然让“立功”屈居于“立德”之下，但实际上这也是曾氏耗费心力最多、也是其能够青史留名的关键因素。曾氏曾经声明：“立德最难，而亦最空，故自周汉以后，罕见以德传者”②，“国藩于本朝大儒，学问则宗顾亭林③、王怀祖两先生，经济则宗陈文恭公，若奏请从祀，须自三公始。李厚庵与望溪，不得不置之后图”④，这里把理学大师李厚庵与方望溪置之于经世儒宗顾炎武、陈文恭公之后，可见其对“立功”的重视程度。但曾国藩并不是一个假道学，他对理学的念念不忘“只是奉程、朱的理学为修身的准则，也并无意在心、性、理、气上另立新说（曾氏有两篇理学文字，都是老生常谈）。这正如宗教信徒不必人人都发展一套新的神学一样”。况且，“道光以下的理学与经世学是一事之两面，统一在实践这个观念之下；所不同者，理学注重个人的道德实践，经世则强调整体的社会、政治实践”⑤。

博取功名作为曾氏一生汲汲以求的人生理想，在其诗集中也处处可寻。如“犹当下同郭与李，手提两京还天子”⑥；“拯时俪葛亮”⑦；“功名郰侯拟”⑧；“勋名自谓凌管乐”⑨。通过金戈铁马、九死一生的疆场厮杀，曾氏踩着太平天国将士及湘军子弟的累累白骨迈到了事业的顶峰，也博得同治中兴功臣的美誉。

---

① 钱穆：《中国近三百年学术史》，第632页。

② 曾国藩：《致沅弟》同治三年八月初五日，《曾国藩全集·家书》，第1159页。

③ 曾国藩《圣哲画像记》于清代学者首推顾炎武。他认为：“我朝学者以顾亭林为宗，《国史·儒林传》褎然冠首。言及礼俗教化，则毅然有守先待后，舍我其谁之志，何其壮也！”余英时先生也明确指出：“可知他所景仰的不是乾嘉时代共奉为考证始祖的顾炎武，而是道光以下群推为经世儒宗的顾炎武。”（《现代儒学的回顾与展望》，第299页。）

④ 曾国藩：《致沅弟》，咸丰十一年六月二十九日，《曾国藩全集·家书》，第749页。

⑤ 余英时：《现代儒学的回顾与展望》，第298—299页。

⑥ 曾国藩：《题唐镜海先生二图·十月戎行图》，《曾国藩全集·诗文》，第45—46页。

⑦ 曾国藩：《送陈岱云出守吉安》，《曾国藩全集·诗文》，第16页。

⑧ 曾国藩：《杂诗九首第一》，《曾国藩全集·诗文》，第4页。

⑨ 曾国藩：《答李生》，《曾国藩全集·诗文》，第11页。

在“立言”方面，无论是“述作窥韩愈”①的豪气，还是“又兼韩欧技”②、“文采何曾怯邹枚”③的大言不惭，都体现出曾氏对诗文的自负。曾门弟子的推崇之辞或许语涉溢美，但也部分体现了曾氏在文坛上所取得的成就。他不仅以自己的创作实绩与完善化的理论构建赢得“桐城派中兴明主”的美誉④，同时还被屡屡称引为宋诗运动的大纛。

道光二十五年，曾国藩送别友人陈岱云出守吉安，并以诗相赠，在赠别诗中曾国藩就大致勾勒出自己一生的奋斗蓝图：“树德追孔周，拯时俪葛亮。又兼韩欧技，大言足妖妄。”⑤综观全诗，虽有语带谐谑的意味，但实际上也透露出曾国藩人生追求的终极目标就是“立德、立功、立言”。其中，“树德”即“立德”，指遵循儒家品格修养的轨辙，进德修业以达到德修身润的境界；“拯时”即“立功”，也就是儒家所谓建不世之功勋，流芳于百世；而“韩欧技”则是指“立言”，这也是“有德者必有言”的外在体现，同时还可与曾氏诗“述作窥韩愈，功名邺侯拟”⑥的自负相印证。对于曾国藩在“立德、立功、立言”上所取得的成就，梁启超曾评价说：“曾文正者，岂惟近代，盖有史以来，不一二睹之大人也已；岂惟我国，抑全世界不一二睹之大人也已。然而文正固非有超群绝伦之天才，在并时诸贤杰中，称最钝拙；其所遭值事会，亦终身在拂逆之中。然乃立德、立功、立言三并不朽，所成就震古铄今而莫与京者，其一生得力在立志自拔于流俗而困而知而勉而行，历百千艰阻而不挫屈。不求近效，铢积寸累，受之以虚，将之以勤，植之以刚，贞之以恒，帅之以诚，勇猛精进，坚苦卓绝，如斯而已，如斯而已。”⑦朱孔彰也认为：“中兴景运，群公辈出，十年之间，消平大难。非天生圣相而振兴之乌能若是邪？然履危濒死屡矣。有百折不挠之志，宏济艰难，虽曰成功者天，抑亦人谋也。赵衰之言曰说礼乐、敦诗书、为元帅。叔孙豹之言曰太上立德、次立功、次立言，谓为三不朽，公独兼之。”⑧龙梦荪在《曾文正公学案》也指出：“曾文正为近世之大人物，德业文章，炳耀寰宇；虽妇孺亦知钦佩其为人。……其学问之所以增进，道德之所以

---

① 曾国藩：《杂诗九首第一》，《曾国藩全集·诗文》，第4页。
② 曾国藩：《送陈岱云出守吉安》，《曾国藩全集·诗文》，第16页。
③ 曾国藩：《答李生》，《曾国藩全集·诗文》，第11页。
④ 不仅曾门弟子、旧派文人推崇曾氏之文，周作人、胡适也肯定其在文学上的创获，陈子展也指出：“曾国藩的造诣，实较姚氏为高。他的门下高第弟子又较姚氏弟子更多，更有名望。……湘乡派出于桐城派，力矫桐城派规模的狭小。惟以湘乡派后出，中兴了桐城派，更发扬而光大之，替桐城派争得不朽的光荣。”（陈子展：《最近三十年中国文学》，上海古籍出版社，2000年版，第181页。）
⑤ 曾国藩：《送陈岱云出守吉安》，《曾国藩全集·诗文》，第16页。
⑥ 曾国藩：《杂诗九首第一》，《曾国藩全集·诗文》，第4页。
⑦ 梁启超：《曾文正公嘉言钞·序》，第2页。
⑧ 朱孔彰：《中兴将帅别传》，《近代中国史料丛刊》，第39页。

高尚，功业文章之所以炳耀寰宇，诚所谓日就月将，有本有源矣。”①

综上所述，曾国藩融“立德、立功、立言”于一身的成就也为他抹上了一层神圣的光环，封建士子们无不把他视作顶礼膜拜的楷模以及近乎完美的精神导师。

那么，借助“三不朽”人生价值实现的号召力与凝聚性，曾氏对桐城古文的改革、对宋诗运动的揄扬以及体系化的审美范畴都成为天下士子如蓬从风、如川赴壑的取法渊薮，其文学理念的流播也必然会起到事半功倍的效果。转移风气、陶铸人才的道理，曾国藩不仅在《原才》一文里详加阐述，在《日记》中也探讨了居高位者的导引功用。如曾氏所言：“至于作文亦然，打仗亦然，皆视乎在上者一人之短长，而众人之习随之为转移。若在上者不自咎其才德之不足以移人，而徒致慨上智之不可得，是犹执策而叹无马，岂真无马哉！”②

王澧华对曾国藩的创作与理论不无菲薄之辞，但至少肯定了曾氏“立德、立功、立言”的成功模式对文坛的影响。如王先生认为：“古往今来，时有才艺为功业所掩者，但也不乏文名随官声而著称之事。总体来看，曾国藩似属文论高于创作，影响大于成就”③，“至于他的影响，则更在其创作与理论的实际水平之上。古往今来的以高位主持文坛的惯例，在他身上照样得到了真实的体现”④。王镇远认为曾国藩绝称不上“中兴明主”，但王先生论定“曾国藩由于政治上的成功，督师开府，广延人才，使得桐城派经过太平天国的冲击后得以传播，那是同治年间的事”⑤，也认可了曾氏古文对同治、光绪乃至民国时期的重要影响。

第二节　曾国藩于道咸同文坛的精神匡正

曾国藩素来孜孜矻矻于诗文之道，在戎马倥偬之余也未尝忘情于诗文创作，并颇为自负的宣称：“将来此事当有所成就”⑥，“恨当世无韩愈、王安石一流人与我相质证”⑦。实际上，曾氏诗歌创作实绩与审美理念的体系化也奠定了他在晚清文坛的地位。

---

① 转引自萧一山：《曾国藩传》，第89页。
② 曾国藩：《曾国藩全集・家书》，咸丰九年九月二十四日，第422页。
③ 王澧华：《曾国藩诗文集・前言》，第11页。
④ 王澧华：《似花还似非花——曾国藩文献与曾国藩研究》，《湘潭大学学报》，1999年第4期。
⑤ 王镇远：《论曾国藩的文学地位》，《中华文史论丛》第三十九辑，1986年第3辑。
⑥ 曾国藩：《致温弟、沅弟》，道光二十四年三月初十日，《曾国藩全集・家书》，第80页。
⑦ 曾国藩：《致诸弟》，道光二十四年三月初十日，《曾国藩全集・家书一》，第80页。

针对桐城末流仿效、空疏的习尚,曾国藩"不是以附庸风雅的文士身份去追随桐城派的流波的,而是要以政治家兼古文改革家的身份挽救桐城派'文敝道丧'的危机"①。所以,曾国藩以"熟于阳刚阴柔之旨,极其伸缩变化,铿訇隐辚,自成清越"②的如椽妙笔纠正了桐城浅弱不振的偏失,并融合"立德、立功、立言"为一体,在题材上拓宽了桐城派的表现领域。故"黎庶昌所言:'本朝文体之正,自方始,洎姚而辞始雅洁,传至文正,乃变化以臻于大。'③非阿好之言也"④。

针对桐城派取径窄狭、才气薄弱的病状,曾国藩主张以深博的学问、弘通的识见、雄直的气势为针砭、为药石,以救桐城之弊。经过曾氏的积极尝试,终于起死回生,使桐城派走向中兴。"一宗宋儒,不废汉学"的治学理念使曾国藩在汉学、宋学壁垒森严的对峙中另辟蹊径,从而奠定了去芜存菁、兼收并蓄的学术体系;"义理""考据""辞章""经济"并行不悖的治学主张也印证了曾氏"读书做事,皆仗胸襟"的人生格言,体现出曾氏宏通的识见;在曾氏的审美范畴中,能展示阳刚之美的雄直之气、驱迈之势也最受曾氏钟爱。这也正是医治桐城派懦缓文风的一剂对症良药,诚如吴汝纶所言:"后儒但能平易,不能奇崛,则才气薄弱,不能复振,此一失也。曾文正公出而矫之,以汉赋之气运之,而文体一变,故卓然为一代大家。"⑤曾氏的这些主张为日薄西山的传统文化(文学)注入了鲜活血液,同时也奠定了他桐城古文中兴功臣的地位。

在古文方面,曾门弟子屡屡以无以复加的热忱强调其在文坛上卓然为一大家、"足与方、姚诸公并峙"的成就。旧派文人也虔诚地宣称:"国藩文章诚有绝诣,不仅为有清一代之大文学家,亦千古有数之大文学家也"⑥,"惟姬传之丰韵,子居之峻拔,涤生之博大雄奇,则又近今之绝作也。"⑦。新文学运动的领袖也称誉其为"桐城派中兴的明主"⑧、"桐城派古文的中兴第一大

---

① 章继光:《曾国藩思想简论》, 第 172 页。

② 徐珂:《清稗类钞·文学》第八册,中华书局,1986 年版,第 3886 页。

③ 黄曼君也指出:"直到曾国藩出现,桐城派古文理论及其创作实践才出现了一些值得注意的变化。"(《中国近百年文学理论批评史 1895—1990》,第 97 页。)

④ 徐珂:《清稗类钞·文学》第八册,中华书局,1986 年版,第 3886 页。

⑤ 吴汝纶:《与姚仲实》,《吴汝纶全集》第三册,第 51—52 页。

⑥ 徐凌霄、徐一士:《曾胡谈荟》,《国闻周报》,第 6 卷第 33 期。据徐凌霄、徐一士的记载,李慈铭也曾赞曾氏全集为"近代之杰作"(徐凌霄、徐一士:《凌霄一士随笔》,《国闻周报》,第 11 卷第 32 期),梁启超虽对桐城古文不无訾议,但也强调曾国藩即使没有任何勋绩,单凭文章亦可入选《文苑传》(《凌霄一士随笔》,《国闻周报》第 11 卷第 17 期)。

⑦ 刘师培:《论近代文学之变迁》,《刘师培学术文化随笔》,第 87 页。

⑧ 周作人:《中国新文学的源流》,北平人文书店,1934 年订正三版,第 87 页。

将"①。门生故吏的推崇之言"虽基本反映出了曾氏古文的地位,但出于曾门弟子之口,不无曲意抬高、夸大其辞之嫌,特别是在述及曾氏与桐城前辈的关系时,则过分强调了他超越前人,力矫时弊的一面,似乎由他一人之力而改变了文风,这与当时的事实不尽相合"②。诚如王先生所论,晚清文风的转捩确实有一个潜移暗转的过程,并非仅仅是曾国藩一人之力。对此,刘声木也持同样的观点。陈衍更指出曾氏古文为白璧微瑕:"曾文正以声调铿锵捄桐城之短,然其文不及方、姚处,则尚不能避俗耳。"③

王镇远虽指出曾门弟子的推崇流于溢美之词,但也承认"曾国藩由于政治上的成功,督师开府,广延人才,使得桐城派经过太平天国的冲击后得以传播,那是同治年间的事"④。这也充分肯定了曾氏古文对同治、光绪乃至民国时期的重要影响。

曾国藩的诗歌成就不如其古文,这也是学界的共识。谭献就指出:"楚人之中,独推曾文正为作者。正以其志在三《通》六《书》,通汉宋之怀来,洞古今之正变。文词尔雅,不事凌厉,与其诗绝异。窃谓曾文正公文胜于诗也。"⑤钱仲联也指出曾国藩一生为诗"大多壮观有余,凝炼不足",未臻其所言"恬淡之境",故其"于诗之造诣,所以尚不逮其文也"⑥。但这并不影响曾国藩在晚清宋诗运动中所起到的导引、推进作用。

曾国藩位极人臣,而且被传统士人视为融"立德、立功、立言"于一身的楷模,他对黄庭坚的推崇不可避免的引来了许多仿效者,一时天下向风,导引了同光体的宋诗运动。如由云龙指出:"宋派既兴,曾文正实为先导","其门生属吏遍天下,承流响化,莫不瓣香双井、希宗二陈"⑦。

对于曾国藩的诗文成就与文坛影响,大致可以分为持两种不同见解的派别。第一派充分肯定了曾国藩的文学实绩与影响,认为曾氏是可以与方、姚比肩,甚至几欲跨越前辈的一代文宗⑧,这一派以曾氏的同侪好友与门生故吏最为代表。另一派则是在部分肯定曾氏成绩的同时对其文坛地位与影响提出质疑,认为其不具备与方、姚相提并论的资格,甚至不如梅曾亮,该派以

---

① 胡适:《五十年来中国之文学》,胡适:《胡适文存二集》卷二,《民国丛书》,第91页。
② 王镇远:《论曾国藩的文学地位》,《中华文史论丛》,第三十九辑,1986年第3辑。
③ 陈衍:《陈石遗先生谈艺录》,张寅彭主编《民国诗话丛编》,上海书店出版社,2002年版,第703页。
④ 王镇远:《论曾国藩的文学地位》,《中华文史论丛》,第三十九辑,1986年第3辑。
⑤ 谭献:《复堂日记》,河北教育出版社,2000年版,第139页。
⑥ 钱仲联:《梦苕庵诗话》,齐鲁书社,1986年版,第86页。
⑦ 转引自钱仲联主编《清诗纪事》,第10093—10094页。
⑧ 如薛福成指出:"文正一代伟人,以理学经济发为文章。其阅历亲切,迥出诸先生上,早尝师义法于桐城,得其峻洁之诣。……故其为文气清体闳,不名一家,足于方、姚诸公并峙,其尤峣然者,几欲跨越前辈。"(《寄龛文存序》,《庸庵文外编》卷二,《续修四库全书》,第212页。)

刘声木、陈衍、王镇远以及王澧华为代表①。究竟该如何甄别、判断两派的不同意见，笔者认为不妨首先分别看看两派立论的基点是什么。

刘声木认为曾文之所以未能成为大家的原因在于气势有余，酝酿不足。陈衍也指出曾氏古文的不足之处在于不能避俗。王澧华的论断可谓苛刻，他认为："曾国藩并不具备严格的理论意义上的批评家素质，他的诗文理论并没有多少理性深度：论诗宗宋，源于清初以来的宗宋诸家陈辞；文主义法，即使未溷入梅郎中后尘，那也是拾取姚惜抱牙慧。"②

然而，在曾门弟子如李鸿章、黎庶昌等人眼中，曾氏之文是以德行、学问、勋业为根底，熔铸"立德、立功、立言"为一体，且囊括多识格物，博辨训诂于雄奇万变之中的开放性学术体系。刘声木一派以格律声色等纯粹艺术层面的标尺来衡量曾国藩的古文，分歧的产生也就是不可避免的了。曾国藩的"文"是涵盖了"义理、考据、辞章、经济"等若干因素的聚合体，是一种泛化的文学观念，同时也是艺术审美与经世致用结合的典范。以宏观文化史的视角来看，曾氏诗文是融合了晚清特定的时代精神、学术思想，以及士人心态等文化内核的有机统一体。三千年未有之变局使得曾国藩关注的是历史意识和时代责任感，在其诗文创作中也较多地体现了关心时事、强调致用的创作动机。比之仅仅注重格律声色等艺术层面的作品，曾氏诗文可谓识见卓绝。

在晚清特定的时段里，曾氏的古文理念在流衍、影响方面是足以与方、姚诸公并峙的，甚至形成了超越方苞、姚鼐文坛号召力的可能③。

第三节　曾门弟子的文坛影响

随着晚清政治、经济、文化等文学生态的改换，主盟文坛的桐城派日渐步入窳弱不振、文弊道丧的困境④。曾国藩以闳文重望而跻身高层，以雄直之气、宏通之识对桐城文派施以回天之术，进而赢得桐城派中兴大将的称誉，并

---

① 刘声木《苌楚斋续笔》卷六、陈衍《陈石遗先生谈艺录》、王镇远《论曾国藩的文学地位》以及王澧华《渗透整合 互补互济：试论曾国藩诗学观、古文观的形成、发展与变化》《曾国藩诗文集·前言》里都对曾氏诗文实绩与理念的流衍存有质疑。

② 王澧华：《似花还似非花—曾国藩文献与曾国藩研究》，《湘潭大学社会科学学报》，1999年第4期。

③ 李详在《论桐城派》里指出："夫文正功勋莫二，又为文章领袖，有违之者，惧为非圣之无法。"(《李审言文集》，江苏古籍出版社，1989年版，第888页。)由此可见，曾国藩在文坛上足以拥有振臂一呼、应者云集的影响力。

④ 姜书阁指出："桐城文派虽以姚鼐为祖，而奉其'义理、考据、辞章三者并重'之说，但姚氏本身即系以文章义法相号召。其于义理，既一无所得；于考据，更为茫然。故习其术者，亦惟取其为文之义法而已。是时正值汉学大兴，而桐城派之文人，又复抱残守缺，不能追及前辈，故势必销声匿迹，以待其自亡。"(姜书阁：《桐城文派评述》，第68—69页。)

在文学上设坛立坫，引领风尚。如李详所论："文正之文，虽从姬传入手，后益探源扬马，专宗退之，奇偶错综，而偶多于奇，复字单义，杂厕其间，厚集其气，使声采炳焕，而戛焉有声，此又文正自为一派，可名为湘乡派，而桐城久在祧列。其门下则有张廉卿裕钊、吴挚甫汝纶、黎莼斋庶昌、薛叔耘福成，亦如姬传先生之四大弟子，要皆湘乡派中人也。"①

曾国藩的地位声望加上势大力沉的雄奇之文，都成了晚清道、咸、同时期文人士子取法学习的榜样，以致"一时为文者，几无不出于曾氏之门"（姜书阁《桐城文派评述》）②。同时，凭借着对天主教异端文化的成功镇压，曾国藩也被儒家士人看作为儒家文化的卫道者与复兴者。因此，曾国藩在文坛上的亮相和表态无疑都导引着晚清文坛的动态和走向。

作为同治中兴的功臣，曾国藩在统帅湘军镇压太平天国起义的过程中特别注意吸纳了优秀人才进入幕府，在曾国藩的精心收罗之下，其幕府人才之数多达400余人③。在曾国藩的幕府之中，除去协助曾氏镇压太平天国的军事人才以外，还聚集了各种各样的专门人才、风雅之士，文采风流，冠绝海内。如容闳所言："当时各处军官，聚于曾文正之大营者不下二百人，大半皆怀其目的而来，总督幕府中亦百人左右。幕府外，更有候补之官员，怀才之士子，凡法律、算学、天文、机器等专门家无不毕集，几乎举全国人才之精华，汇集于此。"④在曾国藩幕府里，汇集了当时出类拔萃的学者与文士，如钱泰吉、俞樾、吴敏树、莫友芝、张裕钊、吴汝纶、方宗诚、涂宗瀛、洪汝奎、黎庶昌、薛福成、吴嘉宾、王闿运诸人。这些幕僚友朋或为书院山长，或为文坛大家，其中张裕钊、吴汝纶、黎庶昌、薛福成被称为曾门四大弟子，对曾国藩诗文理念的流衍无疑起到推波助澜的功效。如《湘学略》所论："自公斥尊道贬文之说，明词章义理之分，合奇偶于一炉，循阴阳之大顺，而同时友朋，若郭筠仙、刘孟容、吴南屏辈，皆卓然以古文自名。门士如武昌张廉卿裕钊、桐城吴挚甫汝纶、无锡薛叔耘福成、遵义黎莼斋庶昌，皆亲从受业，守其师说，友教四方。莼斋与长沙王益吾俱续《古文辞类纂》，然王则继惜抱之书，黎则衍《杂钞》之绪，其于宣扬文教则同。"⑤

在众多幕僚门生之中，能够继承曾国藩文学衣钵的当属号称曾门四大弟

---

① 李详：《论桐城派》，《国粹学报》，1911年第4卷第12期。

② 杨怀志，潘忠荣：《清代文坛盟主桐城派》，第95页。

③ 朱东安：《曾国藩幕府研究》，四川人民出版社，1994年版，第15页。

④ 容闳：《西学东渐记》，岳麓书社，1981年版，第110页。徐珂在《清稗类钞》里也记述曾氏幕府人才之盛："幕府人才，一时称盛，于军旅吏治外，别有二派：曰道学；曰名士。……一时文正幕中，有三圣七贤之目，皆一时宋学宿儒，文正震其名，悉罗致之。"（《清稗类钞·幕僚类》，第12—13页。）

⑤ 李肖聃：《湘学略》第十五，第462—463页。

子的张裕钊、吴汝纶、薛福成、黎庶昌。虽然他们在文学地位和政治声望上无法和曾国藩相提并论①，但四大弟子守其师说，友教四方，无形之中扩大了曾国藩诗文理念的流衍与影响。

曾门四大弟子沿袭“桐城中兴”的余波，对桐城文法既有所坚守亦有所突破，在古文创作和文学理论上均有不同的建树。四人之中，“就年龄而论以张裕钊（1823—1894）为长，功力亦深；而就影响来说，则以吴汝纶（1840—1903）最大。曾国藩于此二位高足也颇为器重，他曾对人说，其门下氏，古文可望成功者只有张、吴二人②。黎庶昌、薛福成二人虽不如张裕钊、吴汝纶影响之深远，但他们亦能恪守桐城义法，随着出使域外的经历，黎、薛二人均对桐城藩篱有所突破，异域游记不仅开拓了国人的视野，也为桐城古文的发展开辟了一个新境界。

张裕钊为人恬淡自喜，视禄秩如微尘，仅以书文自娱，尝言：“于人世都无所嗜好，独自幼酷喜文事。”③晚清的曾国藩可谓炙手可热，其门卿故吏遍天下，张裕钊追随其二十余年，独以治文教学为旨归。其先后主讲武昌勺庭书院、南京凤池书院、河北莲池书院、襄樊鹿门书院、陕西关中书院三十余年，培养众多古文传人，如桐城派在江苏的重要代表人物范当世等。张裕钊对古文浸淫日久，功力独到。其诗文成就得到很高评价，如曾国藩与刘熙载都推举其文为“海内第一”④；吴汝纶指出：“皇清足与文章之事者，姚鼐、梅曾亮和曾国藩后，惟张裕钊而已。”⑤孙雄也认为张裕钊之文“亦实足以传世行远”，晚清之时除曾国藩以外，“鲜足与裕钊抗手者”⑥。不仅师友对其褒奖有加，张裕钊对其文也甚为自许：“且私计国朝为古文者，惟文正师吾不敢望，若以此文较之方、姚、梅诸公，未知其孰先孰后也。”⑦

张裕钊在曾门弟子中的地位类似于孔门之颜回，曾国藩屡屡对其不吝赞美之辞，提携之情处处可见。在曾国藩日记、书信中多处记载了对张裕钊的勤教严绳，透露出曾国藩对其名山事业后继者的提携顾念之情，如其日记记

---

① 陈子展先生认为：“曾国藩死后，曾派文人如郭嵩焘、黎庶昌、张裕钊、薛福成、俞樾、吴汝纶诸人都不能继续他在文坛上建立的伟业。”（见陈子展《中国近代文学之变迁》，第61页。）

② 郭延礼：《论曾门弟子张裕钊、吴汝纶的文论》，《娄底师专学报》，1995年第3期。

③ 张裕钊：《与黎莼斋书》，《张裕钊诗文集》，上海古籍出版社，2007年版，第80页。

④ 张裕钊《九枝》诗句“湘乡薨亡兴化逝，独持卮酒看青天”句下有小注：“曾文正师于余文，兴化刘融斋先生于余文及书，皆许为海内第一。”（见《张裕钊诗文集》，第341页。）

⑤ 吴汝纶：《答严几道》，见施培毅、徐寿凯校点《吴汝纶全集》第三册《尺犊》卷二，第236页。吴汝纶在《与吴季白》中也透漏出郢人已没、谁与尽言的悲痛之情：“廉卿死，则广陵散绝矣”（见《吴汝纶全集》第三册《尺犊》卷一，第63页），“今自濂亭逝后，海内随空。”（见《与刘际唐》，《吴汝纶全集》第三册《尺犊补遗》，第570页。）

⑥ 孙雄：《濂亭文集提要》，见《续修四库全书总目》第12册，齐鲁书社，1996年版，第578页。

⑦ 张裕钊：《答李佛笙太守书》，《张裕钊诗文集》，第94页。

载:“张廉卿来,久谈。……旋送廉卿去。廉卿近日好学不倦,作古文亦极精进,余门徒中可望有成就者,端推此人。临别依依,余亦笃爱,不忍舍去”[①];“与张廉卿久谈。阅张廉卿近所为古文,喜其入古甚深,因为加圈批五首”[②];“张廉卿来久坐,已天黑矣”[③]。在曾氏书信中,对张裕钊古文创作之“日进无疆”也大发感慨,“至为欣慰”[④]。

张裕钊由乡邑之士而逐步迈向文坛精英的转折点在道光三十年(1850年),是年张裕钊进京应试,时任礼部侍郎的曾国藩担任阅卷官。曾氏一见其文笔即大为激赏,特为召见。曾国藩见面即问张氏:“子岂尝习子固文耶?”[⑤]并进而建议张裕钊由唐宋之文而上溯《文选》。为强调文中声调之重要性,曾国藩特为张氏诵读王安石之《泰州海陵县主簿许君墓志铭》一文,曾氏“抑扬抗堕,声敛侈,无不中节,使文字精神意态尽出”,而张裕钊一经点及即“言下顿悟,不待讲说而明”[⑥],自此致力于揣摩荆公之文,笔端日益精进。

为贯彻曾国藩训诂确切的主张,张裕钊于《史记》用力颇勤,对司马迁尤为服膺,称其“善记言,简略皆中,不亚于《左》《国》,班、范非其伦。而班、范擅长词赋,故其论赞叙述之言率警练;范则排比为齐梁先驱,要皆文章之宗也”[⑦]。张裕钊气体近柔,为文笔力稍患其弱。曾国藩主张以坚劲之质、雄直之气以救其短。在曾国藩的奖掖提携、循循善诱之下,张裕钊苦参扬雄、韩愈之文的奇崛之气及汉大赋之宏大格局,其雄奇风格逐渐确立。如咸丰十年(1860),曾国藩审读评骘张文时,欣喜过望,认为张裕钊“古文着句,俱有筋力”[⑧],“有王介甫之风”[⑨]。张裕钊还提出“雅健”的审美范畴,如其《答刘生书》云:“夫文章之道,莫要于雅健。欲为健而厉之已甚,则或近俗。求免于俗而务为自然,又或弱而不能振。”[⑩]

张裕钊为文不仅达到了曾国藩雄奇瑰伟的审美要求,同时还对曾国藩提出而践行不多的淡远之境有所突破。张裕钊的文章既能“继轨桐城,又不为

---

① 曾国藩:《曾国藩全集·日记》,咸丰九年九月初八日,第417—418页。据曾氏日记记载,在咸丰九年八月二十二日至九月初八日,曾国藩于戎马倥偬之余和张裕钊会谈达八次之多。

② 曾国藩:《曾国藩全集·日记》,同治七年八月二十四,第1545页。

③ 曾国藩:《曾国藩全集·日记》,同治十年十月十八,第1913页。

④ 曾国藩:《复张裕钊》,见《曾国藩全集·书信》,咸丰十年(1860)闰三月二十七日,第1352页。

⑤ 赵尔巽:《清史稿》卷四百八十六,第13442页。

⑥ 吴汝纶:《王介甫〈泰州海陵县主薄许君墓志铭〉评语》,见徐树铮编纂《诸家评点古文辞类纂》卷四十八,都门书局,1916年刊本,第3页。

⑦ 费行简:《近代名人小传》,台北,文海出版社影印本,1980年版,第33—34页。

⑧ 曾国藩:《复张裕钊》,见《曾国藩全集·书信》,咸丰十年闰三月二七日,第1352页。

⑨ 曾国藩:《曾国藩全集·日记》,咸丰十年闰三月十七日,第485页。

⑩ 张裕钊:《张裕钊诗文集》,王达敏校点,第87页。

所囿,雄奇而兼平淡,自成一家面目。而其勋绩中尤为不可磨灭者,乃是他与吴汝纶联袂创辟了绵延于清季、民国文坛的莲池派”①。

在张裕钊主讲莲池书院之前,传道授业解惑于四方,门生弟子无不深受曾文正诗文理念之熏陶渐染。其弟子以实绩显于世者,当属南通张謇;以文学名于世者当属范当世、马其昶、姚永朴、朱铭盘诸人。在莲池书院主讲期间,对曾国藩文学理念之流播,更是影响深远。如吴闿生所言:“河北自古敦尚质朴,学术人文视东南不逮远甚。自廉卿先生来莲池,士始知有学问。先公继之,日以高文典册摩厉多士,一时才俊之士奋起云兴,标英声而腾茂实者,先后相望不绝也。”②徐世昌也认为张裕钊“主莲池书院最久,畿辅治古文者踵起,皆廉卿开之”③。王树枏甚至认为:“同治、光绪间,海内言古文者,并称张、吴,谓裕钊及桐城吴挚甫汝纶也。黄贵筑师主讲保定莲池书院去后,予与挚甫荐之直督张靖达公,继主讲席。廉卿去后,挚甫继之。河北文派,自两先生开之也。”④

由此可见,自光绪八年(1882)至光绪十五年(1889),张裕钊主讲莲池书院期间,不仅开辟了河北文派,并使其绵延开来。俊彦之士,相望于张门,可谓弟子三千,名士逾百。代表人物有盐山刘若曾、新城白钟元、盐山刘彤儒、无极崔栋、定州安文澜、永年孟庆荣、沧州张以南、献县纪钜湘、武强贺涛诸人。其他熏陶渐染,闻风继起者,多至不可胜数。故“北人祀之,言古文者锋起,而尊张、吴若神”⑤。

吴汝纶为曾门四大弟子古文影响最著者,亦是唯一隶籍桐城者。吴汝纶景慕乡先辈姚鼐,好古文辞,早著文名。曾国藩奇其才,并称之为桐城后起之秀。如曾氏日记记载:“中饭后,阅桐城吴汝纶所为古文,方存之荐来,以为义理、考证、词章皆可成就,余观之信然,不独为桐城后起之英也。”⑥同治四年至同治八年,吴汝纶留佐幕府。在此期间,曾国藩与吴汝纶朝夕相处,研讨文法,如曾国藩日记记载:“吴汝纶来,久谈。吴,桐城人,本年进士,年仅二十六岁,而古文、经学、时文皆卓然不群,异材也。”⑦“夜核批稿,观吴挚甫、张敬堂

---

① 王达敏:《张裕钊与清季文坛》,第三届全国桐城派学术研讨会论文集,第404页。在该文426页,王达敏也特意指出:“张裕钊深知,曾文可学,而不可以强袭。故而他一边宗奉曾氏,一边走自己的路,终于在理论和创作中另辟新境,自成一宗。”

② 吴闿生:《吴门弟子集序》,莲池书社,1929年刊行,第1页。

③ 徐世昌:《晚晴簃诗汇》卷一四七,1929年天津徐氏刊本,第23页。

④ 王树枏:《故旧文存》卷首《小传》,陶庐丛刻第三十三,1927年刊,第1页。

⑤ 郭象升:《濂亭文集评语》,转引自王达敏:《张裕钊与清季文坛》,第三届全国桐城派学术研讨会论文集,第428页。

⑥ 曾国藩:《曾国藩全集·日记》,同治三年六月二十七日,第1024页。

⑦ 曾国藩:《曾国藩全集·日记》,同治四年十月十五,第1197页。

所为《明堂说》,又观《大戴礼·明堂》篇。二更与挚甫久谈,教以说经之法。说法太多,舌端蹇滞。”①

在曾国藩幕府之中,吴汝纶专心读书、多作古文,再加上曾国藩的精心点拨,吴氏为文日益精进,与张裕钊同为桐城派后期的中坚力量。如张舜徽所论:“盖裕钊与吴汝纶,并能为古文辞雄于晚清。吴之才健,而裕钊则以意度胜,文章尔雅,训辞深厚,非偶然也。”②

吴汝纶论文一方面恪守桐城家法,强调醇厚雅洁文风,另一方面,对曾国藩雄奇闳肆之文风亦推崇备至。如钱基博曾言:“方姚之文,由欧阳修、归有光以学史公,摒绝班固,而欲以洁其词渊其味,其格律声色,务以简淡寂寞为归。而曾吴所作,则学韩愈、王安石以窥史公,旁及班固。而务欲茂其气伟其词,其句调声响,必叶铿锵鼓舞之节……”③吴汝纶亦在《与杨伯衡论方、刘二集书》中探讨了“醇厚”与“闳肆”两种不同风格:

> 夫文章以气为主,才由气见者也。而要必由其学之浅深,以觇其才之厚薄。学邃者,其气之深静,使人餍饫之久,如与中正有德者处,故其文常醇以厚,而学掩才。学之未至,则其气亦稍自矜纵,骤而见之,即如珍羞好色,罗列目前,故其文常闳以肆,而才掩学。若昌黎所云“先醇后肆”者,盖谓既醇之后,即纵所欲言,皆不失其为醇耳,非谓先能醇厚而后始求闳肆也。今必以闳肆为宗,而谓醇厚之文为才之不赡,抑亦过矣。……夫文章之道,绚烂之后,归于老确。望溪老确矣,海峰犹绚烂也。意望溪初必能为海峰之闳肆,其后学愈精,才愈老,而气愈厚,遂成为望溪之文。海峰亦欲为望溪之醇厚,然其学不如望溪之粹,其才其气不如望溪之能敛,故遂成为海峰之文。④

依据此文,有学者认为:“随着洋务运动的破产,湘乡派散文走上了穷途,于是(吴汝纶)起而纠偏,尚醇厚而诎闳肆,反对古文说道说经,重裁剪与雅洁,使湘乡文重向方、姚桐城派文复归。”⑤周中明也主张:“他对古文艺术风格的主张,却颇为保守。他强调‘醇厚’‘雅洁’,妄图完全恢复桐城派的传统风格。”⑥究其实,吴汝纶欲在二者基础上创造出一种醇而能肆、兼而不偏

---

① 曾国藩:《曾国藩全集·日记》,同治五年十月二十三日,第1313页。
② 张舜徽:《清人文集别录》,中华书局,1980年版,第528页。
③ 钱基博:《近百年湖南学风》,中国人民大学出版社,2004年版,第39页。
④ 吴汝纶:《吴汝纶全集》第1册,施培毅、徐寿凯校点,第359—360页。
⑤ 管林、钟贤培:《中国近代文学发展史》,中国文联出版社,1991年版,第260页。
⑥ 周中明:《桐城派研究》,第365页。

的独特文风。这与曾国藩既推崇奇崛之境又企慕淡远之境何其相似,如曾氏日记记载:“傍夕,温韩诗、苏诗。夜写零字。……看刘文清公《清爱堂帖》,略得其冲淡自然之趣,方悟文人技艺佳境有二:曰雄奇,曰淡远。作文然,作诗然,作字亦然。若能合雄奇于淡远之中,尤为可贵。”①

同时,吴氏也以桐城文统继任者而自视,在目睹“报章体”②风行一时之际,吴汝纶忧心忡忡:“如梁启超等欲改经史为白话,是谓化雅为俗,中文何由通哉!”③“世人乃欲编造俚文,以便初学,此废弃中学之渐,某所私忧而大恐者也。”④吴汝纶在对桐城派与湘乡派既有承祧又有突破上,积极创作,以古文雄于当时,并号召重视古文的风雅传承,被目之为后期桐城派之中流砥柱。

不仅如此,吴汝纶的经世之才也得以崭露头角。所以曾国藩特地进呈《请准将吴汝纶留于直隶补用折》:“兹查有内阁中书吴汝纶,该员始终追随左右,臣与之朝夕讨论察看。该员器识明敏,学问该洽,实有希古援俗之志。若使之莅事临民,必能湔除积习,造福一方,拟将该员改为直牧同知,留于直隶补用。”⑤此后,经曾国藩奏荐,吴汝纶相继出任深州知州、天津知府、冀州知州。吴氏所任之处,锐意兴学,文教斐然。

吴汝纶秉承曾国藩以“经济”入文的原则,更加突出经世致用的实学内容。他反对窳守旧术,强调在经义八股之外须通知古今,涵茹学识。欲弘济多难,只有师夷长技,先振人才。吴汝纶主讲莲池以来,“教化大行,一时风气,为之转移”⑥。冀州子弟受其影响者不计其数,如傅振伦曾说:“一州六处知名人士,名出其门下。冀县有赵湘帆、李备六、黄春圃、胡子振;南宫有李刚己、刘际堂、齐懋轩;新河有马玺卿、韩云翔;枣强有李子畬、于泽远、步梦周兄弟;武邑有吴凯臣、魏征甫、陈荣堪;衡水有刘平西。”⑦

吴汝纶融中学、西学为一炉的教育方式,吸引了大批青年才俊,数年之间畿辅人才之盛甲于天下。吴汝纶以兴教化作为济时救国之方略,“日以高问典策,摩厉多士,一时才俊之士,奋起云兴,标英声而胜茂实者,相望不绝也”⑧。在吴汝纶这种合中西为一冶的教学模式下,莲池书院培养出大批彪

---

① 曾国藩:《曾国藩全集·日记》,咸丰十一年六月十七日,第632页。

② 梁启超大肆宣讲:“启超夙不喜桐城派古文,幼年为文,学晚汉魏晋,颇尚矜炼,至是自解放,务为平易畅达,时杂以俚语韵语及外国语法,纵笔所至不检束,学者竞效之,号新文体。”(梁启超《清代学术概论》,第206页。)

③ 吴汝纶:《与薛南溟》,见《吴汝纶全集》第3册,施培毅、徐寿凯校点,第369页。

④ 吴汝纶:《答严几道》,见《吴汝纶全集》第3册,施培毅、徐寿凯校点,第235页。

⑤ 曾国藩:《曾国藩全集·奏稿十》,第6264—6265页。

⑥ 沈云龙主编:《中国近代史料丛刊续编》,第六十六辑,第10页。

⑦ 傅振伦:《傅振伦文录类选》,学苑出版社,1994年版,第294页。

⑧ 沈云龙主编:《中国近代史料丛刊续编》第六十六辑,第10页。

炳于政坛、文坛、教育界的佼佼者，如光绪三十年状元刘春霖，民国总统冯国璋，教育总长傅增湘，直隶省省长刘若曾，易学大家尚秉和，河北名儒高步瀛，都曾师从吴汝纶，就读于莲池书院。对莲池书院的教育实绩，吴闿生在《吴门弟子集叙》讲道："已丑以后，风会大开，士既相竞以文词，而尤重中外大势、东西国政法有用之学，畿辅人才之盛甲于天下。取巍科、登显仕，大率莲池高第。江浙川粤各省望风敛避，莫敢抗衡，其声势可谓盛哉！……而莲池群彦亦各乘时有所建树：或仕宦有声绩，或客游各省佐行新政，或用新学开导乡里，或游学外国归而提倡风气，或以鸿儒硕彦为后生所依归。……颠覆帝制，建立民国，多与有力焉。国体既更，诸君大氏居议院为代议士，或绸缪政学，驰骋用力于上下，而后进之士，熏陶渐染，闻风继起者，多至不可胜数。"①

吴汝纶以此教育勋绩被荐举为京师大学堂总教习，平心而论洵无愧色。京师大学堂创办之初，其传道授业的主要教职均有桐城派成员及其盟友担任。吴汝纶继任者张鹤龄为阳湖派代表，译书局则由严复、林纾担任正副总办，姚永概、马其昶、姚永朴先后担任文科讲席。新式的京师大学堂恰好成了桐城派开坛设坫、拓堂庑而大之的绝佳场所，这也使得桐城余绪得以不坠。如钱基博所言："张裕钊、吴汝纶主讲保定莲池书院先后十余年，北方学者多出其门，此两人者，皆尝亲承绪于曾国藩，于是燕蓟之间，始有湘乡之学。"②

黎庶昌，字莼斋。出身于诗文世家，一门亲友皆风雅。其伯父黎恂影响尤著，其门下"从学者数十百人。黔中英才如郑珍、莫友芝、黎兆勋等均出其门下"③。在同辈友朋中，能与黎庶昌切磋琢磨的当推其外兄郑珍与其内兄莫友芝。黎庶昌与莫友芝均师从郑珍"受《说文》、诗法和古文"④。黎庶昌少时文名即著，前期科考也一帆风顺，县试、府试均名列榜首。但自咸丰十一年之后却一再碰壁，两次赴京皆铩羽而归。

当黎庶昌之时，清王朝内忧外患、满目疮痍。目睹时艰，黎庶昌即留心于经世致用之学，匡时济世之术。同治元年，清朝颁布"求言诏"，告谕臣工进献嘉猷妙谋。内有抗心古哲、补救时艰之志的黎庶昌位卑未敢忘忧国，以干犯天威的勇气进呈《上穆宗毅皇帝书》《上穆宗毅皇帝第二书》。黎庶昌忠言

---

① 吴闿生：《吴门弟子集·序》，见《吴门弟子集》卷首，保定莲池书社，民国十九年刊本。吴汝纶这种与时俱进的教育理念实际上是国家多难时封建文人力图救世的共性，如王镇远认为："曾门弟子处于国家衰落，民族危机日益严重的时代，一方面是皇权的拥护者，顽固地保住帝制；一方面寻求改良图强的道路，参预和支持洋务运动。因而思想上既保守而又想通过学习西方对现实有所改变，便成为这一时期桐城派文人的共同特点。"（王镇远：《论桐城派与时代风尚》，《文学遗产》，1986 年第 4 期。）

② 钱基博：《现代中国文学》，中国人民大学出版社，2004 年版，第 132 页。

③ 黄万机：《黎庶昌评传》，贵州人民出版社，1989 年版，第 6 页。

④ 同上书，第 9 页。

说论、侃侃谔谔，指出朝廷应广开言路，不拘一格延揽人才，对天下士子不讲修齐平治诗书礼乐，而专讲小楷时文的陋习也予以抨击。其中，刻意强调清王朝务必对英法诸夷的隐患应予以重视，以思制夷之策。黎庶昌认为“若姑息隐忍（外夷），臣恐数十百年后，挈二百余年衣冠、礼乐、子女、玉帛之天下，一旦被发左衽于夷狄，……化孔孟为耶稣，近四民为行教，稍有变动而中国之不可复问矣”①。以廪贡生而慷慨万言，黎庶昌也以耿耿忠心获朝廷加恩任用，发交曾国藩军营差遣委用，以资造就。

在曾国藩幕府之中，黎庶昌得以亲炙曾氏，在文学、经济之学方面都得到了极大发展。如曾国藩日记记载：“黎莼斋来，与之言立志以帅气、器以养志之道。”②“阅本日文件，围棋二局，见客二次，与黎庶昌等谈文”③，“旋与黎莼斋久谈，教以作文之法，兼令细看禀批”④，“（中饭后）与黎莼斋谈文”⑤，“批黎莼斋等文二首”⑥。在曾国藩的教导下，黎庶昌古文创作有了很大进步，如《桐城文学渊源撰述考》记载：“师事曾国藩，受古文法，其于四史、《通鉴》致力最深。古文恪守桐城义法，简练缜密，颇得坚强之气。”⑦曾国藩对笃学耐劳的黎庶昌非常赏识，认为黎庶昌“生长边隅，意气迈进，行文坚确，锲而不舍，可成一家之言”⑧，并于同治七年九月初二日专门进呈《黎庶昌请留江苏候补片》：“臣查黎庶昌自到营以来，先后六年，未尝去臣左右。北征以后，追随臣幕，与之朝夕晤对，察看该员笃学耐劳，内怀抗希先哲补救时艰之志，而外甚朴讷，不事矜饰。”⑨

黎庶昌之文，“恪守桐城义法，其研事理，辨神味，则以求阙斋为师”⑩。蒿目时艰，黎庶昌之文多言经国之志，“主实用则近南宋永嘉诸贤”⑪。体势博大，特有奇气，在曾门中亦可谓独树一帜。其为文远祖桐城，近法湘乡，闳雅直势之文往往不规于一格，而气又足以振之。黎庶昌的散文“开阖自如，文笔富词采，颇具表现力，与薛福成相伯仲，故时人有‘南黎北薛’之誉”⑫。黎庶昌主张“因时适变”的文学观点，他认为：“余以后世之变，何所不有？自

---

① 黎庶昌：《拙尊园丛稿》卷一，《近代中国史料丛刊》，第25页。
② 曾国藩：《曾国藩全集·日记》，同治二年十一月初三，第947页。
③ 曾国藩：《曾国藩全集·日记》，同治四年七月十二日，第1168页。
④ 曾国藩：《曾国藩全集·日记》，同治四年九月二十八日，第1193页。
⑤ 曾国藩：《曾国藩全集·日记》，同治四年十一月三十日，第1210页。
⑥ 曾国藩：《曾国藩全集·日记》，同治四年十二月初七，第1212页。
⑦ 刘声木：《桐城文学渊源撰述考》，第183页。
⑧ 李鼎芳：《曾国藩及其幕府人物》，岳麓书社，1985年版，第49页。
⑨ 曾国藩：《曾国藩全集·奏疏》，同治七年九月初二，第6105页。
⑩ 薛福成：《拙尊园丛稿序》，《庸庵海外文编》卷四，《续修四库全书》，第352页。
⑪ 黎庶昌：《拙尊园丛稿》，《近代中国史料丛刊》第447页。
⑫ 郭延礼：《中国近代文学发展史》（第一卷），山东教育出版社，1990年版，第434页。

秦燔诗书,而汉儒有章句之学;自刘向校书,而后儒有校雠之学;宋、元、明以来,品藻诗文,或加丹黄,判别高下,于是有评点之学;本朝以经艺试士,科场定例,又有点句勾股之学。皆因时适变,涂辙百出不穷。今悉采而用之,不得以古之所无,非今之所有。"①其于外交公务之余写下的《西洋杂志》七十五篇,文笔简洁,"善于撷取西方生活场景构成充满异国风情的美的画面,通过画面本身给人以强烈感染和回味启迪"②,较少涉及政治,突破桐城义法之藩篱,让人有耳目一新之感。远涉重洋让黎庶昌眼界大开,使其以饱经锤炼的古文笔法摹写异域风情,不仅在内容上有所突破,在文体上也有所创新,是清代"散文新变的先声"③。所作碑传文字,严谨有法,动中自然。若郑珍墓表、莫友芝别传,敬恭桑梓之时亦即表章儒学,尤为难能。

黎庶昌于涵泳之余,对历代文章严汰而酌采,选录四百四十九篇,辑为《续古文辞类纂》二十八卷。该选分为上中下三编,上编为经、子,中编为《史记》《汉书》《三国志》《五代史》《通鉴》,下编选录清初及当时名家之文。每编分若干类,悉依其性质为依归,搜辑完备,无偏颇拘谨之嫌。黎庶昌《续古文辞类纂》甄别审慎,多有可观,上承曾国藩《经史百家杂钞》的选文宗旨,经史百家,无不兼备,"皆以补姚氏姬传《古文辞类纂》所未备也"④。黎选《续古文辞类纂》中奏议、辞赋和叙记为王先谦未收,叙记类则补姚选所无。

光绪八年(1882),"初学古文词,法曾国藩"⑤的王先谦即以《续古文辞类纂》为名辑选古文,王氏所选遥接惜抱之传,如其在《复萧敬甫》所言:"仆现在所辑《古文辞》,专就乾嘉以来诸人采录,遥接惜抱之传。从前佳文,未入《类纂》者元多,今若一律选登,似于续例不合。且各家文章,果有真精神,面目自然不可泯灭,当听其别行,而不必以是集概之。况惜抱所遗而我收之,隐然有与先辈竞名之意,非末学后进所敢出也。惜抱同时,如梅崖、非诸君,尚可录入。姜坞、惜抱所从受业者,亦当并登。阳湖诸公,若恽子居辈,体稍未醇,要有不可磨灭之作,皆严汰而酌采之。"⑥

黎庶昌该选与王先谦《续古文辞类纂》名同而例别,如黎氏所言:"曩者余钞此编成,客有示余长沙王先谦氏所撰《续古文辞类纂》刻本,命名与余适同,而体例甚异。王选只及方刘以后人,文多至四百数十首。余纂加约,本朝文才二百四十余,颇有溢出王选外者,而奏议、辞赋、叙记则又王选所无。人

① 黎庶昌:《续古文辞类纂·叙》,上海世界书局,1936年版,第4页。
② 张炯、邓绍基、樊骏主编:《中华文学通史》第五卷《近现代文学编》,第211页。
③ 郭延礼:《近代文学与中国文学》,百花洲文艺出版社,2000年版,第113页。
④ 黎庶昌:《续古文辞类纂》,上海世界书局,1936年版,第1页。
⑤ 费行简:《近代名人小传·王先谦》,《近代中国史料丛刊》,第180页。
⑥ 王先谦:《虚受堂书札》,《近代中国史料丛刊》,第1737页。

心嗜好之殊,盖难强同。"①黎庶昌《续古文辞类纂》一方面承袭曾国藩以"经济"入文的致用主张,其品藻次第,一以习闻诸曾氏者;另一方面对姚鼐"以美学准则衡文"②的标准也加以演进,以求兼二者之长。因此,黎庶昌的《续古文辞类纂》不仅助推了曾国藩文学理念的流衍与影响,而且对推演桐城派、湘乡派文学观念的流变具有重要意义。

薛福成,字叔耘,号庸庵,出身于江苏无锡的书香门第。其父薛晓帆为道光二十七年(1847)进士,擅长八股时文,颇为士人称誉,故美其名曰"薛调",曾国藩、李鸿章自称科场顺利即得益于薛晓帆之文③。薛晓帆逝世后家道中落,薛福成遂举家避难于宝应。薛福成年少时即纵览经史,好为经世之学。同治四年,曾国藩奉旨剿捻,沿途张榜求贤,延揽人才。

一八六五年六月二十八日,薛福成将他深思熟虑的《上曾侯相书》面呈曾国藩,上书中详细阐述他"养人才、广垦田、兴屯政、治捻寇、澄吏治、厚民生、筹海防、挽时变"等解决时弊的八项见解,曾氏对薛福成的独具识见大加赞赏,如日记所载:"故友薛晓帆之子福辰,递条陈约万余言,阅毕,嘉赏无已。"④并延请其入幕公办。曾国藩认为薛福成之文长于论事,可冀成一家之言⑤。

在幕府期间,曾国藩时时以文事相勉励,薛福成追陪之余亲承謦咳,得到曾国藩的提携点拨。而且与张裕钊、吴汝纶、黎庶昌等一干俊彦朝夕论思、发摅智虑,其文学素养和致用之学都得到长足的长进。光绪元年(1875),时事艰难,皇帝初登大宝且在冲龄。两宫太后颁发懿旨,博采谠言,以资治乱。熟稔经世要务的薛福成将补救时艰的《治平六策》和《海防密议十条》融合为《应诏陈言疏》而上奏朝廷,该疏所提对策不仅体现出薛福成学堪致用、识略闳深,于文而言也是"洋洋洒洒,浩浩落落,有千岩万壑之观,有清庙明堂之概"⑥,"笔达而圆,意新而确","尤妙在事事从浅处、显处著笔,使人易晓而世

---

① 黎庶昌:《续古文辞类纂》,上海世界书局,1936年版,第3页。

② 高黛英在《〈古文辞类纂〉的文体学贡献》一文中指出姚鼐是在"纵览数千年古文流变,吸收前人成果,在编纂《古文辞类纂》之时,以美学准则衡文,正体现了古文由杂向纯演进的趋势"。见《文学评论》,2005年第5期。

③ 费成康:《薛福成》,上海人民出版社,1983年版,第2页。

④ 曾国藩:《曾国藩全集·日记》,同治四年闰五月初六日,第1147页。

⑤ 薛福成曾追忆此次晤见:"余上此书于宝应舟次。文正一见,大加奖誉,邀余径入莫府办事。……文正语申甫曰:'吾此行得一学人,他日当有造就。'又谓余曰:'子文长于论事,年少加功,可冀成一家言。'"(《上曾侯相书》,《庸庵文外编》卷三,清光绪十九年癸巳春,无锡薛氏传经楼家刻本,第28页。)

⑥ 朱生亮语。薛福成《应诏陈言疏》文后"自识",《庸庵文外编》卷一,清光绪十三年孟春,无锡薛氏传经楼家刻本,第28页。

易行,宜乎乙亥、丙子间,斯议传播一时也"①。由是薛福成声誉隆起,以一书生而孚天下望。

薛福成好治古文辞,能够不拘守于桐城派一家之言,而确乎有所立,如黎庶昌认为:"叔耘辞笔醇雅有法度,不规规于桐城论文,而气息与子固、颖滨为近。"②薛福成一生以经世为务,勤学不倦,著述尤丰,最能体现其经世之志与长于论事风格的作品当属论说类和奏疏类文字。其论说文讲求雄肆恣意、明白晓畅,毫无偏驳艰深之弊、佶屈聱牙之嫌。萧敬甫评价为:"援证精确,考异晰疑,均有独见,实发前人所未发。即以文论,亦有翩跹摇曳,挥洒自如之致,此合考据、辞章为一手者也。"③其雄健激扬、渊懿精美的经世之文在当时也取得了独步文坛的地位,如黎庶昌认为:"并世不乏才人学人,若论经世之文,当于作者首屈一指。"④

薛福成出使英、法、意、比四国时,采辑九州之内所未知之新闻,全面考察中西文化之差异,进而提出一系列六经之内所未讲的改革方略,以求兴利除弊、裨补时艰。当晚清新政之时,薛氏的经世之文被列为应试必读书目,其在青年士子心中的影响力可想而知。如《新政应试必读》直言:"近二十年间,中国使臣于曾惠敏外,其著书足以传之后世者,非惟我薛叔耘为首屈一指哉!……以其论最中中西之窾要,使人人皆的其旨。……先生之书具在,当事者苟有意时政,其可以取而见诸施行耶。"⑤甚至公开宣称"夙不喜桐城派古文"⑥的梁启超,也对薛福成的言西事之书推崇备至,梁氏认为"中国人所著言西事之书",薛福成所著"皆佳作也"⑦。

薛福成的散文,在承祧桐城、沿袭湘乡的基础上,对传统古文之道既有坚守又有破立。其出使异域的闻见加之注重致用的追求致使其散文有向新文

---

① 曾栗诚语。薛福成《应诏陈言疏》文后"自识",《庸庵文外编》卷一,第29页。

② 黎庶昌:《〈庸庵文编〉叙》,薛福成著《庸庵文编》卷首,清光绪十三年丁亥(1887年)孟春无锡薛氏传经楼家刻本,第2页。

③ 薛福成:《书汉书元后传后》,《庸庵文外编》卷二,清光绪十九年癸巳(1893年)无锡薛氏传经楼家刻本,第27页。

④ 薛福成:《书合肥伯相李公用沪平吴》文后"自识",《庸庵文续编》卷下,清光绪十五年己丑秋无锡薛氏传经楼家刻本,第21页。

⑤ 汪都良:《薛叔耘先生〈出使四国日记〉书后》,顾厚焜鉴定《新政应试必读》卷一,清光绪二十八年(1902年)石印本,第69页。

⑥ 见梁启超:《清代学术概论》,第206页。梁启超为推扬文体变革而倡言"夙不喜桐城古文",究其实,梁启超也算得上是"桐城变种"(胡适语,见《五十年来中国之文学》,《胡适学术文集・新文学运动》,第112页)。

⑦ 梁启超:《读西学书法》,《戊戌变法》,《中国近代史资料丛刊》第一册,神州国光社,1953年版,第456页。梁启超还认为《庸庵笔记》可以与《四库全书总目提要》《世说新语》《文心雕龙》《水经注》《徐霞客游记》《定庵文集》《曾文正公全集》《宋元戏曲史》等相提并论。见梁启超:《国学入门书要目及其读法》,《饮冰室合集》(专集第十五册),上海中华书局,1941年印行,《饮冰室专集之七十一》,第16—20页。

体过渡的特性。钱仲联认为:“薛氏散文介于‘正宗’的桐城古文、‘典型’的湘乡古文与辛亥革命前后‘新民体’之间,是反映桐城古文向新体散文过渡的具有代表性的作品。”①

在曾门四大弟子中,张裕钊、吴汝纶属于守其师说、友教四方的传统守护者②。张、吴二人辗转主讲各大书院,门生弟子众多,对曾国藩诗文理念的流播自不待言。黎庶昌、薛福成使于四方,闻见识广,其文长于议论、重乎致用,“从内容到形式,较之桐城古文都有较大的变化。在某种意义上,它们已为新体散文的产生提供了一些新的因素。这便是薛福成、黎庶昌在近代散文发展史上所占有的地位。”③黎、薛以古文承载经济之学,在精神层面开启士人新学之耳目,延续了湘乡文脉,影响自是深远。

在曾国藩的再传弟子中,通州范伯子是晚清诗坛上以布衣而名满天下的本色诗人。“瓣香前哲无休歇”是范伯子诗学涂辙的法门自述,在其所标举的诗家楷模中,除却备为称道的李、杜、韩、苏、黄诸家之外,桐城派与同光体似乎与范伯子的诗学渊源最为密切。后世学者的研究目光也大都聚焦在范伯子与桐城派、同光体诗学理念的纠结异同上,往往忽视了范氏家族一以贯之的庭训家法对伯子诗学理念的开启熏染之功,也低估甚至忽略了范伯子素所敬仰的“太初师”曾文正与授业恩师刘融斋在其诗学取法轨辙上留下的深刻印迹与导夫先路的重要影响。

范伯子不仅被标举为“桐城派”在江苏的杰出代表,且屡屡被援引为“同光体”的主要干将,同时又是沟通“桐城派”与“同光体”的桥梁与纽带④。

作为北宋名臣范仲淹直系后裔,范伯子家族自明代范应龙起,代代出诗人,几乎所有诗人均在当时或身后正式出版过诗集或文集,形成一个个足以领一代风骚的文化群体。邵盈午即指出:“南通范氏以诗礼书香传家,绵延十三代,克绍箕裘。这一不仅在我国,即使在世界上也属罕见的现象。”⑤对范氏家族所取得的诗文成就,范曾也自豪地指出:“中国术业恒以宗族为传承,其传至二、三代者,殆不胜指,然后易姓以弟子传。能以诗世家薪承火继延至十三代者,不惟中国文学史之所仅见,亦世界文学史所未闻。四百年中,

---

① 参见钱仲联:《怎样研究清代诗文》,《梦苕庵论集》,第168页。

② 吴汝纶认为薛福成之文过于闳肆,以至于无笃雅可诵之作,但对黎庶昌“择言驯雅”的文风颇为激赏,如《答黎莼斋》记载:“曾、张深于文事,而耳目不逮;郭、薛长于议论,经涉殊域矣,而颇杂公牍、笔记体裁,无笃雅可诵之作。”认为黎庶昌“有文如此,即功名不著,亦不为虚生。”(吴汝纶:《桐城吴先生尺牍》卷一,清光绪二十九年癸卯冬十二月刊本,第110页。)

③ 郭延礼:《中国近代文学发展史》(第一卷),山东教育出版社,1990年版,第438页。

④ 马亚中:《晚清两诗派之间的“桥”》,《南通师专学报》,1987年第3期。

⑤ 邵盈午:《诗礼书香说范家》,《文艺研究》,2005年第5期。

名人相望,大师辈出,陶钧鼓铸,滂沛成气,兀为中国文化史之奇迹。”[①]在四百年间以诗意融于人生的创作历程中,大致形成了范氏家族独特的艺术魅力与创作基调:“不作无病呻吟之语,不为刻红剪翠之句,亦未见喁喁鬼唱之诗。大凡范氏作手,往往挟长风以长驱,进则有豪侠气,退则有高士气,而儒家经世、禅家感悟、道家睿语,皆若散花之近维摩,不着痕迹。”[②]

但近代以来的诸多诗评家仅将范伯子纳入桐城派、宋诗派或者同光体的体系范围内加以考察其诗学趋向,而很少关注范氏家族诗学理念对范伯子的导引、熏染之功。对此现象,严迪昌曾撰文指出:“论者又每好言范伯子成姚氏婿后,穷研惜抱轩主人姚鼐文,得桐城一脉法乳。”更转而强调范氏诗文传承中固有其庭训家法:“其实通州范氏自有诗文化之家法承传”,“读伯子诗,不明乎此门风,必难得其精义”[③],洵为独具只眼的方家之见。范氏家族诗文传承往往被忽略的原因,一方面不外乎《通州范氏诗文集》未能尽早裒辑成册,以嘉惠士林。另一方面,范伯子“我与心嘉成一笑,各从妇氏数门风”的诗句或许起到了误导作用,而陈诗“文学桐城,诗肖宋人”的论断更是如浮云遮望眼般地掩盖了范氏家族诗学的流衍与影响。

无论是“上窥屈宋下欧王”,“呜呼李杜人,精灵何崛强。沧溟万古寂,为我沿波上”的讨源溯流,还是“我与子瞻为旷荡,子瞻比我多一放。我学山谷作遒健,山谷比我多一炼”的转益多师,都可看作范伯子诗学理念中“瓣香前哲无休歇”的绝佳注脚。而刘熙载与桐城派、湘乡派的诗学理论更是在范伯子一生的诗歌创作轨迹中留下了很深的烙印,直接起到导夫先路的重要影响。

范伯子续娶桐城古文鼻祖姚鼐五世侄孙女姚倚云为妻,也使得南通范氏诗文世家及其姻亲桐城姚氏组成了令人瞩目的“精英文化圈”。范姚夫人一家,无论是姚濬昌、姚永朴、姚永概,还是马其昶,亦皆能恪守姚氏家法,时与范伯子以诗文相切磋。在日夕浸染、上下讨论的切劘探讨中,桐城派的诗学理念也不可避免地成为范伯子手摩心追的师法渊薮。

在诗歌创作取法涂辙上,范伯子对桐城派开坛设坫的姚惜抱,是极为叹服并推崇备至的,对桐城派“雅正”“襟抱”“阳刚”“阴柔”等美学主张,范伯子也尽力体悟并付诸实践[④]。

在范伯子的文化视野里,“立德、立功、立言”三者萃于一身的曾国藩才

---

① 范曾:《南通范氏十三代诗文集序》,《南通师范学院学报》,2004年第6期。
② 同上。
③ 严迪昌:《范伯子诗述略》,《文史知识》,2003年第8期。
④ 汪朝勇:《姚鼐与范当世诗文理论之关系》,《阜阳师范学院学报》(社会科学版),2007年第3期。

是其顶礼膜拜的楷模和近乎完美的精神导师。范伯子对其先祖范文正的功业尚且提出疑问:“世说小范十万兵,不能战胜徒其名。”唯独对德业文章,炳耀寰宇的曾文正可以说是五体投地、极为叹服:

剪烛重吟太傅诗,虽然少作耐人思。
有生不与此公值,竟死毋为流辈知。
北海岂烦涉南海,西施何以学东施。
从今筮得天山遁,清浊茫茫付两仪。①

范伯子对曾国藩凭借着寒窗苦读而金榜得中,继而投笔从戎勘定大乱的功业是无比服膺的。范伯子称曾国藩为太初师,自称为私淑弟子、再传弟子:“我有无穷私淑泪,只应寂寞付湘流”②,“湖南有家法,来人多清奇”③。范伯子在《寄曾重伯》诗前小序中讲道:“自以文正公再传弟子,故与重伯引分甚亲。”该诗中也讲到对曾国藩的推崇与景仰:“独有亭亭好孙子,手提骇马逐奔飙……私淑平生无不在,门庭长落每能知。”④在范伯子诗集中,还有几十首专门对曾氏《岁暮杂感》的次韵之作。

范伯子生逢“万古无今日,仓皇百变陈”的晚清,有感于“沧溟激荡洪波起,广野萧条落日悬”的蜩螗国事,他更加注重诗歌作品的社会功效。如其《戏题白香山诗集》:

白氏论诗崇讽谕,吟风弄月只空华。
笑他闲适终成片,莫我平生竟一家。
万语纵横惟己在,十年亲切为时嗟。
原知诣绝都无用,持比陈人却未差。⑤

在范伯子诗中,对甲午之战、戊戌之变、庚子之乱之感喟,无不如川赴壑、奔聚腕下,牢愁悲愤一寓之而为诗。故范曾特地指出:(范伯子)“对前七子、

① 范伯子:《读曾文正道光乙未岁暮杂感诗慨然毕次其韵十首》,《范伯子诗文集》,上海古籍出版社,2003 年版,第 199 页。
② 范伯子:《以〈湘军志〉遣日读竟题尾》,《范伯子诗文集》,第 414 页。
③ 范伯子:《恪士止我寓庐四旬日大愿余所为而作诗以坚寂寞之约且为我遍教其徒也酬之二十六韵》,《范伯子诗文集》,第 179 页。
④ 范伯子:《恪士至自都门以曾重伯所诒诗扇相示且为致声问我也我思重伯久矣自以文正公再传弟子故于重伯引分甚亲陈义述情无所于让故次其韵以示恪士且属为转诒》,《范伯子诗文集》,第 173 页。
⑤ 范伯子:《戏题白香山诗集》,《范伯子诗文集》,第 411 页。

后七子、竟陵、公安派等都没有什么好的评价,这是范伯子对文化的一个信仰,他不喜欢那种才子气的、无责任感的、无担当的诗词。中国的传统是'文以载道',不光从周敦颐开始,曹丕就说过'盖文章,经国之大业,不朽之盛事'。我们的'文'载荷着民族的精神和民族的使命。"①

范伯子诗学体系中也承继了曾国藩"四象"的审美理念,如范伯子主张:"诗各有不同,要之大段必当有合处。第一韵味胜,而气势乃次之,典实文雅或居其三。(公前二诗在二三之间,亦似意理之间未得空明澄澈者,至此四诗乃清极生映,而故实亦不碍气……)吾于此事更不学无术,勉强从事,尝为诗人所讥。"②范伯子还强调如欲在文学作品中留下独立千古、确乎不拔之象,必先树立起独立的文化精神与舍我其谁的胸襟气概。

范伯子不仅承继了"惟独声音之道……其为道也至大"的论点,而且在诗歌作品中积极贯彻这一创作准则。如其诗云:

能谱吾文作歌吹,汝从何处得真诠?
行多磊落抛人外,气有潆洄在道先。
笔下聊浪三数处,弦中高下五千年。
要令事少文无累,此妙空空竟不传。③

在姚鼐、曾国藩、范伯子诗文理念的传承中,对袁枚"浅俗俚鄙"诗风的批评也是他们一致追求"雅正"风格的直接体现。如姚鼐指出:"今日诗家大为榛塞,虽通人不能具正见。吾断谓樊谢、简斋皆诗家恶派。"(《与鲍双五》)而曾氏以雄峻排奡之诗风力矫性灵空滑之病,也终结了"性灵派"大雅殄绝积衰不振之习气,也为宋诗运动的勃兴奠定了坚实的基础,堪称陶铸一世之功。而范伯子"平生最鄙随园,作风迥异"④,他甚至认为"此俗艳称者,随园与薛庐"⑤。

在对桐城派、湘乡派师法学习的过程中,范伯子既讲家法之矩矱,又不是一味地为姚、曾所牢笼。寒碧认为,"一般而言,桐城家法是由苏、黄溯于杜、韩,肯堂则此四家外,李白、李义山、白居易、孟东野、贾浪仙、梅圣俞、欧阳修、王介甫、陆放翁、元遗山等都在他的师法范围",并论定范伯子"比之于曾,他

① 范曾:《吾家诗学与文化信仰》,《中国文化》,第二十五、二十六期。
② 范伯子:《与言謇博书》,《范伯子诗文集》,第 383 页。
③ 范伯子:《喜闻况儿诵吾文因示之要》,《范伯子诗文集》,第 328 页。
④ 陈冰如:《鞠俪庵诗话》,转引自《清诗纪事》,第 14324 页。
⑤ 范伯子:《章西园刺史从夜谈天津十年事明日过其半隐草堂因索题且约再来居之赋二首应教》其二,《范伯子诗文集》,第 383 页。

的作品更见充实；衡之以姚，他的门庭更为宽大”[1]。

范伯子“接迹李杜，平视坡谷”[2]的诗歌成就堪称南通范氏诗文世家超逸绝尘的光辉巅峰，也奠定其在晚清诗坛“能教天下翕然变”[3]的宗主地位。晚清以降，硕彦魁儒对范伯子的诗歌成就及影响多有评介，无论是张裕钊“今世所罕觏”[4]、吴汝纶“当今文学无出肯堂右者”[5]的论断，还是陈三立“苏黄而下无此奇”[6]的激赏，均为独具只眼的方家之论。倘若以为上述“青睐”中夹杂有师承姻亲的溢美成分，那么钱仲联“束发倾心范伯子，腹中泰岱峥嵘起。生晚恨不早百年，青眼高歌侍筵几”[7]的叹服，也足以证明贫穷老瘦的范伯子“高名动卿相”[8]、导引一时风气的影响力。

凭借着“涕泪中皆天地民物”[9]的济世仁心，加之“独树一帜非羞颜”的胸襟器识，范伯子赢得了晚清诗坛“八十万禁军教头”的称誉。但“蜿蜒痴龙怀宝睡”的范伯子似乎未曾得到当今学界太多的青睐与关注，研究现状恰如“开阖云雷倘未惊”[10]。现有研究成果大抵由范伯子与桐城派、同光体的关系入手，围绕“文学桐城，诗肖宋人”两个切入点对范当世其文其诗进行研究。虽然也给出了非常高的评价，但这并不是对范伯子诗文理念最恰如其分的评判，只能算是“以意逆志”式的研究者片面的强加在范伯子身上的学术标签[11]。范伯子的诗学理论体系可谓有破有立——一方面破除门户之见，不拘泥于唐宋之争；另一方面强调在转益多师中荷戟前行、独树一帜。如其《除夕诗狂自遣》云：

我与子瞻为旷荡，子瞻比我多一放。
我学山谷作遒健，山谷比我多一炼。
唯有参之放炼间，独树一帜非羞颜。

---

① 寒碧：《重印晚清四十家诗钞序》，《范伯子诗文选集·附录五》，浙江古籍出版社，2008年版，第467页。
② 曾克耑：《晚清四十家诗钞序》，参见《范伯子诗文选集》，第422页。
③ 夏敬观：《读范伯子集竟题其后》，见钱仲联《近代诗钞》，江苏古籍出版社，2001年版，第1771页。
④ 张裕钊：《赠范生当世序》，《濂亭文集》卷二，参见《范伯子诗文选集》，第404页。
⑤ 吴汝纶：《答姚叔节》，《吴汝纶尺牍》卷一，参见《范伯子诗文选集》，第404页。
⑥ 陈三立：《肯堂为我录其甲午客天津中秋玩月之作诵之叹绝苏黄而下无此奇矣用前韵奉报》，《散原精舍诗》卷上，上海古籍出版社，2003年版。
⑦ 钱仲联：《答范生》，见范曾《吾家诗学与文化信仰》，《中國文化》，第二十五、二十六期。
⑧ 钱仲联：《论近代诗四十家·范当世》，参见马亚中《范伯子诗文集》附录，第603页。
⑨ 钱仲联：《梦苕庵诗话》，见《清诗纪事》，第14327页。
⑩ 范伯子：《过泰山下》，《范伯子诗文集》，第36页。
⑪ 范伯子在《哀祭刘先生文》中指出刘熙载既殁，天下追思之文难以数计，然“其所以状先生者，或万言而不得其似”，此文若视为伯子先生殁后的真实写照亦尤为相契。

径须直接元遗山，不得下与吴王班。

“诗文随世运，无日不趋新”，对范伯子而言，仅仅在桐城派、同光体的范围内纠缠，而未能凸显其“独树一帜非羞颜”的诗学主旨，无疑是一种以偏概全的做法，也将陷入“都是随人说短长”的窠臼。诚如范曾所言：“但凡一代之中、一艺之内、恒有异数者，不可以承传视，不可以流派限，不可以门户见，独立而不羁，特行而忘几。即以曾祖伯子先生诗文言，桐城耶？同光耶？宋诗耶？唐诗耶？佛道儒耶？狂士耶？剑侠耶？细看都无相似，让面目还他自己——范伯子。”①

在曾国藩对桐城派因势利导的改造下，岌岌可危、四面楚歌的桐城派得以延其寿祚，称之为桐城派中兴功臣良非过誉。同时，曾门弟子或守其师说友教四方，或切于世用以文载道，都对曾国藩诗文理念的流衍起到踵其事而增其华的重要作用。

第四节　曾国藩诗文的特定文化意义及其在道咸同文坛的历史地位

曾国藩在中国历史上之所以产生如此深远的影响，不仅在于他功勋卓著，“更重要的还由于他对传统文化的积极态度以及由此取得的成绩。曾国藩不仅是引进西方科学技术的带头人、洋务运动的倡导者与洋务派的首领，而且还是中国传统文化的集大成者、经世致用与古文方面的大家。从某种意义上讲，他就是传统文化的化身、传统文化所造就出来的最后一批出色人物的代表”②。

作为晚清政治史、文化史上举足轻重的人物，他的诗文创作与理论具有特定的文化意义。其诗文既不可等同为典故獭祭与词藻堆垛的无聊之作，也不可一言以蔽之曰“致用”。通过对曾氏经世大文的含英咀华，能体味到其中既饱含着浓浓的人文关怀与文化情思，又处处迸发出精湛而独到的审美灵感。在曾氏的人生轨迹中，其文化心态以及精神层面的演变都在诗文创作中打下了清晰的印记。“以高位主持诗教者”与“桐城派中兴功臣”的显赫身份，使得曾国藩在文坛上的亮相和表态足以导引晚清文坛的动态和走向。

曾国藩读书治学的终极目的就是为了立身行道、扬名于后世，进而达到传统士人梦寐以求的“立德、立功、立言”进取巅峰。针对太平天国实行的毁

---

① 范曾：《〈南通范氏十三代诗文集〉序》，《南通师范学院学报》，2004 年第 6 期。
② 朱东安：《曾国藩文选 · 前言》，第 7 页。

先王圣人之道、惟耶稣是奉①的文化政策，曾国藩号召天下读书人均应奋袂而起，以阐道翼教、维护道统为己任。曾国藩的政治理念与文化立场决定了其诗文创作的价值取向，也导引着其审美追求的更迭与衍变。面对窳弱不堪的国事，曾氏顺应经世致用的学术思潮，倡导以经济入文；强悍不屈的个性及纵横沙场的军旅生涯使得他对兀傲不群的文风备极推崇，而仕途的坎坷也锤炼出曾氏闲适、恬淡的审美眼光。曾氏鼓吹经济、急于“立德、立功、立言”的文化心态以及仕途患得患失的思想都不可避免地渗透到他的诗文中，也自然地在其诗文理念中得以体现。因此，曾氏的诗文理念在某种程度上可以说是曾氏文化品格的流露及政治信念的体现。作为导扬风气的重要人物，曾氏诗文理念的表述对诗(文)坛都产生了深远影响。

从李鸿章和黎庶昌的描述中可知，曾国藩的诗文却不是一般骚人墨客名物典故的獭祭与格律声色的堆砌，而是其“立德、立功、立言”的人生理想与“义理、考据、辞章、经济”等治学理念的外在体现。曾国藩的诗文是一个纳诸雄奇万有的学术体系，从宏观的层面上说，涵盖了当时的学术文化、政治军事、士人心态诸多要素，也是以资证史的重要载体。同时，曾国藩对“文学”概念的泛化阐释，不仅可以理解为先秦儒家思潮的复归，更重要的是展示了他试图构建一个集大成学术体系的器识与豪情。如曾国藩首倡“义理、考据、辞章、经济”的治学体系，倾毕生心力于“宋儒义理之学”的曾国藩不仅在学术上致力于谋求汉学与宋学之会通，且在踵武前贤的基础上对“经济”“辞章”进行了极具胆识的嫁接，表现出了豁达的胸襟与开阔的学术视野，也印证了他“人生读书做事，皆仗胸襟”的信条。对此，朱东安尝言：“曾国藩是中国传统文化之集大成者，又是中国传统文化培养出来的最后一批优秀人物的代表。如果说儒家文化可以分为早、中、晚三个发展时期，并有与之相应的三个代表人物的话，那么早期为孔子，中期为朱熹，而末期就是曾国藩了。”②

在曾国藩的文学视野里，不仅涵盖了一般意义上的诗文、联语、词赋等等，更重要的是曾氏把奏疏、案牍等实用性文体都纳入了这一开放性的学术体系。“将经济置于治学的根本，在曾氏并不是一句空洞的口号，而是付之于他文字实践的。这可见于两个方面：其一是他的《杂著》，其内容多为实务应用之属，从淮盐运行章程，房产告示到军制、营规，包括用方言白话撰写的《陆军得胜歌》《水师得胜歌》《爱民歌》《解散歌》等等，无不亲自创制，刻意求俗。其二是他编纂的《鸣原堂论文》，收集了古代著名奏议，详加批评，几

---

① 曾国藩：《讨粤匪檄》，《曾国藩全集·诗文》，第232—233页。
② 朱东安：《曾国藩与中国传统文化》，《近代史研究》，1997年第1期。

乎视为经世文的一种典型范式,似乎有意于开创一门奏议学。”①

强调致用的文学理念为爬梳、考索曾氏诗文的文化史意义提供了丰富、翔实的第一手资料,也为更加清晰地认识曾国藩其人提供了更为全面的视角。通过对《曾国藩全集》的解读,我们看到了一个栩栩如生、全面而复杂的曾氏形象。在他身上,既能看到子孝、兄友、父慈的和蔼可亲,也可看到一位诤臣敢言时弊直批龙鳞的耿耿之忠,与传统历史教科书中所塑造的冷酷无情、杀人如麻的曾剃头形象可谓迥异。在曾氏的《书信》《奏疏》中,我们可以披寻出曾国藩学术理念的演变,对时局政治的看法,也可以厘清曾氏在太平天国以及洋务运动中的具体意见。而为纪念在镇压太平天国运动中阵亡将士所作的墓志铭、碑传及昭忠祠等文,都是被旧派文人推崇的经世大文、信史实迹,也是可以作为梳理农民起义的反面资料。

“丈夫守身要倔强,虽有艰厄无愁猜。”②虽系赠友人之言,却可视作曾国藩坚忍倔强个性的绝佳写照,也奠定了曾氏奥衍生涩、瘦硬奇崛的文风。仕途的坎坷与斡旋外夷的经历则赋予他较一般儒生更为通脱的胸襟,能够比较全面地审视文学演变轨迹,得出翔实的论断。精湛的文学素养与儒家文化的锤炼,使得曾国藩对待文学具有比较全面而独到的眼光:一方面为挽救在内忧外患下奄奄一息的清王朝,曾国藩格外重视“经济”,强调了文章应该有救济人病、裨补时阙的外在功效;另一方面他还兼顾到了文学的审美特性,丝毫没有忽视文学的艺术本色。无论是阳刚、阴柔兼重,还是气势、识度、情韵、趣味等审美范畴的提出与划分都体现了这一趋势。总体而言,曾国藩的诗文理念较具系统性,体现出传统诗文总结者文质并重的开阔视野与艺术修养,也奠定了他几无人望其项背的文坛宗主地位。

清朝是一个特殊的时代,前后两期都发生了天崩地裂的巨变。时代的变局使得士人们关注的是历史意识和时代责任感,艺术审美的探索与争辩已非诗人们关注的焦点。清代诗文历经各种流派的嬗变,在审美批评史上也取得了“老树挺秀,春情未删”的艺术成就。然而在“一代有一代之文学”的生态规则左右下,清诗文却像极了那位“常恐秋节至,凉飙夺炎热”的团扇才人一样,在新主人(新文化运动者)“妖孽”“谬种”的叱责声中无奈地离开了盘桓数百年的文学殿堂。清诗文作为一部凝聚的历史文本,无论是梁启超“所敢昌言”的“以言夫诗,则可谓衰落已极”,“清代文艺美术,在中国文艺史美术

① 钱竞:《曾国藩、王夫之文论思想异同》,《文学遗产》,1996 年第 1 期。

② 曾国藩:《六月二十八日大雨冯君树堂周君荇农郭君筠仙方以试事困于场屋念此殆非所堪诗以调之》,《曾国藩全集·诗文》,第 50 页。

史上,价值极微"①,还是徐世昌"可以想见"的"诗教之盛""诗道之尊"都未能恰如其分地给清诗文一个准确的定位。固然清朝诗派中人还有不少仍在认真执着地在诗体论、创作论、风格论、批评论上奉献心血,但特定的时代背景却使得儒家"事父""事君"的诗教内核与以文经世的创作动机成为清诗(文)人关注的焦点。而对于占据清代文章主体部分的"经世文",魏源《皇朝经世文编》所收录的有关国计民生的奏疏、论著等文体,如仅仅拘泥于艺术视角的判断根本无法透析出文本表层下的文化意义。所以在清诗文的研究中,一厢情愿地执着于模糊影响的"艺术审美"的鉴定与判断——这又涉及古今艺术感觉、审美观念、文学思维的纵横两个层面的差异等等。斤斤计较于宗唐、宗宋的渊源分野,不仅是清代诗文研究的一大误区,也为继续开掘清诗文特定的文化史意义而自设藩篱。

曾国藩通过对桐城派除旧布新的改造,提出了顺应时代变化的古文理论。在外夷入侵、国力疲弱的情况下,曾氏以"经济"入文的主张不仅体现了他视经世济民为己任的胸襟抱负,同时对穷途末路的古文也不啻于一剂激活躯体的强心针,形成了所谓"桐城派中兴"的热闹局面。但这并不能彻底挽救病入膏肓的"古文"的衰落,一时喧嚣的古文中兴也成了夕阳西下的最亮丽的一抹晚照。

钱竞在考索曾国藩"经济"入文的效用时也指出:"在笔者看来,曾国藩的文论在重视知识基础这一前提下,几乎是无所顾忌地向经世致用方向上推进,可以说已经接近了一个临界点。这一临界点就是寻求一种新的文学语言,一种新的文体。曾国藩本人亦在复古而通今上努力,所欠缺的,却正是韩愈的文体变革之成功。就曾氏制作的白话文体军歌而言,再推进一步,就将是'吾手写吾口'的新文体革命了。然而,曾国藩终究在突变的门口停了下来。这一项使命,只能是由后人来承担了。"②提倡"经济"、骈散合一以及重雄奇之气的主张表面上虽然实现了传统散文的起死回生,但"形制的守成"已经很难传递出文学的鲜活生命。晚清古文形式体制的局限已暴露无遗,传统意义的古文走到了自身历史的尽头。

作为晚清政治史、学术史上叱咤风云的重要人物,曾国藩的文学理念固然迥异于一般文士的见解。他的文学理念并非简单地仅为探索格律声色、辞采形式的为文之道,而是探究为人之道的真知灼见,其诗文也注定潜藏着丰厚的文化底蕴与意义。"在这里,我们又一次看到了文学思想与人的观念的胶着。与龚自珍、魏源一样,曾国藩的文学观也立足于对他自己心目中完美

---

① 梁启超:《清代学术概论》,第221—222页。
② 钱竞:《曾国藩、王夫之文论思想异同》,《文学遗产》,1996年第1期。

人格的期望。”①曾国藩凭借着寒窗苦读而金榜得中，继而投笔从戎勘定大乱，并渐跻庙堂卿贰之位，加上其重振宋学一代大儒的身份，足以使曾氏在晚清士林中能够领袖群伦、一呼百应。“登高而招，臂非加长也，而见者远；顺风而呼，声非加疾也，而闻者彰”②，曾氏的勋绩与声望无疑对其文学理念的流播起到助推与拔高的功效，同时也奠定与巩固了曾氏在古典文学发展序列上不容置换、毋庸置疑的重要地位。诚如黄霖所论：“曾国藩作为一个文学家，以他勤奋的创作、独特的见解，伴随着他的显赫功名而在中国近代文学史上，特别是在桐城派的兴衰史上产生过不可忽视的影响。”③

---

① 黄曼君：《中国近百年文学理论批评史 1895—1990》，第 98 页。

② 荀子：《劝学》，《荀子译注》，第 3 页。

③ 黄霖：《近代文学批评史》，第 174 页。

参考文献

一、专著

安徽省社科院文学所编:《桐城派研究论文集》,黄山书社,1986 年版。
陈衍:《近代诗钞》,商务印书馆,1923 年版。
陈衍:《石遗室诗话》,人民文学出版社,2004 年版。
成晓军:《曾国藩的幕僚们》,东方出版社,2000 年版。
程千帆、杨杨整理:《三百年来诗坛人物评点小传》,中州古籍出版社,1986 年版。
邓之诚:《清诗纪事初编》,上海古籍出版社,1984 年版。
董蔡时:《左宗棠评传》,中国社会科学出版社,1984 年版。
段超:《陶澍与嘉道经世思想研究》,中国社会科学出版社,2001 年版。
费正清、刘广京:《剑桥中国晚清史》,中国社会科学出版社,1985 年版。
葛兆光:《中国思想史》,复旦大学出版社,2004 年版。
关爱和:《中国近代文学论集》,中华书局,2006 年版。
郭汉民:《晚清社会思潮研究》,中国社会科学出版社,2003 年版。
郭绍虞、富寿荪编:《清诗话续编》,上海古籍出版社,1983 年版。
郭嵩焘:《郭嵩焘诗文集》,《近代湘人笔记丛刊》,岳麓书社,1984 年版。
何贻焜:《曾国藩评传》,台湾,正中书局,1957 年版。
胡林翼:《胡林翼集》,岳麓书社,1999 年版。
胡适:《胡适古典文学研究论集》,上海古籍出版社,1988 年版。
江世荣编:《曾国藩未刊信稿》,中华书局,1959 年版。
康德、刘蔓毅:《胡林翼传》,北京国际文化出版公司,1995 年版。
柯愈春:《清人诗文集总目提要》,北京古籍出版社,2001 年版。
黎庶昌:《曾国藩年谱》,《湘军史料丛刊》,岳麓书社,1986 年版。
黎庶昌:《拙尊园丛稿》,《清末民初史料丛书》,台湾,成文出版社,1968 年版。
李慈铭:《越缦堂笔记》,广陵书社,2004 年版。
李鼎芬:《曾国藩及其幕府人物》,岳麓书社,1985 年版。
李鸿章:《李鸿章全集》,海南出版社,1997 年版。
刘蓉:《养晦堂文 · 诗集》,台湾,文海出版社,1969 年版。
刘声木:《桐城文学渊源 · 撰述考》,黄山书社,1989 年版。
刘世南:《清诗流派史》,人民文学出版社,2004 年版。
罗益群:《曾国藩读书记》,长江文艺出版社,2004 年版。

罗正钧:《左宗棠年谱》,岳麓书社,1983 年版。
马积高:《清代学术思想的变迁与文学》,湖南出版社,1996 年版。
敏泽:《中国文学思想史》,湖南教育出版社,2004 年版。
钱基博、李肖聃:《近百年湖南学风·湘学略》,岳麓书社,1985 年版。
钱穆:《中国近三百年学术史》,商务印书馆,1997 年版。
钱锺书:《谈艺录》,中华书局,1984 年补订版。
钱仲联:《梦苕庵论集》,中华书局,1993 年版。
钱仲联主编:《清诗纪事》,江苏古籍出版社,1989 年版。
上海人民出版社编:《清代日记汇抄》,上海人民出版社,1982 年版。
沈云龙主编:《近代中国史料丛刊》,台湾,文海出版社,1966—1973 年版。
谭献:《复堂日记》,河北教育出版社,2000 年版。
唐浩明:《唐浩明评点曾国藩奏折》,岳麓书社,2004 年版。
陶澍:《陶文毅公全集》,《续修四库全书》,上海古籍出版社,2002 年版。
田澍:《曾国藩与湖湘文化》,湖南大学出版社,2004 年版。
涂小马选注:《曾国藩文选》,苏州大学出版社,2001 年版。
汪辟疆:《汪辟疆说近代诗》,上海古籍出版社,2001 年版。
汪荣祖:《走向世界的挫折:郭嵩焘与道咸同光时代》,岳麓书社,2000 年版。
王夫之等:《清诗话》,中华书局,1963 年版。
王俊义:《清代学术与文化》,辽宁教育出版社,1993 年版。
王澧华校点:《曾国藩诗文集》,上海古籍出版社,2005 年版。
王启原编:《求阙斋日记类钞》,《近代中国史料丛刊》,台湾,文海出版社,1974 年版。
王镇远:《桐城派》,上海古籍出版社,1990 年版。
王钟翰点校:《清史列传》,中华书局,1987 年版。
魏际昌:《桐城古文学派小史》,河北教育出版社,1988 年版。
魏源:《魏源集》,中华书局,1983 年版。
魏中林:《清代诗学与中国文化》,巴蜀书社,2000 年版。
魏中林整理:《钱仲联讲论清诗》,苏州大学出版社,2004 年版。
萧华荣:《中国诗学思想史》,华东师范大学出版社,1996 年版。
萧一山:《清代通史》,中华书局,1986 年版。
萧一山:《曾国藩传》,海南出版社,2004 年版。
谢世诚:《李鸿章评传》,南京大学出版社,2006 年版。
徐珂编辑:《清稗类钞》,中华书局,1986 年版。
徐世昌:《晚晴簃诗汇》,中华书局,1990 年版。
薛福成:《庸庵文编》,《续修四库全书》,上海古籍出版社,2002 年版。
薛福成:《庸庵笔记》,江苏人民出版社,1983 年版。
薛福成:《庸庵文别集》,上海古籍出版社,1985 年版。
严迪昌:《清诗史》,浙江古籍出版社,2002 年版。

杨怀志:《清代文坛盟主桐城派》,安徽人民出版社,2002年版。
姚鼐:《惜抱轩诗文集》,北京商务印书馆,1937年版。
姚永朴:《文学研究法》,黄山书社,1989年版。
易宗夔:《新世说》,上海古籍书店,1982年版。
袁伟时:《晚清大变局中的思潮与人物》,海天出版社,1992年版。
袁行霈、孟二冬、丁放:《中国诗学通论》,安徽教育出版社,1994年版。
袁行云:《清人诗集叙录》,文化艺术出版社,1994年版。
曾国藩:《曾国藩全集》,岳麓书社,1994年版。
《曾国藩联语辑注》编委会编:《曾国藩联语辑注》,岳麓书社,2004年版。
曾纪泽:《曾惠敏公手写日记》,台湾学生书局,1965年版。
曾纪泽:《曾纪泽日记》,岳麓书社,1998年版。
曾纪泽:《曾纪泽遗集》,岳麓书社,1983年版。
张健:《清代诗学研究》,北京大学出版社,1999年版。
张寅彭编:《民国诗话丛编》,上海书店,2002年版。
章继光:《曾国藩思想简论》,湖南人民出版社,1988年版。
章太炎:《章太炎全集》,上海人民出版社,1982年版。
赵尔巽:《清史稿》,中华书局,1977年版。
赵建章:《桐城派文学思想研究》,北京图书馆出版社,2003年版。
赵烈文:《能静居笔记》,《续修四库全书》,上海古籍出版社,2002年版。
周中明:《桐城派研究》,辽宁大学出版社,1999年版。
朱东安:《曾国藩传》,四川人民出版社,1985年版。
朱东安:《曾国藩集团与晚清政局》,华文出版社,2003年版。
朱东安:《曾国藩幕府研究》,四川人民出版社,1994年版。
朱东安选注:《曾国藩文选》,百花文艺出版社,2006年版。
朱克敬:《暝庵杂识 暝庵二识》,岳麓书社,1983年版。
朱则杰:《清诗史》,江苏古籍出版社,2000年版。
左宗棠:《左宗棠全集》,上海书店,1986年版。

二、论文

胡影怡:《曾国藩文学思想研究》,苏州大学,2006年硕士学位论文。
赖力行:《曾国藩与桐城古文理论的中兴》,《中国文学研究》,2003年第1期。
李晓峰:《略论曾国藩的诗歌审美批评观》,《赣南师范学院学报》,1995年第1期。
林岩:《曾国藩的古文观》,《廊坊师范学院学报》,2001年第1期。
刘来春:《曾国藩对桐城派文论的发展》,湖南师范大学,2003年硕士学位论文。
马亚中:《论桐城派诗》,苏州大学,1985年硕士学位论文。
马亚中:《中国古典诗歌的最后历程》,苏州大学,1988年博士学位论文。
欧德良:《胡林翼理学经世思想研究》,湖南大学,2004年硕士学位论文。

潘金英:《清代湘乡派古文之研究》,《湖北社会科学》,2006 年第 5 期。

彭靖:《曾国藩的诗论和诗》,《求索》,1985 年第 2 期。

彭小舟:《曾国藩与近代湖湘文化》,河北大学,2001 年硕士学位论文。

汤奇学:《桐城派的经世致用与“中体西用”论》,《安徽史学》,1995 年第 2 期。

王艳辉:《曾国藩与道咸同年间传统文化的嬗变》,辽宁师范大学,2005 年硕士学位论文。

武道房:《曾国藩理学思想发微》,《江苏社会科学》,2005 年第 5 期。

杨慧兰:《左宗棠的学术思想》,湘潭大学,2002 年硕士学位论文。

易定军:《试论郭嵩焘诗学主张的理学实学特征》,华南师范大学,2005 年硕士学位论文。

曾长秋:《承往古衰朽之续 开近代风气之先——论曾国藩对湖湘文化的传承》,《船山学刊》,2005 年第 4 期。

张静:《郭嵩焘与近代湖湘文化——以其五次归隐作个案探析》,华中师范大学,2003 年硕士学位论文。

张静:《试论曾国藩对桐城派之变革与超越》,《辽宁师范大学学报》,2005 年第 6 期。

张静:《试论曾国藩对桐城派之传承与对接》,《贵州大学学报》,2005 年第 5 期。

赵栋栋:《桐城文派的形成及其古文理论意义之阐释》,陕西师范大学,2006 年硕士学位论文。